GILLIAN WHITE

Das Hotel bei den Klippen

Buch

Kirsty, Avril und Bernadette sind aus ihrem Leben ausgebrochen. Alle drei haben die Stellenanzeige eines abgelegenen Hotels in Cornwall entdeckt, das nach Saisonkräften sucht. Kirsty ist auf der Flucht vor ihrem gewalttätigen Ehemann Trevor und ihrem trostlosen Leben in Liverpool. Die junge Avril will der erstickenden Atmosphäre ihres Elternhauses entgehen, und Bernadette hat gerade eine schmerzhafte Trennung hinter sich. Im Burleston Hotel in Cornwall teilen die drei Dienstmädchen sich ein Zimmer. Als die lesesüchtige Kirsty ein Buch aus der Hotelbibliothek in die Hände bekommt, verändert sich das Leben der drei Frauen dramatisch. Das Buch heißt »Magdalene« und ist ein Schauerroman einer gewissen Ellen Kirkwood aus dem Jahre 1913. Und Kirsty hat einen genialen Einfall: Sie will dieses Buch unter ihrem Namen neu veröffentlichen und Profit daraus schlagen – Avril soll den Roman abtippen, die attraktive Bernadette die Autorin spielen. Auf »Magdalene« scheint jedoch ein teuflischer Fluch zu liegen, das Buch entfaltet ein Eigenleben und bedroht schon bald das Leben der drei jungen Frauen …

Autorin

Gillian White wurde in Liverpool geboren und arbeitete mehrere Jahre als Journalistin, bevor sie sich ganz dem Schreiben widmete. Mit ihrem Mann und zwei Hunden lebt sie in Totnes, Devon, ihre vier Kinder und zwei Enkelkinder wohnen in der Nähe. Gillian White hat bereits dreizehn Romane verfasst, davon wurden vier für das britische Fernsehen mit großem Erfolg verfilmt. Weitere Titel der Autorin sind bei Goldmann in Vorbereitung.

Von Gillian White außerdem bei Goldmann lieferbar:

Das Ginsterhaus. Roman (44539)

Gillian White

Das Hotel bei den Klippen

Roman

Aus dem Englischen
von Isabella Bruckmaier

GOLDMANN

Die Originalausgabe erschien 1999
unter dem Titel »Veil of Darkness«
bei Bantam Press/Transworld Publishing, London

Umwelthinweis:
Alle bedruckten Materialien dieses Taschenbuches
sind chlorfrei und umweltschonend.
Das Papier enthält Recycling-Anteile.

Deutsche Erstausgabe Januar 2001

Umschlaggestaltung: Design Team München
Umschlagfoto: TIB
Satz: Uhl + Massopust, Aalen
Druck: Elsnerdruck, Berlin
Verlagsnummer: 44540
Redaktion: Silke Hennemann
RM · Herstellung: Katharina Storz/HN
Made in Germany
ISBN 3-442-44540-X
www.goldmann-verlag.de

1 3 5 7 9 10 8 6 4 2

Meinen Agenten,
Brie Ann und Jonathan,
in Freundschaft.

1

»Jesus«, klagte der Mann, der auf sein Leben zurückblickte. »Warum suchte ich immer dann vergebens nach deinen Fußspuren neben mir, wenn es mir schlecht ging? Warum ließest du mich im Stich, wenn ich dich am nötigsten brauchte?«

Und Jesus antwortete ihm so gelassen, als ob er seit Jahren auf diese Frage gewartet hätte. »Mein Sohn, wenn es dir schlecht ging, gab es deshalb nur eine Spur im Sand, weil ich dich auf meinen Schultern trug.«

Kirsty wirft einen wütenden Blick auf diese frommen Zeilen über dem Kaminsims. Sie hingen an diesem Ehrenplatz im Wohnzimmer, seit ihre Schwiegermutter den Spruch bei einem schrecklichen Weihnachtsfest feierlich dort angebracht hatte. Ein Riss lief quer durch den Rahmen, der den Spruch einfasste. Notdürftig hatte sie den Riss mit einem Klebstreifen geflickt. Ihr Haus, ihr ganzes Leben schienen voller Risse und schwarzer Löcher zu sein. Zehn kurze Minuten hat sie, um dem Haus zu entkommen, in dem sie acht Ehejahre ertragen hatte. Als wäre sie krank und ans Bett gefesselt gewesen. Abgeschottet hinter einer dunklen Glasscheibe.

Sie denkt an ihre Kinder – es gab keine Alternative, als sich vorübergehend von ihnen zu trennen, aber mit sechs und sieben waren sie einfach zu klein, um das zu begreifen. Kirsty hatte sich nicht getraut, sie in ihre Pläne einzuweihen, aus Angst, sie könnten alles verraten. Es war keine Zeit gewesen, ihnen zu erklären, dass sie wiederkommen und sie holen würde, sobald alles geregelt war. Erst heute Morgen, nachdem er in die Arbeit gegangen war, hatte Kirsty sie aufgeweckt und angezogen und ihnen behutsam mitgeteilt, dass sie heute nicht in die Schule müssten. Dass stattdessen Tante Tessa sie mit ihrem Auto abholen würde und sie zu Maddy brächte.

Die Kinder hätten bei ihr bleiben können, wenn sie ins Frauenhaus gegangen wäre, aber das hatte sie nicht gewollt.

Die größte Angst hatte sie vor dem Frühstück an diesem Morgen gehabt. Sie hatte befürchtet, der Stress könnte zu viel für sie werden, sie könnte anfangen zu weinen oder durch einen Blick sein Misstrauen erregen, aber merkwürdigerweise war sie so ruhig gewesen wie selten. Ihre Nervosität wirkte wie ein Betäubungsmittel, das ihr bei der schwierigen Aufgabe half, ihn ohne das Geknurre und Gefluche aus dem Haus zu bekommen, das normalerweise zu seinem morgendlichen Ritual gehörte. Wie sehr träumte sie davon, irgendwann einmal von Vogelgezwitscher geweckt zu werden und nicht mehr zwischen Mitternacht und Sonnenaufgang von seinem schnaufenden Körper auf ihr.

Er hatte sie zum Abschied geküsst, nicht gemerkt, wie sie zusammengezuckt war und war zur Arbeit gefahren, so wie immer.

Er besteht darauf, dass seine Socken gebügelt und zusammengelegt werden. Ein halber Teelöffel Senf auf jeder Schinkenscheibe. Exakt ein halber Teelöffel.

Kirsty wirft einen hastigen Blick auf die Uhr an der Wand – Marks & Spencer, sie hatte sie selbst gekauft. Als sie jung verheiratet waren, hatte sie sie für geschmackvoll gehalten. Wie lächerlich, dass sie sich wegen so einer Banalität Gedanken gemacht hatte. Sie stopft ihre Sachen in seine Adidas-

Sporttasche: ihren Kulturbeutel, ihre Unterwäsche, Schuhe und die einzigen zwei Taschenbücher, die er nicht zerrissen hatte. Ihre Bücher, ihre geliebten Bücher. Sie hatten Kirsty am Leben erhalten und davor bewahrt, verrückt zu werden. Das hatte er gespürt, und die rebellische Kraft, die von ihnen ausging. Und weil er Rivalen in ihnen sah, veranlassten diese Bücher Trevor zu seinen heftigsten Wutausbrüchen. Nach ihren Kindern waren es ihre Bücher, die Kirsty erfinderisch und mutig werden ließen. Lesen machte sie glücklich, also versteckte sie ihre Bücher überall im Haus und riskierte dabei jedes Mal Prügel, jedes Mal, wenn er das Haus durchwühlte und dabei eines fand. Manchmal ließ er sie dann, als Strafe, auf den Knien laut aus einem der Bücher vorlesen, machte sich lustig über die Dialoge oder versetzte ihr einen Hieb mit der Faust, dass sie durch das Zimmer flog. Ihre übrigen Sachen sind in dem Koffer, den sie gekauft hatten, als sie alle nach Weston fuhren. Sie fröstelt bei dem Gedanken an diesen Urlaub. Ihren einzigen Urlaub. Am Schluss war sie alleine mit den Kindern nach Hause gefahren. Ohne Fahrkarten, der Schaffner im Zug war großzügig gewesen.

Nein, das Frühstück heute war keineswegs der gefährlichste Moment in ihrem Leben gewesen. Vor sechs Monaten, als sie zaghaft anfing, diese tödliche Lähmung aus Angst abzuschütteln, war ihr Leben in Gefahr gewesen. Damals hatte sie zum ersten Mal begriffen, mit wem sie da verheiratet war, dank der Hilfe der Samariter und später mit der Hilfe des Zentrums, das diese ihr empfohlen hatten. Anfangs war sie zu eingeschüchtert gewesen, um von dem Telefonhäuschen in der Massey Street aus anzurufen. Aus Angst, er könnte irgendwo in der Nähe auf der Lauer liegen, es *wissen*, so wie er es immer wusste, wenn sie gegen eine seiner Regeln verstieß, sich nicht loyal oder in seinen Augen schlampig verhielt.

Zu Kirstys Erleichterung bestanden die Samariter nicht darauf, dass sie ihre Identität preisgab. Aber vielleicht, so schlugen sie vor, sollte sie trotzdem irgendeinen Namen nennen, damit sie entspannter miteinander sprechen konnten, sie und die Fremde mit der warmherzigen Stimme. Zitternd nannte sie den Namen »Valerie«, weil sie glaubte, ihr Leben wäre ganz anders verlaufen, hätte man ihr den Namen Valerie gegeben. Valerie schien ihr ein so starker Name zu sein, nicht der Name eines Menschen, den man nach Lust und Laune ebenso gut Miststück, Schlampe, Nutte nennen konnte oder eines Menschen, der nach einer Mutter genannt worden war, die bei seiner Geburt gestorben war.

Mami. Mutti. Mama. Als Kind hatte sie sich alle Versionen laut aufgesagt, weil sie wissen wollte, wie sie sich anhörten.

An dem Tag, als sie die Samariter anrief, war sie zu spät zur Arbeit gekommen, und er hatte später wissen wollen, warum man ihr 2 Pfund 45 von ihrem Lohn abgezogen hatte. Ohne rot zu werden, behauptete sie, sie hätte den Bus versäumt. Ohne die Hoffnung zu haben, jede Woche mit dieser Ausrede durchzukommen.

Mit einer beinahe schon krankhaften Gier hatte sie angefangen, in ihrer Mittagspause zu telefonieren. Zu Beginn hatte sie kaum ein Wort herausgebracht, doch nach kurzer Zeit sprudelte der angestaute Hass, den er ihr hineingeprügelt hatte, nur so aus ihr heraus.

Die Mädchen neckten sie und dichteten ihr einen Lover an. Nannten ihn ihren Reservebetthasen. Und wenn sie das Geld in den Schlitz warf, sangen sie: »Häschen hüpf!«

Sie hatte Panik davor, dass Trev herausfinden könnte, was los war, oder sie durchschauen, mit seinem Röntgenblick ihre Gedanken lesen könnte. Ihr das Gehirn ausleeren und es durchwühlen, so wie er es manchmal mit dem Abfalleimer machte und den Müll über den ganzen Küchenboden verstreute. Doch sogar damals, als sie langsam dabei war, sich zu erholen, verspürte sie noch immer dieses perverse Verlangen des Opfers, vor seinem Peiniger auf die Knie zu fallen und ihm alles zu gestehen, um Gnade zu flehen, ihm einen Stock in die Hand zu geben, damit er sie schlagen und so ihre Schuldgefühle lindern konnte.

Das Telefon zu Hause konnte sie nicht benutzen, da die Anrufe inzwischen einzeln in der Abrechnung aufgeführt wurden. Er ging sie pedantisch durch und machte ihr wegen jeder unbekannten Nummer eine Szene, sogar wenn er selbst telefoniert hatte.

So blieb ihr nichts anderes übrig, als mit der Lüge zu leben. Das fiel ihr am schwersten. Nur in ihren Büchern fand sie Trost.

Sie wusste nicht mehr, warum sie ihn geliebt hatte.

Jahrelang hatte sie gehofft, er würde sich ändern.

Er liest den Sportteil in der *Sun*. Er macht das Rätsel in *People*. Wenn im Fernsehen die Lottogewinner gezeigt werden, spuckt er auf den Teppich.

Kirsty steht in der offenen Haustür, eine zierliche Gestalt in Jeans und dunkelblauem Parka, in der Hand die Schlüssel, um etwas aus ihrem Leben auszusperren. Das Haus liegt so ruhig da. Beinahe friedlich. Nichts, das auf Angst oder Schrecken hindeutet, alles ist sauber und ordentlich, wenn nicht immer wieder Erinnerungen aufblitzen und sie quälen würden. Nummer 24 Barkers Terrace sieht immer leer aus, wenn sie alles aufgehoben und weggeräumt hat, ganz nach seinem Geschmack, ein Haus so leer und deprimierend, dass sich bestimmt niemand darin wohl fühlen kann. Wie schön müsste ein Zuhause sein, in dem ein liebevoller Partner auf einen wartet. Ein unaufgeräumtes Haus, in dem es nach selbst gebackenem Kuchen duftet, überall Blumentöpfe stehen, Stöße von Büchern und Kinderbilder an den Wänden. Aber die Möbel in Kirstys Haus schimmern trübselig vor sich hin, und ein Bedürfnis überkommt sie, etwas Ekelhaftes auf dem Teppich zurückzulassen, ein gebrauchtes Tampon oder einen Haufen Kot – niemand in ihren Büchern würde so etwas Entsetzliches tun. Als einen Minimalisten würden ihren Mann diese Künstlertypen bezeichnen, denen Sterilität und Kälte gefällt. Eine makellos aufgeräumte Küche – nicht einmal ein Geschirrhandtuch auf dem Abtropfständer ist erlaubt. Kein Nippes auf den Regalbrettern. Kein Kissen auf dem Sofa. Kein Sofatisch. Keine Bilder, nur ein gerahmter Spiegel über dem Kamin und der Bibelspruch seiner Mutter. Aber Trevs Besessenheit entspringt einer Paranoia, hat man Kirsty gesagt, und allmählich beginnt sie, das zu begreifen.

Niemand schien besonders überrascht oder schockiert von ihrer Geschichte zu sein. Die passierten einfach zu oft. »Er ist geisteskrank«, erklärten sie ihr. »Er braucht Hilfe.« Und: »Sie müssen stark sein und tapfer.«

Sobald sie durch diese Tür gegangen ist, muss sie hier nie wieder putzen. Nie wieder mit ihren Kindern flüstern oder sie verstecken, wenn sie sieht, wie sich der Türknauf langsam dreht. Nie wieder so tun, als schliefe sie. Nie wieder nachts wach im Bett liegen und darauf warten, dass es wieder losgeht. Nie wieder stundenlang ein Abendessen vorbereiten, in der Angst, es könnte an der Küchenwand landen.

Auf Fotos lächelt er immer.

Er mag es, wenn sie seine Füße mit ihren Haaren streichelt, es langsam zwischen seinen Zehen durchzieht. Wenn sie glaubt, er schläft, wacht er auf. Er hat sie hereingelegt, hat nur so getan…

Plötzlich sieht sie wieder die verwirrten Gesichter ihrer Kinder vor sich: Jake hatte sich so trotzig beim Abschied verhalten, so abweisend; Gemma hatte laut geschluchzt und es dennoch vermieden, sich an sie zu klammern oder sie zum Bleiben zu bewegen. Wie kleine Erwachsene hatten sie gewirkt, ernst, mager und nervös. Kirsty läuft mit dem Koffer in der Hand durch den Garten und kämpft mit jedem Schritt gegen die Angst. Als sie sich ein letztes Mal umblickt, stellt sie sich vor, dass ihre Blicke sich träfen und sie mit erhobenem Haupt seinem feindseligen Blick standhielte. Wie so oft regnet es.

Und wenn Trev früher heimkommt?

Wenn der Chef ihn früher nach Hause gehen lässt?

Falls er sie jetzt erwischt…?

Ihr Leben folgt einem festen Schema: Jeder Fehltritt zieht eine Strafe nach sich. Bei der Vorstellung, dass er nach Hause kommt und niemand da ist, zuckt sie innerlich zusammen. Wie ungehorsam! Wie konnte sie es wagen, sich derart hinterlistig zu verhalten! Sie sieht seinen dümmlichen Gesichtsausdruck vor sich, wenn er merkt, dass sie weg ist. Wie er breitbeinig vor der Treppe steht, die Hände in die Hüften gestemmt, in den oberen Stock ruft und nichts als Schweigen erntet.

Er hat die Angewohnheit, so lange an den Fingern zu ziehen, bis es knackt. Er isst gern rohe Würstchen direkt aus dem Kühlschrank und saugt sie aus der Haut heraus. Es überrascht sie immer wieder, dass ihn das noch nicht umgebracht hat.

Sie kann ihn hören, wie er wutentbrannt faucht: »Wo warst du die ganze Zeit?«

Sein höhnisches Lachen schmerzt in ihren Ohren. Sie sieht seine kleinen, vor Zorn sprühenden Augen.

Dann haut er mit der Faust auf den Tisch.

»Scheiße noch mal, du Miststück.« Während sein Zorn in Brutalität umschlägt und sie – den Kindern zuliebe – die ganze Zeit die Kartoffeln zerdrückt, als wäre alles in bester Ordnung, sich fragt, ob sie noch genug Zeit hat, die beiden nach oben zu bringen, bevor es losgeht.

Wären die Kinder nicht gewesen, hätte sie sich wohl mit der Zeit an die Angst gewöhnt und den Schmerz nicht mehr gespürt.

Wie oft hatte sie sich schon gewünscht, er würde sterben oder sie hätte den Mut, ihn umzubringen. Immer wieder sagte sie sich, dass er seinem Tod jeden Tag näher kam, und das tröstete sie ein wenig.

Sterben sollte er oder im Lotto gewinnen, beides war ihr recht. Aber sie glaubte nicht daran, dass seine Zahlen je gezogen würden, denn ihr war dieser seltsame Blick der Lottogewinner aufgefallen: Sie sahen immer aus, als wären sie mit einem Geheimnis zur Welt gekommen. Ganz im Gegensatz zu Trev. Hätte er den Haupttreffer im Lotto gelandet, hätte er sie sofort verlassen, da war sie sich sicher. Er hätte ein Leben auf der Überholspur geführt und sich mit Autos, Frauen oder Alkohol umgebracht.

Er mag keine Chips, aber dafür geröstete Schweineschwarte. Wahrscheinlich kann Kirsty schon deshalb den Geruch von Schweinefleisch nicht ausstehen und muss bei Schweinen immer sofort an deren Todesangst im Schlachthof denken.

Es schüttet wie aus Kübeln, als Kirsty in den zweiten Bus zur Lime Street Station steigt. Dort muss sie eine Stunde auf den Zug nach Cornwall warten. Und vielleicht bestellt sie sich, während sie wartet, eine Tasse Kaffee, gibt ohne schlechtes Gewissen Geld aus, etwas, was sie seit Jahren nicht mehr getan hat, und kauft sich eine Zeitung oder sogar eine paar neu erschienene Bücher für die Reise. Vom Zentrum bekam sie Startgeld; sie will es so bald wie möglich zurückzahlen. Sie braucht nun nicht mehr für jeden ausgegebenen Pfennig Rechenschaft abzulegen oder um Geld zu betteln, wenn sie Kleidung für die Kinder kaufen will. Einmal brachte sie den falschen Senf nach Hause, den er ihr sofort ins Gesicht schüttete, mitten in die Augen. Sie darf nicht daran denken, dass er hinter ihr her ist, sich heimlich von hinten an sie heranschleicht und ihr seine Hand plötzlich auf die Schulter legt. Ihre Augen tränen, so angestrengt starrt sie hinaus in die Abenddämmerung, sucht ihn in der Menschenmenge, hofft, der Bus möge schneller fahren, der Verkehr nachlassen und ihr Kopf aufhören zu dröhnen.

Trevor wird sich nicht mit der Niederlage abfinden. Mit Sicherheit heckt er schon jetzt einen Plan aus, bastelt an einer Geschichte von einer durchgeknallten Frau, die eine Gefahr für sich und die Kinder darstellt, einer Geschichte, die man ihm ohne weiteres glauben wird. »Du bist hysterisch!«, hatte er oft behauptet. »Bei dir ist ja 'ne Schraube locker.« Wenigstens sind die Kinder in Sicherheit, und wenn alles klappt, sind sie bald wieder mit ihr zusammen.

Wie oft hatte sie sich die verrücktesten Fluchtpläne ausgedacht, aber intuitiv hatte sie sie nie ausgeführt. Wenn sie wegging, musste sie alles richtig machen, musste alles sorgfältig geplant sein, sonst würde er sie finden.

Daher hatte sie die Idee mit Cornwall. Das Zentrum half

ihr dabei, einen Job zu finden. Sie schlich sich immer hin, wenn die Kinder in der Schule waren. Bei der Arbeit log sie, sagte, sie müsse zum Zahnarzt. Mrs. Graham, ihre Vorgesetzte, wollte ihr schon den Lohn kürzen, denn zum Zahnarzt brauche sie nicht während der Arbeitszeit gehen. Aber die Kolleginnen in der Nahrungsmittelabteilung unterstützten sie, und sie erklärte Mrs. Graham, es sei eine Wurzelbehandlung und hierfür seien mehrere Behandlungstermine nötig. Das Burleston Hotel, ein im viktorianischen Stil erbautes Haus, das in einer eigenen Bucht lag und einem gewissen Colonel Vincent Parker gehörte, bot Jobs für den Sommer an und ein kleines Cottage für den nächsten Winter. Die Vorstellungsgespräche fanden im Adelphi Hotel statt. Kirsty hätte niemals gedacht, dass man sie nehmen würde, doch genau das war der Fall. Kerry vom Zentrum tat alles, um die Hoteldirektion zu überreden, Kirsty das Cottage sofort zu überlassen, ohne Einzelheiten über ihre persönlichen Umstände preiszugeben. Doch angeblich sei es vermietet und erst im Winter wieder frei. Das Angebot war zu verlockend, um es auszuschlagen. Auch wenn sie momentan ganz unten war, die Vorstellung, in einem Heim leben zu müssen, fand Kirsty unerträglich.

Er dreht sich seine Zigaretten selbst. Seine Daumen und Zeigefinger sind immer gelb. Den Tabak bewahrt er in einer echten alten Bisto-Büchse auf, die er für wertvoll hält.

Papiertaschentücher benutzt er nicht. Trevor will seine weißen Taschentücher gebügelt. Er besteht darauf, dass sie sie auf der Herdplatte genauso auskocht, wie seine Mutter das macht.

Wenn er telefonieren möchte, muss sie für ihn wählen. Beim Frühstücksei muss der Kopf mit einem Messer so abgeschlagen werden, dass die Schale nicht in Stücke bricht.

Die Kinder sind inzwischen bei Madeleine Kelly untergebracht, einer Freundin und Sympathisantin des Frauenzentrums, die manchmal einspringt, wenn Frauen kurzfristig in Schwierigkeiten stecken. Das Beste an Maddy ist, dass keine direkte Spur zu ihr führt: Sie ist nämlich kein Opfer eines brutalen Ehemannes, sondern eine finanziell unabhängige Frau mittleren Alters, die in einem Cottage in Caldy lebt, auf der anderen, der vornehmen Seite des Flusses. Kirsty hatte sie nur einmal im Zentrum getroffen, und das eine Mal hatte genügt, um Vertrauen zu ihr zu fassen. Hätte sie nur eine Mutter wie Maddy gehabt, eine warmherzige Frau wie aus einem Märchen. Ihr Lachen war wohltuend und einnehmend, und ihr ganzes Leben lang kümmerte sie sich um Kinder in Notsituationen. Kirsty ist es mehr als recht, wenn Jake und Gemma bis Ende September bei ihr blieben, und von Geld wollte Maddy nichts wissen. Sie werden den Sommer über die Schule nicht besuchen, aber Maddy wird sie selbst unterrichten und ihnen jede Menge Zuneigung schenken. Kirsty solle sich keine Sorgen machen, meinte Maddy. Sie sei nur einen Telefonanruf entfernt, und sie werde mindestens zweimal die Woche schreiben und sie beim kleinsten Problem sofort informieren. Trevor wird also keine Schwierigkeiten machen können. Er wird Maddy bestimmt nicht finden. Kirsty war den Tränen nahe, als sie mit Maddy über die lange Zeit sprach, die die Kinder von ihr getrennt leben sollten.

»Vier Monate können Kindern vorkommen wie eine Ewigkeit, weiß Gott«, meinte Maddy. »Aber nicht in meinem Haus«, fügte sie lächelnd hinzu. »Nicht mit meinen alten Hunden. Nicht mit meinen Enten und Hühnern. Ich weiß, dir steht eine harte Zeit bevor, aber was du tust, ist richtig. Diese vier Monate bei mir werden für die Kinder wie Ferien sein. Und die verdienen sie doch, nach allem, was sie durchgemacht haben?«

Und Kirsty, die bis dahin nicht gewusst hatte, dass es Menschen wie Maddy auf dieser Welt gab, umarmte Maddy fest.

Er trägt das Kreuz um den Hals, das er zu seiner ersten heiligen Kommunion geschenkt bekam. Manchmal bekommt er von der Silberkette einen Ausschlag. Wenn Kirsty das Kreuz versehentlich berührt, bekommt sie eine Gänsehaut.

Kirsty hatte Triumphgefühle erwartet und nicht diese merkwürdige Leere. Erschrocken drückt sie das Gesicht gegen die Fensterscheibe, als sie plötzlich glaubt, ihn draußen gesehen zu haben. Nein, nein, das kann er nicht gewesen sein. Inzwischen ist er zu Hause im Trockenen, ruft seine Mutter an und erkundigt sich, ob seine Frau bei ihr ist. Warum sollte sie seine Mutter besuchen? Ganz am Anfang tat sie das, hoffte dort auf Verständnis. Schließlich hatte Edna acht Kinder großgezogen, sie sollte einem Ratschläge geben können. Wusste sie, dass ihr Sohn ein Tier war? War das angeboren? Kirsty hätte Edna gern ein paar Fragen über ihre eigene Ehe gestellt. Sie hatte sich nicht getraut. Mit einem gebrochenen Arm, einem Buggy und einem fieberkranken Kind, hatte sie sich zu Edna gequält. Geglaubt, Hilfe von einer Frau zu erhalten, an deren Wand der gestickte Bibelspruch hing: »Ich sah den Satan wie einen Blitz vom Himmel fallen.« Edna saß neben ihrem kleinen Kohleofen, in einem Haus, das nach Sonntag und Rosenkohl roch, hob den Kopf und erklärte mit geschlossenen Augen: »Nichts ist Gott wohlgefälliger als tapfer ertragenes Leid.« Dann rief sie den Notarzt an. Bei dem darauf folgenden Weihnachtsfest schenkte sie Kirsty den Spruch mit der Versicherung, Gott trage sie.

Kirsty wollte nicht, dass der Doktor misstrauisch wurde. Natürlich stellte er Fragen, so oft, wie sie im Krankenhaus war – sie sei eben ungeschickt, ein richtiger Tollpatsch, scherzte sie. Sie hatte Angst, Sozialarbeiter könnten in ihrem Leben herumschnüffeln und ihr am Ende die Kinder wegnehmen. Schließlich hatte sie als Mutter versagt, denn sie ließ zu, dass ihr Mann sie misshandelte, und Jake und Gemma spürten die Gewalt, aßen, tranken und schliefen die Gewalt, auch wenn Trev die beiden nie anrührte – noch nicht –, obwohl er damit drohte, es zu tun. An den Wochenenden hielt sie sie so lange wie möglich vom Haus fern – im Park oder am Fluss. An den Wochentagen brachte sie die Kinder früh ins Bett.

Außer Trevs Mutter fiel ihr niemand ein, der ihr hätte helfen können. Als Kirsty sich zum ersten Mal nach einer Tasse Tee und ein paar tröstenden Worten sehnte, war sie entsetzt. Wie hatte es nur so weit kommen können, wie hatte sie sich so vom Rest der Welt isolieren können? Seit ihrer Heirat und der Geburt der Kinder hatte sie kaum Zeit gehabt, ihre Freundschaften zu pflegen, und die wenigen Freunde, die übrig geblieben waren, lehnte Trev ab. Auf eine erschreckende Weise ließ sich dieses Sich-ihm-Unterwerfen sogar rechtfertigen: Schließlich liebte er sie. Er hatte nie vor, sie zu verletzen, ihr Unrecht zu tun, sagte, er hasse seinen Jähzorn. Langsam aber sicher wurde die Weihnachtskartenliste immer kürzer, bis schließlich niemand mehr übrig war, bis auf Trevs weit verstreut lebende Verwandte. Kirsty hat kaum Angehörige – nur einen Bruder in Australien, und der hatte seit Jahren nicht geschrieben, nicht seit er geheiratet hatte. Sie kennt Ralphs Adresse nicht einmal mehr. Ihr Vater hatte sie beide aufgezogen, er starb ein Jahr nach ihrer Heirat. Ihre Kolleginnen im Geschäft haben ihre eigenen Probleme, Kirsty hat nie etwas mit ihnen unternommen. Dazu nahm Trev sie viel zu sehr in Beschlag, außerdem schämte sie sich, weil er so eifersüchtig und misstrauisch war. Als ihr bewusst wurde, dass sie all ihre Freunde verloren hatte, fühlte sich Kirsty plötzlich schrecklich einsam und fragte sich, wann sie das letzte Mal richtig ausgelassen gelacht hatte.

»Mit dir macht nichts richtig Spaß«, warf Trev ihr vor, »wehleidige Schlampe. Immer dieses Gejammer.«

»Lach doch«, rief er dann, »lach um Himmels willen. Hör mit dem blöden Geseier auf.«

Kirsty sitzt in der Bahnhofshalle, nippt an ihrem zu heißen Kaffee und lauscht angestrengt auf die Durchsagen. Immer wieder betrachtet sie die Fahrkarte in ihrer Hand und streichelt sie liebevoll.

2

Mit klopfendem Herzen erreicht Kirsty ihren reservierten Platz, lässt sich hineinfallen und schließt die Augen. Ängstlich versteckt sie ihr Gesicht hinter einem Buch. Was wäre, wenn Trev doch wütend den Bahnsteig auf- und abrennt, durch die Fenster in die Abteile stiert und sie entdeckt? Ihr gegenüber sitzen zwei pickelige junge Männer und neben ihr ein schwarzhaariges Mädchen mit ungekämmten Haaren. Als der Zug aus dem Bahnhof rollt, späht Kirsty vorsichtig hinter ihrem Buch hervor.

Der Bahnsteig gleitet an ihr vorbei, ohne dass irgendwo ein zorniger Trevor zu sehen ist, und sie seufzt so laut, dass sie befürchtet, jeder im Zug, sogar das unförmige Mädchen auf der anderen Seite des Ganges, habe es gehört. Kirsty wirft ihm einen Blick aus den Augenwinkeln zu. Das Mädchen macht ein unglückliches Gesicht. Kirsty bemerkt drei angetrunkene Matrosen, die es umzingelt haben und hat Mitleid mit ihm. Das Kostüm der jungen Frau sitzt so eng wie eine Zwangsjacke. Später erzählte Avril ihr, dass ihre Mutter es ausgesucht hatte, und Kirsty war überhaupt nicht überrascht.

»Glaub mir«, hatte Avrils Mutter außerdem gesagt. »Ich hab dir gesagt, dass du den Job bekommst, und du hast ihn bekommen. Schnell und exakt, so arbeitest du, vergiss das nicht.«

Der Haarschnitt, der Avril »geschäftsmäßig« wirken lassen sollte, war ein Kurzhaarschnitt, der ihr breites Gesicht noch stärker betonte. »Schon merkwürdig«, berichtete Avril Kirsty irgendwann, »wie das Wort ›geschäftsmäßig‹ einem auf den Magen schlagen kann. Das Wort ist typisch für meine Mutter. Sie mag Wörter wie Vagina, Serviette, Prostata, Automobil, Menstruation und Sperma.«

Auf dem Heft, das aus der Tasche des Mädchens herauslugte, stand »Wirtschaftslehre«. »Mir stellen sich jedes Mal die Haare auf, wenn man mich nach meinem Hauptfach fragt«, vertraute Avril ihr an, als sie Kirsty näher kannte. »Wirtschaftslehre, nicht Psychologie oder Kommunikationsstudien; so was kam nicht in Frage, für mich waren das Sterne am Nachthimmel, unerreichbar und weit draußen, funkelnd.«

Für einen kurzen Moment beneidete Kirsty sie, beneidete sie um ihre Mutter und die Aura der Sicherheit, die sie umgab.

»Sogar die Studenten bei uns sahen langweilig aus, verglichen mit denen in den anderen Fächern, Kunsterziehung, Design, Theaterwissenschaften, Musik, Sprachen, Naturwissenschaften oder Ingenieurwissenschaften«, seufzte Avril. »Aber natürlich hatte Mutter Recht, wie immer. Hätte ich so was Interessantes studiert, wäre ich sofort aufgefallen, so fett wie ich war. Am schlimmsten war es, wenn Daddy mich seine kleine Schönheit nannte.« Kirsty fand auch, dass Avril eigentlich recht hübsch war – trotz ihres Körperumfangs. Sie hat ein nettes Gesicht, makellose Haut und große fröhliche Augen. Und wenn sie einen guten Friseur gehabt hätte und sie ihre Haare etwas länger hätte tragen dürfen, wäre aus ihr vielleicht ein ansehnliches junges Mädchen geworden. »Ich meine, als ich hörte, dass die Theaterwissenschaftsstudenten sich ganz am Anfang des Semesters im Schneidersitz im Kreis hinsetzen und sich laut vorstellen mussten, habe ich mir beinahe vor Angst in die Hose gemacht.«

Während die Wirtschaftsstudenten einen Aktenordner bekamen und einen Computer zu zweit und ordentlich auf Stühlen sitzen mussten.

Aber noch kennt Kirsty Avril nicht.

»Hausmütterchen«, passt ihrer Meinung nach am besten auf das Mädchen gegenüber. Und sie liegt richtig damit, Avril liebt ihr Zuhause: ihr gemütliches Schlafzimmer im Dachgeschoss, die geliebte alte Küche, in der seit ihrer Kindheit nichts erneuert wurde, den gekachelten beigen Kamin mit dem Messingschmuck. »I remember, I remember« von Thomas Hood war in der Schule ihr Lieblingsgedicht. Damit gewann sie einen Vorlesewettbewerb. Kirsty wurde neidisch, als Avril von ihrem Familienleben erzählte: Dass sie Trivial Pursuit spielten, am Freitagabend chinesisch essen gingen oder sonntags die Oma besuchten.

Verstohlen beobachtet Kirsty das dicke Mädchen und vermutet, dass es noch keinen Freund hatte.

»Ja, ich fing schon an zu glauben, dass es nie einen Mann geben würde, der mir Blumen schenkt, mich küsst oder mich ausziehen möchte. Ich war davon überzeugt, dass mich nie einer heiraten würde. Manchmal spielte ich mit dem Gedanken, lesbisch zu werden, weil ich mir das einfacher vorstellte.« Sie beschrieb ihre unscheinbaren Kommilitoninnen der Wirtschaftswissenschaft, die schwarze Strumpfhosen, Faltenröcke und Anoraks trugen. »Und ich habe jedes Buch über Nonnen im Kloster verschlungen, das ich finden konnte. Wie herrlich muss es hinter diesen Mauern sein!« Wahrscheinlich könnte sie Gott auf dieselbe intensive Weise aus der Ferne verehren wie einen Jungen in der vierten Klasse. Vielleicht wirkte sie in dem schwarzen Gewand schlanker. Sie hatte sich ausgemalt, sich auf einen kalten Schieferboden niederzuwerfen und einem schwarz gewandeten Inquisitor ihre Sünden zu gestehen. Nur war sie in diesen unanständigen Träumen nackt und hinterher »nahm sie« jeder, während sie rücklings auf dem Altar lag.

Avril nimmt ihren ganzen Mut zusammen und blickt sich um. Es mussten doch noch andere »Mädchen« wie sie im Zug sein, hatte Mutter gemeint, die unterwegs waren ins Burleston Hotel, um mit der neuen Saison anzufangen. Ganz besonders begrüßte ihre Mutter die Tatsache, dass Avril »im Haus« wohnte. Eine ausgezeichnete Möglichkeit, »sich an die Unabhängigkeit zu gewöhnen«, und ihre Mutter hatte die Zusage der Wirtschafterin, dass sie ein Auge auf ihre kleine Avril haben würde. Beim Einstellungsgespräch war Avril überrascht gewesen von der Bandbreite der freien Jobs. Es gab offene Stellen für Zimmermädchen, Kellnerinnen, Portiers und Büroangestellte wie sie, ein Kindermädchen wurde gesucht, zwei Bademeister, Köche, Tellerwäscher und Reinigungspersonal. Warum suchten sie in Liverpool? War es nicht praktischer, Leute aus der Gegend um das Hotel anzustellen?

»Wahrscheinlich ist die Gegend nur schwach besiedelt«, hielt ihre Mutter dagegen. »In der Gegend sagen sich Füchse und Hasen Gute Nacht; und die Leute in Cornwall sind bekannt für ihre Faulheit. Dort geht alles etwas langsamer. Das ist eine ganz andere Welt.«

Aber das Burleston war das ganze Jahr über geöffnet. Warum behielten sie das Personal nicht einfach?

Sie hatte sich bei dem Einstellungsgespräch danach erkundigt – natürlich nicht mit diesen Worten. Ihre Mutter hatte das Gespräch mit ihr geprobt. »Besteht eine Möglichkeit auf eine Ganzjahresstelle, wenn Sie mit meiner Arbeit zufrieden sind?«

Die Antwort der Personalagenturangestellten mit den künstlichen drei Zentimeter langen Fingernägeln weckte Avrils Erwartungen: »Heutzutage, fürchte ich, Miss Stott, gibt es nicht allzu viele Menschen, die bereit sind, sich länger als eine Saison von der Welt zurückzuziehen.« Die Blondine schenkte Avril ein schmallippiges Lächeln und klopfte mit einem knallroten Fingernagel auf den Ordner vor ihr. »Ich muss noch einmal betonen, Miss Stott, dass das Burleston eine besondere, ausgewählte Klientel hat. Leute, die die Ruhe suchen und keinen Rummel wollen. Daher bietet Colonel Parker seinen Gästen kein glamouröses Nachtleben, besondere Festivitäten oder Ausflüge. Er ist auch nicht erpicht auf junge oder unverheiratete Gäste oder Gruppen, die nur aus Männern oder Frauen bestehen. Das Hotel lebt von den Familien, jungen Familien im Sommer und älteren Herrschaften im Winter, verstehen Sie. Viele kommen in das Burleston, um den exklusiven Neunlochgolfplatz zu benutzen, und manchmal werden kleine Wettbewerbe veranstaltet, glaube ich, wenn die Gäste das wünschen.«

Nun wusste sie es. Es war dort einfach zu langweilig. Die intensiven Nachforschungen ihrer Mutter hatten sich gelohnt.

Immerhin kann sich Avril nicht ausgeschlossen fühlen,

wenn man ohnehin nirgends eingeladen werden kann. Das nächste Dorf ist drei Meilen entfernt. Das nächste Pub acht Meilen. Und es gibt keine Busverbindung.

Was Avril wohl für Kollegen haben wird? Werden es die vier da drüben auf der anderen Seite des Gangs sein? Wer außer ihr würde schon freiwillig vier lange Sommermonate auf jeden sozialen und sexuellen Kontakt verzichten? Studenten? Avrils Augen schweifen über den Gang. Die kleine Gruppe spricht nicht miteinander, aber warum starrt die Frau sie so an? Avril fängt Kirstys Blick auf und sieht zu Boden.

Ihre Mutter hatte sich immer gewünscht, dass Avril eines Tages von Liverpool weggehen solle. Ihrer Tochter sollte gelingen, was sie in so vielen Büchern gelesen hatte und was ihr Mann nicht geschafft hatte: Seit dreiundzwanzig Jahren arbeitete er bei Burt and Sturgess, dem Herrenausstatter in der City, und hatte es zu nichts gebracht in dieser Stadt. Ihr ganzes Leben träumte Avrils Mutter von der »anderen Seite des Mersey«, von Wirral, dem exklusiven Mekka auf der anderen Seite des Flusses. Und wenn ihr Sohn Graham den Verstand gehabt hätte, das zu machen, was sie ihm geraten hatte – einen Schulabschluss und eine ordentliche Ausbildung –, wäre er bestimmt nicht in die falschen Kreise und mit dem Gesetz in Konflikt geraten.

Sein Name darf bei Avril zu Hause nicht mehr erwähnt werden.

Draußen fliegen nun nur noch Wiesen und Hecken und Wälder vorbei. Avril glaubt, das Meer schon riechen zu können.

»Komm schon, Sexbombe, hab dich nicht so.« Der Kerl hält ihr mit einem Rülpser die Dose vor die Nase.

Avril wird knallrot. »Ich trinke keinen Alkohol.«

»Ha. Habt ihr das gehört? ›Ich trinke keinen Alkohol.‹« Er äfft ihren weinerlichen Ton nach und sieht seine Freunde triumphierend an. Ihr seht doch, scheint sein Blick zu sagen, geht ganz einfach. Ein Kinderspiel. Mit der amüsieren wir uns jetzt ein bisschen.

Gerne würde Avril ihnen erklären, dass sie so nicht behandelt werden möchte. Aber das schafft sie nicht. Also lächelte Avril verkrampft, versucht, die Männer für sich einzunehmen. Diese Masche hat ihr manchmal geholfen, wenn sie in der Schule schikaniert wurde.

Sein Knie drückt an ihr Knie, an ihr nacktes Knie. Weil der Rock so kurz ist. Ihre großen Brüste zeichnen sich in dem engen braunen Body ab, den sie gegen den Rat ihrer Mutter angezogen hat. Wenn sie nur in ihre Kostümjacke schlüpfen könnte.

»Was hast'n für'n Problem, Schätzchen?« Er strahlt sie an.

Mit eingefrorenem Lächeln entgegnet sie: »Entschuldigung, aber mir war nicht klar, dass ich ein Problem habe.«

Der Matrose tut überrascht. »Was is'n los? Warum trinkst du nicht mit uns? Bist dir wohl zu gut, he?« Dabei stößt er seinen breit grinsenden Freund mit dem Ellbogen an.

Der Matrose am Fensterplatz neben Avril, der bisher noch kein Wort gesagt hatte, legt nun einen Arm um ihre Kopfstütze. Er berührt sie zwar nicht, aber beinahe. Aus dem Augenwinkel kann sie die Schweißperlen auf seiner Stirn sehen, an seiner Oberlippe klebt noch getrockneter Bierschaum. Alles in ihr drängt sie dazu, aufzustehen und zu gehen, wenn nötig, den Rest der Fahrt im Gang zu stehen, als das hier länger zu ertragen. Aber wie soll Avril das anstellen, ohne den Zorn der Matrosen auf sich zu ziehen? Ist sie nicht selbst Schuld, weil sie sich so aufgetakelt hat? Sie hat sich im Waschraum geschminkt, kurz nachdem der

Zug den Bahnhof verlassen und sie ihrer Mutter zum Abschied gewinkt hatte. Nur ein bisschen. Ein natürlich wirkendes Beige als Make-up, etwas Rouge und einen dazu passenden rosa Lippenstift. Sie war sich sicher, es nicht übertrieben zu haben. Lieber Gott, fleht sie innerlich, lass sie bitte damit aufhören. Bitte, bitte mach, dass sie mich in Ruhe lassen. Das Herz schlägt ihr bis zum Hals.

»Ich sag dir was«, grunzt der Anführer und beugt sich über den Tisch zu ihr. Sein Blick ist weder feindselig noch bösartig, aber seine Augen kommen ihr so nahe, dass ihr sein Bieratem entgegenschlägt. »Ich sag dir was, Mädel, warum lernen wir zwei uns nicht ein bisschen kennen, solange wir hier feststecken wie zwei genervte Fürze …«, und sie spürt, wie er sein Bein zwischen ihre Beine drückt.

»Gut, hm?«

Avril fühlt sich wie ein Tier in einer Falle.

Und plötzlich, völlig unerwartet, ruft eine Frauenstimme: »Warum verzieht ihr euch nicht einfach, ihr Arschlöcher!« Verblüfft blicken Avril und Kirsty auf, als das dunkelhaarige Mädchen am Fenster ihre Sachen in eine Tasche mit einem Burleston-Aufkleber packt, über Kirstys Beine und den halben Tisch klettert und sich, die Hände in die Hüften gestützt, angriffslustig im Gang aufbaut.

Grinsend rappelt sich der Matrose aus seinem Sitz am Gang hoch, aber bevor er steht, versetzt ihm die Frau einen kräftigen Stoß vor die Brust, und er fällt nach Luft schnappend in den Gang.

»Komm schon, Kleine«, wendet sich die Frau an Avril, »hol deine Sachen und komm mit. Ich habe sowieso Bock auf eine Zigarette.«

»Aber m … meine Koffer …«, stottert Avril, während sie sich an ihrem Rock ziehend aus dem Sitz kämpft.

»Scheiß auf deine Koffer, denen passiert schon nichts.«

3

Weder Avril Stott noch Bernadette Kavanagh bemerken die unscheinbare Frau, die ihnen auf ihrem Weg durch den Zug folgt.

Kirsty ist es am liebsten, wenn niemand Notiz von ihr nimmt. Sie liebt es, heimlich andere Menschen zu beobachten. Nachdem sie in einem Notsitz gegenüber den anderen in dem säuerlich riechenden Raucherabteil Platz genommen hat, mustert sie die Schwarzhaarige neugierig.

»Ich heiße Avril.«

»Ich bin Bernadette.«

Avrils Blick fällt auf Bernadettes Aufkleber. »Du fährst ins Burleston, genau wie ich.«

Avril starrt Bernadette hingerissen an.

Die vertieft sich sofort in den Test in ihrem Hochglanzmagazin und tut so, als würde sie Avrils Blicke nicht bemerken. Während sie abwechselnd an ihrem Stift knabbert und an ihrer Zigarette zieht, fragt sie Avril: »Was würden Sie tun, wenn Sie den Freund Ihrer besten Freundin dabei ertappten, wie er mit einer anderen herummacht? (a) Es ihr sagen; (b) ein ernstes Wort mit ihm reden; (c) der anderen Tussi mit Ihrer Handtasche eins überziehen; oder (d) sich insgeheim darüber freuen und nichts unternehmen.«

»Ich würde es ihr natürlich erzählen«, antwortet Avril, ohne nachzudenken.

»Das würde ihr wohl kaum gefallen.« Bernadettes grüne Katzenaugen verengen sich zu schmalen Schlitzen, um der dünnen Rauchfahne zu folgen, bevor sie sich wieder auf ihr Heft konzentriert.

»Ist das dein erster Job in einem Hotel?«, fragt Avril.

»Ja«, antwortet Bernadette einsilbig. »Hab noch nie von dem Ding gehört. Dachte, es sei ein Ausweg, um nicht vollkommen durchzudrehen.«

»Für mich ist es auch das erste Mal.« Aus Avrils Mund hört sich das an, als spräche sie von Sex.

»Irgendwie muss ich ja Geld verdienen«, fügt Bernadette gleichmütig hinzu.

In Plymouth sehen sie die drei Matrosen, wie sie grölend den Bahnsteig entlangtorkeln. Avril seufzt erleichtert.

»Sie haben mich gewarnt, dass ich als Junkie enden würde, wenn ich es nicht bald schaffe, aus diesem Tief heraus und von Merseyside wegzukommen. Und das alles wegen Dominic Coates«, beginnt Bernadette zu erzählen.

Avril erfährt, dass Dominic Coates reiche Eltern hatte.

Bernadette Kavanagh dagegen stammte aus ärmlichen Verhältnissen, war die Tochter eines irischen Hilfsarbeiters.

Es gefiel ihr, mit ihm und seiner Clique gesehen zu werden. Und wie sie es erst genießen würde, so richtig groß herauszukommen, einen multinationalen Konzern zu leiten, in New York zu leben und ihnen allen zu beweisen, was in ihr steckte. Sie würde den arroganten Gesichtsausdruck von Dominics Vater so lange üben, bis er ein natürlicher Teil ihrer Mimik würde. Bernadette träumt davon, in einem Porsche Kabrio vorzufahren. Ein Geschäft nach dem anderen wird sie sich unter den Nagel reißen, ohne dass die Eltern merken, wer dahinter steckt.

»Hältst du mich für verrückt?«, fragt Bernadette Avril.

»Nein, natürlich nicht.« Avril lächelt freundlich, obwohl sie sich nicht sicher ist, ob sie versteht, was Bernadette denkt.

Die kleine Reisegesellschaft für das Burleston versammelt sich am Bahnhofsausgang, insgesamt sind es acht Personen. Nervös lächeln sie einander zu. Avril zwängt sich neben Bernadette in den Minibus.

Höflich fragt sie Kirsty nach ihrem Namen und erkennt in ihr die Frau wieder, die sie im Zug so anstarrte. Fast kommt es Avril vor, als teilten sie ein Geheimnis, weil sie dasselbe Ziel haben.

Bernadette schweigt und versucht dadurch, den Redestrom ihrer Nachbarin zum Versiegen zu bringen.

Sie ist froh über ihren Job als Barkeeper. Das Letzte, wonach ihr der Sinn gestanden hätte, wäre gewesen, hinter reichen Leuten hinterherräumen zu müssen, besonders nach allem, was sie durchgemacht hatte. Sie kann sich gut vorstellen, wie Dominics Familie sich in Hotels hinten und vorne bedienen lässt und wie herablassend sie die Angestellten behandelt.

Der Bus schlängelt sich auf immer schmaleren Straßen, und Kirsty fühlt Übelkeit aufsteigen. Die Landschaft liegt im Dunkeln – es ist kurz vor Mitternacht.

Kirsty fragt sich, wie die anderen sie wohl sehen. Im Rückspiegel betrachtet sie ihr spitzes Gesicht und ihre schmalen Schultern. Was ist bloß aus mir geworden?, denkt sie.

Bernadette hängt erschöpft ihren Gedanken nach. Sie wünscht sich ein Bett, in dem sie Dominic und die kurze Zeit mit ihm wieder herbeiträumen kann – träumen, genießen, trauern und weinen und sich selbst so zärtlich berühren, wie er es tat.

Wie schrecklich war es, als ihr das erste Mal klar wurde, dass er frei hatte und sie nicht besuchte.

Und dann das entsetzliche Gerücht, er sei in aller Öffentlichkeit mit einer anderen zusammen gesehen worden.

Die unerträgliche Erkenntnis, dass er zu der anderen dasselbe sagte wie zu ihr, mit ihr dieselben Dinge tat und über dasselbe lachte wie mit ihr.

Aber er liebte mich. *Er liebte mich!*

Sie hatte den Schmerz nur deshalb aushalten können, weil er zu groß war, um ihn begreifen zu können. Diese Zeilen aus »Der Treuebruch« konnte sie auswendig:

Frieden weilt am Fuß der Berge
Schützen wird das Dunkel mich und bergen
Tränen löschen den Treuebruch
Die Lippen, die so trügerisch küssten
Sollten nur noch einmal küssen –
Den Tod

Außer sich vor Verzweiflung hatte sie sogar an Selbstmord gedacht. Sich umzubringen schien das Natürlichste auf der Welt zu sein, und die Vorstellung daran erfüllte sie mit tiefem Frieden. Das schreckliche Gefühl der Zerrissenheit würde endlich aufhören. Ihr Vorhaben brächte auch Dominic sicherlich wieder zurück, auch wenn schon der Versuch, seinem Leben ein Ende zu bereiten, als Todsünde galt.

Wo sind wir hier gelandet?

Das scheinen sich alle zu fragen, die aus dem Minibus herausklettern.

Die Luft ist schwer vom harzigen Geruch der Nadelbäume nach dem Regen. Ein paar verstreute Sträucher und dunkelbraune Blumenbeete sind schemenhaft auszumachen. Eine gewaltige graue Mauerwand türmt sich vor ihnen: Das Burleston Hotel. Sie folgen dem betagten Busfahrer, einer Mitleid erregenden Gestalt, dessen Kordhose von oben bis unten mit Flecken übersät ist und laufen durch einen dunklen Gang in eine düstere Halle. Der Raum erinnert an ein verstaubtes Schulzimmer voller alter Möbel, Eine Tischtennisplatte ist mit Brötchen, kaltem Braten und Käse gedeckt.

»Hoffentlich bleiben wir zusammen«, wendet sich Avril an Bernadette. »Ich meine, wenn wir uns die Zimmer teilen müssen.«

»Was? *Die Zimmer teilen?*«, ruft Bernadette mit aufgerissenen Augen. »Ich habe ein eigenes Zimmer, seit wir aus dem Cottage in unserem irischen Dorf ausgezogen sind, wo wir zu dritt in einem Bett schlafen mussten. Als wir nach Liverpool kamen, gab es nur noch Frances und mich, also hatte jede ihr eigenes Zimmer.«

Bernadette erinnert sich daran, wie sich ihre Affäre allmählich veränderte. Es hatte an dem Wochenende angefangen, als Dominics Eltern zu Besuch von Surrey heraufkamen und im Grosvenor in Chester blieben. »Du musst sie unbedingt kennen lernen«, meinte er. Damals trug sie den Ring noch nicht, obwohl sie schon inoffiziell verlobt waren. Dominic wollte seinen Vater um einen Vorschuss aus seinem Trust bitten, damit er ihr etwas Ordentliches kaufen könne. Ehrlich gesagt hätte sie einer dieser Modeschmuckringe genauso glücklich gemacht, aber sie wusste ja, wie sehr Dominic billige Massenware verabscheute.

Schüchtern betrat sie das Hotel, in dem es nach Parfüm und Zigarren roch. Der Sherry, den sie als Aperitif nahm, entspannte sie ein wenig. »Sei einfach du selbst«, hatte Dominic ihr geraten, als sei es das Leichteste der Welt, mit seinen Eltern warm zu werden. An Dominics Vater, der geschäftlich mit Pappkartons zu tun hatte, bemerkte sie als Erstes den hart geschnittenen Mund. Dominics Mutter sah aus wie eine in die Jahre gekommene Barbiepuppe, wie die Frau eines amerikanischen Präsidenten, verbittert und mit einer schrillen Stimme. Während des Essens waren die Eltern charmant und liebenswürdig, und Bernadette war davon überzeugt, einen guten Eindruck hinterlassen zu haben. Ihre Nervosität schwand mit jedem Glas. Und auf Mr. Coates' freundliche Fragen hin erzählte sie ihnen bald lustige Geschichten. Sie merkte überhaupt nicht, dass sie sie ins Kreuzverhör genommen hatten und dass Dominic sie schweigend anstarrte. Erst am Morgen danach begann sie allmählich zu begreifen, dass Dominics Eltern sie für irischen Abschaum hielten, der nur auf einen sozialen Aufstieg aus war.

»Das Letzte, was Mami am Bahnhof zu mir sagte, war: ›Iss. Ein zweites Mal vergibt dir Gott nicht, denn er ist ein harter und strenger Richter.‹« Ihre Mutter sah stark gealtert und mitgenommen aus, und Bernadette wusste, dass das ihre Schuld war. »Ich lebe in Schande«, hatte ihr ihre Mutter vorwurfsvoll vorgehalten. »Wegen dir.«

Man hatte Bernadette also gefunden. Schließlich hatte sie ihren »Abschiedsbrief« gut sichtbar auf den Küchentisch gelegt. Sie hatte nur »Vergebt mir« geschrieben; zu mehr war sie nicht mehr in der Lage gewesen.

Das Nächste, woran sie sich erinnern kann, ist, dass sie, noch immer halb weggetreten, mechanisch das Gemurmel des Priesters an ihrem Krankenbett beantwortete. Das helle Licht brannte in ihren Augen, die Tabletten hatte sie bei Kerzenlicht geschluckt, eine ganze Packung der Antidepressiva aus dem Nachttischschrank ihrer Mutter. Ihr Vater nuschelte: »Na, du sitzt ja ganz schön in der Tinte.«

»Bin ich in der Hölle, Vater?«, rief sie heiser.

Er blickte sich in der weiß getünchten Krankenabteilung um. »Gott sei Dank, mein Kind, hier ist nur der Vorhof, groß genug, um das Steuer noch einmal herumzureißen.« Und er schob ihr eine Packung Marlboro 100 zu.

Es folgte ein nicht enden wollender Winter, in dem Dominic sich nicht bei ihr meldete, obwohl er mit Sicherheit wusste, wo sie war und wie schlecht es ihr ging.

Bernadettes Freundin, Maggie, hatte die Anzeige für den Job im Burleston gesehen, sich die Formulare schicken lassen und Bernadette zum Vorstellungsgespräch begleitet.

Und hier war sie nun also…

»Meine Damen und Herren, ich bitte um Ihre Aufmerksamkeit.«

»Das ist Mrs. Danvers«, kichert Avril und stößt Bernadette in die Rippen.

»Wer in Gottes Namen ist Mrs. Danvers?«

»*Rebecca!* Du kennst doch bestimmt *Rebecca*? Den Roman?«

»Ich lese keine Bücher.« Bernadette mustert die Frau mit dem Blatt in der Hand, die eine merkwürdige Ähnlichkeit mit einer Schildkröte hat: Sie musste an die 100 Jahre alt sein.

»Sie haben alle Colonel Parker kennen gelernt, den Besitzer dieses Hotels, ich brauche ihn also nicht weiter vorzustellen.« Und alle Augen wandern zu dem Busfahrer, der, eine Tasse Tee in den zitternden Händen, in einem abgewetzten Stuhl sitzt und sich räuspert. »Ich heiße Moira Stokes und bin die Wirtschafterin, also Ihre Ansprechpartnerin. Wir haben jetzt nicht die Zeit für ein Vorbereitungsgespräch, schließlich ist es bereits Mitternacht, ich beschränke mich daher darauf, Ihnen Ihre Zimmernummern vorzulesen. Morgen früh treffen wir uns um acht Uhr hier im Angestelltenzimmer.«

Dann liest sie eine Liste der Namen mit den dazugehörigen Zimmernummern vor. »Ihre Zimmer finden Sie problemlos«, fährt die Schildkrötenfrau fort. »Sie müssen nur die Hintertreppe hier hinaufgehen bis ins Dachgeschoss und dann den ersten Gang rechts entlang.«

»Ich komme also mit euch aufs Zimmer«, erklärt Kirsty Avril und Bernadette. »Zimmer 143. Drei auf einem Zimmer. Hoffentlich ist das Zimmer wenigstens groß. So habe ich mir das nicht vorgestellt.« Die beiden sehen sie überrascht an.

»Ich mir auch nicht«, entgegnet Bernadette, bückt sich lustlos nach ihren Taschen und verflucht insgeheim ihre Freundin Maggie, die ihr das hier eingebrockt hat. »Aber es kann nur besser werden.« Und erstaunt stellt sie fest, dass das der erste positive Satz ist, seit sie versuchte, sich das Leben zu nehmen.

4

»Sie ist eine blöde Kuh, Trev, sie kommt zurück«, lallt Greg und kratzt sich sein stoppeliges Kinn. »Die weiß doch, wo's warm her geht.« Er nimmt einen kräftigen Schluck Bier.

»Du meinst also, sie kommt zurück«, rülpst Trevor Hoskins. Mit rot unterlaufenen Augen sieht er einer Kellnerin hinterher, die hinter dem Tresen verschwindet. »Und ich sag dir, dann wird sie's merken, und wie sie's merken wird.«

Kirsty vermisst ihre Kinder, und sie vermisst Bücher, wenn auch nicht mit derselben Verzweiflung. Doch die nächste Buchhandlung ist in Truro, und Truro ist acht Meilen entfernt. Die Bücher, die sie mitgebracht hat, hat sie bereits zweimal gelesen und anschließend Avril geliehen. Bernies Zeitschriften schockierten sie mit Schlagzeilen wie: »Ich schnitt meinem Mann die Eier ab« oder »Ich trieb es mit einem Gorilla.« »Du glaubst doch nicht etwa, was da steht, oder Bernie?«, fragt sie ihre Zimmergenossin.

»Man glaubt, was man glauben will«, meint Bernie. »Bei mir zumindest ist das so.«

»Nur weil Sie eine solch gute Arbeitskraft sind, Kirsty«, erklärt Mrs. Stokes eines Tages. »Nur deshalb erlaube ich Ihnen, sich im Leseraum im Hauptgebäude ein paar Bücher auszusuchen. Ich habe bemerkt, dass Sie genau wie ich eine Leseratte sind. Aber achten Sie bitte darauf, keine unordentliche Lücke im Regal zurückzulassen.«

»Schleimer«, kommentiert Bernie.

Kirsty muss so oft an das Cottage denken, das man ihr versprach. Laut Auskunft des Burleston Hotels ist es den Sommer über vermietet, was sich als wahr erweist, denn zwei arbeitslose Penner, die sich als Studenten ausgeben, wohnen darin.

»Das war früher mal ein hübsches Cottage«, erzählte Flagherty, der Gärtner, während ein mit Erde bedeckter Finger tief in seiner Nase verschwand. Sie entdeckte den Mann zwischen einem blauen und lilafarbenen Meer von Rhododendronsträuchern, die sich bis hinunter zur Bucht erstreckten. Der Gärtner blickte mit seinen wässrigen Augen in den wolkenverhangenen Himmel. »Früher haben sie es an Hotelgäste vermietet, die sich selbst versorgen wollten.

Aber das war damals, in den Sechzigerjahren, als die Leute Luxus bewusst ablehnten und sich der Natur nahe fühlen wollten. Sie liefen barfuß herum, drehten ihre Kassettenrekorder auf und taten so, als hätten sie wenig Geld. Seither«, dabei zog er seinen Finger aus der Nase und beäugte ihn eingehend, »haben sie nichts mehr daran gemacht. Und so sieht es auch aus.«

Sie klopfte an die Tür. Keine Antwort. Flagherty beobachtete sie über seinen Spaten hinweg.

»Ist da drinnen, das Ungeziefer. Gehört sich nicht, wenn du mich fragst, die ganze Zeit zu schlafen. Geh hinein, Mädel, und weck die Mistkerle auf.«

Kirsty litt darunter, ein Zimmer zugewiesen bekommen zu haben, das nicht viel besser war als die Räume im Frauenhaus, und ständig mit zwei anderen Menschen auf engstem Raum zusammen sein zu müssen. Avril meinte, der ganze Angestelltenkomplex habe etwas von einem Armenhaus. »Du hast vielleicht keine Bildung, aber *Oliver Twist* musst du gelesen haben.«

»Nein«, rief Bernie stolz.

Die Nachtschränkchen mussten aus der Zeit stammen, als Resopal noch in Mode war. Die fleckige Eisenbadewanne mit dem Durchlauferhitzer, der das Wasser entweder kochend heiß oder eiskalt ausspuckt, ist eine Zumutung, ganz zu schweigen von der Toilette, die sie noch mit acht anderen Angestellten teilen muss. Doch die Feststellung, dass auch das ihr versprochene Cottage nicht mehr ist als ein baufälliger Schweinestall, lässt ihre Hoffnungen auf ein besseres Leben schwinden.

»Daraus lässt sich was machen«, nuschelte ein Mann mit abstehenden Haaren und kroch nach mehreren vergeblichen Versuchen nackt aus seinem Bett. »Hier und da ein bisschen Farbe.«

»Das seh ich anders«, entgegnete Kirsty tonlos.

»Doch, das geht schon.« Er wickelte sich eine Decke um seine spindeldürren Hüften und zündete sich eine selbst gedrehte Zigarette an. »Hey, so schlimm ist es nun auch wieder nicht. Es gibt einen offenen Kamin hier.«

Der Kamin sah aus, als hätte er als Nistplatz für Dohlen gedient.

»Und es gibt einen Herd.«

Der war mit alten Fettspritzern übersät, das Emaille war an den meisten Stellen abgeblättert und hatte schwarze Flecken hinterlassen.

»Und einen Kühlschrank, dort hinten, wo der Fußboden ein Loch hat.« Wegen der Feuchtigkeit war das Linoleum durchgefault, und man konnte den Schimmel darunter sehen. »Hier müssen Sie aufpassen, ist ganz schön gefährlich.«

Weil sie immer resignierter guckte, fügte er hinzu: »Sie sind hier für sich. Wenn Sie die Tür hinter sich zuziehen, haben Sie Ihre Ruhe. Und die Mülltonnen sind gleich um die Ecke. Die werfen da feine Sachen hinein, die braucht man sich nur zu holen. Viel Salat ist dabei.«

Nach der Besichtigung schlägt sie sich das Cottage aus dem Kopf und zieht den Campingplatz eine Meile die Straße runter als Alternative in Betracht. Dort werden ein paar Wohnwagen das ganze Jahr über vermietet. Vielleicht ist das eine Möglichkeit für ein Zuhause für sich und die Kinder und womöglich hält dort der Schulbus, weil noch mehr Kinder dort wohnen. Aber vor Ende der Saison kann sie wahrscheinlich keine feste Zusage für einen eigenen Wohnwagen bekommen.

»Die Freizeitangebote für das Personal«, wie Mrs. Stokes sie geschwollen bezeichnet, kommen den Angestellten vor wie ein schlechter Witz. In der Halle, in der sie empfangen wurden, stehen ein paar wackelige Stühle, die Tischtennisplatte ohne Schläger und Bälle, ein Schwarzweißfernseher und eine altmodische Musiktruhe mit einem Gehäuse aus Walnussholz. Die winzige Kochnische nebenan ist ungemütlich und mit dem Nötigsten ausgestattet, als ob die Hoteldirektion damit versuchte zu verhindern, dass das Personal die Pausen genießt. Die schweren eisernen Heizkörper werden jedes Jahr am ersten April ausgeschaltet, egal, welche Temperaturen gerade herrschen. Und neben zwei mit Gas betriebenen Heizstrahlern, deren Kapazität bei weitem nicht ausreicht, die Halle zu heizen, liegt ein Haufen abgebrannter Zündhölzer am Boden.

Nicht dass sie viel Freizeit hätten. Das Hotel ist trotz des feuchten, wolkenverhangenen Junis komplett ausgebucht. Erstaunt erfahren sie, dass die Gäste wegen des ausgezeichneten Rufs des Hotels bereits ein Jahr im Voraus buchen, um sicherzugehen, ein Zimmer zu bekommen.

Kirsty weiß zu schätzen, dass sie keine Angst mehr zu haben braucht. Das ist für sie wie ein warmes Zimmer im Winter, in dem sie ein knisterndes Feuer begrüßt. Allmählich gewöhnt sie sich daran, dass sie ins Bett gehen kann, ohne dass er neben ihr liegt. Sie muss nicht mehr auf Zehenspitzen herumlaufen und fürchten, Trevor zu reizen. Manchmal springt sie erschrocken auf, wenn jemand vorbeigeht, um dann zu lächeln, weil es nicht er ist. Schwierige Gäste sind kein Problem für sie. Sie ist daran gewöhnt, freundlich zu sein und sich unterzuordnen. Oft grübelt sie darüber nach, wie er wohl vorgehen wird, um herauszufinden, wo sie sich aufhält, und wo Jake und Gemma sind. Er wird die Schule aufsuchen, da ist sie sich sicher. Aber die Schulleitung wird ihm nicht weiterhelfen können, weil sie selbst nichts weiß. Als sie die Kinder an dem letzten Tag hinbrachte, sagte sie den Lehrern nur, sie würden verreisen. Er weiß nichts von dem Zentrum, aber dort würde er bestimmt keine Auskunft erhalten. Bei ihrer Arbeitsstelle hatte sie einfach angerufen und erklärt, sie sei erkrankt.

Wenn sie an ihn denkt, wird ihr sofort kalt.

Aber sie hat Freundinnen, endlich echte Freundinnen gefunden. Ein paar Mal mussten sie so lachen, dass ihnen die Tränen nur so über die Wangen liefen. Kirsty hatte schon gedacht, das Lachen längst verlernt zu haben. Leider sieht sie die anderen beiden nicht oft wegen der unterschiedlichen Arbeitszeiten.

Manchmal geht Kirsty Bernies Unordnung auf die Nerven – sie drückt sich ihre Zigarettenstummel an der Schuhsohle aus und wirft ihre Kleidungsstücke einfach auf den Boden – und Avrils Geschnarche.

»So ist es nun mal«, meint Avril fröhlich. »Wir sind jetzt eine Familie und müssen Kompromisse schließen.«

»Du bist nicht meine Familie«, seufzt Bernie.

An ihrem zweiten Tag im Burleston freute sich Kirsty über einen Brief von Maddy und zwei selbst gebastelte Karten von den Kindern. »Alles läuft prima. Ich habe ein paar Fotos gemacht, die ich dir das nächste Mal schicke. Jake spielt ›Peggy Sue‹ auf der Gitarre, und Gemma züchtet Salamander für ihre Farm. Wenn es für diese beiden Kinder hier nicht die ideale Umgebung ist, fress ich einen Besen.«

Lächelnd hatte Kirsty die Karten an ihr Herz gedrückt und versucht, ihre Kinder daran zu riechen. Aber die Unmengen aufgeklebter Glitter und Sticker auf den Karten konnten sie mehr als Worte oder vertraute Gerüche trösten.

An diesem Abend, nach einem hektischen Samstag und ihrer ersten Woche hier, schlendert Kirsty in die ruhige Hotelhalle, um sich mit Büchern einzudecken. Antiquitäten und Gemälde schaffen hier eine gediegene Atmosphäre. Zwei ältliche Damen am Kamin merken sofort, dass sie eine Angestellte ist, und sehen absichtlich in eine andere Richtung. Sie kann die Bücher riechen, bevor sie das Regal erreicht – ihr modriges Papier, Bücher, die nur selten aus dem Regal geholt werden. Hingegen scheinen die unzähligen Zeitschriften sich reger Nachfrage zu erfreuen, denn von jedem Magazin gibt es hier die aktuelle Ausgabe. Auch Stapel von Spielen befinden sich im Regal, Spielkarten und Puzzles für regnerische Nachmittage, aber welche Kinder waren heutzutage noch dafür zu begeistern?

Kirsty sucht vergebens nach Taschenbüchern, Liebesromanen und Schmökern. Der Colonel hat offenbar kistenweise Bücher von Flohmärkten zusammengekauft. Sie vertieft sich in die Klappentexte dieses Sammelsuriums von Reise- und Abenteuerbüchern: *König Salomons Diamanten* und *Moby Dick*, *Wolfsblut* und *Huckleberry Finn*, sucht etwas Romantischeres, etwas von einer Frau Geschriebenes. Ihr Blick fällt auf einen Band von Mrs. Beeton, zwei Bücher von Emily Brontë, eines von Daphne du Maurier und ein paar von Reader's Digest herausgegebene Sammelbände. Kein Buch davon interessiert sie auch nur halbwegs.

»Kann ich Ihnen helfen?«

Die Stimme der weißhaarigen, dürren Dame klingt gereizt. »Suchen Sie etwas?«

»Es tut mir Leid. Ich wollte Sie nicht stören.«

»Es stört uns aber schon, wenn Sie hinter unserem Rücken herumkramen. Was suchen Sie denn da überhaupt?«

»Ich suche etwas zum Lesen.«

»Es kann doch nicht so schwer sein, hier etwas zum Lesen zu finden. In diesen Regalen stecken hunderte von Büchern, die alle, da bin ich sicher, lesenswert sind. Aber dieser Raum hier ist als Lesezimmer, als ruhiger Leseraum gedacht…«

»Ich weiß, und es tut mir Leid.«

Kopfschüttelnd wendet sich die alte Dame ab und streckt ihre Hand nach der silbernen Teekanne aus. »Ach, bevor Sie gehen, Sie könnten mir nachschenken, sind Sie doch so freundlich.«

»Aber gerne, Madam.«

Ohne darauf zu achten, welche Bücher sie mitnimmt, kommt Kirsty der Aufforderung nach und verlässt fluchtartig den Raum.

Das dicke orange Buch mit dem Titel *Magdalene* hebt sie sich bis zuletzt auf. An den darauf folgenden Abenden quält sie sich durch die anderen Bücher. Zum ersten findet sie gar keinen Zugang, weil es so kompliziert geschrieben ist, und im zweiten geht es nur um den Burenkrieg: Blut fließt in Strömen, und es gibt jede Menge tote Pferde und Helden.

»Ich fahre am Montag nach Truro. Dann bringe ich dir ein paar dicke Wälzer aus der Bücherei mit«, tröstet Avril sie. »Damit du zu jammern aufhörst. Ich verstehe übrigens nicht, warum sie nicht im Foyer Bücher verkaufen«, meint Avril. »Bei diesem Wetter wäre das doch ein Bombengeschäft.«

»Was meinst du, Bernie?«

»Für mich könntest du die neueste *TV Movie* und eine Frauenzeitschrift besorgen, das reicht.«

Bernie führte ein zeitungs- und damit nachrichtenloses Leben. »Warum sollte ich mich denn damit behelligen?«, lacht sie achselzuckend. »Liegt das an deiner Schule?«, rätselt Kirsty. »Werden meine Kinder auch mal so dumm werden wie du? Oder liegt es daran, dass du dich ständig mit dir selbst beschäftigst?«

»Das Um-mich-selbst-Kreisen macht schlank«, entgegnet Bernie mit einem Seitenblick in Richtung Avril.

»Lieber bin ich fett, als deinen Liebeskummer zu haben«, schnaubt Avril. »Das ist doch nicht mehr normal.«

Bernie stürzt sich auf jeden Psychotest und verschlingt sämtliche Horoskope, in der Hoffnung, darin Aufschlüsse über ihre Zukunft zu finden.

Obwohl Kirsty selbst nur leichte Kost liest und nie besonders viel Wert auf Bildung gelegt hat, bereut sie es jetzt, keinen ordentlichen Beruf gelernt zu haben. Dann hätte sie das Selbstvertrauen und die finanziellen Mittel besessen, um Trevor schon vor Jahren zu verlassen. Hätte sie sich besser auf die Prüfungen vorbereitet, müsste sie jetzt nicht Fremden das Bett machen, ohne die geringste Aussicht, ihren Kindern ein sorgenfreies Leben bieten zu können. Selbst Avril hatte es geschafft, einen Bürojob zu bekommen, denkt Kirsty, und kennt sich mit Computern aus.

Kirsty hält den Atem an, sie kann es nicht fassen, was sie da gerade liest.

Noch nie hat sie …

»Und das spießige Karussell, mit dem eine Frau fahren muss, will sie ihr Ziel erreichen …«

Das ist …

Es gibt keinen …

»In voller Absicht schuf Gott manche unter uns, um das Böse zu verbreiten. Es steht uns nicht an, ihn nach seinen Gründen zu fragen. Uns steht an, ihn zu verehren, ihm auf Knien für das zu danken, was wir sind.«

Erst ist sie schockiert, doch dann liest sie gebannt weiter. Sie kann nicht glauben, dass so etwas gedruckt wurde, und noch weniger, dass sie etwas so Blasphemisches derartig fasziniert.

Eine Stunde verstreicht. Sie muss aufhören. Wenn sie weiterliest, ist sie den ganzen nächsten Tag müde, aber sie kann nicht ins Bett kriechen und weiterlesen, ohne Avril und Bernie zu stören. Also wirft sie ihren Parka über ihr Nachthemd und schleicht in den Sozialraum.

Magdalene ist überhaupt kein Text, *Magdalene* ist *Magie!*

»Ich begann mit dieser Niederschrift in einer ruhigen Ecke meines Zimmers. Dabei trug ich Handschuhe, bedeckte, während ich schrieb, die Seite mit der Hand, damit niemand, wenn er hinter mich träte, die ungeheuerlichen Geheimnisse meiner Seele erführe … wie die steinernen Monster auf den Kirchen waren sie, geflügelte Teufel geradewegs aus der Hölle entfleucht …«

Kirsty hält gebannt den Atem an.

»Er, der mich mit seinem Lächeln getötet hatte, hatte sein Leben verspielt. Ich hasste ihn für seine Zärtlichkeit und liebte ihn mit der verhängnisvollen Last meines Begehrens …«

Das Buch enthält ihre geheimsten Wünsche und Ängste und lässt sie erschauern vor Entsetzen. Mal agierte die Heldin als Erpresserin, mal als Märtyrerin, mal liebevoll, mal niederträchtig – die Heldin jagt Kirsty Angst ein, tröstet sie und bringt sie zum Lachen.

Kirsty fühlt sich, als sei sie alleine in einem dunklen, fremden Zimmer aufgewacht. *»Das Böse ist nicht ziellos. Ich bin ein unterirdisches Ungeheuer, das seinen Kopf und sein Maul aus der Erde streckt auf der Suche nach einem Opfer. Es ist so schön, so einfach, ihn zu töten …«* Gelegentlich sieht Kirsty auf, blinzelt und reibt sich erschöpft die Augen, nur um gleich wieder dieser Mischung von Gefühlsextremen zu verfallen, der Zärtlichkeit, dem Humor und dem Bösen dieser Prosa.

Was für ein Mensch hat das geschrieben?

Kirsty zwingt sich dazu, die Geschichte zu verlassen, um eine Antwort auf die Frage zu finden.

Ellen Kirkwood.

Kirsty hatte noch nie von ihr gehört.

Diese Ausgabe, die sich, abgesehen vom muffigen Geruch, in einem hervorragenden Zustand befindet, wurde 1913 gedruckt. Der Verlag, Bryant, führt keine anderen Titel der Autorin auf und weder eine Biografie, noch ein Foto, oder sonst einen Hinweis.

»Mein ganzes Wesen ist besessen von ihm, hängt zwischen Sein und Nichtsein, Vernichtung …«

Kirsty fragt sich, wie dieses Buch auf andere wirken mag. Unglaublich, dass ein vor so langer Zeit geschriebener Roman noch heute genau den richtigen Ton trifft. Wenigstens fast. Man müsste nur ein paar Kleinigkeiten ändern …

Als Kirsty das Buch zuklappt, strömt das Morgenlicht durch die schlierigen Fenster.

Das Romanende erträgt sie nur, weil sie weiß, dass sie jederzeit das ganze Buch wieder von vorne lesen kann.

5

Graham Stott, Avrils Bruder, bereitet sich auf seine Entlassung auf Bewährung vor. Er hat drei Jahre wegen Einbruchs abgesessen. Es hätte auch noch schwere Körperverletzung hinzukommen können, wenn die Frau, die oben in dem Haus geschlafen hatte, aufgewacht wäre.

»Das ist illegal. Du kannst nicht einfach ein Buch neu schreiben und als dein eigenes ausgeben. Was ist, wenn du auffliegst und angeklagt wirst?«, ruft Avril empört.

Bernie verteidigt Kirstys Idee. »Du bist pleite, sie ist pleite, und wegen so einer Lappalie schicken sie bestimmt niemanden in den Knast.«

»Aber was ist mit deinen Kindern?«, wirft Avril ein. »Ihre Mutter wäre dann eine Verbrecherin?«

Auf die Reaktion ihrer Mitbewohnerinnen ist Kirsty nicht gefasst. Intuitiv hat sie sich längst entschieden. Eine Mischung aus Glücksgefühl und Wut hatte sie überwältigt. »Ihr müsst ja nicht mitmachen«, hält sie ihnen entgegen. »Aber da springt Geld raus und lustig kann es auch werden.«

Kirsty wundert sich selbst über ihre Entschlossenheit.

»Bei dem Geld bin ich dabei«, meint Bernie.

»Was wärst du denn schon für eine Hilfe?«, schnaubt Avril verächtlich. »Du mit deinem Spatzenhirn kannst ja kaum lesen und schreiben.«

»Ich bin die Einzige hier, die was erlebt hat. Und deshalb braucht ihr mich, wegen meiner Lebenserfahrung.«

»Ihr müsst es beide lesen«, erklärt Kirsty energisch. Vielleicht hatte sie auf *Magdalene* übertrieben reagiert, vielleicht würde das Buch den anderen gar nichts sagen. »Ich werde die Story in die Gegenwart übertragen. Ich weiß, dass ich das kann, das ist kein Problem. Avril kann es lesen, während sie es abtippt und wenn Bernie es liest, nachdem es fertig ist, wissen wir, ob es etwas Besonderes ist oder nicht.«

»Auf mich wirkt es todlangweilig«, mault Bernie, lässt die Augen über die Buchstaben gleiten, nimmt das Buch abwägend in die rechte Hand und lässt es sinken.

Avril ist froh, sich nützlich machen zu können. Anfangs, als sie hier ankamen, hatte sie angenommen, Kirsty könne sie nicht ausstehen, hielte sie für fett und langweilig. Auch Bernies Hänseleien hatten sie verletzt, aber nun hatten sie eine echte Beziehung zueinander entwickelt, und sie war glücklich, etwas dazu beitragen zu können. »Ich nehme ein Diktiergerät aus dem Büro mit, das kannst du ausprobieren. Damit ginge es schneller. Und ich kann das Band dann in meiner Mittagspause abtippen.«

Kirsty lächelt sie gerührt an.

»Die meisten Menschen mögen mich nicht«, hatte sie Kirsty einmal anvertraut. »Deshalb seid ihr beide etwas so Besonderes. Ich werde fast immer gemieden, und dabei bemühe ich mich so sehr, immer nett und freundlich zu sein.«

»Dass Freundlichkeit belohnt wird, ist eine dieser fatalen Irrtümer«, hatte Kirsty geantwortet. »Sei nett zu deinen Mitmenschen, und sie glauben, du führst etwas im Schilde.«

Avrils Vorgesetzter ist der Schwiegersohn des alten Colonel, und Avril geriet mit ihm aneinander, weil sie so nervös war, als er die Post abholte. Natürlich war sie unsicher, schließlich hatte sie noch nie die Post sortiert, und mit ihren dicken Fingern hatte sie nach und nach die Kontrolle über das Papier verloren. Sie fühlte sich geradezu aufgespießt von seinem flackernden Blick, der jeder ihrer Bewegungen folgte.

Ihr gemütlicher Daddy in seiner Strickjacke mit den Lederknöpfen kam ihr wehmütig in den Sinn, und sie vermisste ihn sehr.

»Hören Sie auf damit«, fuhr Derek Pugh, den sie »Mr. Derek« nannten, sie aufgebracht an. »Gehen Sie an Ihren Platz und setzen Sie sich, wer immer Sie sind. Verdammt noch mal, sehen Sie denn nicht, dass Sie alles nur schlimmer machen, so ungeschickt wie Sie sind?«

Avrils blaue Augen füllten sich mit Tränen, und das Bild ihrer Mutter tauchte vor ihr auf, wie sie in ihrem Kaminsessel die *Daily Mail* las und durch nichts aus der Ruhe zu bringen war. »So ist er nun mal«, versuchte ihre Kollegin, Miss

Pudsey, ihn zu entschuldigen, aber ihre schrille Stimme verriet, dass auch sie unter ihm litt. »Kümmern Sie sich einfach nicht um Mr. Derek. Hunde die bellen, beißen nicht.«

»Er ist ein Arsch«, erklärt Kirsty.

»Er ist ein Wichser«, setzt Bernie hinzu.

Nichts fürchtet Avril mehr als den Moment, wenn ihr Telefon läutet und Mr. Derek dran ist mit seinem: »Könnten Sie bitte kommen?«

»Wird mich mein ganzes Leben lang jemand demütigen? Werden die Menschen immer weiter auf mir herumhacken, bis nichts mehr von mir übrig ist?«

»Auf deinem Rücken klebt ein riesiger Zettel, auf dem steht ›Tut mir weh‹. Wir müssen den Grund dafür herausfinden und ihn ändern«, antwortet Bernie.

Nach Dereks Anruf betritt Avril mit einem schüchternen Klopfen sein Büro. Auf keinen Fall darf sie auf ein »Herein« warten, das würde ihn nur noch mehr auf die Palme bringen. All die Kostüme, die ihre Mutter so sorgfältig ausgesucht hat, helfen ihr nicht: Sobald sie die Schwelle seines Büros übertritt, fühlt sie sich dick und hässlich.

Schnell und exakt – das nützt ihr jetzt auch nichts mehr.

Vielleicht wären die Schüler in Avrils Wirtschaftsstudiengang besser aufs Leben vorbereitet worden, wenn ein richtiges Ekel unter den Lehrern gewesen wäre.

Doch Avril hat durch die Freundschaft zu Kirsty und Bernie neuen Mut gefasst, sie versucht sich mit ihrer Kollegin Rhoda anzufreunden, einer der wenigen ortsansässigen Angestellten im Burleston. Doch Rhoda nutzt Avrils Gutmütigkeit gnadenlos aus, lässt sie ihre Arbeit mitmachen, dehnt ihre Vormittagspause aus, verschwindet früher und benutzt das Telefon für Privatgespräche, sobald Miss Pudsey den Raum verlassen hat. Sie lässt auch ab und zu Stifte mitgehen und raucht Mentholzigaretten in den Gästetoiletten im

Erdgeschoss. Wenn sie ihre Kippen in die Kloschüssel geworfen hat, kann man so oft spülen, wie man will, sie tauchen immer wieder auf. Irgendwann wird sich jemand beschweren.

Und was ist, denkt Avril, wenn man sie verdächtigt?

»Du bist viel zu ungeduldig«, erklärt ihr ihre Mutter am Telefon, »das warst du schon immer. Nach einer Woche kannst du doch noch nicht den Himmel auf Erden erwarten.«

»Ich erwarte nicht den Himmel auf Erden, Mutter, ich erwarte, dass man mich respektvoll und höflich behandelt. Ist das zu viel verlangt?«, entgegnet Avril trotzig.

»Nein, Kind, natürlich nicht. Aber du darfst nicht vergessen, Mr. Derek ist der Chef und hat viel Verantwortung. Er kann nicht wie dein Vater nach Dienstschluss alles, was mit seinem Job zusammenhängt, einfach vergessen. Oh nein, ein Mann wie Mr. Derek muss sich ständig mit schwierigen Geschäftsfragen herumschlagen. Hinter seinem Rücken schlecht über ihn zu reden bringt dich nicht weiter, Avril. Schau nur, wie es Margaret Thatcher und ihrer Partei ergangen ist.«

Aber ich arbeite schnell und exakt, wollte Avril dagegenhalten, ich bekomme nur keine Chance. Es ist nicht einfach… normale Schreibarbeit gibt es so gut wie nie. Stattdessen sagt sie: »Einige Gäste sind sehr anspruchsvoll.«

»Dazu haben sie auch allen Grund«, entgegnet ihre Mutter. »Wärst du bei dem Preis nicht auch sehr anspruchsvoll? Du darfst nicht vergessen, Avril, dass du ein kleines Licht in einem großen Unternehmen bist, ein wichtiges Licht zwar, aber ein kleines. Und es liegt an dir, dich mit ganzer Kraft deiner Aufgabe zu widmen, damit das Unternehmen gut läuft.«

Avril und Rhoda sitzen an der Rezeption, und weil Rhoda mit dem Rücken zum Foyer sitzt, tut sie, als sähe sie die Gäste nicht, die sich beschweren wollen oder eine Frage haben, und so muss Avril sich um sie kümmern.

»Ich habe um halb neun meinen Tee bestellt…«

»Können Sie diese Verbindung am Freitag in einer Woche für mich und meinen Mann buchen…?«

»Nein, ich habe das Telefon nie benutzt, ich habe keine Ahnung, wie das auf meine Rechnung kommt…«

»Und warum geben Sie nicht bar heraus?«

»Das ist ja alles schön und gut, aber wo ist das Kindermädchen? Ich habe mit ihr ausgemacht, dass ich Jonathan nach dem Mittagessen hier im Foyer abholen würde.«

»Ich habe mit dem Golflehrer eine Stunde vereinbart, und der Herr hat mich einfach vergessen!«

Am unangenehmsten sind die Miss Lewis, Peg und Vi, die jährlich ihren Sommerurlaub im Burleston verbringen, seit ihre Eltern sie als Kinder hierher mitnahmen. Diese zwei alten Damen mit ihrem blau-lila Haar erwarten, ja verlangen, wie Filmdivas behandelt zu werden.

Gestern nannten sie sie einen faulen Kloß. Und obwohl Avril es gewohnt ist, wegen ihrer Figur verspottet zu werden – in der Schule sagten sie »Jumbo« zu ihr – hatte sie immer gehofft, im Berufsleben davon verschont zu bleiben.

»Bewegen Sie Ihren dicken Hintern doch etwas schneller«, nörgelte Peg Lewis, als Avril ihr den Schüssel ihrer Meinung nach nicht schnell genug reichte.

»Es tut mir Leid«, entschuldigte sich Avril mit roten Flecken im Gesicht.

»Heutzutage stellen sie aber auch jeden ein«, setzte Pegs Schwester, Vi, laut hinzu, als sie beide keuchend zum Aufzug wackelten.

Es gab niemanden, bei dem man sich beschweren konnte. Mr. Derek kam nicht in Frage, und Meryl Pudsey hatte sowieso keinen Einfluss.

Avril sehnte sich nach den verständnisvollen Umarmungen von Kirsty oder Bernie.

Gegen halb sieben ist Avril vollkommen am Ende ihrer Kräfte. Der Umgang mit Menschen schlaucht sie. Steno, Tippen, das Schreiben der Speisekarten, Aushänge für das schwarze Brett, Kopieren – das alles erledigt sie im Handumdrehen. Aber mit fremden Menschen zu kommunizieren, immer nett sein zu müssen, das fällt ihr schwer. Oft isst sie eine Kleinigkeit zu Abend und fällt direkt ins Bett. Die Angst vor dem nächsten Tag lässt sie nicht gleich einschlafen.

»Das ist kein Leben«, beklagt sie sich bei Bernie. »Manchmal bin ich so eifersüchtig auf dich, dass mir ganz schlecht wird, und dann hasse ich mich selbst. Warum ist das Leben so verdammt ungerecht? Du musst jeden Tag Männer abwimmeln, die mit dir ausgehen wollen. Warum fliegen Männer so auf Äußerlichkeiten?«

Bernie zupft sich Tabak von ihrem schön geschwungenen Mund. »Ich habe ein Gesicht, das sich sehen lassen kann. Und ich bin cool. Wahrscheinlich mögen die Männer mich deshalb, aber leider nie die Männer, die ich will. Warum ist das bloß so?«

Kirsty erinnert sich an einen Artikel, in dem es hieß, hübsche Kinder hätten den Vorteil, von den Lehrern unbewusst bevorzugt zu werden: hübsche Kinder oder Kinder mit hübschen Namen. Prüfer geben Schülerinnen bessere Noten, die Victoria oder Anastasia heißen, während Schülerinnen mit Namen wie Avril oder June ganz unten auf der Liste landen. Kein Wunder, dass Avril eifersüchtig ist. Bernie könnte einen alten Sack anziehen, ihre Haare unfrisiert lassen und sähe trotzdem gut aus.

»Ich wusste, dass du abgehauen bist, als ich dich im Zug sah«, erzählt ihr Bernie in einem der wenigen Gespräche, bei denen sie nicht über sich selbst redete.

»Und ich dachte, du wärst auf der Flucht.« Avril lässt sich nach einem anstrengenden Tag in ihrem Morgenmantel auf das Bett fallen.

Bernie schminkt sich vor dem halbblinden Spiegel über der Kommode.

»Auf der Flucht vor der Polizei.« Avril liebt Fernsehsendungen, in denen nach Verbrechern gesucht wird. Sie hofft immer, jemanden der Gesuchten zu erkennen, um sich sogleich darüber den Kopf zu zerbrechen, ob sie einen Nachbarn anzeigen würde. Und würde sie die Polizei auch dann informieren, wenn sie ihren Vater eines schrecklichen Verbrechens wie Mord oder Vergewaltigung verdächtigte? Nach reiflicher Überlegung kam sie jedes Mal zu dem Schluss, dass sie zuerst mit ihm reden würde: Entweder solle er sich in psychologische Behandlung begeben oder der Polizei stellen. Aber was war, wenn er ein Kind missbraucht hatte?

»Nein. Vor einem Mann. Es ist immer ein Mann.« Bernie verschönert ihr anderes Auge. Avril traut sich nicht, Bernie zu fragen, wie man einen Lidstrich zieht.

»Wahrscheinlich steht die ganze Geschichte in dem Buch, von dem du dauernd redest«, fährt Bernie fort. Im Zimmer riecht es nach dem Birnenaroma, mit dem ihr billiger Nagellack parfümiert wird. »Deshalb fasziniert es dich so, du identifizierst dich mit der Geschichte.«

Sie ist überzeugt davon, durch ihr irisches Blut mit Schriftstellern und Künstlern verbunden zu sein. Sie prahlt damit, wie sie mit ihren Künstlerfreunden durch die Dubliner Universität gelaufen ist, mit ihnen in ihren Mansardenwohnungen geraucht und am Fluss gesessen und Musik gemacht hat. Dominic Coates war ein Künstler, erzählt sie, ein Künstler im Bett. Und dann bricht sie wie auf Knopfdruck in Tränen aus. Doch sogar, wenn Bernie weint, sieht sie noch hübsch aus.

»Eines Tages werde ich mich rächen und wenn es das Letzte auf Erden ist, was ich tue.«

Anfangs behauptete Avril, sie sei mit Guy Fleming ausgegangen, einem Jungen, in den sie in der vierten Klasse an der Wirtschaftsschule verliebt gewesen war. »Natürlich hatten wir vor zu heiraten«, schwindelte Avril. »Aber dann fand ich uns mit achtzehn einfach noch viel zu jung. Vor einer solchen Entscheidung sollte man erst etwas von der Welt gesehen haben.«

»Und deshalb bist du hierher gekommen?«, fragte Bernie lachend. »Jesus, Maria und Josef, hört euch das an.«

»Na ja, ich wollte Erfahrungen sammeln. Nach dieser Saison könnte ich ja versuchen, einen Job auf einem Kreuzfahrtschiff zu bekommen.«

»Ach ja? So oder so sind wir alle Opfer von Männern.« Bei diesen Worten zupfte Bernie an ihrem engen schwarzen Kleid herum, das sie abends in der Bar trägt. »Oder etwa nicht? Irgendwie sind wir alle hier gelandet, weil wir vor etwas Angst hatten.«

»Bei mir ist das nicht so«, widersprach Avril.

Wie konnte Bernie nur so schamlos und offen über Dominics demütigende Behandlung erzählen? Was dachte sie sich denn dabei, der ganzen Welt zu berichten, wie sie von einem Mann betrogen und zum Narren gehalten worden war, den sie anbetete? Wäre Avril dies passiert, würde sie darüber schweigen wie ein Grab, so wie sie keiner Menschenseele von dem Brief erzählt hatte, den sie in Guy Flemings Fahrradtäschchen gesteckt hatte und in dem sie ihm gestand, ihn zu lieben und alles zu tun, was er von ihr verlangte. Das war kurz vor der Discoparty zum Sommerabschluss gewesen. Sie hatte befürchtet, wieder das einzige Mädchen in der Klasse zu sein, das dort ohne Begleitung hinging. Vielleicht würde der braun gebrannte, sportliche Guy Fleming dieses eine Mal eine Ausnahme machen, wenn sie ihm anbot, ihre Beine für ihn breit zu machen.

Ihre Mutter hatte ihr schließlich oft genug erzählt, dass es vor allem Sex war, worauf die Jungs aus waren. Und dass sie ein Mädchen, sobald sie es gehabt hatten, verachteten, sie als billiges Flittchen ansahen. Avril hätte nicht das Geringste dagegen gehabt, verachtet zu werden, wenn sie nur mit einem Jungen zur Abschlussparty hätte kommen können.

»Lieber Guy«, hatte sie geschrieben. »Du bist der bestaussehende Junge an unserer Schule. Ich wünsche mir, mit dir zusammen zu sein. Dann würde ich alles für dich tun – *und damit meine ich wirklich alles.* Wenn du wissen willst, wie ernst es mir damit ist, komm mit mir zur Abschlussparty. Deine Avril Stott.«

In jener Nacht konnte sie vor Aufregung kaum schlafen. »Du bist heute so eigenartig, Avril«, bemerkte ihre Mutter, der nichts entging. Avril fühlte sich so energiegeladen, dass sie ihr Bett frisch bezog, ihr Zimmer in Ordnung brachte und sogar den Schrank aufräumte.

Als sie am nächsten Tag die Schule erreichte, waren sie alle um das Schultor versammelt, Guy Fleming und seine Clique. Die ganze Mannschaft grinste und feixte. Lieber Gott, nicht in ihren schlimmsten Albträumen hatte sie sich vorgestellt, dass Guy ihren Brief seinen Freunden zeigen könnte. Ihm musste doch klar sein, wie er sie damit verletzte.

Ihre Hoffnung zerplatzte und lag ihr wie ein Stein im Magen.

»He, Aaaavril«, gröhlten sie, »was meinst du mit *alles geben*? Komm schon, Mops, zeig uns, was du mit *alles geben* meinst.«

»Wie wär's mit dem Zeichensaal in der Pause?«

»Ich geb dir zehn Pennies, wenn ich mal fummeln darf.«

»Wenn du mir einen runterholst.«

»Zeig uns deine Titten, Jumbo.«

Dann zog einer von ihnen ein Kondom aus der Tasche und wedelte damit vor ihr herum.

Am ganzen Körper zitternd ging sie an ihnen vorbei.

Es dauerte nicht lange, und die ganze Klasse wusste Bescheid.

Guy Fleming heftete ihren Brief ans schwarze Brett.

Den Partyabend verbrachte sie zu Hause vor dem Fernseher mit ihren Eltern. Danach stieg sie in die Badewanne, mit rot verheulten Augen kauerte sie in dem trüben Wasser, das sie umgab wie ihr trostloses Dasein. Sie schrubbte sich an den Stellen, die sie hatte opfern wollen, so lange mit der Nagelbürste, bis sie bluteten.

Nachdem Avril ihren Freundinnen diese peinliche Geschichte anvertraut hatte, brachen alle drei in Gelächter aus, und Avril musste am meisten lachen. Am Schluss hielt sie es nicht mehr aus, sie musste aus dem Bett heraus und den finsteren Gang entlang zum Klo schleichen – vom Schluckauf geschüttelt und in einem fort kichernd. Es war ein Befreiungsschlag.

Am nächsten Tag beginnt sie, in ihrer Mittagspause Kirstys Roman in den Computer einzugeben. Sie hat in ihrem ganzen Leben noch nichts gelesen, das sie derart berührt hat…

»Geh nur ruhig, ich mach das schon für dich«, sagt Avril

zu Rhoda. Dabei klopft ihr das Herz bis zum Hals, und sie schwitzt stark.

»Bist du sicher?« Rhoda wirft einen neugierigen Blick über Avrils Schulter. »Was machst du da eigentlich?«

Avril will diese überwältigende Erfahrung nicht teilen. »Ach, das ist nicht so wichtig. Ich muss nur etwas nacharbeiten…«

In dem Text steckt so viel Leidenschaft, dass Avril sich auf einmal voller Energie fühlt.

Diese Autorin scheint Avrils Gedanken lesen zu können. Sogar die, die ihr selbst noch nicht bewusst waren.

Es geht ihr auf die Nerven, wenn Gäste kommen und Unruhe stiften mit ihren dämlichen Wünschen. »Verschwindet, ihr Nervensägen«, würde sie dann am liebsten rufen, obwohl das gar nicht zu ihr passt. Erst als Mr. Derek zurückkommt, nimmt Avril widerwillig die Diskette aus dem Laufwerk. An diesem Abend will sie länger bleiben und die Kassette zu Ende tippen. Und hoffentlich hat Kirsty morgen mehr für sie, einen schönen, langen Textabschnitt, denn solange sie in diesem Roman abtaucht, versinkt alles andere für sie in Bedeutungslosigkeit.

6

Dominic Coates mustert die nackte Frau in seinem Bett, deren Name ihm entfallen ist. Wie soll er die bloß wieder loswerden? Warum müssen Frauen immer so klammern? Die Sache im letzten Jahr war ein Riesenfehler und nun haben ihn die Eltern für den Sommer nach Cornwall geschickt – als Rettungsschwimmer nach St. Ives.

»Wir möchten uns über den schlechten Service in diesem Hotel beschweren.«

Mr. Derek seufzt innerlich und lächelt zuvorkommend, als er den beiden Miss Lewis die Tür in seinem Büro offen hält – *wieder einmal.* Warum zum Teufel noch mal buchen diese zwei alten Schreckschrauben auch immer wieder das Burleston, wenn sie doch an allem hier etwas auszusetzen haben? Und bleiben dann auch noch volle vier Wochen? Jedes Jahr nehmen sie dasselbe Zimmer nach hinten raus, das billigste im ganzen Hotel, da man den Lift so laut hört. Trinkgeld geben sie auch keins, niemals.

Immer wieder trägt ihm das Personal zu, die beiden würden in ihr Waschbecken urinieren. Mr. Derek ist nicht erpicht auf nähere Details in dieser Angelegenheit.

»Bitte kommen Sie herein und nehmen Sie Platz, meine Damen.«

»Irgendwas ist immer«, fängt Peg Lewis mit ihrem Lieblingsthema an, dem miserablen Personal.

»Es ist der Anfang vom Ende«, stimmt ihr ihre Schwester, Vi, wild mit dem Kopf nickend zu.

Mr. Derek macht eine beschwichtigende Geste. »Sie wissen, wie schwierig es heutzutage ist, gute Leute zu finden. Wir hier im Burleston bemühen uns jedenfalls mit allen Kräften…«

»Dieses Politikergeschwätz können Sie sich sparen«, schnauzt ihn Miss Peg an. »Wie viel Uhr ist es?«, erkundigt sie sich bei ihrer Schwester.

»Fast neun«, antwortet Miss Vi.

Miss Peg rechnet schnell im Kopf nach. »Wenn es nun kurz vor neun ist, dann sitzen wir seit über eineinhalb Stunden im Lesesaal und warten auf unseren Tee. Wir haben dem Mädchen gesagt, wir wären im Lesesaal. Nach dem Dinner sind wir immer dort.«

»Wenn Sie sie vielleicht eher an den Tee erinnert hätten…«

Ein triumphierendes Lächeln breitet sich auf Miss Pegs Gesicht aus. »Es ist also unser Fehler.« Sie wendet sich an ihre Schwester. »Habe ich es dir nicht gesagt, Vi? Mr. Derek, wie oft sollen wir Ihrer Meinung nach unseren Tee bestellen? *Zwei-, drei-, viermal oder noch öfter?*«

Erschöpft streicht sich Mr. Derek über die Stirn. »Es tut mir Leid. Es ist offensichtlich, dass jemand vergaß, Ihnen Ihren…«

»Und das ist nicht alles«, fällt ihm Miss Peg ins Wort. »Letzte Woche saßen wir im Lesesaal, als jemand vom Reinigungspersonal hereinkam und sich erdreistete, die Bücher im Regal zu durchsuchen. Nein, ich bin kein Snob, Mr. Derek, aber schließlich habe ich Unsummen für Exklusivität bezahlt, um der breiten Masse zu entkommen, und nicht, um mit einer Putzfrau den Lesesaal zu teilen.«

»Ich werde mit der betreffenden Person sprechen«, verspricht Mr. Derek. »Ich kann Ihnen versichern, das wird nicht wieder vorkommen…«

»Wenn Hinz und Kunz sich nach Lust und Laune im Lesesaal ausbreiten und Bücher mitnehmen, reduziert dies die Auswahl an Büchern für die Gäste beträchtlich. Was wäre gewesen, wenn Vi oder ich in der Bibliothek nach einer Urlaubslektüre hätten suchen müssen? Nicht dass einer von uns einfiele, ohne unsere eigenen Bücher zu verreisen. Bücher, die sich jeder ausleihen kann, haben etwas Unhygienisches an sich. Vi und ich besuchen schon seit langer Zeit nicht mehr die Stadtbibliothek. Es ist unglaublich, wie viele Bücher dort zerrissen und schmutzig sind.«

»Vergiss das andere Mädchen nicht, Peg, die dicke, der man beim Laufen die Schuhe besohlen kann.«

»Ach ja, zu der wäre ich sowieso noch gekommen, Vi. An

Ihrer Rezeption ist ein neues Mädchen. Ein ungeschicktes Ding, das aussieht, als komme es direkt aus dem Kuhstall, um ehrlich zu sein. Dieses Mädchen hat keine Ausstrahlung und keinen Stil, Mr. Derek. Die meiste Zeit starrt es Löcher in die Luft. Neulich, als ich es auf seine Langsamkeit ansprach, stand es nur da, den Mund sperrangelweit offen wie ein Fisch am Haken. Das ist kein gutes Aushängeschild für Ihr Hotel, so ein Bauerntrampel an der Rezeption. Der erste Eindruck ist wichtig, und dieses unansehnliche Geschöpf ist das Erste, was man beim Betreten des Burleston sieht.«

»Ich denke, ich verstehe, was Sie meinen.«

»Das hoffe ich.«

»Miss Stott ist eine tüchtige Kraft, wenn auch noch etwas unerfahren.«

»Tüchtig ist sie. Sie sitzt noch immer im hinteren Büro und tippt und tippt. Offenbar muss sie nacharbeiten.«

»Aber im Augenblick haben Sie ein Problem mit den Leuten an der Theke?«

»Ja«, nickt Miss Vi, wobei sich ihr langer, faltiger Hals wie ein Akkordeon dehnt und zusammenzieht. »Dort haben wir unseren Tee bestellt. Und ich kann nur eines sagen, nicht bei Charlie. Charlie, das ist ein ausgezeichneter Mann. Nein, es war diese Irin mit dem entsetzlich eng anliegenden Kleid. Bei ihr hat man nie den Eindruck, dass sie einem zuhört … die ist immer in Gedanken … träumt wahrscheinlich von irgendeinem Kerl.«

»Wenn Sie so gut wären, in den Saal zurückzukehren. Ich werde Ihnen persönlich Ihren Tee bringen, meine Damen.«

»Und bekommen wir eine Entschädigung für diesen schlampigen Service?«

»Der Tee ist in der Mahlzeit bereits enthalten«, erinnerte er sie etwas gereizt.

»Dann vielleicht ein Glas süßen Sherry? Das ist doch wirklich nicht zu viel verlangt, nachdem meine Schwester und ich derart vernachlässigt worden sind?«

»Natürlich, aber gerne, und ich möchte mich nochmals in aller Form bei Ihnen entschuldigen«, erklärt Mr. Derek hastig und macht einen Diener, nachdem er aufgestanden ist, um ihnen die Tür zu öffnen.

»Ich habe die Bestellung an die Küche weitergegeben und dann nicht mehr daran gedacht«, entschuldigt sich Bernadette mit ihrer rauchigen Stimme. »Heute Abend ist sehr viel los, Mr. Derek. Die Küche hat Schuld, weil sie mir den Tee nicht gebracht hat. Hätten sie ihn heraufgeschickt, hätte ich ihn auch serviert.«

»Schenken Sie mir bitte einen doppelten Scotch ein. Ich trinke ihn, wenn ich zurückkomme.«

Und Mr. Derek nimmt sich das Silbertablett mit einer Kanne Tee und zwei geriffelten Gläsern dicker Bristol Cream.

Bernadette stiert mit glühenden Augen auf die Tür zur Küche, als könne Dominic Coates jeden Augenblick hereinkommen. Sie muss ununterbrochen an ihn denken, ballt die Fäuste vor Wut und glaubt zugleich, ihr Herz werde jeden Moment zerspringen. Hier ist zu wenig los, um sie von ihrem Liebeskummer abzulenken. Nicht einmal, wenn die Bestellungen über sie hereinbrechen und sie gleichzeitig mit einem Gast flirtet, die Rechnung erstellt, kassiert und die Gläser abtrocknet, vergisst sie, an Dominic zu denken.

Mit ihren Freundinnen darüber zu reden, hilft ihr irgendwie auch nicht weiter. Über ihn zu reden ist wie Benzin ins Feuer ihrer Leidenschaft zu gießen.

»Du solltest wirklich drüber weg sein«, hatte Kirsty sie am Abend zuvor ermahnt. »Es liegt schließlich schon ein Jahr zurück. Vielleicht solltest du mal eine Therapie machen.«

»Was ich brauche, ist etwas Gewaltiges, ein Krieg, ein Erdbeben, ein Hurrikan, etwas so Umwälzendes, dass es ihn vollkommen aus meinem Hirn löscht.«

»Verrücktes Huhn«, lachte Kirsty. Ihr fortwährendes Gemurmel ins Diktaphon hatte etwas Beruhigendes und machte Bernie allmählich neugierig auf *Magdalene.*

»Ich hätte Schauspielerin werden sollen«, meinte Bernie. »Da hätte ich mein Temperament und meine Gefühle ausleben können. In der Schule war ich gut auf der Bühne. Ich bin wahnsinnig gern eine andere Person.«

»Du solltest dir endlich mal einen Freund zulegen«, schlug Kirsty ihr vor, aber allein das Gespräch über Dominic schien ihn Bernie näher zu bringen. »Gib dir einen Ruck. Es ist ja nicht so, dass du keine Chancen hättest.«

»Alles wäre besser, wenn ich reich wäre«, entgegnete Bernie und drehte sich eine Zigarette. »Wäre ich reich, hätte ich tausend Möglichkeiten. Ich könnte reisen, könnte mir einen tollen Sportwagen kaufen, in coole Londoner Clubs gehen und die ganze Nacht durchtanzen.« Traurig blickte sie sich in dem schäbigen kleinen Zimmer um. »Aber wenn ich reich wäre, hätte er mich auch nie verlassen.«

Sie überlegt, ob sie etwas mit Mr. Derek anfangen soll. Offensichtlich hat er ein Auge auf sie geworfen, und es ist fast peinlich, wie er sie bevorzugt – vor allem, wenn sie vergleicht, wie er Avril behandelt.

Hinter der Theke hört sie, wie er ihre schüchterne Freundin im Büro anbellt:

»Können Sie mir mal verraten, was Sie hier noch so spät zu tun haben? Das Büro sollte längst geschlossen sein. Der

Nachtportier hat schon mit seinem Dienst angefangen. Man könnte meinen, Sie wären ein Workaholic, dabei bekomme ich nur Beschwerden über Sie zu hören.«

»Es tut mir Leid, Mr. Derek...«

»Räumen Sie weg, was immer Sie da machen. Und wenn Sie das nächste Mal die beiden Miss Lewis sehen, wäre es sinnvoll, wenn Sie sich entschuldigten. Und um Gottes willen, Mädchen«, seufzte er, »wachen Sie auf und machen ein bisschen Tempo!«

Mr. Derek kehrt in die Bar zurück und stürzt seinen Scotch in drei Zügen herunter.

»Noch einen, Sir?«, fragt Bernie.

»Ach, nur zu. Warum auch nicht?«

Er wirft Bernie einen langen, flackernden Blick zu. Sie schenkt ihm lächelnd einen neuen Scotch ein.

»Verdammt, verdammt, verdammt«, kläfft er. »Genauso gut kann ich das gleich jetzt erledigen, wenn ich schon mal da bin.«

Er greift zum Telefon und wählt die Sechs.

»Mrs. Stokes? Ach, gut, dass Sie da sind. Soeben beschwerten sich die beiden Miss Lewis über Mitglieder des Personals, die sich abends Bücher aus dem Lesesaal ausborgen.«

Darauf folgt eine Pause, in der er ungeduldig mit den Fingern auf die Theke trommelt.

»Falls Sie die Erlaubnis dazu geben, würde ich Sie bitten, in Zukunft davon Abstand zu nehmen. Und sagen Sie bitte der betreffenden jungen Dame Bescheid.« Er wirft den Hörer auf die Gabel. *»Mein Gott«*, schnaubt er, »dieses dumme alte Weib, als ob ich sonst keine Probleme hätte.«

Bernie mustert ihn. Zwar ist er schon Mitte vierzig, aber er hat sich gut gehalten – keinen Bauch, gepflegtes Äußeres, klarer Blick, wenn auch etwas gestresst. Doch sie kennt den Typ, sie weiß genau, was für ein Liebhaber er wäre: routiniert und überzeugt von den Ergebnissen der Umfragen in Frauenmagazinen mit solchen Titeln wie: »Wann ist ein Mann gut im Bett?« Was das wohl für Frauen waren, die diese Fragebögen einschickten?

»Ich nehme an, Sie gehen sofort schlafen, wenn Sie Dienstschluss haben?«, erkundigt sich Mr. Derek und wirft Bernie einen viel sagenden Blick zu.

»Normalerweise schon«, antwortet Bernie und bedient nebenbei einen Gast.

»Nur Arbeit und kein Vergnügen ...«, sinniert Mr. Derek und stützt sich mit einem Ellbogen auf der Theke ab, während ein Finger den Rand seines Glases umkreist.

»Nur Arbeit im Burleston, das kann man wohl sagen.«

Mr. Dereks Finger kreist immer schneller um den Glasrand, bis das Glas sirrt. »Und überhaupt, was sucht jemand wie Sie in einer Hotelbar? Sie könnten ein Model sein. Eine Schauspielerin. Ich wette, Sie können auch gut singen.«

Bernie befeuchtet sich mit der Zunge die Lippen. Ihre grünen Augen lächeln freundlich, während sie denkt: Was für ein Idiot! »Sie haben Recht. Ach ja, wie anders das Leben hätte laufen können.«

»Wenn ...?«, fordert Mr. Derek sie zum Weitererzählen auf.

»Wenn ich nichts mit Männern angefangen hätte«, antwortet Bernie.

»Dieses Miststück.« Kirsty kämpft gegen ihre aufsteigenden Tränen. »Man könnte meinen, wir leben wieder im Mittelalter. Erst erlaubt sie mir, ein Buch zu holen und nun tut sie so, als hätte ich mich in diesem verdammten Lesesaal aufgeführt wie ein durchgedrehter Hooligan.«

Es kommt selten vor, dass Kirsty noch wach ist, wenn

Bernie von ihrem Dienst zurückkommt. Noch seltener kommt es vor, dass sie ihren Gefühlen freien Lauf lässt.

»Mach dir nichts draus.« Bernie schämt sich. Wie hatte sie sich bloß eine Affäre mit Mr. Derek vorstellen können?

»Und nun muss ich die Bücher zurückbringen und darf nie mehr den Fuß über die Schwelle des Lesesaals setzen.«

»Na und? Die können dich mal. *Magdalene* kannst du doch einfach behalten. Die merken nie, dass das Buch fehlt.«

Avril kauert auf ihrem Bett und umschlingt ihre Knie.

»Ich habe gehört, wie er dich niedergemacht hat«, bedauert Bernie sie. »Er ist zu weit gegangen, der Blödmann. Denk dir einfach, noch ein paar Monate, dann ist alles vorbei.«

»Aber ich glaube nicht, dass ich das noch ein paar Monate durchhalte«, lamentiert Avril. »Ohne euch beide wäre ich schon längst nach Hause zurück.«

»Was ist mit dir?«, wendet sich Bernie an Kirsty.

»Ich muss allein schon wegen der Kinder bleiben. Wenn ich auf dem Campingplatz eine Bleibe finde, habe ich einen Job und eine Unterkunft.«

»Da kann ich mir was Besseres vorstellen. Hier ist nichts los, es ist Scheiße hier.«

»Ihr seht das alles viel zu negativ. Morgen gehen fünf Kapitel und Kirstys Zusammenfassung raus. Die braucht man, hieß es in dem Autorenhandbuch in der Bibliothek.«

»Aber darauf können wir nicht setzen.« Bernie legt ihre brennende Zigarette im Aschenbecher auf ihrem Nachtkästchen ab, während sie sich auszieht. »Überleg doch mal, wie viele Menschen Bücher schreiben, die nie gedruckt werden.«

»Warte ab, bis du es gelesen hast, Bernie. Das Buch ist der Wahnsinn, einfach atemberaubend«, schwärmt ihr Avril vor, die nun nur noch gelegentlich schnieft, während sie die letzten Seiten korrigiert, bevor sie sie Kirsty reicht.

»Ich habe euch schon gesagt, dass es mir nicht gefallen wird. Ich kann mit Büchern nichts anfangen.« Bernie wischt sich die letzten Make-up-Reste mit Watte aus dem Gesicht. »Sie sind zu anstrengend, und sie sind langweilig. Und überhaupt, wie wollt ihr es denn fertig bekommen, wenn Avril nun nicht mehr abends arbeiten darf? Und wenn sie es annehmen, werdet ihr nicht gerade viel bekommen für ein altes Buch, außer ihr macht richtig was draus.«

»Aha, und du könntest was draus machen?«, spöttelt Avril.

»Ja, zumindest würde ich es versuchen. Ich brauche nur die Gelegenheit dazu.« Was wohl die Coates-Familie sagen würde, wenn Bernadette Kavanagh plötzlich eine berühmte Schriftstellerin wäre?, fragt sie sich. Das wäre fast noch besser als Schauspielerin, weil bei Schriftstellern jeder glaubt, die hätten was im Kopf. »All die Auftritte. Stellt euch nur die chicen Kleider vor, die man da braucht. Filmverträge. Fernsehauftritte. Publicitytouren rund um die Welt. Ich habe mal darüber in einer Frauenzeitschrift gelesen. Da wurde ein Mädchen vorgestellt, das niemals auch nur in die Nähe der Vereinigten Staaten gekommen ist. Sie hat sich alles aus Werbebroschüren zusammengesucht – und einen Bestseller geschrieben …«

»Darauf hoffe ich kaum«, meint Kirsty. »Aber ein paar Tausender könnten wir gut gebrauchen.«

»Wir könnten mehr kriegen«, bemerkt Avril. »Es ist tausendmal besser als alles, was ich bisher gelesen habe.«

»Wohin schicken wir es?«, fragt Bernie. »Wie geht ihr da vor?«

»Ich habe mich für den Agenten entschieden, der auf mich am nettesten wirkte. Unter dem Namen der Agenten ist immer eine Liste mit ihren Autoren. Ich habe den mit der längsten Liste genommen.«

»Was, wenn wir von ihm keine Rückmeldung bekommen?«

»Dann probieren wir es bei einem anderen. Es gibt hunderte«, erwidert Avril.

»Und was ist drin für uns?«, Bernie zupft an ihrer Bettwäsche herum und zündet die alte Zigarettenkippe wieder an. »Außer dem Spaß, den es macht?«

»Du verstehst das wahrscheinlich nicht, aber ich habe es total gerne abgetippt, und es freut mich, Kirsty helfen zu können.«

»Avril, heb nicht ab. Du hörst dich ja an wie eine Klosterschwester. Gott will, dass wir Spaß haben, stimmt's? Das Leben kann doch nicht nur aus Arbeit bestehen?«

»Wie egoistisch du bist«, klagt Avril. »Geld ist doch nicht alles.«

»Aber es ist alles so aussichtslos«, macht sich Bernie Luft. »Schau uns doch an. Wir sitzen hier, jung, gesund, frei und ungebunden, schuften uns den ganzen Sommer in diesem Loch ab und träumen vom besseren Leben. Wir sind nichts als Ratten im Käfig. Während irgendwo da draußen eine ganze Welt auf uns wartet, fremde Länder und Menschen, machen wir uns hier den Mund wässrig. Und die ganzen superreichen Arschgeigen, die jedes Jahr ins Burleston kommen, könnten auf einem Kreuzfahrtschiff irgendwo vor den Malediven in der Sonne braten für nicht viel mehr Geld, als man ihnen hier für ein Doppelzimmer abknöpft.«

»Ja, was für Idioten!«

7

Hoch oben in ihrem Großraumbüro im Gatsby House im vornehmen Mayfair lehnt sich Candice Love in ihrem Drehstuhl zurück. Sie geht den Stapel unaufgefordert eingesandter Manuskripte durch, Manuskripte, die täglich wie die Frühstücksbrötchen geliefert werden und, falls sie zu trocken sind, mit dem standardisierten Absagebrief in ihren frankierten und adressierten Rückumschlag wandern.

Die Begleitschreiben der Autoren sind manchmal derart dilettantisch, dass es sinnlos erscheint, die Manuskripte überhaupt zu lesen.

Jeder glaubt, ein Autor zu sein, und jeder scheint genau diesen Zeitpunkt in Candice' stressigem Leben gewählt zu haben, seinem Buch zum Durchbruch zu verhelfen.

Candice liest selten mehr als die erste Seite. Nur wenige Manuskripte, die auf ihrem Tisch landeten, rechtfertigten eine intensive Beschäftigung. Die meisten Texte sind schlecht. Dennoch zahlt es sich in diesem Geschäft aus, gründlich zu sein. Man weiß nie, wann man auf einen Edelstein stößt. Sie schlägt ein Bein über das andere. Ihre Armbänder klirren, als sie ihre Designerbrille mit einem Finger hochschiebt und sich zurechtsetzt für eine halbe Stunde Lesezeit vor ihrem Lunch. Während sie sich über ein Manuskript beugt, benutzt Trevor Hoskins seinen Gas-Board-Lieferwagen für eine Privatfahrt.

Wo diese blöde Kuh den Mut, ihn zu verlassen, hernahm, wird ihm ein ewiges Rätsel bleiben. Jahrelang hatte sie es nicht gewagt, ihm zu widersprechen. Er kann sich nicht einmal daran erinnern, wann sie zum letzten Mal laut geworden ist. Diese lesbischen Emanzen müssen sie aufgehetzt haben, die überall rumlaufen mit ihren Meckifrisuren und sackartigen Klamotten. Er fragt sich, wo Kirsty diese Weiber kennen gelernt hat.

Sein Kumpel Greg versteht nicht, wieso Trevor sie zurückhaben will, wenn er sie doch so sehr verachtet, dass er sie am liebsten in eine geschlossene Anstalt einweisen lassen will.

Das sei nicht der springende Punkt. Der springende Punkt sei, setzt er seinem Kumpel auseinander, dass Kirsty seine Frau ist, verdammt noch mal. Sie steht tief in seiner Schuld, schließlich hat er sie acht Jahre lang unterstützt, sich acht Jahre lang von morgens bis abends um die Rohrleitungen anderer Leute gekümmert. Sicher, sie hat auch was getan für 2 Pfund 42 die Stunde in dem Supermarkt um die Ecke, aber er war es, Trevor Hoskins, der dafür sorgte, dass sie und die Kinder ein Dach über dem Kopf und einen vollen Bauch hatten.

»Aber meine Frau hatte nicht das Recht, meine Kinder ohne meine Erlaubnis von der Schule zu nehmen.«

»Es tut mir Leid, Mr. Hoskins«, entgegnet Mrs. Barnes, die Direktorin der Grundschule, als sie sich endlich Zeit für ihn nimmt, nachdem er eine Ewigkeit auf einem Schülerstuhl warten musste. »Wir hatten keine Ahnung, dass irgendetwas nicht in Ordnung war. Ihre Frau hat uns lediglich mitgeteilt, dass sie mit Gemma und Jake in Urlaub fahren wolle. Da in dieser Woche ohnehin die Ferien begonnen hatten, dachten wir, sie würden nicht mehr allzu viel in der Schule versäumen. Bisher war immer Ihre Frau unser Ansprechpartner wegen der Kinder, Mr. Hoskins, und wir hatten keinen Anlass, davon auszugehen, dass es dieses Mal nicht so wäre.«

Trevor hört ungeduldig zu und fühlt sich unsicher in seinem Overall. »Hat sie erwähnt, wohin sie fahren wollte?«

Mrs. Barnes überlegt kurz. »Nein, nein, von ihrem Reiseziel hat sie nichts gesagt, tut mir Leid. Vielleicht haben die Kinder ja mit ihren Freunden darüber gesprochen. Wir könnten sie fragen, wenn Sie …«

»Machen Sie sich keine Umstände.« Er war davon überzeugt, dass Kirsty in dieser Hinsicht vorgesorgt hatte.

»Ich bin sicher, sie wird sich bald bei Ihnen melden.«

Der Blick, den er ihr zuwirft, verursacht Mrs. Barnes eine Gänsehaut. »Und wenn das alles vorbei ist, verlange ich eine Untersuchung. Ich will genau wissen, was hier passiert ist. Also machen Sie keinen Fehler. Sie halten mich wahrscheinlich für zu blöd, aber ich kenne meine Rechte und weiß genau, dass Sie nicht korrekt gehandelt haben.« Trevor springt auf, stürmt auf die Tür zu und ruft der Direktorin noch über die Schulter zu: »Meine Frau ist total durchgeknallt, falls Sie das nicht gewusst haben, Mrs. Superschlau-Barnes. Und wie, glauben Sie, sieht das vor Gericht aus?«

Die Polizei erweist sich auch nicht als Hilfe. Trevor nennt ihnen seinen Namen und seine Adresse, macht Angaben zu den Kindern, aber als man ihn nach dem Namen seines Hausarztes fragt, fängt er an, herumzubrüllen: »Wozu, in Teufels Namen, brauchen Sie den?«

»Falls Ihre Frau ein psychisches Problem hat, müssen wir darüber mehr erfahren. Und dabei kann uns nur Ihr Hausarzt helfen.«

Der Polizist sieht Trevor durchdringend an. »Ihre Frau wurde also nie wegen dieser psychischen Probleme behandelt?«

»Die wollte keine Scheißbehandlung. Sie war so bescheuert, dass sie gar nicht gemerkt hat, wie durchgeknallt sie ist.«

Die Stimme des Polizisten klingt höflich und lässt keinen Rückschluss auf seine Gedanken zu. »Und Sie haben nie darauf bestanden, zum Wohl der Kinder?«

»Sie kennen Kirsty nicht«, entgegnet Trevor mit finsterer Miene und fährt sich durch sein struppiges Haar. »Was ich durchgemacht habe, kann sich niemand vorstellen. Und jetzt sind meine Kinder in Gefahr.«

»Ich bespreche das mit meinem Vorgesetzten«, sagt der Polizist unverändert freundlich. »Wir werden Nachforschungen anstellen und Sie auf dem Laufenden halten.«

An dem Morgen, an dem Candice Love sich durch den Manuskriptstapel quält, an dem Trevor Hoskins seine örtliche Polizeidienststelle aufsucht, bricht Kirsty – an ihrem zweiten freien Tag – zum Campingplatz Happy Stay auf. Da es keine öffentliche Verkehrsverbindung dorthin gibt, muss sie zu Fuß laufen.

Kirsty hat sich noch nicht an diese Gegend gewöhnt, an die schmalen bordsteinlosen Straßen, an die oft versteckten Wegweiser, die aussehen wie Bilder aus Dick Whittington, an den herrlichen Duft der am Wegrand blühenden Blumen. Nur selten mischt sich ein anderer, ebenfalls süßlicher Geruch dazwischen: der Geruch eines Tierkadavers im Gebüsch.

Bisher hatte sie noch nie Anlass zum Lügen gehabt, außer um sich vor Trevor zu schützen. Die Sache mit *Magdalene* war daher etwas völlig Unerwartetes. Doch ihr Entschluss, sich des Buches eines anderen Autors zu bedienen, stand fest und ließ keinen Raum für Gewissensbisse oder Bedenken.

Bernie hatte ganz richtig gesagt, dass sie vor einem Strafverfahren keine Angst zu haben bräuchte: Kirsty ist mittellos, ohne ein Zuhause, es gibt nichts, das sie ihr nehmen könnten außer Jake und Gemma. Und das hier ist gewiss nicht die Art von Verbrechen, für das sie jemanden hinter Gitter schicken? Die Autorin, Ellen Kirkwood, ist höchstwahrscheinlich schon lange tot, und das Buch selbst ist bestimmt seit Jahren vergriffen. Kirsty findet, dass sie niemandem schadet, schlimmstenfalls reißt sie die Leute aus ihrem Tiefschlaf. Denn sollte *Magdalene* bei anderen nur einen Bruchteil von dem auslösen, was es bei Avril und ihr ausgelöst hat, was konnte daran falsch sein?

Und überhaupt wird niemand davon erfahren.

Kirsty glaubt nicht wirklich an einen Erfolg, auch wenn Avril so euphorisch ist. Kirsty hatte nie Glück, nicht diese Art von Glück, hatte es noch nie gehabt, und dass sie viele Romane verschlungen hat, bringt ihr nicht viel, wenn es um Literatur geht. Auch wenn Kirsty die Schule nur wenige Jahre besucht hat, hält sie sich nicht für dumm. Dennoch hatte sie nie daran gedacht, ein Buch zu veröffentlichen, bis sie *Magdalene* in die Hände bekam. Das Buch umzuschreiben ist zu einer Art heiligen Mission für sie geworden.

»Magdalene war natürlich außerordentlich interessiert«, musste in »Magdalene hörte genau zu« geändert werden.

Statt *»Er verlieh seiner Befriedigung Ausdruck«* schrieb sie: »Er war begeistert.«

»Obgleich selbst nicht der Anlass für diese Tat, schienen die Gedanken, denen dieser Traum entspringt, sie nahe zu legen« übersetzte sie in ihre Worte mit: »Das schien eine gute Idee zu sein«.

Diesen altertümlichen Stil in eine klare Alltagssprache zu übertragen, darin sah sie die Herausforderung. Der größte Teil des Texts konnte jedoch glücklicherweise unverändert bleiben.

Ein paar Tage später nähern sie und Avril sich dem Schlusskapitel. Avril hatte sich mutig über Mr. Dereks Verbot hinweggesetzt, und sie beenden ihr Werk auf Seite 704.

»Es wird ein Knüller«, ruft Avril, während sie wieder einmal versucht, ohne Taschenrechner die Anzahl der Zeichen auszurechnen. »Das längste Buch, das ich je gelesen habe, war *Roots.* Ich musste es heimlich lesen, weil Mutter dagegen war. Ich habe es in einem Maeve-Binchy-Cover versteckt. Und das Buch hier wird bestimmt genauso dick.«

Der Happy-Stay-Campingplatz ist eine graue Betonfläche, übersät von Quadraten vertrockneten Grases. Er erstreckt sich von der Spitze des Kliffs bis zur Küstenstraße. Die Wohnwagen der Dauercamper erkennt man an den Zäunen und Blumenbeeten um sie herum. Alle Wohnwagen haben Namen, in denen ihre Besitzer ihre Träume ausdrücken – Namen wie Seewind, Fischadler, Stiller Winkel, andere sind fantasievoll wie Joyvern oder Glendoris.

»Ich zeige Ihnen, was für Sie in Frage kommt«, bietet Mrs. Gilcrest an, die Besitzerin, und geht mit Kirsty zu einem der größeren Caravans. »Der hier steht leer, aber nur heute Abend. Normalerweise vermieten wir nicht ab Sonntag, aber die Leute waren damit einverstanden, für den zusätzlichen Tag zu bezahlen, und dann ist das ihre Sache.«

»Ich habe zwei Kinder«, sagt Kirsty gleich zu Beginn des Gesprächs.

»Kein Problem. Hier leben einige Kinder.«

»Was ist mit der Schule?«

»Es gibt einen Bus«, erläutert Mrs. Gilcrest keuchend. Mit ihren vielen Schlüsseln erinnert sie an einen Gefängniswärter. »Die Gemeinde ist dazu gesetzlich verpflichtet, weil die Schule mehr als fünf Meilen entfernt ist und sie den Kleinen nicht zumuten, so weit zu laufen. Zu meiner Zeit war das natürlich ganz anders.«

Der Wind wird stärker, je weiter sie das Kliff hinauflaufen. Um einige der kleinen Wagen ist ein Windfang aufgestellt. Dahinter liegen Camper in der Sonne.

»Da wären wir, vierhundertneun.« Mrs. Gilcrest sperrt die verbeulte Tür auf.

»Es ist viel größer, als ich dachte«, bemerkt Kirsty und versucht, sich ein Leben mit ihren Kindern in solch beengten Verhältnissen im Winter vorzustellen. Wahrscheinlich würden sie sehr viel draußen spielen, anders als zu Hause in Barkers Terrace, wo Trevor dagegen war, dass die Kinder draußen waren. Der Lärm der Nachbarkinder machte ihn wahnsinnig, und da die kleinen Gärten zaunlos waren, konnte man das Spiel der Kinder unmöglich auf den eigenen Garten begrenzen.

Sie wagt es kaum zu hoffen, aber wenn, dank eines Wunders, *Magdalene* ankommen würde, könnte sie vielleicht genug Geld zusammenkratzen, um sich so einen alten Karren zu kaufen. Auf Grund des niedrigen Lohns, den ihr das Burleston bezahlte, hatte sie Anspruch auf Familienbeihilfe, aber sollte das zum Leben nicht reichen, würde sie von der Arbeitslosenunterstützung leben müssen, bis sie einen besser bezahlten Job fand.

»Mehr als fünfzig Bungalows sind ständig bewohnt«, erzählt ihr Mrs. Gilcrest, während sie ihr demonstriert, wie praktisch der Caravan eingerichtet ist. »Aber im Winter kann es hier recht einsam werden. Und die Witterung ist meist recht feucht.«

Das halte ich aus, denkt Kirsty. Ich halte so gut wie alles aus, solange ich mich nicht anstrengen muss, ihm alles recht zu machen und wenn mir das nicht gelingt, mich gegen seinen nächsten Schlag, seine nächste Erniedrigung wappnen muss.

Solange ich *Magdalene* habe.

»Es ist sehr schön hier. Ganz wunderbar.«

»Dann werde ich Sie vormerken«, verkündet Mrs. Gilcrest und klirrt mit den Schlüsseln. »Aber ich hoffe, Ihnen ist klar, dass die Caravans stark gefragt sind. Schließlich sind sie billig zu haben. Und ich verlange eine Monatsmiete im Voraus, bevor ich Ihnen die Schlüssel gebe.«

In der quirligen Hauptstadt sitzt Candice Love in ihrem klimatisierten Großraumbüro bei Coburn and Watts und hält – die Kaffeetasse an der Lippe – inne. Was ist das denn?

Sie liest die erste Seite des ordentlich getippten Manuskripts erneut und blättert schnell weiter auf die nächste Seite. Dieser Autor hatte Glück, sein wattierter Umschlag, der letzte Woche einging, hatte es dank eines Zufalls ganz oben auf den Stapel geschafft: Besser gesagt wegen des Falls von Linda, Candice' Sekretärin, die sich in ihren hochhackigen Schuhen übel den Fuß verknackst hatte, als sie die Post vom Hauptbüro zu Candice' Tisch tragen wollte.

Unruhig sieht Candice auf die Uhr. Eine ihr unwichtige Autorin ist nach London gekommen, um Candice bei einem Essen wegen des schlechten Angebots für ihr letztes Werk zu bearbeiten.

Obwohl sie zu dem Termin aufbrechen müsste, liest Candice weiter. Das hier macht einen so viel versprechenden Eindruck, dass sie befürchtet, jemand anders könnte sich dieses Manuskript unter den Nagel reißen, während sie im Restaurant sitzt. Ihr bleibt nichts anderes übrig, als es einzustecken und heute Nachmittag weiterzulesen.

Beim Mittagessen mit ihrer Autorin fällt es Candice schwer, sich auf das Gespräch zu konzentrieren. Immer wieder tastet sie nach ihrer Aktenmappe, um sich zu vergewissern, dass ihr »Fund« noch da ist.

»Das Problem ist«, referiert sie geistesabwesend, »dass es heutzutage kaum noch einen Markt gibt für die Art historischen Roman, wie Sie ihn schreiben.«

»Es wäre gut gewesen, wenn Sie mir das vorher gesagt

hätten«, beschwert sich ihre Autorin und schürzt trotzig die Lippen.

»Vorschüsse sind im Augenblick generell niedrig«, fährt Candice fort und stochert lustlos in ihrer Pasta. »Das betrifft nicht Sie allein. Fast alle meine Autoren müssen beträchtlich niedrigere Vorschüsse akzeptieren.«

»Aber man hat mir versprochen, mit meinem Buch würde ich den Durchbruch schaffen!«

Candice schüttelt leicht genervt den Kopf. Warum glauben die Autoren alles, was die Verleger ihnen erzählen? Warum begreifen sie nicht, dass Verleger nur selten das sagen, was sie wirklich meinen?

»Ich erinnere mich noch genau. ›Das wird Ihr Jahr‹, stand auf der letzten Weihnachtskarte.«

»Ich weiß, und es tut mir auch Leid«, tröstet Candice sie. Was soll sie sonst sagen? Vielleicht sollte sie der Autorin die Wahrheit sagen: Wie viel Überredungskunst es gekostet hatte, einen Lektor dazu zu überreden, das Buch ihrer Klientin überhaupt anzunehmen.

Die Autorin dehnt das Treffen in die Länge, indem sie noch ein Dessert und drei Tassen Cappuccino bestellt. Candice wird immer einsilbiger und wartet ungeduldig auf den Moment der Verabschiedung.

Die Autorin verspricht, als Nächstes ein spannendes und deftiges Buch abzuliefern. »Wenn Sie Sex wollen, dann bekommen Sie ihn. Ich werde einen Schocker schreiben«, verkündet die ältere Dame feierlich. Candice hofft, dass sie dafür etwas Zeit braucht.

Sie liest schnell. Kaum ist sie in ihr Büro zurückgekehrt, beendet sie das erste Kapitel. Wenn der Rest des Buches nur annähernd so gut ist, wie das Auftaktkapitel verheißt, hat sie einen Goldfisch an der Angel. Einen Goldfisch, wie sie ihn – und vermutlich auch ihr Chef, Rory Coburn –, bisher noch nie an Land gezogen hatten. War es möglich, dass sie sich täuschte? Sie könnte jetzt geradewegs ihren Chef aufsuchen, aber sie will das Ding selbst durchziehen. Das wird man ihr natürlich später übel nehmen, aber was wird das schon für eine Rolle spielen, wenn *Magdalene* erst wie eine Bombe in den Buchmarkt eingeschlagen ist.

Sie überfliegt noch einmal das beigefügte Anschreiben. Es enthält kaum Informationen über den Autor. Die kurze Zusammenfassung gefällt ihr ausgezeichnet. Was für ein erstaunliches Erstlingswerk gäbe das ab!

Spontan wählt sie die Nummer, die auf dem Briefkopf angegeben ist und muss ziemlich lange warten, bis endlich jemand abhebt.

»Ja?« Die Stimme klingt unwirsch.

»Spreche ich mit Kirsty Hoskins?«

»Nein, hier ist Mrs. Moira Stokes.«

»Gut, Ms. Stokes, könnte ich bitte Kirsty Hoskins sprechen?«

»Nein, das ist nicht möglich. Es gehört nicht zu meinen Aufgaben, im ganzen Haus nach dem Personal zu suchen. Das hier ist ein großes Gebäude, und wenn Sie schon Angestellte des Hauses anrufen müssen, wäre es sinnvoll, künftig einen Termin für das Telefonat zu vereinbaren.«

Einen solchen Umgangston ist Candice Love nicht gewohnt. In ihrem Geschäft geht es zwar auch knallhart zu, aber gleichgültig wie unangenehm eine Aussage auch ist, sie wird stets in freundliche Worte verpackt.

»Hm, Ms. Stokes, ich verstehe, ich habe Sie gestört …«

»Oh ja, das haben Sie.«

»Es handelt sich allerdings um eine sehr wichtige Angelegenheit, ich rufe aus London an …«

»Wenn Sie meinen, dass mich das beeindruckt …«

»Und ich muss mit Kirsty Hoskins sprechen.«

»Geht es um Leben oder Tod? Ist etwas mit der Familie?«

»Nein, natürlich nicht.« Candice schluckt ihre Wut über die Frau am anderen Ende herunter und bemüht sich, weiterhin nett zu klingen: »Würden Sie sich bitte meinen Namen und meine Adresse notieren?«

»Wenn es unbedingt sein muss«, erklärt Mrs. Stokes und sucht nach einem Zettel. »Aber in Zukunft machen Sie bitte vorher einen Telefontermin aus.«

8

Graham Stott hievt seinen Army- und Navy-Rucksack über die Schulter, spuckt zweimal auf das Pflaster und schreitet durch das Gefängnistor.

Auch wenn die Sozialarbeiter Mrs. Stott damit trösten, sie hätte keine bessere Mutter sein können und habe nichts falsch gemacht, fragte sie sich, woher er seine kriminelle Energie nahm.

»Nie bin ich arbeiten gegangen«, schluchzte Avrils Mutter in ihrem penibel sauberen Wohnzimmer. »Alle Frauen in unserer Straße gingen arbeiten«, schniefte sie. »Und genau das war das Schlimme. Die Kinder, bei denen niemand zu Hause war, trieben sich nach der Schule auf der Straße herum. Natürlich wollte Graham auch draußen spielen. Wie hätten wir ihn daran hindern können, als er älter als acht war?«

»Sie hatten es sehr schwer, ich weiß, Mrs. Stott«, lautete der Kommentar der Sozialarbeiter.

Mrs. Stott zupfte eines von Fluffys Katzenhaaren von einer dunkelblauen Hose. »Und nun tauchen Sie hier auf und schreiben Berichte, stochern in unserer Privatsphäre herum, als ob uns irgendeine Schuld träfe. Armer Richard«, heulte sie um ihren Mann. »Er hat immer sein Bestes gegeben. Nicht einen Tag auf der Arbeit gefehlt. Er hat sich so um Graham bemüht, nahm ihn sogar manchmal zum Angeln mit. Aber wo bleibt die Dankbarkeit, frage ich Sie?«

Das Zimmer füllte sich mit dem Gestank von Fluffys Blähungen. Das beinahe felllose Tier siechte seit fünf Jahren dahin und wollte einfach nicht sterben. »Und wenn wir nicht aufpassen, wird Avril genauso enden wie Graham. Es heißt, das sei genetisch bedingt, aber mit Richards Genen ist alles in Ordnung. Auf der Stott-Seite gab es nie auch nur die Andeutung eines Gendefekts. Und was meine Eltern angeht, die sind ganz krank von all den Sorgen.«

»Sie hatten es sehr schwer, ich weiß, Mrs. Stott.«

»Sie können sich in seinem Schlafzimmer umschauen, wenn Sie möchten. Ich habe es natürlich ganz schön auf den Kopf gestellt, nachdem er weg war. Dabei habe ich schreckliche Schundblätter und Fotografien gefunden.« Bei diesen Worten schüttelte Avrils Mutter angewidert den Kopf. »Ehrlich gesagt, ich hatte keine Ahnung, dass es solche Sachen überhaupt gibt.«

»Sie Ärmste.«

Mrs. Stott hob Fluffy hoch, setzte sie auf ihren Schoß und streichelte sie. Die Sozialarbeiterin riss entsetzt die Augen auf. »Und nein, wir wollen ihn nicht wieder bei uns haben. Ich weiß, das hört sich vielleicht herzlos an, so als ob wir unseren Sohn verstoßen, aber Sie können sich nicht vorstellen, was Richard und ich in den letzten Jahren durchgemacht haben. Wie die Polizei hier aus und ein ging, dubiose Menschen hier anriefen und Graham sprechen wollten, sein unmögliches Verhalten, die Ausdrücke, die er gebrauchte – was für ein schlechter Umgang für Avril. Er hat seinen Vater und mich ausgenutzt. Nein, wir haben darüber lange nachgedacht und sind zu dem Schluss gekommen, dass wir Graham nicht wieder hier haben wollen. Sollen sich die Behörden um ihn kümmern. Ich will nicht einmal wissen, wo er ist, und dabei bleibt's.«

Nach diesem überraschenden Gefühlsausbruch erhob sich Mrs. Stott und warf Fluffy hinaus in den Garten.

Graham Stott springt vor dem Haus in der Maple Terrace in Huyton aus dem Bus. Da ist sie, die alte Heimat, alles genauso, wie er es in Erinnerung hat. Die symmetrischen Reihen brauner und orangener Chrysanthemen stehen noch immer genauso da wie früher. Wahrscheinlich sitzen auch noch dieselben Schnecken drin. Sein Vater, da ist er sich sicher, arbeitet, und seine Mutter ist mit irgendeiner ihrer langweiligen Hausfrauenpflichten beschäftigt. Sie lässt immer etwas herumliegen, als wolle sie jeden mit der Nase darauf stoßen, wie viel sie zu tun hat: einen Staublappen über einem Geländer, Kleider im Wäschekorb, nasse Abspültücher am Haken neben der Küchentür, Kartoffeln auf dem Küchentisch, die geschält werden müssen, ein Stapel Bettwäsche am Treppenabsatz.

Die Türglocke imitiert die Melodie von Westminster.

»Hallo Ma.«

»*Was in aller Welt suchst du hier?*«

»Sie haben dir doch erzählt, dass ich rauskomme, oder?«

»Nein, das haben sie mir, Gott sei Dank, nicht erzählt.«

»Willst du mich nicht hereinlassen?«

Mrs. Stott wirft ängstliche Blicke in beide Richtungen der Straße, bevor sie rückwärts in ihre kleine Diele tritt, wohin ihr ihr hagerer Sohn folgt. Mit seiner fahlen, unreinen Haut und den Springerstiefeln sieht er noch Furcht erregender aus als sonst.

»Du kannst nicht hier bleiben, Graham.«

»Wie ich sehe, lebt Fluffy immer noch.«

»Ich habe gesagt, du kannst nicht dableiben, Graham, *mach dir das klar.*«

»Kann ich eine Tasse Tee haben?«

»Mach sie dir selbst. Und dann geh. Ich will nicht, dass dein Vater dich hier sieht und sich aufregt.«

Graham drückt sich in der Küche herum und wartet darauf, dass der Wasserkessel pfeift, er nimmt verschiedene Dinge in die Hand, als wolle er das Haus seiner Kindheit neu kennen lernen.

»Wie geht's Avril?«

»Das geht dich gar nichts an.«

»Sie muss inzwischen, warte mal, an die achtzehn sein? Ich nehme an, sie wohnt noch hier?«

»Avril hat ein eigenes Leben und einen interessanten Beruf. Sie ist auf dem richtigen Weg.«

»Im Gegensatz zu mir.«

»Das hast du gesagt, nicht ich.«

Mrs. Stott sitzt steif an ihrem Küchentisch und spielt mit dem Salzstreuer.

»Ich dachte, ich könnte eine Weile hier pennen…«

»Hast du nicht gehört, was ich gesagt habe?«

»Du wirst mich doch wohl nicht hinauswerfen?«

»Graham«, erklärt seine Mutter mit fester Stimme. »Wenn du hier eine Minute länger bleibst, als du brauchst, um deinen Tee auszutrinken, werde ich deinen Bewährungshelfer anrufen und ihm sagen, dass du mich belästigst.«

Graham wirft ihr einen anerkennenden Blick zu. »Das würdest du tun. Du bist ja knallhart.«

»Du hast mich so weit gebracht.«

Zehn Minuten später verlässt Graham das Haus in Huyton mit Avrils Adresse im Kopf. Er entdeckte sie auf einem Umschlag im Schrank, von seiner Mutter geschrieben. Und obwohl er im Augenblick nicht plant, seine fünf Jahre jüngere Schwester zu besuchen – schließlich war er nie besonders gut mit ihr ausgekommen –, hat er auf diese Weise zumindest für den Notfall einen Zufluchtsort.

Etwas Schwerwiegendes musste vorgefallen sein.

Die Angestellten des Burleston, die in den Sozialraum befohlen worden sind, können dies an Mrs. Stokes Gesicht ablesen. Mit geballten Fäusten steht sie vor ihnen.

»Leider muss ich Ihnen mitteilen, dass die beiden Miss Lewis gemeldet haben, ihnen fehle ein wertvolles Schmuckstück aus der Schublade ihres Toilettentisches.«

Unruhe breitet sich im Personal aus.

»Mr. Derek«, fährt Mrs. Stokes fort, »möchte aus verständlichen Gründen diesen Vorfall nur ungern der Polizei melden. Das Letzte, was wir wollen, ist, dass auf den Ruf unseres Hotels auch nur der kleinste Makel fällt. Daher hat er sich, mit der dankenswerten Zustimmung der Miss Lewis, dazu entschlossen, vierundzwanzig Stunden zu warten, bevor er Maßnahmen einleitet. Sollte jemand von Ihnen etwas über diese bedrückende Angelegenheit wissen, können Sie gern zunächst mich aufsuchen oder einfach das Armband in meinem Büro lassen, dessen Tür, wie Sie wissen, stets offen steht.«

»Warum wir?«, fragt einer der Kellner des Burleston wütend. »Warum zum Teufel nehmen Sie an, es sei einer von uns gewesen?«

»Typisch, diese Nervensägen.«

»Ich glaube eher, die Trantüten haben das Armband verlegt.«

»Die haben Nerven, sich da hinzustellen und uns zu beschuldigen.«

»Wir sollten Ihnen klipp und klar sagen, dass das so nicht geht«, meint ein anderer Hotelangestellter.

»Wir sollten sie dazu zwingen, die Polizei zu holen. Es kann uns doch egal sein, welchen Ruf diese Absteige hat?«

Avril, die sich in eine Ecke zurückgezogen hat, spürt geradezu, wie ihr das Blut in die Wangen schießt, und sie kann nichts gegen diese Schuldgefühle tun. Natürlich hat sie nichts mit diesem verschwundenen Armband zu tun – sie betritt nie in die Badezimmer der Gäste –, aber sie ist für die Zimmerschlüssel verantwortlich, und theoretisch wäre es ihr möglich gewesen, in das Zimmer zu gehen und das Armband einzustecken.

Diese Schuldgefühle kennt Avril seit ihrer frühen Kindheit, als ihre Mutter ständig versuchte, sie bei irgendetwas zu erwischen. Wahrscheinlich befürchtete sie, Avril könnte ihrem missratenen Bruder nacheifern wollen.

Avril jedenfalls sieht in Graham die Ursache für ihren Tick, und Kirsty und Bernie bestärken sie darin.

Avril fallen typische Szenen aus ihrer Kindheit ein.

»Avril, hast du heute schon dein Bett gemacht?«

Und wenn Avril bejahte, sauste ihre Mutter nach oben, um zu überprüfen, ob ihre Tochter die Wahrheit gesagt hatte.

»Hast du dir heute Morgen die Zähne geputzt?«

Worauf sie nachfühlte, ob die Zahnbürste nass war.

»Hast du die Briefe eingeworfen, die ich dir mitgegeben habe?«

Sofort griff sie in Avrils Rucksack.

Bei den wenigen Gelegenheiten, bei denen sie Avril bei einer Lüge ertappte, wurde Avril schwer bestraft. Entweder schlug ihre Mutter sie, oder sie sperrte ihre Tochter den ganzen Abend in ihr Zimmer, ohne Abendessen, oder ihr Lieblingsspielzeug wurde ihr weggenommen in einem schon beinahe religiösen Zeremoniell. Und das waren längst nicht alle unangenehmen Strafen.

Als sie schließlich in die Schule ging, war Avril nicht nur äußerst still, sondern hatte auch das Wort *Schuld* in großen Lettern auf ihrer Seele eingebrannt. Und weil sie dick und ungeschickt war und so offensichtlich schuldig aussah, wurde immer sie zuerst verdächtigt und befragt. Und dabei fand sie schnell heraus, dass es am leichtesten war, alles zu gestehen. Wenn sie die Hand hob und die Schuld auf sich nahm, war die schreckliche Anspannung schneller vorbei. Verglichen mit den Bestrafungen ihrer Mutter waren die Sanktionen in der Schule milde – gewöhnlich eine Strafarbeit oder Nachsitzen, aber nichts wirklich Angsteinflößendes. Doch indem sie sich für so viel schuldig erklärte, geriet sie in eine Art Teufelskreis. Ihre Zeugnisnoten verschlechterten sich dramatisch und gaben Mrs. Stott einen Anlass mehr, sie zu bestrafen. Obwohl Avril ihre Schularbeiten stets ordentlich erledigte.

»Wissen Sie etwas darüber, Avril?«, fragte Moira Stokes, als ihr Blick auf das puterrote Mädchen in der Ecke fällt. »Das würde mich doch sehr überraschen.«

»Nein«, entgegnet Avril mit fester Stimme. Sie ist entschlossen, sich nie mehr freiwillig zu opfern. Die Zeiten sind vorbei, inzwischen ist sie erwachsen geworden. Sie hat Freunde, sie hat eine Arbeit. Ihre Mutter fehlt ihr nicht mehr. »Natürlich weiß ich nichts darüber. Wie kommen Sie darauf, mich deswegen zu fragen?«

»Sie wirken so nervös.«

Avril spricht sich im Stillen Mut zu: Sie ist nicht in ihrer Schule, und sie ist nicht das Kind im Hause ihrer Mutter. Sie ist eine unabhängige junge Frau mit einem Job und einer

Zukunft. Und was noch weitaus mehr bedeutet: Sie hat einen wesentlichen Beitrag zu dem beinahe perfekten Manuskript für Kirstys wunderbares Buch geleistet. Hätte man *Magdalene* so schikaniert, hätte sie ihren Peinigern ohne nachzudenken die Eier abgeschnitten.

»Na gut«, erklärt die knopfäugige Moira Stokes vierundzwanzig Stunden später. »Um nicht lange um den heißen Brei herumzureden: Einer von euch muss es gewesen sein. Leider hat sich bislang noch niemand wegen des Armbands gemeldet. Daher möchte Mr. Derek mit jedem von Ihnen einzeln in seinem Büro sprechen, bevor er die Polizei benachrichtigt.«

»Unverschämtheit!«, ruft Jimmy Smithers vom Küchenpersonal.

»Auf keinen Fall«, fügt Jacky Butcher hinzu.

»Leckt uns.«

»Wo liegt denn das Problem? Holt doch die Bullen. Ist doch uns egal.«

Moira Stokes wirkt schockiert und reckt ihr spitzes Kinn nach oben. »Wollen Sie damit sagen, Sie weigern sich, Mr. Derek dabei zu helfen, diese Angelegenheit vernünftig zu regeln?«

»Genau.«

»Die haben vielleicht Nerven.«

»Warum sehen Sie nicht einfach im Zimmer der beiden Schwestern nach?«

Alle Köpfe drehen sich nach Avril um, die bisher noch nie in der Öffentlichkeit das Wort ergriffen hat. Sie macht ein so unglückliches Gesicht, als stecke das fragliche Armband in ihrer Tasche.

»Wir haben nicht vor, die Ehrlichkeit unserer Gäste anzuzweifeln«, bellt Moira Stokes sie an.

Aber ihre Kollegen sind auf Avrils Seite.

»Es ist keine Frage der Ehrlichkeit, die beiden sind schlicht und ergreifend verkalkt.«

»Das sind ganz ekelhafte alte Weiber«, ruft Bernie.

»Nichts als Ärger mit denen, jedes Jahr das Gleiche.«

»Sie sind fiese alte Schreckschrauben, alle beide«, erklärt Avril und schluckt. Irgendetwas Fremdes hat sich ihrer Zunge bemächtigt. Solche Worte hat sie noch nie benutzt, aber die Wirkung ist ungemein befreiend.

»Mir bleibt nichts anderes übrig, als Mr. Derek mitzuteilen«, verkündet Mrs. Stokes und räuspert sich, um die Stimme zu erheben, »dass Sie sich alle zusammen weigern, ihm in dieser unerfreulichen Angelegenheit zu helfen. Mr. Derek wird nun nichts anderes übrig bleiben, als die Polizei zu informieren, mit all den Unannehmlichkeiten, die das nach sich zieht.«

»Du warst super, Avril.«

»Sie hätten doch wirklich zuerst das Zimmer durchsuchen müssen, bevor sie uns mit der Sache behelligen.«

Avril ist glücklich, diesen kleinen Aufstand angezettelt zu haben.

Die Mutlosigkeit, unter der sie normalerweise leidet, ist wie weggeblasen, stattdessen fühlt sie sich so stark wie noch nie. Und als am nächsten Tag der Brief ankommt, in Maschinenschrift an Kirsty Hoskins adressiert, weiß sie sofort, wer ihn geschrieben hat. Die einzigen Briefe, die Kirsty sonst bekommt, sind dicke Umschläge mit ihrer Adresse in Kinderschrift.

Avril sortiert die Post, legt die Briefe für das Personal auf den Stapel für den Sozialraum und rutscht aufgeregt auf ihrem Stuhl hin und her. Hatte wirklich jemand aus London Interesse an ihrem Roman?

»Der ist von ihnen«, ruft Kirsty laut aus und sie öffnet den kostbaren Brief mit zitternden Fingern.

»Lies laut vor.« Avril ringt nach Luft, während sie ihr über die Schulter sieht.

»Liebe Kirsty (ich darf doch?)«

»Ein gutes Zeichen, wenn sie dich mit Vornamen ansprechen will.«

»Ich habe die ersten fünf Kapitel Ihres Romans mit großem Vergnügen gelesen und bin sicher, wir können einen Verlag dafür finden.«

»Ich glaube es nicht!«, kreischt Avril, als Kirsty ungläubig aufblickt.

»Haben Sie noch mehr Kapitel abgeschlossen? Falls ja, könnte ich diese bekommen? Oder besser noch, könnten wir uns treffen, wenn Sie das nächste Mal in London sind…?« »Ha, dass ich nicht lache!« Kirsty hält inne. »Wie soll ich nach London kommen? Das hört sich ja an, als ob ich dort regelmäßig zu tun hätte. Wie stellt sie sich das vor? Dass ich mal kurz hinfahre, um ins Theater zu gehen, oder zum Shoppen oder nur für einen Zwischenstopp am Flughafen?«

»Lies weiter«, drängelt Avril.

»Ich habe versucht, Sie am Montag telefonisch zu erreichen…«

»Typisch«, wirft Avril ein. »Das war bestimmt Mrs. Danvers.«

»…daher wollte ich Sie bitten, sich telefonisch oder per Fax so bald wie möglich mit mir in Verbindung zu setzen. Mit freundlichen Grüßen, Candice Love.«

»Toll!«, ruft Avril. »Ruf sofort an!«

»Lass mal.« Kirsty lutscht geistesabwesend an einer Haarsträhne. »Ich muss erst darüber nachdenken.«

»Was gibt es da groß nachzudenken? Unser Buch gefällt ihnen!«

»Aber mein Name darf nirgends auftauchen!«

»Was meinst du damit?«

Kirsty senkt die Stimme. »Trevor natürlich! Ich bin blöd! Warum habe ich überhaupt meinen eigenen Namen benutzt?«

»Du brauchst ein Pseudonym.«

Kirsty schüttelt den Kopf und wirkt plötzlich ganz niedergeschlagen. »Ich kann sowieso nicht nach London fahren, dafür fehlt mir das Geld.«

»Das Geld können wir auftreiben«, meint Avril.

»Wie komme ich eigentlich darauf? Ich kann unmöglich ein Buch unter meinem eigenen Namen veröffentlichen. Trevor wird Wind davon bekommen und mich finden ... und überhaupt, Avril, was ist bloß los mit dir? Wo sind deine moralischen Grundsätze geblieben? Du wirkst, als hättest du Spaß an diesem Schwindel.«

»Scheiß auf die moralischen Grundsätze.« Wieder klingen die Worte so gar nicht nach Avril. Und dann geht ein Leuchten über ihr Gesicht. »Bernie könnte es machen«, ruft sie.

Kirsty starrt Avril stirnrunzelnd an. Avrils Augen glitzern begeistert. »Bernie könnte was machen?«

»Bernie könnte so tun, als ob sie du wäre. Nach London fahren. Ihren Namen benutzen. Für so eine Gelegenheit würde Bernie glatt einen Mord begehen.«

»Aber dafür ist es jetzt zu spät«, meint Kirsty resigniert. »Ich habe das Manuskript schon unter meinem eigenen Namen weggeschickt. Die würden sich doch wundern, wenn wir auf einmal einen anderen Namen angeben.«

Avril ist nicht gewillt nachzugeben. »Du kannst behaupten, du hast dir den Namen Kirsty Hoskins einfach ausgedacht.«

»Warum hätte ich das tun sollen?«

»Aus irgendeinem Grund. Weil du Angst hattest, abgelehnt zu werden. Weil du nicht wolltest, dass irgendwer davon erfährt. Oder weil du dachtest, Kirsty Hoskins hörte sich besser an.

»Das wäre vielleicht wirklich eine Lösung.«

»Wir können jetzt nicht aufhören, wir müssen weitermachen«, ruft Avril enthusiastisch. Es ist ihr fast unheimlich, wie wichtig das Buch für sie ist.

»Wir können Bernie ja fragen, was sie davon hält, und sie überreden, die Agentin anzurufen. Und in meinen Ohren klingt der Name Bernadette Kavanagh ziemlich professionell.«

Avril seufzt erleichtert. Noch nie war sie an einer so spannenden und illegalen Sache beteiligt.

Am folgenden Morgen heftet Mrs. Stokes ein offizielles Memo an das schwarze Brett im Sozialraum und verschwindet auf Zehenspitzen. Das Memo lautet wie folgt:

Die Miss Lewis, die kürzlich ein Schmuckstück aus ihrem Besitz verlegt haben, freuen sich, bekannt geben zu können, dass sich das fragliche Stück wieder aufgefunden hat. Die Geschäftsleitung möchte sich für die durch diese Angelegenheit entstandenen Unannehmlichkeiten entschuldigen. Derek Pugh.

9

Das Nachtleben in St. Ives lässt sich zwar nicht mit dem in Liverpool vergleichen, aber es verschafft Dominic Coates dennoch die gewünschte Entspannung nach einem anstrengenden Tag, den er umzingelt von Strandschönheiten vor seinem Rettungsschwimmerhäuschen verbracht hat.

Mit seinem langen, gelockten Haar, den großen dunklen Augen und der sonnengebräunten Haut hält er sich für absolut unwiderstehlich. Gelegentlich brüllt er wichtigtuerisch in sein Megafon, fordert die leichtsinnigen Jugendlichen auf ihren Luftmatratzen auf, näher ans Ufer zu kommen, oder bringt die wenigen Übermütigen zur Vernunft, die jenseits der zwei roten Flaggen schwimmen.

Am störendsten findet er jedoch die Typen, die wie er selbst aussehen, muskulöse Schönlinge, die auf ihren Surfbrettern waghalsige Kunststücke vorführen und die Aufmerksamkeit auf sich ziehen. Sie stammen meistens aus der Gegend. Kein Wunder, dass ihnen der Ansturm der Hotelgäste missfällt, zumal sie ihren Sport selbst während der Winterstürme ausüben und den Großteil des Jahres keine Rücksicht nehmen müssen auf Badende.

Verglichen mit diesen Supermännern kann Dominic nur magere Surfkünste aufweisen und versucht, dies mit anderen Fähigkeiten wettzumachen. Dem jährlichen Urlaub in der Karibik verdankt er, dass er hervorragend kraulen kann.

An diesem Tag ist das Meer so glatt, dass die Surfer am Strand neben ihren Brettern in der Sonne liegen. Auch Dominic kann sich entspannen. Am Strand unten herrscht reges Treiben, er hört Kindergeschrei und Hundegebell. Dominic hängt seinen Gedanken nach.

An Bernadette denkt er nicht. Sicher, sie war wunderbar im Bett, wenigstens für eine Weile, und er hat ihr mehr als einmal Anlass gegeben zu glauben, aus ihnen beiden könnte mal was Festes werden. Für sie stand es fest, und er widersprach nicht, wen trifft da Schuld? Sie war unheimlich attraktiv, zog alle Blicke auf sich. Es macht Spaß, ab und zu mit jemandem aus einer anderen Schicht zusammen zu sein. Aber sie klammerte, und sie war Irin, mit einem Hang zur Hysterie. Nachdem er Schluss gemacht hatte, hatte sie versucht, sich umzubringen, und es hieß, sie habe es wegen ihm gemacht. Unglaublich, was diesen Weibern so alles einfällt.

»Im Dienst sollte ich nichts Alkoholisches trinken.«

»Ist doch nur eine Dose Wein«, meint das Mädchen aus Yorkshire, die mit ihrer reichen Familie hier Urlaub macht und sich langweilt. »Er ist schön kühl. Was ist denn los, ist das zu viel für dich?«

»Führe mich nicht in Versuchung.« Er packt sie an den nackten Schultern und beißt sie sanft in den Nacken. Das fällt ihm leicht nach zwei Bier.

Sie blickt ihm tief in die Augen, aber er reagiert nicht, lehnt sich stattdessen zurück, reißt die Dose auf und setzt sie an die Lippen. Seine weiblichen Fans folgen gierig jeder seiner Gesten.

Er wischt sich den Schweiß von der Stirn – gerne würde er sich mit einem Sprung ins Wasser abkühlen, aber so lang er im Dienst ist, bleibt ihm das verwehrt. Inzwischen ist es so heiß, dass sich zwischen ihm und dem Wasser ein Dunstschleier gebildet hat, der die Strandgeräusche zu dämpfen scheint und den Strand und die Menschen aussehen lässt wie ein impressionistisches Gemälde.

Dominic wirft einen Blick auf seine wasserdichte Uhr. Noch drei Stunden geht seine Schicht, verdammt, er hat nur vier Stunden geschlafen letzte Nacht.

Das Mädchen aus Yorkshire kichert vor sich hin, während sie mit ihrem sandigen Finger über sein Bein fährt.

»Hol uns einen Cheeseburger, Süße.«

»Du kriegst noch BSE von dem Zeug. Du weißt ja nicht, was da alles drin ist.«

»Ich hol dir einen, Dom«, ruft eine vollbusige Rivalin des

Mädchens aus Yorkshire dazwischen. »Mit Ketschup und Senf?«

Dominic Coates weiß später nicht mehr genau, was ihn in diesem Moment fröstelnd innehalten ließ. Etwas ist passiert, das spürt er ganz genau, und er beginnt zu laufen, bevor er die ersten gellenden Schreie hört.

»Da ist ein Kind draußen!«

»Hilfe, holt Hilfe!«

Der weiche Sand bremst seine Schritte, als wolle ihn irgendeine Gewalt am Fortkommen hindern, und sein Keuchen scheint über den Sand zu dröhnen, als würde es durch das Megafon verstärkt. Lieber Gott, denkt er, bitte mach, dass ich nicht zu spät komme.

Den Blick leer vor Angst, steht eine Frau am Ufer und deutet in die Ferne. »Sie ist da draußen, meine Melanie, sie ist erst drei…«

Drei oder vier Erwachsene stehen wie gelähmt bei ihr und starren fassungslos auf das Meer hinaus.

»Helfen Sie mir, ich flehe Sie an! Mein Mann ist schon rausgeschwommen, aber er ist kein guter Schwimmer.«

Dominic beschattet seine Augen und sieht krampfhaft hinaus aufs Meer und da, sehr weit draußen, beinahe am Ende der Bucht, entdeckt er etwas im Wasser treiben.

Er rennt in die Wellen, bis das Wasser tief genug zum Kraulen ist. Während er schnell und automatisch seinen Rhythmus findet, verflucht er den Alkohol, der sein Tempo drosselt. Hin und wieder versucht er abzuschätzen, wie weit er bereits gekommen ist und welche Strecke er noch zurücklegen muss.

Lieber Gott, bitte hilf mir, denkt er.

Er stellt sich vor, er schwimme im Schulbecken, in der Staffel, um den Pokal. Er hat seinen Job locker gesehen, als Spaß, eine Herausforderung, eine Mutprobe.

Der Schlag auf den Kopf trifft ihn vollkommen unvorbereitet. Blind schnappt er nach Luft und kämpft gegen die Arme an, die ihn umklammern und in die Tiefe zu ziehen drohen. *»Was soll das?«* Das muss ein Verrückter sein, einer, der vollkommen durchgedreht ist. Ihm fallen die Worte der Frau von eben ein: »Mein Mann ist schon hinaus…«

»Ist schon gut, Dom, ich hab ihn.«

Dominic bekommt wieder Luft und sieht Justin aus der hiesigen Surferclique neben ihm auftauchen.

»Ich hab ihn«, brüllt der Surfer, »hilf mir, ihn wegstoßen, versuch ihn am Nacken zu packen.«

So heftig er kann, schlägt Dominic dem schreienden Mann auf den Hals.

Jetzt ist er wieder allein mit dem Meer, für das der einzelne Mensch keine Rolle spielt. Und irgendwo ist noch ein Kind. Es herrscht eine unglaubliche Stille. Sein Körper schwimmt ohne zu denken weiter, doch sein Geist scheint zu schweben. Wenn Dominic jetzt versagt, kann er nicht weiterleben mit sich und seiner Schuld, denn er weiß, er hätte im Dienst auf keinen Fall Alkohol trinken dürfen.

Ihre Hände zittern, sie bebt am ganzen Körper.

Bernie starrt die Morgenzeitung an, *die Titelseite des Regionalblattes,* die fast nackte Gestalt Dominic Coates', der soeben aus dem Meer auftaucht mit einem Kind in den Armen.

»Was ist los? Bernie! He, *fehlt dir etwas*? Hallo«, spricht Kirsty sie an. »Du bist ja leichenblass.«

Bernie reicht ihr die Zeitung. »Das ist er. Dominic Coates, der Typ, mit dem ich zusammen war.«

»Warum ist er in der Zeitung? Lass mal sehen.«

»Er hat ein dreijähriges Mädchen vor dem Ertrinken gerettet. Reanimiert hat er sie, vor einer Menge Zuschauern. Er ist ein Held. Warte mal, ich will das lesen.«

Beide beugen sich über den Artikel. »Sie machen der Mutter Vorwürfe wegen Verletzung der Aufsichtspflicht. Das Kind war eine halbe Stunde lang weg, bevor sie überhaupt merkte, dass es fehlte. Was sind das bloß für Eltern?«

»Der Vater ist ertrunken, wie schrecklich.«

»Er hätte gar nicht erst versuchen sollen, die Kleine zu retten, wenn er nicht gut schwimmen kann.«

»Seine Leiche konnten sie erst eine halbe Stunde später bergen.«

»Wie schrecklich, stellt euch das mal vor.«

Doch dieses Drama um Leben und Tod interessiert Bernie kaum, einzig und allein die Tatsache, dass Dominic diesen Sommer hier in Cornwall als Rettungsschwimmer arbeitet, ist für sie wichtig. Er ist ihr also doch gefolgt, und natürlich war es nicht schwer, sie ausfindig zu machen, er musste nur ihre Freunde fragen. Er wartete wohl noch auf den richtigen Augenblick, um mit ihr in Kontakt zu treten. Wahrscheinlich macht er sich Gedanken darüber, wie sie reagiert, nach der Selbstmordsache. Insgeheim hatte Bernie die ganze Zeit gewusst, dass Dominic noch immer etwas an ihr liegt. Man kann niemanden so intensiv lieben wie sie es tut, ohne dass diese Gefühle erwidert werden, *das ist ausgeschlossen.* Schließlich waren es seine Eltern, die sie auseinander gebracht und Dominic mit ihrer elitären Einstellung beeinflusst hatten, die damit gedroht hatten, ihn zu enterben und die ihn wohl in dieselbe Verzweiflung getrieben hatten wie Bernie.

Herzklopfend wählt Bernie vom Gemeinschaftstelefon vor dem Freizeitraum aus die Nummer der Agentur.

»Ich hätte es lesen sollen«, flüstert sie Kirsty ins Ohr.

»Verdammt, wenn ich sage, dass ich es geschrieben habe, hätte ich es vorher lesen sollen.«

»Dafür ist es jetzt auch zu spät«, zischt ihr Avril zu.

Nach einer kurzen Pause, in der alle die Luft anhalten, spricht Bernie mit Candice Love.

»Es gab hier eine Panne«, erklärt Bernie. »Ihr Anruf ist verloren gegangen. Ehrlich gesagt bin ich selbst schuld, ich benutzte nämlich einen falschen Namen, den einer Freundin. Es tut mir Leid, ich dachte, er klingt besser. Außerdem hatte ich große Angst davor, meinen eigenen zu verwenden.«

Sie sieht Avril und Kirsty fragend an. Hatte das überzeugend geklungen? Sie hatten diese Entschuldigung lange gemeinsam geübt.

»Ihr echter Name ist perfekt«, entgegnet Candice und wundert sich einmal mehr über die Spleens von manchen Autoren. Doch alles in allem ist diese Autorin etwas Besonderes und hat ein Recht darauf, exzentrisch zu sein.

»Die wichtigste Frage, Bernadette, ist, wann können wir beide, Sie und ich, uns kennen lernen?«

Für das Problem Geld haben Bernie, Kirsty und Avril eine Lösung gefunden: Für eine Rückfahrkarte von Cornwall nach London werden sie zusammenlegen und ein Apexticket kaufen. Das bedeutet, dass sie die Fahrkarte sechs Wochen im Voraus besorgen müssen. Anderenfalls müssten sie achtzig Pfund aufbringen, und das ist unmöglich.

»Meine finanzielle Situation ist im Augenblick etwas angespannt«, deutet Bernie an.

»Wunderbar«, ruft Candice aus. »Sie sagen mir, wann Sie kommen können, und ich schicke Ihnen das Ticket.«

Bernies nächster freier Tag ist der Freitag, und an diesem Wochentag sind die Tickets am teuersten. »Ich bestelle die

Fahrkarte noch heute und schicke sie Ihnen direkt zu. Ich erkläre Ihnen jetzt kurz, wie Sie zu mir kommen.«

Als sie hört, dass der Roman bereits abgeschlossen ist, bittet sie Bernie, ihn mitzubringen. »Zwar kann ich noch nichts versprechen«, sagt sie, »aber wenn der Rest des Buches so gut ist wie die ersten fünf Kapitel, dann können wir mit einigem Interesse rechnen.«

»Aber wie lange wird das alles dauern?«, fragt Bernie.

Candice beschließt, ehrlich zu sein, da sie vermutet, dass ihre Gesprächspartnerin im Literaturbetrieb noch unerfahren ist. »Ich fürchte, Sie werden sich in Geduld üben müssen.«

»Dieses Jahr, nächstes Jahr?«

»Nicht vor nächstem Jahr, fürchte ich, frühestens.«

»Von welcher Summe reden wir?«

»Hör auf damit«, raunt Kirsty ihr zu. Avril schließt die Augen und denkt: »Typisch Bernie!«

Candice lacht ihr gekünsteltes Lachen. »Auch dazu kann ich Ihnen in diesem frühen Stadium noch nichts Näheres sagen, aber der erste Eindruck gibt durchaus Anlass zur Hoffnung. Das alles hängt natürlich vom Rest des Romans ab und von der aktuellen Marktlage.«

»Wir müssen uns also in Geduld üben?«

»Das alles ist ein langwieriger Prozess, aber Ihnen wird es beim Schreiben von *Magdalene* doch bestimmt genauso ergangen sein. Wahrscheinlich haben Sie dazu auch sehr viel Zeit gebraucht.« Candice hält den Atem an, denn diese Information ist für sie von großer Bedeutung. Wenn ein Autor pro Jahr ein Buch herausbringt, dann hat er die größten Chancen, berühmt zu werden.

»Etwa sechs Wochen«, lautet die Antwort.

Nach dem Telefonat holt Bernie eine Flasche aus der Bar, und sie stoßen auf ihrem ungemütlichen Zimmer mit sizilianischem Rotwein auf *Magdalene* an.

»Wir teilen alles durch drei«, verkündet Kirsty.

»Der Roman war deine Idee, du hast ihn gefunden, du hast die ganze Arbeit gehabt, und solltest deshalb mehr bekommen«, gibt Avril zu bedenken. Der Wein steigt ihr sofort zu Kopf.

»Was, meint ihr, soll ich anziehen?«, fragt Bernie, die das Glas in einem Zug ausgetrunken hat. »Wie soll ich auftreten? Wir wollen ja nicht, dass ich den Eindruck mache, ich hätte von Tuten und Blasen keine Ahnung.«

»Aber du hast doch wirklich keine Ahnung«, meint Kirsty. »Und je weniger du sagst, umso besser.«

»Dann bezaubere ich sie mit meinem Charme.«

»Du musst mit deiner Lebenserfahrung punkten«, mischt Avril sich ein, »du bist herumgekommen.« Sie sucht nach den richtigen Worten. »In der Welt. Na ja, Männer, Sex, das meine ich damit.«

»Was? *Hältst du mich etwa für ein Flittchen?* Aber eigentlich hast du Recht, ich hatte mehr Männer als du etwas Warmes zum Abendessen.«

»Und wenn du wirklich ein Buch schreiben würdest, hätte es ein schwarzes Cover und stünde in den Tankstellen im obersten Regal.«

»Aber etwas habe ich vorzuweisen«, ruft Bernie, »eine blühende Fantasie. Das stand mal in einem meiner Zeugnisse. Wenn sich die passende Gelegenheit bietet, kann ich das ja anführen.«

»Sei einfach du selbst«, meint Kirsty. »Gib nicht an und versuche nicht, klug zu wirken, das könntest du ohnehin nicht auf lange Sicht durchhalten. Hoffen wir, du schaffst es mit deinem Aussehen.«

Die Generalprobe kommt unerwartet, als Bernie an diesem Abend hinter der Bar steht.

»Dann geht's also nach London?«, erkundigt sich Mr. Derek mit einem viel sagenden Zwinkern. »In die Großstadt. Muss ja etwas Wichtiges sein.«

»Ich habe einen Roman geschrieben.« Bernie platzt fast vor Selbstvertrauen, nun, da sie weiß, dass ihr Ex-Freund in der Nähe ist.

Ein verächtliches Lächeln umspielt Mr. Dereks Mundwinkel. »O ja, und ich bin die Königin Mutter.«

»He? Was soll das?« Bernies Stimme klingt belegt. »Warum sollte ich keinen Roman schreiben?«

»Sie sind dafür nicht ernst genug«, erklärt Mr. Derek.

»Echt super, dass Sie mir nichts zutrauen«, entgegnet Bernie schnippisch. »Aber ich habe eine Agentin gefunden, die glaubt, sie könnte den Roman verkaufen.« Wie beeindruckt Dominic erst sein wird, wenn er feststellt, dass sein kleines irisches Mädchen zu so etwas in der Lage ist. Und was werden seine Mutter und sein Vater dazu sagen, wenn sie hören, dass sie einer berühmten Autorin die kalte Schulter gezeigt haben? Auf so einen Moment hat Bernie immer gewartet. Denn berühmt werden wollte Bernadette Kavanagh schon immer.

»Na, wie findest du es?«, fragt Kirsty, als sie Bernie in das Manuskript versunken auf dem Bett liegen sieht. Ihre Zeitschriften liegen am Boden, darauf Asche und Zigarettenkippen und ein paar Strumpfhosen. Bernie liest schon seit einer Stunde, eine ganz neue Erfahrung für sie, die sich normalerweise nicht länger als fünf Minuten konzentrieren kann.

Sie zuckt zusammen und sieht Kirsty an, als sei sie eine völlig fremde Person.

»Ich kann das Ding einfach nicht weglegen.«

»Haben wir dir nicht gesagt, dass der Roman spannend ist?«

»Ja, klar, aber das ist nicht alles.«

»Natürlich ist das nicht alles. Darum geht es ja.«

»Diese Magdalene«, beginnt Bernie zögernd, »ist irgendwie nicht normal…«

»Sie steht auf der Gewinnerseite…«, unterbricht Kirsty sie leidenschaftlich. »Sie ist skrupellos. Wir könnten alle genauso stark sein, wenn wir nur wollten. Wir sind nur alle viel zu brav und angepasst, darauf getrimmt, uns unterzuordnen.«

»Ich hoffe, wir werden nie so wie sie.« Bernie blickt irritiert auf den dicken Papierstapel vor sich und dann wieder zu Kirsty. »Sie ist böse. Sie macht mir Angst. Mir wird ganz kalt, wenn ich das lese. *Spürst du das nicht?*«

»Das liegt an meinem guten Schreibstil«, erklärt Kirsty lächelnd.

»Nein.« Wieder schüttelt Bernie den Kopf, und die dunklen Locken fallen ihr ins Gesicht. »Nein, damit hat es nichts zu tun. Da ist ein Wort, das Mami manchmal verwendet, wenn sie etwas nicht verstehen kann, solche Menschen wie Heiden oder Mörder oder Pädophile. Sie nennt sie verflucht.« Bernie beginnt zu zittern. »Und deine Magdalene hat eindeutig etwas Verfluchtes an sich.«

10

»Sie hat doch oft telefoniert, Margot, sie hat in ihrer Mittagspause vom Münztelefon aus telefoniert. Das fand ich schon damals merkwürdig.«

Im Gegensatz zu Margot Banks hatten die meisten Kolleginnen keine Lust, Trevors Fragen zu beantworten.

»Und sie hat nie gesagt, mit wem sie telefoniert hat?«

Margot Banks schüttelte den Kopf und zog noch eine Zigarette aus seiner Packung.

»Ein paar hier meinten, irgendein Typ würde dahinter stecken. Manchmal haben sie die deswegen ziemlich genervt.«

Trevor wurde blass. Wie sollte sich für Kirsty mit ihrem abgespannten Gesicht denn ein Kerl interessieren? Sie hatte Trevor deutlich gezeigt, wie widerlich sie Sex mit ihm fand. Nein, ein anderer Mann konnte nicht der Grund sein. »Aber Sie glaubten nicht daran, dass es da einen Typen gibt?«

»Nee.« Margot nahm einen tiefen Zug und blies den Rauch in einen Sonnenstrahl. »Kirsty doch nicht. Sie war ein viel zu ängstlicher Typ, hatte kein Selbstvertrauen, war total schüchtern.«

»Und haben Sie sie nie mit jemandem gesehen? Draußen? Auf dem Parkplatz nach der Arbeit?«

»Warten Sie mal, da war jemand, ein paar Mal, wenn ich mich recht erinnere, wurde sie von einer Frau in einem Auto abgeholt. Ich hab mir nie was dabei gedacht.«

Trevor, der genug hatte von Margots geschminktem Mondgesicht und ihrer unverhohlenen Neugierde, sagte ungeduldig: »Fällt Ihnen sonst noch etwas ein?«

»Sie hatte unheimlich viele Zahnarzttermine. Ich fragte mich immer, wie sie sich das leisten konnte. Craig und ich gehen überhaupt nicht mehr zum Zahnarzt, außer wenn es gar nicht anders geht.«

Sie hatte also trotz seiner ständigen Kontrollen Geheimnisse vor ihm gehabt. Die Weiber waren doch alle gleich. Hätte er sich ja gleich denken können. Natürlich fragte er beim Zahnarzt nach, aber die Frau an der Anmeldung sagte, Mrs. Stott sei schon lange nicht mehr da gewesen und müsse nicht er, Trevor, wieder einmal zum Nachschauen vorbeikommen? Ohne es zu wissen, war er auf der richtigen Spur, als er die Samariter anrief.

»Sie ist verschwunden, und ich mache mir Sorgen um sie«, brummte er.

»Wir arbeiten absolut vertraulich. Die Namen unserer Klienten geben wir grundsätzlich nicht preis«, antwortete die Frau am anderen Ende kühl.

»Aber ich bin ihr Mann, und sie hat meine Kinder mitgenommen.«

»Wir würden uns gerne mit Ihnen darüber unterhalten, Mr. Hoskins, falls Sie glauben, dass wir Ihnen helfen können. Ich heiße Angela ...«

»Verpiss dich«, knurrte Trevor und knallte den Hörer auf die Gabel.

Kirsty hat keine Freunde, soviel er weiß, keine Verwandten, außer einem Bruder, mit dem sie seit Jahren keinen Kontakt mehr hatte, und die Freunde der Kinder durften sie nicht zu Hause besuchen. An Schulaktivitäten, den Basaren, Schwimmbad- und Sportpflichten und Elternbeiräten hat sie nicht teilgenommen. Kirsty konnte abends nicht weg, denn nach einem Arbeitstag musste Trevor zur Entspannung ins Pub gehen, und sie musste zu Hause auf die Kinder aufpassen.

Vielleicht ist sie in eines dieser Frauenhäuser gegangen? Oder sie hat jemanden davon überzeugt, wie schlecht es ihr ging. Es gibt genug Einrichtungen, in denen Frauen Hilfe finden, aber wohin können sich die Männer wenden? Wem kann Trev sich anvertrauen? Und er bricht beinahe in Tränen aus, so Leid tut er sich selbst.

Sein Leben ist so trostlos geworden: Wenn er von der Arbeit heimkommt, steht kein Essen auf dem Tisch, und im Kühlschrank ist nichts außer altem Schinken. Er muss sich von Fisch und Chips ernähren oder von Pizzas zum Mitnehmen. Meistens schläft er in seinem Sessel im Wohnzimmer ein und wacht frierend auf, nur um sich selbst seinen Kakao zu kochen, sich die Treppe nach oben zu schleppen und ins Bett zu fallen. Da liegt er dann mit offenen Augen und zieht an seinen Fingergelenken, bis sie knacken.

Zweimal bereits verschlief er morgens und kam zu spät zur Arbeit, weil niemand mehr da ist, der ihn aufweckt, er hört hinter seinem Rücken das Getuschel der Nachbarn und Kollegen: »Sie hat ihn sitzen lassen«, »ist abgehauen«, »kein richtiger Kerl, wenn nicht mal seine Frau bei ihm bleibt«...

Manchmal packt ihn, wenn er so alleine zu Hause hockt und alles so furchtbar still ist, eine unglaubliche Wut, und er stößt wie ein trotziges Kind mit dem Fuß gegen das Sofa und trinkt seinen Southern Comfort. Manchmal brüllt er seinen Schmerz heraus und stellt dabei den Fernseher laut, damit die Nachbarn seinen Wutausbruch nicht mitbekommen.

Nur ein Gedanke befriedigt ihn, der Gedanke an das, was er mit ihr tun wird, wenn er sie gefunden hat.

»Ich mache mir keine Sorgen«, schreibt Maddy in ihrem Brief, »weil es nur eine Erkältung ist, die sie sich eingefangen haben. Aber ich glaube, es ist besser, wenn ich mit den Kindern zum Arzt gehe, nur um sicherzugehen, auch falls sie sich mit den üblichen Kinderkrankheiten anstecken und eine Behandlung brauchen. Könntest du mir also den Namen und die Adresse deines Arztes schicken, damit ich mich darum kümmern kann? Wir hätten das schon früher machen sollen, aber in der ganzen Hektik ist das wohl ein bisschen untergegangen.«

Kirsty beruhigt sich durch einen raschen Telefonanruf bei Maddy.

Die Bücher, die sie sich aus der Hotelbibliothek geborgt

hat, hat sie längst zurückgebracht, bis auf das Buch *Magdalene* natürlich, das sie im Heizraum verbrannte. Zitternd hatte sie zugesehen, wie die Seiten sich aufdrehten und der Buchumschlag langsam zerfiel.

Was sich als schwierig erweisen wird, falls alles gut läuft und *Magdalene* einen Verleger findet, ist die Sache mit dem nächsten Buch. Kirsty hofft nicht darauf, im Lesesaal des Burleston einen weiteren Schatz zu Tage zu fördern. Wenn Ellen Kirkwood doch bloß mehr geschrieben hätte, aber andererseits, hätte sie mehr geschrieben, wäre sie wohl kaum so unbekannt geblieben.

Alle drei Frauen hoffen, dass niemand sich an den Roman aus dem Jahr 1913 erinnern möge. Dass weder Freunde noch Verwandte der Autorin ein Exemplar irgendwo aufbewahrten. Dass keiner der älteren Kritiker mit *Magdalene* ein Werk assoziiert, auf das er schon einmal in irgendeinem Archiv stieß. Vielleicht war es ein Fehler, den Titel unverändert zu lassen, aber alles war so unheimlich schnell gegangen.

Alle im Hotel reden über Bernies Buch. Bernie sorgt dafür, dass jeder davon erfährt, und Kirsty fürchtet, dem Colonel selbst könnte plötzlich einfallen *Magdalene* sei eines seiner Lieblingsbücher. Schließlich stammt das Buch aus Colonel Parkers Sammlung, obwohl die vielen anderen Buchtitel den Schluss nahe legen, dass die Bücher irgendwo gebraucht gekauft worden sind.

»Wenn dieses Mädchen es schafft, ein Buch zu veröffentlichen, dann können demnächst Schweine fliegen«, schnaubt Mrs. Stokes verächtlich. »Dummes Ding. Spielt sich bloß auf. Wahrscheinlich ist diese Schlampe nach London gefahren, um sich mit einem Kerl zu treffen.«

»Sie ist ja nur eifersüchtig«, meint Avril. Sie ist fasziniert von Bernies Unverfrorenheit. Avril hätte nicht den Mut, sich als Autorin auszugeben, mit allen Konsequenzen, die das nach sich zieht.

Auch Kirstys Kolleginnen sind beeindruckt. »Bernie ist von der Muse geküsst worden und wird ein Star«, prophezeit Lorna Hodge, die für den oberen Gang zuständig ist. »Und bei dem Aussehen nimmt ihr das jeder ab.«

»Geht als neunzehn durch«, setzt Marie hinzu, »aber heutzutage sind doch die Töchter sowieso hundertmal raffinierter als ihre eigenen Mütter.«

»Der Freund, den sie hatte, hat ihr übel mitgespielt.«

»Ach, habt ihr es noch nicht gehört. Unkraut vergeht nicht, er ist wieder aufgetaucht – im wahrsten Sinne des Wortes. Ein richtiger Held, wenn man den Zeitungen glauben darf.«

Den ganzen Freitag über wartet Kirsty ungeduldig auf Bernies Rückkehr aus London.

Wie lange wird es dauern, bis Bernie versehentlich die Wahrheit ausplaudert? Kirsty bliebe dann nichts anderes übrig, als *Magdalene* zu stoppen, falls ihr Name ins Spiel käme. Obwohl sie ein paar tausend Pfund geteilt durch drei gut gebrauchen könnte, um ein Auto für sich und die Kinder zu kaufen, Wintersachen aus einem Secondhandladen und ein paar hübsche Möbel für den Wohncontainer.

Bernie kehrt mit einem breiten Grinsen aus London zurück.

»Ich habe mich noch nie so wichtig gefühlt wie heute. Der Zug hatte Verspätung. Ich war total aufgeregt. Wir haben in einem Bistro zu Mittag gegessen, das hieß ›Le Fromage Frais‹. Sie war echt nett, aber sie machte mir Angst, ihr versteht schon. Sie ist eben ganz anders als wir. Ich durfte rauchen, und als mir die Zigaretten ausgingen, hat sie den Kellner gerufen, und er brachte mir ein Päckchen Gauloise.«

»Spann uns nicht so auf die Folter. Red schon!«, ruft Kirsty. *»Hat sie dir geglaubt?«*

Bernie lächelt selbstsicher. »Natürlich hat sie mir geglaubt«, flötet sie. »Was ist denn los? Ist das hier ein Verhör, oder was? Warum traut mir eigentlich niemand zu, ein Buch zu schreiben? Ich komme schließlich aus Irland, wisst ihr, dem Land der Künstler.«

»Aber hat sie dich was zur Handlung gefragt?«

»Sie hat mich gefragt, was am Schluss passiert.«

Kirsty schaut sie prüfend an. »Und hast du es noch gewusst?«

»Natürlich habe ich es noch gewusst«, erklärt Bernie und schnaubt verächtlich. »Ich habe es doch gerade erst gelesen. Und im Zug hatte ich keine Zeitschrift dabei, also habe ich es gleich noch mal halb durchgelesen.« Das Kreuz an Bernies Hals ist so anders als das, das Trevor trug, mit den knochigen, ans Kreuz genagelten Christusbeinen. Bernies Kreuz erinnert mehr an ein rundliches Medaillon, ihr Christus hat Aquamarine als Augen und wirkt sexy.

»Hat sie dich nach deiner Biografie gefragt? Wann du angefangen hast zu schreiben? Fragen dieser Art?«

Bernies grüne Augen funkeln. »Möge Gott mir vergeben. Ich habe behauptet, ich würde schreiben, seit ich acht sei. Es wird mir die ewige Verdammnis bringen, aber ich habe ihr erklärt, ich hätte immer davon geträumt, Schriftstellerin zu werden. *Magdalene* sei mein erster Versuch, einen richtigen Roman zu schreiben, und ich hätte nur sechs Wochen gebraucht. Ich glaube, das hat ihr gefallen.« Augenzwinkernd fährt sie fort: »Und sie schien ganz hin und weg zu sein von der Tatsache, dass ich so jung bin und so hübsch. Sie hat gar nicht mehr damit aufgehört, was das für die Publicity brächte und dass die meisten ihrer Autoren wie die Arschlöcher von Elefanten aussähen.«

»Wie lange braucht sie, um das Buch fertig zu lesen? Hat sie dazu etwas gesagt?«, fragt Avril, die schon den zweiten Schokoladenriegel zur Hälfte aufgegessen hat.

»Das scheint nicht wichtig zu sein. Sie hat schon mit ein paar Lektoren Kontakt aufgenommen und will ihnen morgen die ersten fünf Kapitel zukommen lassen. Ihr hättet ihre Lederjacke sehen sollen! Ein heißes Teil! Ich musste einen Vertrag unterschreiben, dass sie meine Agenten sind. War ein ganz einfacher Vertrag, sonst hätte ich ihn nicht verstanden.«

Bernie wühlt in ihrer Handtasche und gibt ihnen ein paar verknitterte Blätter. Dabei fallen unzählige von Candice' Visitenkarten aus der Tasche. »Ich habe mir eine Hand voll mitgenommen«, sagt Bernie achselzuckend. »Ich dachte, das sei egal. Die waren umsonst.«

»*Und du?* Was hast du ihr erzählt?«

Kirsty und Avril stieren ihre Freundin an, die mit ihrer Zungenspitze das Zigarettenpapier befeuchtet und langsam die Zigarette dreht. »Sie war ganz aufgeregt, als ich ihr gesagt habe, dass ich in einer Bar arbeite. Und dann habe ich ihr aufgezählt, wo ich überall in Liverpool gearbeitet habe, auch von dem Strip Club, wo meine Freundin und ich es nur vier Tage ausgehalten haben, bevor sie uns gefeuert haben. Und dass Daddy bei Costain arbeitet und Mummy vor Littlewood's Pools. Das schien ihr gefallen zu haben.«

»Meinen Namen hast du überhaupt nicht genannt, da bist du dir vollkommen sicher, *nicht einmal aus Versehen*?«, insistiert Kirsty, die sich wundert, dass sie überhaupt keine Gewissensbisse wegen des Betrugs hat.

»Pah! Wofür hältst du mich?«, ruft Bernie. »Für total beschränkt?«

»Also was?«, fragt Avril und versucht, sich die Haare auf Lockenwickler zu drehen.

»Wir warten ab, bis Candice von diesen Lektoren hört. Und ich schlage vor, wir warten, bis sie das Buch zu Ende gelesen hat.«

»Aber wie will sie uns erreichen, wenn sie am Telefon nicht durchkommt?«

»Ich habe ihr die Faxnummer des Hotels gegeben. Darum muss Avril sich kümmern.«

»Kein Problem«, erklärt diese.

»Sie faxt uns, wenn wir sie anrufen sollen.«

»Das müsste funktionieren.«

»Sie weiß, was hier los ist. Ich habe ihr vom Vampir Stokes und dem Kotzbrocken Derek Pugh erzählt. Sie meinte, die könnten als Hauptfiguren in meinem nächsten Buch auftreten.«

»Sie spricht schon vom nächsten Buch?«

»Sie schien fest davon auszugehen.«

»Verdammt«, bemerkt Kirsty.

»Schreibhemmung«, wirft Avril ein und setzt sich ihr rosa Haarnetz auf. »Es ist doch so, es gibt genug Schriftsteller, die nur ein Buch schreiben. Sie kann nicht erwarten, dass man eine gute Idee nach der anderen hat.«

Die neu eingestellte Arzthelferin brütet über einer Anfrage von einer Praxis am Wirral. Es geht dabei um die Karteikarten zweier Patienten von Doktor Worthington. Aber die Karten werden nicht in der Praxis aufbewahrt, sondern befinden sich beim Patienten. Nachdem sie bereits vergebens versucht hat, die Mutter der Kinder zu erreichen, ruft sie unter der alten Telefonnummer der Mutter an, vielleicht befinden sich die Karten ja dort.

Mr. Hoskins scheint gerade erst aufgestanden zu sein, so

stockend und tief spricht er. Ja, er glaube, dass die Karten bei ihm seien und er bringe sie heute Nachmittag vorbei, aber sei die Praxis sicher, dass seine Frau sie nicht mitgenommen habe?

»Ich glaube, jemand hat schon Kontakt aufgenommen mit Ihrer Frau unten in Cornwall, in dem Hotel, in dem sie arbeitet. Sie war sich sicher, dass sie die Krankenkarten nicht bei sich hat.«

»Kein Problem, das kriegen wir schon hin«, entgegnet Trevor Hoskins. »Ich bringe sie heute Nachmittag vorbei.« Nach dem Telefonat sinkt er in seinen Sessel, zündet sich eine Zigarette an und grinst breit.

11

Graham Stott streift durch die Straßen von China Town.

Seit seiner Entlassung aus dem Gefängnis sind drei Wochen vergangen. Dass seine Mutter ihn einfach so vor die Tür setzte, kränkte ihn ziemlich, zumal er nicht damit gerechnet hatte. Nach dem Besuch bei seiner Mutter wusch sich Graham notdürftig in einer öffentlichen Toilette, rasierte sich und machte sich per Anhalter auf den Weg, um seinen Vater Richard bei Burt and Sturgess aufzusuchen.

»Hi, Pa.«

Schon als kleines Kind war es Graham unangenehm gewesen, seinen Vater hier zu besuchen. Burt and Sturgess hatten seinen Vater zu einem Duckmäuser gemacht und ihn im Grunde ausgelöscht: Dieser verbrachte sein Leben damit, die Geschäftsleute aus der Innenstadt beim Kauf ihrer Bowlerhüte, Nadelstreifenanzüge und warmen Unterwäsche zu beraten.

Graham war von der Schule abgegangen, als er erkannt hatte, dass er nie zu den Menschen auf der Sonnenseite gehören würde, die einen schnellen Sportwagen fahren und die Mädchen am laufenden Band aufreißen. Von da an hatte er in Parkhäusern, Einkaufsarkaden und Unterführungen mit seinen Kumpels herumgelungert.

»Graham?«, rief sein Vater und blickte sich verstohlen um. Es wäre ihm schrecklich peinlich, wenn Mr. Sturgess Graham, der aussah wie ein Obdachloser, in seinem Geschäft entdecken würde.

»Ich war zu Hause.« Graham lehnte sich an die blank polierte Ladentheke. Wahrscheinlich hatte seine Mutter dem Vater nichts von seinem Besuch erzählt. »Und das war die reinste Zeitverschwendung.«

»Das hätte ich dir vorher sagen können. In einer Stunde habe ich Feierabend«, flüsterte ihm sein Vater zu. »Treffen wir uns im Kardomah?«

Graham musste grinsen, als ihm wieder einfiel, dass sein Vater und seine Mutter das Kardomah als geeignetes Restaurant für einen netten Abend hielten.

»Ich brauche Geld«, forderte Graham, als sie sich in der Nische neben den dicken Samtvorhängen gesetzt hatten.

»Aber ich habe keins«, antwortete sein Vater.

»Nur ein paar Scheine, fürs Nötigste.«

»Ich würde dir Geld geben, mein Sohn, wenn ich könnte. Glaub mir.«

»Kannst du nicht welches am Geldautomaten holen?«

»Du kennst doch deine Mutter. Natürlich haben wir keine Geheimzahl für unsere Bankkarte.«

»Ich würde es dir wieder zurückgeben«, behauptete Graham.

»Ich glaube dir.«

»Ich weiß nicht, wo ich heute Nacht schlafen soll.«

Sein Vater wich seinem durchdringenden Blick aus. »Du wirst schon was finden.«

»Ein Wohnheim? Ein Obdachlosenheim? Für Penner und Suffköpfe?«

»Billige Hotels. Eine Pension. Sie müssen dir doch etwas Geld mitgegeben haben, mein Sohn. Die werfen dich doch bestimmt nicht ohne einen Pfennig auf die Straße?«

»Ich nehme an, es bringt nichts, wenn du noch einmal mit Ma sprichst? Ob sie nicht doch noch ihre Meinung ändert? Nur für ein paar Tage?«

Richard Stott sank in seinem Stuhl zusammen. »Sie hat genug mitgemacht, Graham. Ihre Nerven sind überstrapaziert. Versuche einfach, das zu verstehen. Es geht ihr selbst nicht gut, und sie muss an Avril denken. Such dir doch einen Job, eine regelmäßige Arbeit mit Zukunft.«

»Ja? Einen Job? So einen wie deinen, Pa?«

Er bereute es, dass ihm das herausgerutscht war. Was brachte es ihm, seinem Vater dabei zuzusehen, wie er verzweifelt nach Ausreden suchte? Graham konnte nachvollziehen, wie sein Vater sich fühlte. Auch sein Vater hatte in seiner Jugend Hoffnungen und Träume gehabt… und was war davon übrig? Ein Bluebird Caravan und ein Eintopf, wenn er nach Hause kam.

Die alte Frau humpelt auf ihn zu, aber sie kann Graham nicht sehen. Es ist Nacht, und er hockt im Kellereingang irgendeines Rechtsanwalts, angespannt und hellwach.

Er hofft, dass sie Bingo gespielt hat – im Foyer des alten Odeon stehen schon seit vielen Jahren die Spielmaschinen mit ihren chrom- und silberblitzenden Rüstungen.

Die Frau trägt schwer an ihrer Handtasche, die Tasche zieht ihren Arm nach unten. Sie sieht eher aus wie eine Reisetasche, als ob die Alte ihre ganzen Wertsachen ständig bei sich trägt, ihre Brille und ihre Medikamente, ihre Papiertaschentücher und die Fotos von ihren Enkelkindern. Graham kauert vor dem Kellereingang und wartet auf den richtigen Moment. Seit dem Treffen mit seinem Vater hat er unzählige Nächte in Kellereingängen wie diesem verbracht, auf kaltem, hartem Beton geschlafen, immer wieder gestört von Pennern und Junkies.

Als die Frau auf seiner Höhe ist, schleicht Graham hinter sie. Er drückt ihr das Stanley-Messer an den Hals. Sie ist so zierlich unter ihrem Mantel, so leicht wie ein Vogel, das überrascht ihn.

Zwar kreischt sie kurz auf, leistet aber sonst keinen Widerstand. Mit zwei raschen Bewegungen entreißt er ihr die Handtasche und schubst sie gegen die Wand, um schneller fliehen zu können. Er braucht nur genug Zeit, um die richtigen Leute zu finden, Leute, denen seine Herkunft egal ist und was er getan hat; Leute, für die seine Dienste wertvoll sind, Leute aus der Unterwelt.

Mit zusammengepressten Lippen legt Mrs. Stott die Abendzeitung mit der Rentnerin auf dem Titelbild zur Seite, die sieben Tage im Koma gelegen hatte. Wahrscheinlich war es eine Erlösung, dass sie sterben konnte. Wegen 1 Pfund 39 war sie überfallen worden. Die Frau hätte wahrscheinlich ohnehin keine Minute mehr ohne Angst leben können, wenn sie überlebt hätte.

»Ich wollte es dir eigentlich nicht sagen, Avril«, erklärt Mrs. Stott ihrer Tochter während eines ihrer Telefongespräche, die sie zweimal die Woche zu genau festgelegten Zeitpunkten führen. Mit großen Augen lauscht Avril den Worten ihrer Mutter: »Aber ich hatte Besuch.« Geräuschvoll holt sie Luft. »Von Graham.«

»Warum erzählst du es mir dann, Mutter?« Avrils Stimme

klingt ein bisschen vorwurfsvoll, denn sie weiß genau, warum ihre Mutter davon berichtet. Ihre Mutter will, dass Avril ihr versichert, es liege nicht an ihrer Erziehung, dass Graham auf die schiefe Bahn geraten ist.

»Dein Ton gefällt mir nicht, Avril. Ich weiß ja nicht, was du da unten für einen Umgang hast, aber jedes Mal, wenn ich mit dir spreche, wirkst du distanzierter, irgendwie kälter, ich erkenne dich gar nicht wieder.«

»Und mir gefällt nicht, dass du hinter meinem Rücken Mrs. Stokes anrufst.« Nachdem sie schon damit angefangen hat, setzt Avril noch hinzu: »Abgesehen davon, dass das nicht nötig ist und ich mich in Grund und Boden schämen würde, wenn einer meiner Kollegen davon etwas mitbekäme, wird es Zeit, dass du damit aufhörst, hinter mir herzuschnüffeln.«

Mrs. Stott protestiert mit Kleinmädchenstimme: *»Aber Avril, ich mache das doch nur, weil ich mich um dich sorge.* Ich wäre doch keine richtige Mutter, wenn ich mir keine Sorgen machen würde.«

»Was war denn nun mit Graham?« Lieber redet Avril mit ihrer Mutter zum hundertsten Mal über ihren Bruder, als dass sie sich länger die »Ich mach mir Sorgen«-Nummer anhört.

»Er sah aus wie immer.« Ihre Mutter ist in ihren alten Tonfall zurückgefallen. »Das Gefängnis hat ihn äußerlich nicht gezeichnet. Kam her und dachte, er könnte einfach wieder einziehen und Vater und mich wieder ausnützen. Der glaubt wohl, wir sind bescheuert. Seine Sprache ist auch noch immer genauso schlimm – er hat herumgeflucht und Fäkalausdrücke gebraucht – in meiner Küche!«

»Du hast ihn also hinausgeworfen, stimmt's, Mutter?«

»Rede nicht in diesem genervten Ton mit mir, Avril. *Was ist bloß auf einmal in dich gefahren?* Du weißt doch am besten, was ich in den letzten Jahren alles mitgemacht habe mit deinem Bruder im Haus und seinem unmöglichen Verhalten.«

»Ich bin sicher, es war das Beste, ihn wegzuschicken.«

»Wie du weißt, hat mich das alles total mitgenommen. Ich schlafe schlecht, mein Blutdruck ist zu hoch, und Dr. Hunt sagt, ich darf nicht alles so schwer nehmen. Aber da ist dein Vater, um den ich mich kümmern muss, die arme Fluffy und das Haus, und zu allem Überfluss taucht auch noch Graham auf, unverschämt wie eh und je. Sie hätten mich warnen müssen. Dieser Schock hätte mich mein Leben kosten können. Stell dir vor, da steht er plötzlich vor der Tür – den wird man anscheinend nie los.«

Seit sie *Magdalene* gelesen hat, findet Avril Worte für das, was ihr in der Kindheit widerfahren ist. Und, noch viel wichtiger: Sie kann mit ihren Freundinnen darüber sprechen und fühlt sich von ihnen verstanden und unterstützt.

Graham, Graham, Graham. Als sie noch jünger und sein Name im Hause ihrer Mutter noch ausgesprochen werden durfte, wurde Avril permanent mit ihm verglichen. »Sei nicht wie Graham, Avril. Räume bitte dieses Zimmer auf.«

»Wenn Graham mir nicht hilft, Avril geht mir zur Hand, das weiß ich.«

»Nur weil Graham nichts anderes isst als Pommes, heißt das noch lange nicht, dass du es genauso machen musst.«

»Nimm niemals Geld aus meinem Geldbeutel, ohne zu fragen« – als ob Avril das vorgehabt hätte – »Wenn du etwas brauchst, Avril, dann sag es einfach.«

Das tat sie, aber sie bekam trotzdem nichts.

Und Graham kam immer irgendwie heil aus allem raus. Graham, dessen Freunde Avril ärgerten, bis sie heulte und sich versteckte, sobald sie ihn unten an der Haustür hörte. Graham, der sich im Schrank im Badezimmer versteckte, um sie auf der Toilette zu beobachten. Graham, der einfach ihr Porzellanschwein zerschlug und ihre Ersparnisse klaute, sie erpresste und ihr den Arm nach hinten drehte, bis sie vor Schmerz brüllte.

Warum hatten ihre Eltern nicht dafür sorgen können, dass er sich ordentlich benahm? Lag es daran, dass er ein Junge war? Hätte sie sich genauso benommen, wäre sie hart bestraft worden, da war sie sicher. Und warum wurde er nicht einfach eingesperrt? Warum brachte die Polizei ihn immer wieder nach Hause zurück, was ihn nur noch selbstsicherer und unverfrorener machte?

Avril musste immer höflich und zurückhaltend sein.

»Seht nur, was unsere Avril für ein liebes Mädchen ist, sie ähnelt Graham nicht im Geringsten.«

Avril fragte sich oft, ob es in der Psyche ihrer Mutter nicht etwas gab, das Grahams Rebellion im Grunde begrüßte. Hatte das vielleicht mit einem Gefühl der Verachtung für ihren Mann zu tun?

»Wer weiß, wo dein Bruder sich im Moment herumtreibt«, jammert ihre Mutter weiter. »Er hat sogar deinen Vater an seiner Arbeitsstelle aufgesucht, um ihn, wie üblich, wegen Geld zu fragen.«

»Armer Vater.«

»Armer Vater? Die Arme bin doch wohl ich. Ich war es doch, die den Scherbenhaufen immer wegräumen musste. Wenn ich das alles deinem Vater überlassen hätte, wer weiß, wo wir heute wären. Daran will ich lieber nicht denken, lieber nicht.«

»Hoffen wir, dass das Grahams letzter Besuch war. Vielleicht lässt er euch jetzt endlich in Ruhe.«

»Ich bezweifle, dass das das Letzte war, was wir von ihm gehört haben«, erwidert Mrs. Stott mit finsterer Miene.

Ed Board, der rothaarige Golflehrer des Burleston, lud Avril zu einer kostenlosen Golfstunde auf den Übungsplatz ein. »Sie sehen wie wie eine geborene Golferin«, meinte er und gab ihr einen kräftigen Klaps auf den Rücken.

»Du gefällst ihm«, behauptete Bernie, als Avril ihr davon berichtete.

»Aber er ist schon achtunddreißig.«

»Na und? Was ist denn schlimm daran, achtunddreißig zu sein.«

»Aber ich weiß nicht, ob ich ihn mag.«

»Komm schon«, erwiderte Bernie lachend. »Lass es doch einfach auf dich zukommen.«

Avril erschien in einem langen Rock und einem weiten T-Shirt zur Golfstunde.

»Hallo!«, begrüßte Ed Board sie fröhlich. Er chippte den Ball von dem durchsichtigen, mit Bällen gefüllten Zylinder weg zur Fahne hin.

»Ich habe keine Ahnung von Golf«, erklärte Avril. »Aber ich will versuchen, es zu lernen.«

Im nächsten Augenblick stand er hinter ihr, so dicht, dass sie seinen Bauchansatz spürte, und legte ihre Hände um den Schläger. Avril erstarrte und fragte sich, ob er nur darauf aus war, sie zu begrapschen. Bernie hätte die Situation einschätzen können, warum konnte sie es nicht? »Den Kopf nach unten«, wies er sie an. »Jetzt durchschwingen!«

Avril gehorchte, schlug daneben und kicherte.

»Keine Bange, das gehört dazu«, meinte Ed freundlich. »Los, weiter geht's und gleich noch einmal.«

Eigentlich war ihr seine körperliche Nähe angenehm, auch wenn sie das verblüffte. Avril folgte daher Ed Boards Anweisungen, bis sie schließlich einen von drei Bällen traf.

Sie wunderte sich, wie jemand, der auch nur halbwegs intelligent war, dieses Spiel ernst nehmen, geschweige denn, es auch noch unterrichten konnte?

»Prima!«, ermutigte Ed sie. Inzwischen legte er ihre Hände so lange um den Schläger, bis sie ihn richtig hielt. Avril stellte sich plötzlich vor, sie halte statt des Gummigriffs des Schlägers seinen erigierten Schwanz in Händen. Dachte Ed ähnlich wie sie? Gerade, als sie überlegte, ob sie nicht zu viel Körperkontakt zuließ, sagte er: »Es ist ein wunderschöner Abend. Wir könnten uns draußen an die Bar setzen und ein Bier trinken. Wie wär's?«

»Na ja, vielleicht kein Bier«, antwortete Avril. »Aber gegen einen Tomatensaft hätte ich nichts einzuwenden.«

»Bestimmt mit einem Schuss Wodka?« Bei diesen Worten knuffte Ed sie ziemlich heftig in die Seite.

Als sie die Hotelbar erreichten, tauchte die rot glühende Sonne ins Meer ein. Sie setzten sich auf die Terrasse, von der aus sie einen Blick über die ganze Bucht hatten. Das weiche Licht warf funkelnde Ketten auf das Wasser. Die schmiedeeisernen Tische mit den duftenden Blumenarrangements zusammen mit dem Sonnenuntergang machten Avril ganz sentimental. Hinter ihnen ertönte Klaviermusik – etwas aus *South Pacific*, vermutete Avril, – »Younger Than Springtime«.

»Es ist schön hier«, meinte Ed, nickte und summte das Lied mit. Er hatte Schaum vom Bier an seinem Schnauzer hängen.

»Das finde ich auch.«

»Wir sollten das wiederholen.«

»Das wäre nett«, antwortete sie, und er griff nach ihrer linken Hand und drückte sie.

»Sie müssen doch einsehen, Miss Stott, dass der Empfang von persönlichen Faxnachrichten auf Geräten des Hotels und während der Bürozeit durchaus als Eigentumsdelikt betrachtet werden kann.«

»Unsinn«, widerspricht Avril und hält dem strengen Blick Mr. Dereks stand. »Ich werde die Unkosten für diese zwei Blatt Faxpapier voll erstatten und bin bereit, unentgeltlich eine Minute dafür zu arbeiten, damit Sie auch ganz bestimmt keine Geschäftsschädigung erleiden müssen.«

»Es geht darum«, Mr. Derek weicht überrascht einen Schritt zurück, »dass vielleicht eine wichtige Nachricht für das Hotel nicht durchkommen konnte.«

»Kommen Sie mir doch nicht mit der Tour«, fährt Avril fort, »wenn jemand merkt, dass besetzt ist, probiert er es einfach später noch einmal.«

»Ihr Ton gefällt mir ganz und gar nicht, junge Dame.«

»Und Sie waren von Anfang an sehr unhöflich zu mir und haben mich ohne jeden Respekt behandelt.« Avril bebt innerlich. Hinter ihrem Rücken hält sie die dicken Finger ineinander verkrampft, aber sie ist fest entschlossen, das hier durchzustehen. »Und ungerecht.«

Avril ist sicher, dass sie jetzt wegen ungebührlichen Benehmens entlassen wird. Sie wird wieder in ihr kleines Schlafzimmer ziehen müssen. »Das kleine Fenster, durch das am Morgen die Sonne fällt«, in ihrem Pyjama unter ihre Bettdecke schlüpfen und um acht Uhr zum Frühstück erscheinen. Mutter wird ihr ihr Ei vier Minuten kochen, so wie sie es mag. Sie wird sich die ganzen Soaps wieder anschauen, nach denen ihre Mutter süchtig ist. Schließlich werden diese einfach gestrickten Geschichten immer noch aufregender sein als Avrils Leben, die Stars werden ihre Freunde sein, Avril wird mit ihnen zusammen Freud und Leid teilen. Irgendwann wird Mutter einen Job für sie finden, einen, der nicht so weit weg von zu Hause ist, damit sie sie wieder besser kontrollieren kann.

»Sorgen Sie bitte dafür, dass das nicht wieder vorkommt«, hört sie Mr. Derek sagen, der sie mit offenem Mund mustert, bevor er in sein Büro verschwindet.

»Puuh!«, ruft Miss Pudsey.

»Gut gemacht«, bemerkt Rhoda träge. »Der Nervensäge hast du mal gesagt, wo's langgeht.«

Avril vergisst beinahe das Fax, das der Auslöser der Szene mit Mr. Derek war, so sehr steht sie noch unter dem Eindruck ihres mutigen Auftritts. Als sie es herauszieht, bemerkt sie, dass ihre Hände noch immer schweißnass sind und zittern.

12

»Als ich nach St. Ives ging…«

Die blonde Belinda geht die Glückwunschkarten durch, die ihr Freund erhalten hat, hält jedoch plötzlich inne.

»Wer zum Teufel ist Bernadette Kavanagh?«

»Irgendein Mädchen.«

»Das hört sich aber anders an, Dom. Das klingt todernst.«

»Das ist eine Ewigkeit her, *lass mich in Ruhe.*«

»Sie arbeitet im Burleston Hotel. Weshalb sollte sie ausgerechnet hier jobben?«

»Wahrscheinlich ist sie mir nachgelaufen. Sie war verrückt nach mir, wenn ich mich recht erinnere.«

»Und, wirst du sie treffen?«

Dominic rollt sich über das große Bett in dem Gästehaus, das bis September sein Zuhause ist. Er streichelt Belinda über die Stirn und zwinkert ihr zu. »Das ist eine gute Idee. Wie fändest du das?«

Belinda schürzt schmollend die Lippen. »Mir wäre es lieber, du würdest nicht so daherreden, Dom. Ich glaube, du weißt gar nicht, wie sehr mich das verletzt. Zwischen dir und mir, das ist etwas ganz Besonderes, und es ist wirklich unsensibel, so etwas zu sagen …«

»Sei still und dreh dich um.«

Dominics kleines Gästehaus liegt in einem Meer von gepflanzten und wilden Blumen in einer gepflasterten Gasse, die hinunter zu einem kleinen Hafen führt. Durch die Fenster dringt der Duft von Glyzinien und der Geranien in den Blumenkästen, der sich mit dem Geruch von Fisch, Pommes, Hamburgern und Müll vermischt.

Vor diesem malerischen Hintergrund hatte Dominic nach der Rettung der kleinen Melanie für die Fotografen posiert, Interviews gegeben und Lobreden entgegengenommen.

»So was von beschissen«, lallte Justin Mellor, der Surfer. Belinda beugte sich zu ihm, um ihn besser verstehen zu können. Die Musikbox erfüllte das Pub mit ohrenbetäubendem Lärm. »So was von beschissen, dass der arme Teufel gestorben ist, als er schon wieder im Wasser stehen konnte. Wenn er nur die Beine runter getan hätte.«

»Warum ist er denn dann gestorben?«, nuschelte Belinda, die selber nicht mehr ganz nüchtern war.

»Vielleicht war es Doms Karateschlag. Oder ein Krampf.« Justin rülpste und schloss die Augen, den Rauch seiner Zigarette fand er plötzlich unerträglich. »Möglich, dass der arme Kerl die Lungen schon voll Wasser hatte.«

Nachdem Justin Mellor ein paar Tage später nach Australien abgereist ist, um dort an einem Surfboardwettbewerb teilzunehmen, erkundigte sich Belinda bei Dom ganz nebenbei: »Hast du an der Schule einmal Karate gelernt?«

»Ja, aber ich hab damit aufgehört. Ich war einfach zu gut.« Und er knuffte sie in die Seite.

Wenn draußen das vom Mond beschienene Meer leise rauscht und die Betrunkenen bereits nach Hause gegangen sind – so gegen vier Uhr früh – weint Dominic manchmal in Belindas Armen. »Wenn ich nichts getrunken hätte, hätte ich sie vielleicht beide retten können.«

»Aber nicht doch, Dom«, tröstet ihn Belinda. »Das darfst du nicht denken. Du hast einem Menschen das Leben gerettet, einem kleinen Mädchen, das ist mehr, als die meisten Menschen in ihrem Leben schaffen. Und der Vater war erwachsen, und er ist ertrunken. Er hätte euch beide umbringen können. Du musstest ihn zurücklassen und dich um das Kind kümmern. Du hattest keine andere Wahl. Das sieht jeder ein.«

»Ich weiß«, schluchzt Dominic. »Aber ich werde nie das Gesicht dieses armen Kerls vergessen, und wie ich ihn wegstieß. Ich hatte zwei Bier und zwei Dosen Wein getrunken – das ist so viel wie eine Flasche – und vorher, vormittags, einen Tequila gekippt, den mir ein Ami ausgegeben hatte.«

»Aber das weiß doch niemand, Dom.«

»Ich weiß es.« Dom wischt sich mit zitternden Fingern seine Tränen weg. »Verdammt noch mal, verstehst du denn nicht, *ich weiß es.* Und ich kann mir das nie verzeihen.«

»Wie konntest du das tun, Candice, das hätte uns diese Autorin kosten können. Die Firma hätte tausende von Pfund verlieren können, ganz zu schweigen von der Publicity, die uns diese Entdeckung einbringen wird.«

Candice Love spielt nervös mit ihrer Halskette.

»Du wusstest ganz genau, was mit diesem Roman passieren kann, und du hast absichtlich hinter meinem Rücken die Sache allein zu managen versucht.« Rorys Stimme krächzt fast vor Aufregung. »Was wäre gewesen, wenn du es verbockt hättest? Was bildest du dir eigentlich ein, wer du bist? Bei diesem Geschäft geht es nicht um persönlichen Ruhm, falls dir das entgangen sein sollte. Es geht darum, als Team zu arbeiten! Herrgott, Candice, dir muss doch klar gewesen sein, dass du das nicht alleine durchziehen kannst. Sobald du das Buch jemand anderem zu lesen gegeben hättest, wäre doch klar gewesen, dass es eine Sensation auslösen würde.«

Und dann musste Candice nach dieser Standpauke zum dritten Mal für alles geradestehen, was sie seit dem Lesen der ersten Seite von *Magdalene* getan oder nicht getan hatte.

In den Büros von Coburn and Watts war an diesem Vormittag jeder damit beschäftigt, jedweden Schaden zu beheben, den Candice durch ihren Alleingang angerichtet haben mochte. Ging man geschickt vor, konnte man mit diesem Werk allein bei den Buchrechten und Vorauszahlungen ein Vermögen machen.

Das plötzliche Interesse, das vier Verleger zeigten, denen sie Kopien des Erstlingswerkes zugeschickt hatte, hatte den Stein ins Rollen gebracht. Die ersten beiden meldeten sich gleich am nächsten Morgen, einer fuhr sogar im Taxi am Büro vor, wo er auf der Treppe Rory traf, nur um festzustellen, dass dieser gar nichts von dem Manuskript wusste. Rory verteilte sofort weitere Kopien an vier andere Verlage, und er rechnete fest damit, dass bald die Faxgeräte und Telefone wegen der Filmrechte heiß laufen würden. Dabei könnten die Rechte für Nordamerika besonders interessant werden.

Der beste Filmdeal, den er bislang für einen Autor herausgeholt hat, war mit 8 Millionen Dollar ein Rekordbrecher, und er glaubt fest, dies bei *Magdalene* wiederholen oder sogar überbieten zu können.

»Komm schon, Candice«, fordert Rory sie auf. »Erzähl uns, wie dieses Phänomen aussieht?«

Candice ist bemüht, Rory milde zu stimmen, und das nicht nur aus Sorge um ihren Job. »Sie ist neunzehn, Irin und sehr hübsch.« Und ich wünschte, ich wäre sie, hätte sie am liebsten hinzugefügt, schließlich kannte sie Rorys Faible für Autorinnen. Rory war der bestaussehende Mann in der Agentur, und er schien sie als Frau überhaupt nicht wahrzunehmen.

»Hat sie eine Ahnung davon, was hier abgeht?«

»Nein. Absolut nicht. Sie arbeitet in einer Hotelbar. Der beste Job, den sie je hatte, war der als Stripperin in einem Liverpooler Nightclub. Ich glaube, sie ist überrascht, dass ich überhaupt auf ihren Roman aufmerksam wurde.« Candice sieht das Mädchen mit den funkelnden grünen Augen vor sich. »Aber sie ist ehrgeizig, hat jede Menge Charisma und Power. Meiner Meinung nach ist sie die perfekte Autorin, genauso, wie eine Werbeabteilung sie sich in ihren kühnsten Träumen wünschen würde.«

»Das wird ja immer besser.« Rory spielt mit der Orchidee in dem Knopfloch seiner schwarzen Samtjacke.

»Gibt es einen Ehemann, einen Freund?«

»Nicht dass ich wüsste.«

»Nicht dass ich wüsste? Candice! Dieses Mädchen ist eine Goldgrube, sie ist jung, und man muss gut auf sie Acht geben. Am liebsten würde ich sofort selbst runter nach Cornwall fahren, aber ich muss hier bleiben und mich um die Angebote kümmern.«

»Ich könnte fahren.«

»Das wirst du wohl müssen.« Die Faxgeräte summen, die Telefone klingeln, und Rorys Eiersandwich ist auf seinem Schreibtisch vertrocknet. »Du kannst morgen früh nach Penzance fliegen. Die Kavanagh muss sofort vorgewarnt werden vor dem, was sie erwartet, vor der Medienmeute, den Schleimern und den Absahnern.«

Bernie spült Gläser hinter der Bar im Burleston.

»Und wer zum Teufel sind Sie?«

»Sie kennen mich nicht, aber ich heiße Belinda Phelps. Ich bin Dominics Freundin.« Bernie starrt sie entgeistert an. »Sie haben ihm geschrieben. Sie haben ihm eine persönliche Karte geschickt.«

»Eine Karte mit für ihn bestimmten Worten.«

»Ist ja in Ordnung.« Die Blonde blickt sich um und zupft an ihrem schwarzen Lederminirock. »Können wir dort rübergehen – uns in die Ecke setzen?«

Bernie darf nicht an einem Tisch sitzen, solange sie Dienst hat, aber Charlie scheint gut allein zurechtzukommen, und Bernie beschließt, dass es sich hier um einen Notfall handelt.

»Das ist alles sehr heikel, müssen Sie verstehen.«

»Ich habe nur wenig Zeit«, entgegnet Bernie.

Belinda sieht Bernie mit ihren hellen Augen verschwörerisch an. »Es ist einfach so, dass Dom im Augenblick ziemlich viel durchmacht.«

»Ach ja?« Bernie fühlt einen Anfall von Schwindel und zündet sich eine Zigarette an, damit ihre nervösen Hände etwas zu tun haben.

»Man könnte meinen, er sei jetzt in seinem Element. Die ganze Publicity und all das, aber in Wahrheit hat er gerade ein schlimmes Tief, weil er denkt, er hätte sie beide retten müssen.«

Bernie lauscht wie gelähmt und macht sich klar, dass Candice Love morgen ins Hotel kommt. Im Fax stand nicht mehr dazu. Und nun kommt auch noch diese Blondine und erzählt etwas von einem »schlimmen Tief«. *»Sie beide retten?«*

»Den Vater und das Kind«, nickt die Frau im Lederrock. »Er musste sich gegen den Vater zur Wehr setzen und ihn wegstoßen, und nun sieht es so aus, als ob das vielleicht zu dessen Tod führte. Hatte Dom ein Problem mit Alkohol, als Sie mit ihm zusammen waren?«

Bernie schnaubt. »Und was für eins. Und nicht nur er. Die meiste Zeit waren wir total vollgedröhnt.«

»Aha, dann hat das also schon vor langer Zeit angefangen.«

»So lange ist es auch noch nicht her«, widerspricht Bernie. »Das war letztes Jahr, um genau zu sein.«

»Letztes Jahr? *Sind Sie sicher?* Dom hat Stein und Bein geschworen, das wäre schon ewig her.«

»Moment mal«, sagt Bernie deutlich lauter und erhebt sich von ihrem Stuhl. *»Was soll das?* Warum sind Sie hierher gekommen? Hat Dom Sie geschickt? Will er mich sehen?«

»Um Gottes willen, nein«, ruft Belinda, »das würde ihm jetzt gerade noch fehlen. Dom und ich bauen gerade unsere Beziehung auf. Der arme Dom, er ist so labil, so verletzlich, in seinem Herzen noch immer ein Kind, das sich hinter einem dicken Panzer versteckt...«

»Blödsinn«, schreit Bernie fast, sodass mehrere Gäste aufblicken.

»Wie bitte?«

»Ich sagte: Blödsinn.«

»Aber Ihnen muss doch auch Doms Unfähigkeit aufgefallen sein, eine feste Beziehung einzugehen. Sein Verlangen, Frauen zu verletzen. Sie zu lieben und sie dann zu verlassen. Seine Mutter ist schuld, sehen Sie, er will sie dafür bestrafen, dass sie ihn weggeschickt hat, als er acht Jahre alt war. Wussten Sie das, Bernadette?« Belinda hat sich im Verlauf dieser Sätze immer weiter zu Bernie hinübergebeugt. Bernie findet die Nähe dieser wildfremden Frau unerträglich, doch sie tut nichts. Sie sitzt nur ruhig da und lässt alles über sich ergehen. »Dom musste mit acht Jahren ins Internat. Davor hatte er etliche Kindermädchen. In deinem Gesicht kann ich lesen, wie sehr Dominic auch dich verletzt haben muss. Es muss sehr, sehr schlimm gewesen sein, Bernadette.«

»Ich will nichts hören von diesem Mist.«

»Bernadette. Bitte sei nicht so abweisend.«

»Du blöde Kuh. Ich stoß dich über diesen verdammten Tisch, wenn du nicht sofort von hier verschwindest.«

»Aber, aber meine Damen«, mischt sich Charlie, der Barkeeper, ein. »Das hier ist weder der geeignete Ort noch der geeignete Zeitpunkt, um sich wegen eines Mannes in die Haare zu kriegen.«

»Eines Mannes?«, brüllt Bernie außer sich. »Eines Mistkerls, der mit seinem Schwanz denkt.«

Leise vor sich hin murmelnd verlässt Belinda die Burleston Bar.

Bernadette raucht eine Zigarette nach der anderen.

»Aber Bernie, nach allem, was du erzählt hast, ist er ein absoluter Idiot.«

»Aber ich liebe ihn, Kirsty.«

»Wie kannst du nur einen Mann lieben, der dich so unglücklich gemacht hat?«

»Du verstehst das nicht«, schluchzt Bernie. »Wie könntest du auch?«

»Dumme Frage«, und Kirstys Blick wird geistesabwesend.

Bernie bemerkt den Anfang von Panik in Kirstys Gesicht. »Du glaubst doch nicht, dass er noch immer hinter dir her ist?«

»Ich weiß genau, dass er noch hinter mir her ist.«

»Aber warum lässt du dich nicht einfach von ihm scheiden? Kannst du nicht versuchen, eine einstweilige Verfügung gegen ihn zu erwirken? Es muss doch ein Gesetz geben, das Frauen vor solchen Gewalttätern schützt.«

»Ich habe mich nicht getraut, deshalb zur Polizei zu gehen.« Hilflos breitet Kirsty die Arme aus, »als ich da mitten drin steckte. Ich hatte eine solche Angst vor Trev, dass ich glaubte, er könne meine Gedanken lesen. Und wenn ich Hilfe gesucht hätte, hätte er das vielleicht eine Weile hingenommen, aber irgendwann hätte er nur um so heftiger zugeschlagen. Für ihn stand immer fest, dass ich es bin, die durchgeknallt ist, und ich hatte Angst, sie könnten ihm glauben und mir die Kinder wegnehmen. Er sagte immer, genau das würde er tun, wenn ich ihn einmal verlassen würde.«

»Aber hier findet er dich nie. Unmöglich.« Bernies Gesicht ist ganz verschwollen vom Weinen.

»Ich glaube ja auch nicht, dass er das schafft. Und die Kinder sind im Augenblick sicher, Gott sei Dank, solange ich nirgends auffalle. Trev interessiert sich zwar nicht für Bücher, aber solche Neuigkeiten finden ihren Weg, vor allem in kleinen Orten, und Trev hat seine Kumpel, da sind so ein paar Kerle in dem Pub, mit denen er sich öfter trifft. Er würde es erfahren, wenn ich ein Buch veröffentlichte.«

»Kannst du dich nicht jetzt scheiden lassen, von hier aus, wo du sicher bist? Es muss doch einen Weg geben, dich scheiden zu lassen, ohne dass er dich findet.«

»Das werde ich in Angriff nehmen. Aber erst, wenn ich meine Kinder hier habe. Ich kümmere mich so schnell wie möglich darum. Wenn ich wieder klar denken kann.«

»Er ist ein schlechter Mensch.« Bernie rümpft angeekelt die Nase. »Krank. Du musst mit ihm quitt werden, so wie ich mit diesem Arsch Dominic quitt werden muss.«

»Sieh dich doch im Spiegel an, Bernie, schau, was du dir antust. Wir dürfen nicht aufgeben, das ist im Augenblick das

Einzige, was zählt, wenn wir am Schluss gewinnen wollen«, erklärt Kirsty und drückt ihr die Hand. »Stell dir vor, was Magdalene sagen würde, wenn sie uns hier sitzen sähe wie ein Häufchen Elend. Sie hätte diese Kotzbrocken schon längst zerlegt und an die Enten verfüttert. So wie sie den Vergewaltiger fertig gemacht hat, dem sie mit ihrer Häkelnadel die Augen ausgestochen hat.«

»Sei still, Kirsty!«

Bernie zittert am ganzen Körper und diesmal nicht vom Weinen. Bei der Vorstellung, wie Magdalene sich an Männern rächt, wird ihr ganz schlecht. Wenn Trev ein Monster ist, was ist dann Magdalene? Die Nonne mit dem Gebetsbuch und ihrem Waffenarsenal ist ihrem Wesen nach böser als Anthony Hopkins in *Schweigen der Lämmer*, verrückter als Jack Nicholson in *Shining* und intriganter als Glenn Close in *Gefährliche Liebschaften*.

In all diesen Filmen fand Bernie noch etwas Amüsantes, aber bei Magdalene vergeht ihr das Lachen. Manchmal wünscht Bernie, sie hätte mit der ganzen Sache nichts zu tun.

13

Trevor Hoskins hat endlich eine heiße Spur, nachdem er die entscheidende Information von dem Mädchen in der Arztpraxis erhalten hat. Stundenlang hängt er am Telefon und ackert die Cornwall-Ausgabe der Gelben Seiten durch, die ihm British Telecom gratis zugesandt hat.

»Guten Abend«, meldet er sich mit zurechtgelegten Worten. »Hier ist Inspektor Bates von der Merseyside CID. Ich suche eine Frau mit zwei Kindern, die in einem Hotel in

Cornwall arbeiten soll. Ihr Name lautet Kirsty Hoskins, sie ist dreißig Jahre alt, einen Meter zweiundsechzig groß. Sie könnte unter einem falschen Namen auftreten. Sie hat langes braunes Haar, das sie in einem Knoten trägt, große braune Augen und als besonderes Kennzeichen eine Lücke zwischen ihren Vorderzähnen.«

Grinsend legt er den Telefonhörer auf und streicht den letzten Namen auf der Liste durch: Wieder einer weniger. Er ist davon überzeugt, dass er sie irgendwann ausfindig machen wird. Auf die Frage, weshalb sie gesucht wird, antwortet er nur: »Darüber darf ich keine Auskunft geben, tut mir Leid.« Er sagt das in einem Ton, der auf etwas moralisch Verwerfliches schließen lässt.

Trevor besucht seinen Anwalt und füllt die Formulare aus. Nun, nachdem er ihr so dicht auf den Fersen ist, muss er sein weiteres Vorgehen sorgfältig planen. Sein Anwalt ist, nach Trevors Meinung, zu jung, um sich mit anderen Fällen als Verkehrsdelikten befasst zu haben, und es scheint ihm Sorge zu bereiten, dass Trevor, obwohl er nicht um eine Scheidung nachsucht, das Sorgerecht für seine Kinder haben möchte.

»Ich liebe meine Frau«, behauptet Trevor, der den Anwalt wieder einmal während der Arbeitszeit aufgesucht hat. Sein Dienstfahrzeug hat er sicherheitshalber auf dem Firmenparkplatz abgestellt. »Sie kann nichts für ihre Geisteskrankheit. Und ich glaube auch nicht, dass sie sich scheiden lassen möchte. Wir sind durch die Hölle gegangen, sie und ich, aber wir mögen uns, Mr....«

»Gillespie.«

»Also... Mr. Gillespie«, fährt Trevor fort, dem nicht behagt, dass sein Gegenüber ihm intellektuell weit überlegen ist. »Sie hat schon meine eigene Mutter angelogen – sich den Arm gebrochen und dann geschworen, ich sei es gewesen –, und meine Mutter wird das bezeugen. Kirsty ist anscheinend darauf versessen, aller Welt zu beweisen, ich hätte sie während unserer achtjährigen Ehe ständig misshandelt.« Trevor hält inne und rollt die Augen. »Ständig hat sie sich mit Spiegelscherben verletzt, hat sich blaue Flecken auf die Arme gezaubert und sich selbst gebissen. Wenn ich sie wirklich die ganze Zeit über ständig vertrimmt hätte, warum ist sie dann nicht eher abgehauen?«

»Vielleicht, weil sie Angst hatte«, entgegnete Mr. Gillespie und hält Trevors Blick stand.

»Kirsty hatte nie Angst vor mir. Meine Frau war eine Tagträumerin, müssen Sie verstehen. Das lag an den verdammten Büchern, die sie immer gelesen hat. Sie hat sich mit den Personen darin identifiziert und hat sich für eine Modedesignerin oder Filmregisseurin gehalten. Können Sie sich das vorstellen? Aber gelangweilt hat sie sich sicher nicht, daran kann es nicht gelegen haben. Sie hat Vollzeit gearbeitet.« Trevor redet schneller, weil er spürt, dass der Anwalt ihm nicht glaubt. »Keine ihrer Kolleginnen hat auch nur ein Wort der Beschwerde über mich oder unsere Ehe gehört. Und ich hab mich mit einigen von ihnen unterhalten.«

»Da war es ja gut, dass die Romanfiguren niemals bösartig waren«, überlegt Mr. Gillespie. »Was ist mit Ihren Nachbarn?«

»Das Verhältnis zu unseren Nachbarn war nie besonders eng.« Trevor rutscht auf seinem Stuhl hin und her, weil ihm gerade Mr. Terry von nebenan einfällt, der ein paar Mal an ihre Tür hämmerte, um zu fragen, ob auch alles in Ordnung sei. »Allerdings kam es ab und zu vor, dass Kirsty richtig gewalttätig wurde, manchmal musste ich sie dann festhalten, es könnte sein, dass die Leute da auf falsche Gedanken kamen.«

Mr. Gillespie beugt sich nach vorne und klopft mit seinem silbernen Kugelschreiber gegen seine Zähne. »Warum kam Ihnen während der ganzen Zeit nie der Gedanke, wegen Kirstys Problem professionelle Hilfe aufzusuchen? Sie hätten mit Ihrem Arzt reden können, dem Jugendamt, dem Gesundheitsamt. Die Kinder müssen doch unter dieser Situation auch sehr gelitten haben, wenn Ihre Frau so krank war. Das muss Ihnen doch Sorgen bereitet haben, vor allem, wenn sie auch noch zu Gewaltausbrüchen neigte.«

Trevor senkt den Kopf. »Wenn man ihr die Kinder weggenommen hätte, wäre Kirsty vollkommen am Ende gewesen.« Er bedeckt sein Gesicht mit den Händen. »Ich habe sie immer an die erste Stelle gesetzt, Mr. Gillespie, und das war mein Fehler. Mir ging es immer vor allem um meine Frau. Und trotz allem lieben die Kinder ihre Mutter.«

Der Anwalt schlägt die Beine übereinander und lehnt sich zurück. »Aber jetzt haben Sie Ihre Meinung geändert? Jetzt sind Sie bereit zu handeln?«

»Ja, wer wäre das nicht? Ich kann doch nicht gutheißen, dass Kirsty meine Kinder aus einer Laune heraus quer durch das Land schleift. Das kann ich nicht zulassen. Ohne dass ich die Sache kontrollieren kann. Gott weiß, wie es den beiden geht.« Trevor schlägt sich auf seine Oberschenkel. »Teufel noch mal, ich weiß nicht einmal, ob sie noch leben! Und ich sag Ihnen eins, jetzt habe ich endgültig die Geduld verloren mit dieser Halbirren, dieses Mal ist sie zu weit gegangen, und ich bin stinksauer. Warten Sie nur, bis die mir zwischen die Finger kommt!«

Mr. Gillespie nickt mehrmals. »Wurde sie jemals gewalttätig gegenüber den Kindern?«

Trevor streicht eine Haarsträhne aus seinem Gesicht. »Nur Wutausbrüche. Ein paar Mal hat sie sie in ihre Zimmer gesperrt, jagte den armen Kleinen einen furchtbaren Schrecken ein. Sie hätten sie mal sehen sollen, sie kann sich in eine rasende Hexe verwandeln, unglaubliche Kräfte entwickeln, und es wurde von Mal zu Mal schlimmer. Ich glaube, das ist bei ihr familiär bedingt. Ihr Vater war ein komischer Kauz. Er hat sie großgezogen, müssen Sie wissen, weil ihre Mutter bei ihrer Geburt gestorben ist.«

»Und Sie haben das der Polizei gemeldet, sagten Sie?«

»Das hat die nicht die Bohne interessiert«, ruft Trevor empört. »Sieht so aus, als ob die alles nur als Ehekrach abtun, wenn nicht was von früher vorliegt. Die rühren keinen Finger.«

»Und Sie sind ganz sicher, dass die Polizei keine Nachforschungen über den gegenwärtigen Aufenthaltsort Ihrer Kinder anstellte?«, fährt Mr. Gillespie fort. »Möglicherweise haben sie sehr wohl nachgeforscht und herausgefunden, dass alles in Ordnung ist.«

»Das hätten sie mir gesagt.«

»Nicht unbedingt.«

»Warum, zum Teufel, sollten sie mir das nicht sagen?«

»Wenn sie zum Beispiel der Meinung sind, dass man die Dinge besser auf sich beruhen lässt.«

Trevor rutscht mit geballten Fäusten vor zur Stuhlkante. »Worauf wollen Sie, verdammt noch mal, hinaus?«

»Beruhigen Sie sich, so beruhigen Sie sich doch. Mit diesen Dingen muss ich mich eingehend befassen, bevor wir die Sache vorantreiben.«

»Aber Sie sind der Meinung, dass das hier vor Gericht ausreicht?«

»Wenn das, was Sie mir gesagt haben, der Wahrheit entspricht, sicherlich. Die Krankheit Ihrer Frau, wie Sie sie mir geschildert haben, hört sich für mich nach einer Art von Schizophrenie an. Wir müssten eine Sicherheitsverwahrung beantragen, und das ist schwieriger, als Sie sich vorstellen. Man braucht dazu die Zustimmung zweier Psychiater.«

»Ich würde doch nicht meine kostbare Zeit verschwenden und Ihnen irgendeinen Schwachsinn erzählen, natürlich ist das wahr. Aber Kirsty wird nicht vor Ihren zwei Irrenärzten in die Knie gehen. Die wird sich so normal wie Sie und ich verhalten. Ohne sie näher zu kennen, käme niemand auf die Idee…« Trevor bricht ab, denn er sieht den misstrauischen Blick in den Augen seines Anwalts.

»Sehen Sie, Mr. Derek«, erklärt Candice Love und beugt sich vertraulich nach vorne. »Es macht, um ehrlich zu sein, keinen allzu guten Eindruck, wenn die Medien hier ankommen und Ihre Barkeeperin in einem Loch unter dem Dachboden haust.«

Mr. Derek macht ein unglückliches Gesicht. Er war damit einverstanden, mit dieser eleganten Dame aus London gemeinsam in der Orangerie zu Mittag zu essen. Die Orangerie ist eine riesige viktorianische Konstruktion aus Eisen und Glas, und von ihrem Fensterplatz aus können sie durch die Zweige der Fichten hindurch die ganze Bucht überblicken.

»Was also schlagen Sie vor, was wir tun sollen?«, fragt der Hotelmanager über einen eisgefüllten Weinkühler hinweg, während Candice an ihrem Hummer herumzupft.

»Bernadette hat mir gesagt, sie wolle auf keinen Fall nach Liverpool zurückkehren, was schade ist, da dort ihre Eltern und ihre Familie leben und diese – wenn sie auch nicht gerade die hellsten zu sein scheinen – ihr doch einen gewissen Schutz bieten könnten.«

»Schutz vor was?«, will Mr. Derek wissen.

»Davor, ausgenutzt zu werden natürlich.« Candice tupft sich mit der Serviette den Mund ab. »Ihre Angestellte ist soeben dabei, eine äußerst wohlhabende und berühmte Frau zu werden.«

»Dann wäre es vielleicht am vorteilhaftesten für sie, sie von der Öffentlichkeit fern zu halten.«

Candice lacht kurz und schrill. »Ich fürchte, das lässt sich nicht machen. Nicht wenn wir unser Bestes für sie geben wollen, was wir ja schließlich vorhaben.«

Mr. Derek zögert, bevor er vorschlägt: »Ich könnte vermutlich auch...«

»Nein, das wäre ein riesiger Fehler. Wenn ein Vorgesetzter sich als ihr Beschützer aufspielte, ließe sich das als Vorteilsnahme auslegen.«

»Dann wäre da noch immer Moira Stokes«, überlegt Mr. Derek.

»Oh nein, das würde ein vollkommen falsches Bild vermitteln. Nein, gibt es keine Freunde, Leute, die Bernadette nahe stehen, die etwas mehr Lebenserfahrung haben?«

Mr. Derek hat zwar im Burleston schon mit vielen reichen und berühmten Gästen zu tun gehabt, neuem Geld, altem Geld, Popstars, Adeligen. Aber zum ersten Mal sitzt er so einer exaltierten Person gegenüber. In aller Öffentlichkeit bearbeitet sie ihre Zähne mit einer Hummerschere als Zahnstocher und zieht das zu knapp sitzende Höschen nach unten. Ein Augenaufschlag von ihr reicht aus, um ihn zum Verstummen zu bringen.

»Da hätten wir noch Kirsty Hoskins«, beginnt Mr. Derek fast flüsternd, »sie ist etwas älter als die anderen und zeichnet sich in meinen Augen durch gesunden Menschenverstand aus.«

»Und wer ist Kirsty Hoskins?« Woher kennt sie noch diesen Namen? Ach ja, das war der Name auf dem Brief, der Name, den Bernadette zuerst benutzte, die Person, die Candice verlangte, als sie das erste Mal hier im Hotel anrief.

»Eines unserer Zimmermädchen, eine Saisonkraft. Nein, wenn Sie mich so direkt fragen, ich glaube, Mrs. Hoskins arbeitet hier als Vollzeitkraft, sie will unbedingt das Cottage für die Wintersaison mieten. Außer ihr, fürchte ich, ist da nur noch Avril Stott.«

»Ich unterhalte mich am besten mit beiden.« Candice steckt eine Zigarette zwischen ihre geschminkten Lippen.

Mr. Derek zuckt automatisch ein Feuerzeug und ignoriert das »Bitte nicht rauchen«-Schild hinter dem Salatbuffet. Stattdessen schnippt er mit den Fingern nach einem Aschenbecher.

»Was noch nicht die Frage beantwortet, was Sie mit Ihrer alten Barkeeperin zu tun gedenken.«

»Alte Barkeeperin?«

»Nun, Sie werden doch nicht davon ausgehen, dass Bernadette weiterhin in Ihrer Bar arbeitet? Doch nicht jetzt!«

»Ehrlich gesagt, habe ich mir darüber noch gar keine Gedanken gemacht. Das kommt alles so plötzlich. Was schlagen Sie vor, Miss Love?«

»Wenn Sie möchten, dass Ihr Hotel von dem Ansturm der Medien und der weltweiten Publicity profitiert, sollten Sie möglichst schnell dafür sorgen, dass Miss Kavanagh und ihre Begleitung in ein ordentliches Zimmer umziehen können.«

Mr. Derek überlegt, dass er dagegenhalten könnte, dass das Burleston für den größten Teil des Jahres ausgebucht und auf Promotion nicht angewiesen ist. Ganz im Gegenteil, vielen Stammgästen des Hotels, die nichts mehr schätzen als Ungestörtheit, wäre so ein Rummel sicherlich unangenehm. Und dennoch kann er die beunruhigenden Entwicklungen in der Hotelbranche nicht außer Acht lassen – die meisten Konkurrenten des Burleston klagen über das Geschäft. Vielleicht wären sie eines Tages noch froh, durch den Wirbel um eine junge Autorin ins Blickfeld der Medien gerückt zu sein. Stattdessen hört er sich mechanisch entgegnen: »Ich glaube nicht, dass wir noch ein geeignetes freies Zimmer haben.«

»Ach kommen Sie, Mr. Derek, ich bin nicht irgendein dahergelaufener Durchschnittsgast. Ein Fünf-Sterne-Hotel wie das hier muss doch wenigstens ein freies Doppelzimmer in Reserve haben. Ich bin jedenfalls ohne Probleme untergekommen.«

»Nur wegen einer Absage im letzten Augenblick.«

»Wenn es nach mir ginge, sollte Miss Kavanagh von hier weggehen, aber aus irgendeinem mir nicht bekannten Grund scheint sie unbedingt hier bleiben zu wollen.« Candice lehnt sich zurück und rekelt sich, wobei sie die Asche achtlos auf den Marmorfußboden klopft. »Falls Sie ein freies Zimmer haben, käme es in den Interviews ziemlich negativ herüber, wenn es ihr nur aus dem Grund vorenthalten worden wäre, weil sie bloß eine Angestellte ist.«

»Ich verstehe, was Sie meinen.«

»Das dachte ich mir. Und vergessen Sie nicht, eines Tages könnte es sich auszahlen, Bernadette Kavanagh bei ihrem Karrierestart ein schönes Ambiente gegeben zu haben. Nun, wie wäre es jetzt mit einem Dessert?«

»Du weißt, ich will mit der ganzen Sache nichts zu tun haben«, beeilt Kirsty sich zu erklären, als sie von dem plötzlichen Aufruhr hört.

»Aber ich will dich bei mir haben«, stößt Bernie hervor, »verdammt noch mal. Ich hätte nichts dagegen, hier zu bleiben, doch Candice meint, ich sollte diese Gelegenheit nutzen. Das Burleston bietet uns ein Doppelzimmer, umsonst, nur weil Candice mit ihnen geredet hat. Mr. Derek, der Schleimer, glaubt, ich könnte berühmt werden.«

»Du weißt, warum ich mich da raushalten muss.«

»Candice meint, wenn die Presse früh einsteigt, wird sich

das positiv auf die Angebote für das Manuskript auswirken.« Bernie schüttelt den Kopf, und ihr dichtes, seidiges Haar löst sich. »Ich kann noch immer nicht die Summen fassen, von denen sie spricht. Ist euch klar, dass, wenn das stimmt, was sie erzählt, keine von uns mehr arbeiten muss.«

»Aber wir können Kirstys Geld doch nicht einfach so unter uns aufteilen«, wirft Avril ein. Es ist ihr unangenehm, dass Bernie so etwas vorschlägt. »Nicht unter diesen Umständen.«

»Ich sagte, wir teilen es durch drei, und das tun wir auch«, erklärt Kirsty, die sich kaum 10 000 Pfund vorstellen kann, geschweige eine Million. »Aber ihr müsst dafür etwas tun, das gibt es nicht umsonst. Ich kann euch jetzt nicht mehr helfen. Das liegt jetzt in deinen und in Avrils Händen.«

»Wir können doch nicht hier ausziehen und dich zurücklassen! Das ist eine furchtbare Vorstellung.«

Kirsty hätte es nie für möglich gehalten, dass alles so gut funktionieren würde. Was als kleines Täuschungsmanöver, als Spiel, anfing, ist ihr ganz schön über den Kopf gewachsen. »Du kannst es, und du musst es tun«, versucht sie sich Mut zu machen, dabei hatte sie noch nie solche Angst wie jetzt, dass ihr Betrug auffliegen könnte. Wenn dieses Buch berühmt, verfilmt und in die ganze Welt verkauft wird, wird doch bestimmt über kurz oder lang jemand auftauchen, der sich an dieses alte Werk von Ellen Kirkwood erinnert? Dieser Betrug wird ihre und die Zukunft ihrer Kinder zerstören.

»Aber es ist nicht in Ordnung, dass Bernie das ganze Geld kriegt«, platzt Avril heraus.

»Aha, ihr vertraut mir also nicht?«

»Natürlich vertrauen wir dir«, versichert Kirsty ihr, während Avril seufzend die Hände im Schoß faltet. »Du musst es einfach durch drei teilen, das ist alles. Wenn Candice Love nicht das Blaue vom Himmel herunterlügt, und mir fällt es immer noch schwer zu glauben ...«

»Jedem fällt es schwer«, unterbricht Bernie sie und streicht sich mit einem zufriedenen Lächeln über ihre Hüften. »Deshalb interessiert sich alle Welt für uns, noch nie hat jemand, der so jung und so dumm ist wie ich, ein solches Buch geschrieben. Morgen fahre ich mit Candice nach Truro, um ein paar Klamotten für die Interviews zu besorgen.«

Es ist einfach zu viel für Avril. »Aber eigentlich müsste Kirsty umziehen. Kirsty müsste aufhören zu arbeiten. Sie wird unser Zimmer sauber machen, während wir uns bedienen lassen. Wie lange kann Kirsty das aushalten?«

»Solange es nötig sein wird«, antwortet Kirsty. »Ich habe kein Problem damit, Zimmer sauber zu machen.«

»Oder verdächtigt zu werden, wenn irgendetwas fehlt, einen alten Schwarzweißfernseher benutzen zu müssen, auf einer durchgelegenen Matratze zu schlafen und aufgewärmtes Essen vorgesetzt zu bekommen.«

»Das geht ja nicht ewig so weiter.«

»Sie hat Recht«, mischt Bernie sich ein »und das raffen Leute wie du einfach nicht, Avril. Du bist zu kurzsichtig, zu kleinkariert. Du musst mir vertrauen, du hast keine andere Wahl. Wenn das hier klappt, kann Kirsty sich von Trevor freikaufen und ihn ein für alle Mal loswerden.«

Kirsty schweigt nachdenklich. Hätte sie Geld, könnte sie reisen, die Kinder außer Landes bringen, selbst wenn Trevor das Sorgerecht mit seinen Lügen zugesprochen bekäme. Aber Gesetz bleibt Gesetz, wo immer man lebt. Und Kirsty möchte nicht in irgendeiner abgeschiedenen Weltgegend leben wie Ronnie Biggs – umgeben von Bungalows, Bars und Swimmingpools – in irgendeinem Land ohne Recht und Gesetz, immer auf der Flucht vor Trevor.

Sie merkt, dass ihre Fingerknöchel ganz weiß sind und versteckt ihre Hände in den Taschen ihres Overalls.

Nein, sie macht sich keine Illusionen. Sollte Trevor von dem Geld Wind bekommen, würde er sich wie ein Jagdhund an ihre Fährte heften. Für Geld würde er seine Seele verkaufen. Gleichgültig wie gut und teuer ihr Anwalt auch wäre, irgendwie würde Trevor über sie triumphieren, so wie es ihm immer gelungen war. Vielleicht hätte sie, wenn sie *Magdalene* tatsächlich selbst geschrieben hätte, das Selbstvertrauen aufgebracht, ihn mit ihren eigenen Waffen zu bekämpfen. Aber Kirsty weiß, dass sie keine talentierte Schriftstellerin ist, sie macht der Welt nur etwas vor, und das trägt nicht dazu bei, ihr Selbstvertrauen aufzubauen, ganz im Gegenteil, es schadet ihm eher.

Kirsty kann sich dennoch ein Lächeln abringen, als sie Bernie und Avril zuhört, wie sie sich ihr neues Leben ausmalen. Heute Abend ziehen sie in das Hauptgebäude des Hotels um. Sie werden mit der Frau aus London zu Abend essen und die »grundlegende Strategie« besprechen.

Es klopft an der Tür.

»Herein.«

Bisher hat sich noch nie jemand hier die Mühe gemacht, an die Tür zu klopfen.

Bleich wie ein Gespenst taucht Moira Stokes im Türrahmen auf, steht steif da in ihrem hochgeschlossenen Kleid.

»Ich hoffe, Sie haben Ihre Sachen zusammengepackt«, sagt sie mit maskenhaftem Lächeln an Bernadette gewandt. »Sobald Sie fertig sind, bringen wir Sie in das Hauptgebäude.«

Bernie nickt, während Avril errötet.

»Und Sie«, erklärt sie Kirsty, »haben nun dieses Zimmer für sich allein.«

»Das ist doch schön für sie«, meint Bernie. »Sie kann es sich dann unter ihrer Bettdecke so richtig gemütlich machen.«

»Seien Sie nicht albern«, entgegnet Mrs. Stokes. »Diese ganze Aufregung mag Ihnen ja zu Kopf steigen, aber vergessen Sie darüber nicht, wer Sie sind.«

»Ich bin eine berühmte Autorin.« Bernie lacht, steht auf und tanzt durchs Zimmer.

»Noch nicht, das sind Sie noch nicht«, entgegnet Mrs. Stokes barsch. »Das könnte sich alles als falscher Zauber entpuppen. Denken Sie an das Sprichwort, man solle den Tag nicht vor dem Abend loben.«

»Kann es sein, dass Sie neidisch sind?«, fragt Bernie frech.

Kirsty steht schweigend neben ihrem Bett und dreht an dem Knauf ihres Bettgestells. Ihre Gedanken kreisen um den speckigen Buchdeckel und den modrigen Geruch des alten Buches.

»Es sieht so aus, als seien Sie leer ausgegangen«, bemerkt Mrs. Stokes bissig.

»Das stört mich nicht«, erwidert Kirsty völlig ruhig. Alles, was sie wollte, waren ein paar Tausender, um sich einen Gebrauchtwagen und ein paar Sachen für den Caravan leisten zu können. »Ich bin ganz zufrieden so.«

»Sie glauben doch nicht, dass ich Ihnen das abnehme, Sie machen sich da was vor«, sagt Mrs. Stokes. »Bei dreien ist immer einer zu viel. Vielleicht«, murmelt sie vor sich hin, als sie geht und die Türe leise hinter sich zuzieht, »kommt Ihre Stunde ja noch.«

»Blöde Kuh«, ruft Bernadette ihr hinterher und betrachtet sich in dem halbblinden Spiegel.

Kirsty dreht so heftig an dem Bettknauf, dass sie ihn plötzlich in ihrer Hand hält.

14

Es steht in allen Zeitungen:

Hinterhältiger Mord.
Eine neunundsiebzigjährige Greisin wurde wegen 1 Pfund 39 umgebracht.

»Sie war schon eine Nummer, die alte Annie. Bevor sie wegging, sang sie noch ein Lied, obwohl sie zwanzig Pfund beim Bingo verloren hatte. Konnte auch prima Mundharmonika spielen, nur die Zähne musste sie vorher rausnehmen.«

»Hatte ein schweres Leben gehabt, die Annie. Ihren Mann hat sie im letzten Kriegsjahr verloren. Musste hart kämpfen, um ihre drei Kinder großzuziehen...«

»Sie fehlt uns schrecklich«, behauptet ihr ältester Sohn, der Annie seit Jahren nicht mehr gesehen hat. Er wollte seinen Kindern ihren Anblick nicht zumuten: Der Alkohol hatte seine Mutter zu einem Wrack gemacht.

Dabei hatte Graham die alte Frau gar nicht umbringen wollen. Könnte er die Zeit zurückdrehen, würde er die Tasche weniger heftig wegreißen. Dieses Mal braucht er erst gar nicht auf ein mildes Urteil zu hoffen – nach seiner Verurteilung wegen des Einbruchs sind die Gutachter zu dem Schluss gekommen, die alte Frau im ersten Stock hätte damals Glück gehabt, weil sie sich schlafend gestellt hatte. Es ist so unfair, ihm Gewalttätigkeit zu unterstellen, nur weil er mal in einer Bande war, deren Anführer wegen schwerer Körperverletzung verurteilt worden waren.

Er zermartert sich das Hirn. Manchmal redet er sich ein, der Überfall habe niemals stattgefunden.

Wenn er vor einem Schaufenster stehen bleibt, hat er das Gefühl, verfolgt zu werden.

Und manchmal kommt es ihm vor, als sähen ihn die Leute merkwürdig an.

Aber welche Beweise hätten sie denn? Was konnten sie schon machen, wenn sie ihn erwischten? Wahrscheinlich würden sie ihn dieses Mal in einen Hochsicherheitsknast sperren. Dann wäre er auf Schutz angewiesen, auf einen dieser Muskelprotze aus dem Flügel für die ganz harten Jungs.

Und mit Aids rauskommen.

Er hat keine Kumpel mehr in Liverpool, nur ein paar Kiffer, die in besetzten Wohnungen hausen und ihn für ein paar Pfund verpfeifen würden. Seine Freunde aus dem Gefängnis sind in der ganzen Gegend verstreut, verbringen ihre Zeit in Kneipen, die von der Polizei überwacht werden. Nicht gerade die Art von Aufenthaltsort, die Graham augenblicklich bevorzugt. Und wenn es zu einem Verbrechen wie Mord kommt – Mord an einer alten Frau – wollen auch die harten Jungs nichts davon wissen, damit kann man keine Punkte sammeln, das ist etwas anderes, als für seine Dealer schmutzige Geschäfte zu erledigen.

Graham zündet sich eine Zigarette an und verlässt den dunklen Hauseingang. Er muss weg von hier, weg von diesen Straßen, wo man ihn kennt. Doch irgendwie kommt ihm das vor, als betrete er ein fremdes Land. Aber wenn sie ihn in einer fremden Stadt aufgreifen, werden sie sofort den Schluss daraus ziehen, er sei auf der Flucht und daher schuldig.

Er setzt ein krampfhaft gleichmütiges Gesicht auf und läuft lässig, eine Zigarette im Mund und die Hand in der Tasche, die Straße entlang.

Was wäre, wenn er etwa seine Schwester besuchte? Das würde jeder verstehen, was wäre vernünftiger für jemanden ohne Job, ohne Bleibe, als die Stadt zu verlassen, die ihm keine Zukunft bietet, und sein Glück in Cornwall zu versuchen? Graham lacht leise in sich hinein. Auffallen tut er ja wirklich nicht, er sieht aus wie alle anderen Typen auch mit ihren Bomberjacken und zerrissenen Jeans. Vielleicht konnte er sogar noch einen Saisonjob bekommen, obwohl schon Mitte August war. Einen Versuch wert war es. Und niemand wird auf die Idee kommen, den China-Town-Mörder in diesem Ort an der Küste zu suchen.

Graham ist nicht das einzige Mitglied der Familie Stott aus Huyton, das an diesem sonnigen Sonntag nach Cornwall aufbricht. Der Bluebird Caravan wurde an den grünen Ford Sierra angekuppelt, der soeben von der jährlichen Fahrzeuguntersuchung kommt. In dem winzigen Kühlschrank und den Schränkchen sind die Einkäufe – Gemüse, Obst, Dosen und Packungen aller Art – fein säuberlich gestapelt und beschriftet. Avrils Mutter sieht es gar nicht ein, die überzogenen Preise zu bezahlen, die auf den Campingplätzen verlangt werden.

Die Stotts sind nach einer durchdiskutierten Nacht beide erschöpft. Mrs. Stott wollte in der ersten Morgendämmerung aufbrechen, Mr. Stott war dagegen.

»Aber wir fahren immer so früh los.«

»Es ist nicht nötig, die Kinder sind ja nicht dabei.«

»Bitte, dann geht es halt nach deinem Kopf.« Und sie straft ihn mit einem verächtlichen Blick.

Den Rücksitz belegt beinahe vollständig Fluffy, die Katze. Und nachdem die Katze Platz genommen hat, kommt das kleine Vanilleduftbäumchen vorne an der Windschutzscheibe gegen ihre Blähungen nicht mehr an.

Der Lunch wartet schon in der Kühltasche. Wie immer werden die Stotts an der Raststätte Halt machen, aber wegen der unmöglichen Preise dort kein Geld ausgeben. In ihrer Handtasche hat Mrs. Stott immer ein zusammengefaltetes ovales Stück Plastik dabei und Plastikhandschuhe, die sie benutzt, wenn sie eine öffentliche Toilette aufsucht – sie hat einen Artikel über die von Fäkalien auf öffentlichen Toiletten drohenden Gefahren gelesen, ganz zu schweigen von dem tödlichen Inhalt der in den Supermärkten angebotenen Sandwichs.

»Avril wird sich freuen, uns zu sehen«, sagt Mrs. Stott auf der Autobahn und lutscht nervös ein Malzbonbon. »Und ich denke, es wird Zeit, dass wir sie besuchen. Langsam mache ich mir Sorgen wegen ihr. Sie klingt so anders am Telefon.«

»Sie wird sich freuen, Fluffy zu sehen«, antwortete Mr. Stott, der konsequent auf der rechten Spur fährt.

»Wahrscheinlich stecken diese Freunde dahinter, mit denen sie zusammen ist. Mir gefällt das Ganze nicht.«

»Solange sie glücklich ist«, entgegnet Mr. Stott.

Mrs. Stott spürt ihren Unmut wachsen. Sie zerbeißt das Malzbonbon, bis sie nur Splitter im Mund hat. »Genau darauf habe ich gewartet, Richard. Das ist typisch für dich. So warst du immer, und jetzt schau, wohin wir damit gekommen sind mit Graham.«

»Fang doch jetzt nicht wieder damit an.«

Die Stotts haben in Happy Stay gebucht, dem Caravan Park in der Nähe des Burleston, in dem sowohl Caravans stehen, als auch Wohncontainer aufgestellt werden dürfen. Wie immer ließ sich Mr. Stott vom Automobilclub eine Karte schicken, die nun Mrs. Stott auf den Knien hält, obwohl die Strecke so einfach ist, dass man sich gar nicht verfahren kann. Wenn sie Glück haben, sehen sie Avril mindestens einmal am Tag. Sie hoffen, sich das Hotel näher ansehen und vielleicht einmal im Pavillon Tee trinken zu können, wenn die Preise nicht allzu unverschämt sind. Die übrige Zeit wollen sie Gärten besuchen, ein Hobby von Avrils Mutter, und ein paar Landhäuser und Boutiquen mit kunsthandwerklichen Erzeugnissen.

»Hoffentlich sind sie mit Ed einverstanden.«

»Bestimmt, Avril, mach dir keine Sorgen.«

»Mir wäre es lieber, sie würden nicht herkommen.«

»Warum hast du sie nicht davon abgehalten?«

»Weil sie bereits zwei Monate im Voraus gebucht haben und Mutter und Vater nie ihre Pläne ändern.«

»Sie werden es nicht glauben, wenn sie dich hier sehen. Wenn sie erfahren, was hier alles passiert ist.«

Avril streicht nickend über das Balkongeländer und sieht in ihr neues gemeinsames Zimmer, als wolle sie sich vergewissern, dass sie das alles nicht träume. »Ein Zimmer mit eigenem Balkon habe ich mir immer gewünscht«, sagt sie leise.

»Kirsty kann einem Leid tun.«

»Stimmt, arme, alte Kirsty.«

»Setz dich einfach hierhin, Avril, und versuche nicht zu verkrampft zu lächeln«, wies Candice Love sie vor der Pressekonferenz an. »Niemand wird dich irgendetwas fragen. Du bist Bernadettes rechte Hand, ihre Freundin und Vertraute, ihr erster und größter Fan, es besteht daher nicht der geringste Anlass, diesen dämlichen Gesichtsausdruck aufzusetzen.«

Candice Love übernahm das Reden und weckte schon nach wenigen Worten die Neugier des anwesenden Feuilletons. Sie erzählte von dem erstaunlichen Interesse, das der Roman *Magdalene* weltweit geweckt hatte. »Und während dieser ganzen Zeit war Bernadette Kavanagh ein Niemand, ein kleines irisches Mädchen aus Liverpool, das in einer Bar arbeitete, das dankbar für jeden Job war, den sie bekommen konnte, und bis zum Umfallen für ein paar Pfennige schuftete …«

An dieser Stelle hüstelte Mr. Derek und rutschte auf seinem Stuhl hin und her.

»… und jetzt liegt dieser Autorin mit einem Mal die ganze Welt zu Füßen, bettelt um die Rechte von Hollywood bis München, von New York bis Hongkong. Ja, neben dieser Autorin sehen Ruth Rendell und P. D. James blass aus in Bezug auf die Entwicklung einer Handlung und den Spannungsaufbau; neben ihr wirken Margaret Drabble und Aldous Huxley, als entstammten sie einem Schriftstellerkindergarten. Und dabei spricht dieser Roman alle Nationen und alle Generationen an, ist zeitlos, ist *großartig*.«

»Diese überwältigende Resonanz muss ein großer Schock für Sie gewesen sein, Bernie. Wie war Ihre erste Reaktion darauf?«

Bernie lächelte charmant. »Ich bin noch immer überwältigt. Um ehrlich zu sein, ich habe das auch noch immer nicht ganz verdaut.«

»Arbeiten Sie bereits an einem neuen Buch?«

»Warten Sie ab«, lächelte Bernie.

»Und Ihre Mama und Ihr Papa? Was halten die von diesem ganzen Rummel?«

»Mama betete ein Gegrüßet seist du Maria, und Papa wär beinahe ohnmächtig geworden. Die Kohle haute sie einfach um – das ist wie ein Sechser im Lotto.«

Candice Love räusperte sich. »Natürlich werden der Familie Kavanagh Berater zur Seite stehen, um mit diesen überraschenden Entwicklungen umzugehen.«

»Miss Kavanagh hat eine Vergangenheit, habe ich gehört«, meldete sich der einzige Boulevardreporter zu Wort.

Candice lächelte freundlich. Darauf hatte sie gewartet.

Der Dummkopf dachte, er hätte etwas ausgegraben, und es schadete nichts, das Interesse einer breiteren Öffentlichkeit zu wecken. »Bernadette ist in gewisser Weise eine Rebellin, so wie die meisten begabten Menschen. Ich bezweifle, dass sie *Magdalene* ohne jegliche Lebenserfahrung hätte schreiben können.«

»Wie viel Lebenserfahrung?«, wollte der Typ grinsend wissen.

»Ziemlich viel«, deutete Candice an.

»Mami wird das nicht gefallen«, flüsterte ihr Bernie zu.

»Überlassen Sie das mir, das läuft noch besser als geplant«, raunte Candice zurück.

»Was ist mit Ihrem Liebesleben, Bernie?«

Und Bernie zögerte auf einmal, der Welt etwas einzugestehen, was ihr normalerweise nicht das geringste Kopfzerbrechen bereitete, dass sie zurzeit kein Liebesleben hatte. Stattdessen lachte sie ihr tiefes irisches Lachen: »Er ist fantastisch«, behauptete sie. »Er ist eine Berühmtheit, ein Held, hier. Ein Rettungsschwimmer, und er studiert an der Uni.«

»Wie heißt er denn?«

Bernie hatte auf einmal das Gefühl, dass sie zu weit gegangen war. »Das möchte ich nicht sagen«, erklärte Bernie und schlug die Augen nieder. »Das ist mein Geheimnis.«

»Was werden Sie mit dem Geld machen?«

»Bis jetzt habe ich es noch nicht.«

Ein Reporter erhob sich und rief ihr laut zu: »Ich habe gehört, Sie teilen es mit Ihrer Freundin. Das ist sehr ungewöhnlich. Es muss sich um eine ganz besondere Freundin handeln. Was sagt denn Ihr Freund dazu?«

Avril hatte gehofft, aus allem rausgehalten zu werden. Und auch Candice Love hatte dies gehofft. Aber Bernie lächelte Avril zu und freute sich, sie in das Interview miteinbeziehen zu können. »Avril hat einen Großteil der harten Arbeit erledigt, nicht wahr, Avril?«

Avril stotterte puterrot: »N… nein, nicht wirklich. Ich habe es nur in den Com… Computer eingegeben. Ich habe wirklich nicht viel gemacht.«

»Sind Sie beide schon lange befreundet?«

Candice Love ahnte, in welche Richtung die Fragen gingen. Es würde Bernadette nicht weiter schaden, wenn man sie für bisexuell hielte. Würde es doch die Faszination für die neue Autorin nur vergrößern. Allerdings wusste auch Candice, dass solche Gerüchte nur zu weiteren Missverständnissen führen würden und sie sie deswegen gleich im Keim ersticken musste. »Sie sind Arbeitskollegen«, antwortete sie an Avrils Statt. »Sie kennen einander erst seit Juni.«

Beim anschließenden Essen im Speisesaal stachen die Blicke des Personals wie Nadeln in Avrils Haut. Sie hörte die Bedienung über die zwei Aschenputtel, die zur Glücksmarie geworden waren, hinter ihrem Rücken flüstern und tuscheln. Als Bernie sich eine Zigarette anzündete, wäre Avril am liebsten im Boden versunken, und Michael, der Oberkellner, musste sie höflich bitten, mit dem Rauchen zu warten, bis sie den Speisesaal verlasse.

Nur der Gedanke an Ed Board, der draußen auf sie wartete, gab Avril die Kraft durchzuhalten. »Du warst brillant«, erklärte er ihr nach dem Interview und versetzte ihr einen kräftigen Klaps auf den Po.

Irgendetwas Beunruhigendes ist geschehen, etwas, das sich ihrer Wahrnehmung entzieht, das nicht greifbar ist. Es hindert Avril daran zu schlafen, nicht einmal ihr neues bequemes Bett kann daran etwas ändern. Ihre Freundinnen und sie scheinen auseinander zu driften. Avril fühlt sich unwohl in Kirstys Gegenwart. Wenn Kirsty in ihr Zimmer kommt, um sauber zu machen, lachen sie zwar noch zusammen, natürlich – schließlich teilen sie ein großes Geheimnis – und Avril räumt vorher auf, damit Kirsty nicht so viel Arbeit hat. Aber Bernie liegt nur faul auf ihrem Bett und raucht. Oder sie bestellt etwas beim Zimmerservice, obwohl sie gar nicht hungrig sind. Nicht einmal die Tassen spült sie.

Avril hat nur dann das Gefühl, entspannt und sie selbst zu sein, wenn sie mit Ed auf dem Golfplatz ist. Als Ed von dem Buch und dem unverhofften Reichtum hörte, nahm er sie umgehend mit in sein Geschäft und stellte ihr eine Ausrüstung zusammen.

»Aber ich habe gar nicht das Geld dafür«, protestierte Avril, als sie die Preise sah.

»Das ist nur eine Frage der Zeit«, entgegnete Ed. »Mach dir deshalb keine Gedanken. Wenn du ernsthaft Golf spielen willst, brauchst du deinen eigenen Schläger. Und es ist absolut entscheidend, einen professionellen Eindruck zu machen.«

Sie verließ das Sportgeschäft mit einem beigen Rock mit einer Falte vorne, einer dunkelgrünen, gesteppten ärmellosen Weste und weißen Schuhen. Es dauerte Stunden, bis sie die richtigen Schläger ausgewählt hatten. Ed setzte ihr eine Schirmmütze auf, die ihr überhaupt nicht gefiel, und erklärte, die Mütze sei ein Geschenk. Bisher hatte sie es nicht gewagt, die Sachen Bernie zu zeigen. Sie traute sich nicht einmal, sie aus dem Schrank zu nehmen und vor dem Spiegel anzuprobieren.

»Meine Familie kommt dir vielleicht etwas etepetete vor«, versucht Avril Ed vorzuwarnen aus Angst, ihre Eltern könnten auch diese Freundschaft gefährden. »Sie sind sehr konservativ, fluchen nie und mögen keine Witze.«

»Es interessiert mich nicht, was sie mögen oder nicht«, erwidert Ed unbekümmert. »Du interessierst mich, Avril, nicht sie. Und ich bin kein so übler Kerl, oder? Die meisten Menschen scheinen ganz gut mit mir auszukommen.«

15

»Lassen Sie mich das richtig stellen.« Dominic Coates versucht, autoritär zu blicken. »Sie haben die Frechheit besessen, mich unter Vortäuschung falscher Tatsachen hierher zu locken, und erzählen mir jetzt, dass Sie, falls ich nicht zu Bernadette zurückkehre, zu der Familie dieses kleinen Mädchens gehen und den Leuten sagen, ich wäre an dem Tod des Vaters schuld.«

»Sind Sie denn etwa nicht schuld daran?«, hakt Kirsty nach.

Dominic mustert Kirsty aufmerksam und fragt sich, was sie weiß und ob sie überhaupt etwas weiß. Wie, zum Teufel, sollte sie etwas herausgefunden haben? Er hat diese merkwürdige Frau noch nie gesehen, weiß nur, dass sie in Bernies Hotel arbeitet. Irgendwie muss Bernie Wind davon bekommen haben, aber wer – außer Belinda – könnte etwas ausgeplaudert haben?

Und Belinda ist ganz überstürzt nach Bath zurückgekehrt. Diese Beziehung hat keine drei Wochen gedauert, und seither bereute er des Öfteren, dass er ihr in schwachen Momenten so viel anvertraut hat.

Ist diese Kirsty vielleicht auf Drogen? Er sucht nach einem Anzeichen in ihren Pupillen, einem Zittern ihrer kleinen Hände. »Ich habe keine Ahnung, worauf Sie hinauswollen.«

Sie hatte ihn im Gästehaus angerufen, hatte seine Nummer über die Gemeinde herausgefunden, indem sie behauptete, sie hätte etwas von ihm geborgt, das sie ihm zurückgeben wolle. Ihr Anruf machte ihn neugierig, und sie verabredeten ein Treffen in einem Café in St. Ives. Nervös spielt er mit der Zuckerstange, während er auf ihre Antwort wartet.

Sie wirkt nicht wie eine Erpresserin: T-Shirt, Jeans, billige Espandrilles. Als sie jünger war, war sie bestimmt recht attraktiv gewesen, vor allem mit dieser Ornella-Muti-Lücke zwischen ihren Schneidezähnen. Aber ihre braunen Augen sind seltsam leer, als sähen sie nicht ihn, sondern durch ihn hindurch.

Sie klingt wie ein Polizist, der vor Gericht die Ermittlungsergebnisse vorträgt. Jedes Wort sorgfältig gewählt, um den Richter zu überzeugen. »Ich komme zu der Tatsache, dass Sie an diesem Nachmittag eine beträchtliche Menge Alkohol zu sich genommen hatten, als man Sie zur Rettung dieses Kindes zu Hilfe rief. Und dass Sie, wären Sie nüchtern gewesen, durchaus beide hätten retten können. Ferner möchte ich darlegen, dass es für den Coroner vielleicht von Interesse sein dürfte, dass ein direkter Karateschlag auf die Kehle des Ertrinkenden mit der Todesursache in ursächlichem Zusammenhang gestanden haben könnte. Und ihn nicht, wovon man bei der Untersuchung ursprünglich ausging, ein unbekanntes im Wasser treibendes Objekt getroffen hat.«

»Das muss Ihnen Belinda erzählt haben.« An dieser Stelle lehnt Dominic sich zurück, lacht und trommelt mit den Fingern auf den Tisch. »Belinda hat eine blühende Fantasie. Wie dem auch sei, nur zu Ihrer Information, die Untersuchung ist abgeschlossen.«

Die Frau ihm gegenüber zuckt nur mit den Achseln.

»Steckt Bernie dahinter?«

»Bernie weiß nichts davon.« Kirsty ist sich sicher, Dominic für ihr Vorhaben zu gewinnen. Auch wenn Dominic ihr nicht sonderlich sympathisch ist, wird er einen nützlichen Spion abgeben, und sie braucht jemanden, der Bernie kontrolliert. Ganz egal, was diese in der Öffentlichkeit behauptet, Kirsty traut ihrer irischen Freundin nicht.

»Aber warum zum Teufel tun Sie das?«, will er wissen. »Bernie will mich gar nicht zurückhaben. Nicht jetzt, wo sie so berühmt ist. Bernie ist seit Monaten über mich weg.«

»Das beweist, was für ein Idiot Sie sind.«

Dominic sieht sich um, um sich zu vergewissern, dass er das, was er gerade gehört hat, nicht träumt, aber nein, es sitzen noch ein paar andere Kunden im Café, die meisten vor einer Tasse Kaffee und einem Hörnchen. Nein, die konnten nicht alle seiner Fantasie entsprungen sein. »Sie wollen mir also sagen, Bernie sei noch immer an mir interessiert?«

Selbstverständlich hatte Bernie Kirsty alles weitererzählt, was sie von Belinda erfahren hatte. Mit diesen Informationen kann sie ihn zur Strecke bringen, so wie es die Nonne Magdalene getan hätte.

Kirsty hat sich heute über den letzten Brief von Maddy aufgeregt. »Die Kinder fragen noch immer nach ihrem Daddy, aber mach dir keine Sorgen, ich lenke sie ab. Es geht einem nahe, aber andererseits ist dieses Verhalten bei traumatisierten Kindern ganz normal. Nach meiner Erfahrung bedeutet das häufig, dass sie die Vergangenheit zu verarbeiten versuchen. Ich bin sicher, sie werden bald aufhören, nach ihm zu fragen. Sonst läuft alles gut…«

Sie nippt an ihrem Tee und tunkt einen Keks ein, während sie Dominic Coates anstarrt.

»Am liebsten würde ich einfach aufstehen und gehen.«

»Dann tun Sie's doch«, entgegnet Kirsty, »das ist Ihre Sache. Aber Ihnen ist klar, was dann passiert. Mami und Papi sind bestimmt begeistert, wenn ihr Schatz von Sohn plötzlich wieder in den Schlagzeilen ist. Ich wette, Sie haben ihnen die hiesigen Zeitungen geschickt. Ich wette, Sie haben beim Pressefotografen Originalabzüge bestellt, vor allem von dem Foto, wo Sie mit der Kleinen in den Armen aus dem Wasser steigen.«

»Was zum Teufel hat das mit meinen Eltern zu tun?« Das kann doch alles nicht wahr sein, schießt es Dominic durch den Kopf. Was hat er da vor sich, einen ernsten Fall für die Psychiatrie? Das ist die Art von Geschichte, wie sie in amerikanischen Fernsehserien vorkommen. Jeden Augenblick wird sie mit dem Messer auf ihn losgehen.

Aber Dominic kommt das enttäuschte Gesicht seines Vaters in den Sinn, gerade als er anfing zu glauben, aus Dominic würde doch noch ein Mann werden. Und seine Mutter wird wieder mit dem Valium anfangen und sich in Privatkliniken behandeln lassen.

»Was wollen Sie von mir?« Dominic überspielt seine aufsteigende Nervosität mit einem abschätzigen Lächeln.

»Rufen Sie Bernie an und schlagen Sie ihr vor, sich mit ihr zu treffen.«

»Ihnen ist doch hoffentlich klar, dass sie mich wahrscheinlich abblitzen lässt.«

»Das wird sie nicht.« Kirsty beugt sich nach vorne. »Ich gehe davon aus, dass Bernie Sie treffen möchte! Und Sie werden Sie sofort anrufen! Hören Sie mir zu, Sie Arschloch? Sie erzählen ihr, Sie hätten sie schrecklich vermisst, Sie möchten von vorne anfangen, mit ihr zusammen sein, ihr helfen und die verlorenen Monate wieder wettmachen, Sie bitten sie um Verzeihung für alles, was Sie ihr angetan haben.«

»Das können Sie sich sonstwohin stecken.«

»Na gut«, entgegnet Kirsty und lächelt überlegen.

»Was haben Sie eigentlich davon? Macht es Ihnen Spaß,

andere zu kontrollieren? Ihr Leben durcheinander zu bringen?«

»Gut möglich.«

»Darauf können Sie Gift nehmen. Wenn Bernie herausfindet, was Sie hier tun, versinkt sie im Erdboden vor Scham. Niemand will, dass hinter seinem Rücken ein so perverses Ding gedreht wird. Und überhaupt«, Dominic legt eine kurze Pause ein, »das kann nicht funktionieren. Man kann niemanden davon überzeugen, jemanden zu lieben, nicht, wenn die Person einem scheißegal ist.«

»Ich bin mir sicher, dass Sie es können. Wenn Sie sich nur genug Mühe geben.«

»Ich gehe im September zurück nach Liverpool. Wir reden also nur über drei Wochen.«

»Das werden Sie sich wohl abschminken müssen.«

»Jetzt machen Sie aber wirklich Scherze. Soll ich das letzte Jahr einfach sausen lassen?«

»Was macht das schon, ob Sie den Abschluss nun in der Tasche haben oder nicht? Ich wette um meinen nächsten Wochenlohn, dass Sie so oder so in Daddys Firma landen.«

»Also ist Neid der Grund für Ihren Hass auf mich?« Dominic lehnt sich lächelnd zurück. »Das hätte ich mir ja eigentlich gleich denken können.«

Kirsty funkelt ihn wütend an: »Glauben Sie wirklich, die Sache ist so einfach?«

»Warum hassen Sie mich?«

»Ich fühle nichts für Sie und ganz bestimmt kein so intensives Gefühl wie Hass. Falls überhaupt etwas, dann Ekel.«

»Sie haben ein Händchen für Komplimente.«

»Warum, verdammt noch mal, werden Sie nicht endlich erwachsen und stellen sich den Tatsachen?«

Nach ihrem Treffen mit Dominic fällt Kirsty wieder zurück in ihre deprimierte Stimmung, hängt seufzend in Bernies Suite herum und beklagt sich über ihr hartes Leben.

Avril versucht, sie zu trösten.

»Geh ihr nicht so auf den Leim«, rät Bernie Avril. »Kirsty weiß genau, dass sich am Ende alles regelt. Sie war einverstanden. Das ist nur ein Klacks und wenn wir das Burleston verlassen, kann Kirsty mitkommen.«

Der Anruf von Dominic kam gerade, als Bernie sich für das Abendessen zurechtmachte, das Abendessen mit Candice Love und einer Frau von dem Verlag, der die höchste Summe für *Magdalene* geboten hatte – eine Rekordsumme, heißt es, aber noch kennt niemand außer der Lektorin die Details.

Es kommt darauf an, dass die Chemie zwischen Bernie und dieser Lektorin stimmt. Sie werden eng zusammenarbeiten müssen, sowohl jetzt als auch in Zukunft. Bernie fühlt sich daher noch nervöser als sonst.

Avril hebt, wie immer, das Telefon ab. Manchmal muss Bernie gegen den Drang ankämpfen, sie aus dem Weg zu schubsen.

Avril schnappt nach Luft. »Bernie, es ist Dominic.«

Bernie wirbelt herum, den Kajalstift noch in der Hand, blinzelt sie.

»Dominic?«

Avril nickt.

»Ich dachte, ich ruf dich mal an«, sagt Dominic. »Glückwunsch! Ich habe in der Zeitung von deinem unglaublichen Buch gelesen und über den Rummel um dich, und da habe ich mich gefragt, ob du dich wohl noch an mich erinnerst, jetzt, wo du so berühmt bist.«

»Ich glaub es nicht«, stößt Bernie hervor. Ihr Puls rast, als sie seine Stimme hört. Sie ist unfähig, den Inhalt seiner Worte zu begreifen, so sehr lässt sie sich von der Stimme berauschen.

»Und ich fragte mich, ob wir uns wieder mal sehen könnten.«

Bernie atmet tief durch und bemüht sich, ruhiger zu werden. Sie wollte »heute Abend« erwidern, doch dann fiel ihr das Treffen mit der Lektorin ein, das wahrscheinlich länger dauern würde. Sie seufzt. »Was ist aus dir und Belinda geworden?«

Er lässt sich Zeit mit seiner Antwort, und Bernie hält den Atem an. Nach einer längeren Pause, als sie wieder Luft holt, sagt er endlich: »Ach, du kennst mich doch, Bernie. Ich war immer egoistisch, aber jetzt hatte ich Zeit nachzudenken, mir Gedanken über mein Leben zu machen, und ich kann nicht noch einen Monat damit zubringen, nach etwas zu suchen, das ich verloren habe, als ich mich letztes Jahr von dir getrennt habe.«

Das hört sich ganz und gar nicht nach dem gedankenlosen Dominic an, den Bernie von früher kannte. Sie kann sich nicht daran erinnern, dass er jemals über sich selbst oder seine Gefühle redete, ohne am Schluss einen dummen Witz zu reißen.

»Ich war sehr einsam, Dom.«

»Ich hoffe kaum darauf, dass du mir noch eine zweite Chance gibst?«

»Es gibt keinen anderen.«

»Und mir ist klar, das liegt nicht an einem Mangel an Angeboten.«

Wie ernsthaft Dominic klingt. Das war doch kein Scherz? Da saßen doch nicht etwa Leute bei ihm im Zimmer und hörten zu, hielten an sich, nicht laut loszuprusten und ihrem Gelächter, sobald das Signal kam, freien Lauf zu lassen?

Nein, nein, so grausam war nicht einmal Dominic, obwohl… sie weiß nicht mehr, was sie denken soll.

»Wir könnten heute Abend zusammen essen«, reißt er sie aus ihren Gedanken, »ich kenne da ein Restaurant…«

»Es geht bei mir nicht«, sind die schwierigsten Worte, die Bernie je über die Lippen kamen.

Dominic hält kurz inne, er klingt beinahe erleichtert. »Ich hätte es mir denken können, ich bin ein Idiot…«

»Nein, nein, das ist nur, weil ich heute Abend schon verabredet bin. Morgen… könnten wir uns morgen sehen?«

»Wir müssen über so vieles reden, du und ich.«

Das liegt doch nicht etwa an dem Geld? Sie, die Ed Board verdächtigt, hinter Avrils Geld her zu sein, ohne dass diese es merkt, und sie selbst… Aber nein, Dominics Familie schwimmt im Geld. Auf Geld ist Dominic nun wirklich nicht angewiesen. Schließlich ist er der Erbe eines Pappkartonvermögens. Dennoch bleibt Bernie skeptisch, fürchtet, dass es am Ende doch ihr baldiger Reichtum ist, der seinen plötzlichen Sinneswandel hervorgerufen hat.

»Morgen Abend dann. Ich hole dich ab. Geht acht Uhr in Ordnung?«

»Das passt.« Bernie schließt die Augen und seufzt glücklich. »Bis dann.«

Avril hat sich ihr Abendessen auf ihr Zimmer bestellt und Kirsty eingeladen. Das ist Bernie viel angenehmer, als Avril mitnehmen zu müssen, obwohl an diesem Abend, nach diesem Anruf, ihr Herz vor Liebe zu allen Menschen überfließt. Doch Avril konnte einem unglaublich auf die Nerven gehen mit ihrem ewigen Gejammere über ihre Problemchen, konnte jeden am Tisch zu Tode langweilen mit ihren Erzählungen über die Ankunft ihrer Familie oder ihre Liebelei mit Ed. Das wäre vor allem an diesem Abend fatal, an dem Bernie die einflussreiche und überaus wichtige Lektorin treffen sollte.

Strahlend betritt sie in einem engen schwarzen Taftkleid die Hotellobby, wo die zwei Frauen schon auf sie warten. Candice stürzt auf Bernie zu, die Lektorin, eine alte Dame, folgt ihr. »Das ist Clementine, Bernie.« Sie reichen einander die Hand, bevor Candice ihnen voran in die Bar eilt und die übliche Wolke ihres Designerduftes hinter sich herzieht.

Während Candice die Getränke bestellt, mustert Bernie ihre neue Lektorin, die beinahe in dem Ledersessel verschwindet. Clementines Augen wirken im Gegensatz zu ihrem Alter scharf und hellwach.

»Cola mit Rum für Sie, Bernie?«, fragt Candice »und einen doppelten Brandy für Clementine.«

Die Bananenohrringe aus Pappmaschee, die die Lektorin trägt, passen überhaupt nicht zu dem Twinset und dem Schottenrock, den Kniestrümpfen und den Ethnosandalen. Diese Frau, die kaum einen Meter fünfzig groß ist, mag es offensichtlich bequem und leger. Die Art, wie Clementine sie mit Blicken durchbohrt, macht Bernie ganz unsicher, so als sei die alte Dame in der Lage, sie zu durchschauen.

»Was für ein wunderbares Kleid«, schwärmt Clementine Davaine mit einer überraschend tiefen und kräftigen Stimme. »Ich habe mich so darauf gefreut, die Autorin von *Magdalene* kennen zu lernen, des besten Buches, das ich seit Jahren gelesen habe. Meinen Glückwunsch, Kind.« Und Clementine Davaine streckt ihre knochige Hand aus, deren arthritische Finger erstarrt sind, als wollten sie einen Stift halten.

16

Trev schlägt sich vor Freude auf die Schenkel. Er hätte sich denken können, dass das Burleston Hotel nicht in den Gelben Seiten zu finden ist.

Trev hatte die Gelben Seiten bereits zu drei Vierteln durchgearbeitet, als er auf den Artikel in *Country Life* stieß. Er machte gerade eine Teepause, während er eine neue Zentralheizung für eine Mrs. Strange in Birkenhead installierte.

Der Artikel selbst war langweilig: Es ging um irgendein Treffen für Liebhaber von gutem Wein und Essen. Trev merkte sich den Namen des Hotels, obwohl sein Gedächtnis ansonsten zu wünschen übrig ließ. Als er wieder zu Hause war, rief er sogleich bei der Auskunft an, und die Computerstimme nannte ihm langsam und klar die Nummer. Trev schlüpfte schnell wieder in seine Rolle als Inspektor Bates.

Rhoda, am anderen Ende der Leitung, hatte viel Stress seit Avrils plötzlichem Aufstieg. Mr. Derek hatte noch immer nicht für einen Ersatz gesorgt. Trotzdem reagierte sie neugierig, als sie hörte, dass die Polizei am Apparat war.

»Ach, es geht um nichts Wichtiges. Eine Routineüberprüfung.«

Typisch, dachte sie, die Bullen tun immer so geheimnisvoll. Kirsty wäre Rhoda kein Begriff gewesen, wenn sie nicht mit Avril befreundet gewesen wäre. Sie hätte auf der Angestelltenliste nachsehen müssen und wahrscheinlich von vornherein behauptet, niemand mit diesem Namen arbeite im Hotel, nur um sich die Mühe zu ersparen. In letzter Zeit war so viel zusätzliche Arbeit hinzugekommen, dauernd klingelten die Telefone für diese Candice Love, und Faxe kamen für sie von London.

»Kirsty Hoskins arbeitet hier als Zimmermädchen.«

»Und könnten Sie mir bitte die Adresse von Mrs. Hoskins geben?«

»Sie wohnt im Hotel. Die meisten Saisonkräfte wohnen hier.«

»Ihre Kinder sind also nicht bei ihr?«

»Von Kindern habe ich noch nie gehört.«

»Gut, das ist alles, was ich wissen wollte. Vielen Dank. Selbstverständlich bitte ich Sie, diese Angelegenheit vertraulich zu behandeln, Miss...«

»Hering, wie der Fisch«, entgegnete Rhoda, eine Angewohnheit, die Mr. Derek ihr seit ihrem ersten Arbeitstag abzugewöhnen versucht hatte.

Trev flucht laut vor sich hin. Keiner glaubt ihm, jeder meint, Kirsty müsse einen Grund gehabt haben, ihn zu verlassen. Hinzu kommt, dass seine Eingabe um unentgeltliche Rechtshilfe abgelehnt wurde, und er nun für das Treffen mit diesem Gillespie aus eigener Tasche aufkommen muss.

Wenn Kirsty die Kinder nicht bei sich hat, wo können sie dann sein? Sie ist eine fürsorgliche Mutter, für Trevs Geschmack zu fürsorglich, daher ist es höchst unwahrscheinlich, dass sie die Kinder einfach irgendwo untergebracht hat. Trev ärgert sich über sich selbst. Wenn er nur schon früher etwas unternommen oder mit jemand anderem als seiner Mutter über seine Probleme mit Kirsty geredet hätte. Er hätte es ahnen müssen, dass sie ihn eines Tages verlassen würde.

Trev ist fest davon überzeugt, die momentane Situation sei allein Kirstys Schuld, sieht überall Indizien für Kirstys Geisteskrankheit. »Dieser Reinlichkeitswahnsinn war ein Teil ihres Problems«, erzählt er staunenden Freunden. »Das Haus musste klinisch sauber sein, und wenn es bedeutete, fettige Pfannen und verbrannte Eintopfreste durch die Küchentür auf die leeren Beete zu werfen.« Trevor lässt seiner Fantasie freien Lauf. »Und obwohl im Garten überall Teile von zerbrochenen Rädern und Kinderwagen herumlagen, war im Haus nirgends Kinderspielzeug zu sehen – das musste unters Bett, nur ein Spielzeug auf einmal, so lautete die Regel. Verdammter Mist, manchmal kam ich nach Hause und dachte, ich wäre in einem Krankenhaus gelandet, so stark roch es nach Desinfektionsmitteln.

Kirsty schrie mich an: ›Zieh deine verdammten Schuhe aus.‹ Niemals bekam ich zu hören: ›Wie war's heute auf der Arbeit?‹ Oder dass sie sich nach dem Feierabendverkehr erkundigt hätte. Und das Essen knallte sie immer auf den Tisch. Und zu allem gab's Senf dazu, Senf, Senf, Senf, ständig Senf. Und dick Soße drüber. Ihre Bücher hat sie überall versteckt, immer drei oder vier auf einmal. Als ob das Miststück Schuldgefühle gehabt hätte wegen des Lesens.«

Kirsty sei zwanghaft, sagte er ihnen.

Sie bestand darauf, seine Socken zu bügeln und zusammenzulegen.

Sie hasste es, wenn beim Fernsehen gesprochen wurde.

Sie versteckte die Rechnungen, bis er ihr das austrieb – als Telefon und Strom abgestellt wurden. Und was für einen Kult sie mit ihren Haaren trieb. Nie erlaubte sie ihm, die Haare zu berühren. Einmal versuchte sie, seine Bisto-Dose zu verkaufen, obwohl sie genau wusste, wie sehr er daran hing. Sie brachte sie zu einem Secondhandladen, zusammen mit der Tasse, die seine Mutter zur Krönung von Königin Elizabeth gekauft hatte. Als er schließlich die Wahrheit aus ihr herausgebracht hatte, war er gezwungen, den Leuten im Laden alles zu erklären.

Der winzigste Anlass genügte, und sie drehte durch. Okay, räumte er ein, manchmal musste er sie schlagen, ihm blieb keine andere Wahl. Es war die einzige Möglichkeit, sie wieder zur Vernunft zu bringen. Dann, wenn sie glaubte, sie sei eine ihrer Romanheldinnen und nur noch Designerkleider und Künstlerateliers oder die Kliniken berühmter Chirurgen im Kopf hatte. Zu solchen Zeiten war sie abwesend, er konnte mit der Hand vor ihrem Gesicht herumwedeln, und sie zuckte nicht mal mit den Wimpern.

Er erzählte ihnen, er hätte sich so sehr darum bemüht, nachsichtig mit ihr zu sein. Die Kinder sollten nicht mitbekommen, was los war. Er badete sie und brachte sie ins Bett, aber sie fragten nach ihrer Mutter.

Doch jetzt weiß er endlich, wohin sie gegangen ist, und er ist fest entschlossen, die leidige Angelegenheit endgültig zu klären. Das war das letzte Mal, dass sie sie alle fertig machte – ihn, seine Mutter, seine Kinder. Seine Geduld ist schon lange am Ende, Kirsty muss jetzt in eine Therapie einwilligen, und wenn er sie eigenhändig dorthin bringen muss. Noch am selben Tag mietet er einen Vauxhall Cavalier für seine Reise in den Süden.

»Du musst dieser Kuh eine Lektion erteilen«, meint Greg und klopft ihm auf die Schulter, als Trev ihm den Wagen der Firma übergibt.

»Darauf kannst du Gift nehmen«, erwidert Trev und fährt mit dem Mietwagen davon.

»Die Hohe Priesterin des Plots« – so bezeichnen *Magdalenes* Agenten die Autorin. Und so fühlt sich Kirsty wirklich. Wie die Nonne im Roman verfügt sie über die Macht, Dinge zu bewirken. Grinsend denkt sie daran, wie lammfromm Dominic Coates ihre Anweisungen befolgt. Fast beängstigend ist es, wie leicht es war, diesen Typen in die Knie zu zwingen.

Die hippieähnlichen Gestalten vom »Cottage« kommen herüber, um sich zu verabschieden. »Wenigstens müssen

Sie keine Miete zahlen«, meint der mit dem Wuschelkopf. »Passen Sie auf das Loch in der Küche auf, wenn Kinder da sind«, warnt er sie. »Da könnte ein Brunnen drunten sein, auf alle Fälle geht es tief runter, so wie es da manchmal rausstinkt.«

Kirsty nimmt den Schlüssel, ohne ihm zu erklären, dass sie längst etwas Besseres gefunden hat. Auf gar keinen Fall wird sie mit ihren Kindern an einem so schäbigen und gefährlichen Ort leben. Sie wird Mrs. Stokes den Schlüssel zurückgeben.

»Den Schlüssel behältst du mal schön, Mädel«, sagt Flagherty, der Gärtner, und reibt sich sein Auge. »Dann hören die Mistkerle vielleicht auf, es wieder zu vermieten. Ich habe genug von dem Gesindel, das sie immer da drin hausen lassen. Ich scheine der Letzte zu sein, dem der Platz hier noch was bedeutet.« Er klopft mit seinem verschmutzten Stiefel gegen den Spaten. »Du kannst da drin zum Beispiel was abstellen.«

Es bereitet ihr ein merkwürdiges Vergnügen, das von ihr inszenierte Theaterstück als Zuschauerin zu beobachten, zuzuschauen, wie Bernie mit ihrer Macht umgeht und Avril immer mehr ins Rampenlicht rückt. Trev hat sie einmal eine Masochistin bezeichnet! Sie hatte ihn ausgelacht, wo er nur dieses lange Fremdwort herhatte? Aber Kirsty musste es unbedingt nachschlagen, und was sie da las, hörte sich ganz so an, als habe er Recht. Sich Entbehrungen auferlegen, sich Verletzungen zufügen und sich erniedrigen – das alles ist Teil ihres Bedürfnisses, nur so findet sie ihren Seelenfrieden.

Manchmal stellt sie sich vor, sie sei eine Magd in der kleinen Bodenkammer, in der sie nun alleine schläft, eine Magd aus jenen Tagen, als man um fünf Uhr aufstehen musste und erst spätnachts wieder ins Bett kam. Sie tut, als habe sie keine Decke und liegt frierend auf ihrem Bett, während sie sich die Abendgesellschaften und Bälle unten im Hotel ausmalt. Ab und zu lässt sie eine Mahlzeit ausfallen und geht absichtlich hungrig zu Bett. Manchmal scheuert sie sich ihre Hände mit einer Nagelbürste, bis ihre Fingernägel bluten, so wie die Hände der Mägde in den Herrenhäusern vergangener Zeiten geblutet haben mussten. Mrs. Stokes kommt die Rolle der bösen Haushälterin zu, die auf Abwege geratene Dienstmädchen auf die Straße setzt, wo sie ihren Körper verkaufen müssen, um zu überleben, oder ihre unehelichen Kinder hungern sehen. Mrs. Stokes ist für diese Rolle wie gemacht: ohne es zu wissen, erfüllt sie sie tagtäglich meisterhaft.

Und diese lasterhaften Fantasien teilt Kirsty mit ihrer Heldin, Magdalene.

Auch Magdalene ist eine Masochistin. Aus diesem Grund ist sie einem Orden beigetreten und Nonne geworden. Doch Magdalene hat ihre eigene Art von Freiheit gefunden.

Während Kirsty die Toiletten schrubbt, brütet sie darüber, wie undankbar Bernie ist und wie schlecht es ihr selbst geht. Wenn Bernie es nach ganz oben geschafft hat, wird sie sich bestimmt genauso gegen Kirsty wenden, wie Trevor es vor ihr getan hat.

Bernie wird wahrscheinlich versuchen, sie um ihren Anteil zu bringen, genauso wie Trev ständig ihre Ausgaben überprüfte und ihr jeden Pfennig wegnahm, den sie übrig hatte.

Magdalene erklärt, Kirsty solle aufhören zu grübeln.

Kirsty besucht Happy Stay, um Mrs. Gilcrest eine Monatsmiete im Voraus zu bezahlen. Endlich hat sie das Geld zusammengespart. Sie hatte einmal Bernie gefragt, ob sie Candice Love nicht um einen kleinen Vorschuss bitten könne, aber Bernie hatte Nein gesagt, als rede sie mit einer Fremden. »Sie gibt mir kein Geld. Sie sagt, der Vorschuss auf das Buch komme bald. Manchmal zahlt Candice für ein paar Sachen, aber die Rechnung fürs Hotel übernimmt Mr. Derek, weil er denkt, ich könnte berühmt werden und er noch immer was von mir will.«

Avril und Ed nehmen Kirsty in Eds altem VW mit zum Happy Stay.

»Ich habe überhaupt keine Lust, dahin zu gehen«, stöhnt Avril zum wiederholten Male. »Ich will sie jetzt wirklich nicht besuchen, und ich weiß genau, dass Mutter ekelhaft zu Ed sein wird.«

»Avril«, erklärt Ed ruhig, »ich habe dir bereits gesagt, dass es mir nicht das Geringste ausmacht. Was immer deine Mutter sagt oder tut, es ändert nichts an dem, was zwischen uns ist.«

»Sogar zu dir wird sie gemein sein, Kirsty.« Avril hat rote Flecken im Gesicht und kaut an den Nägeln. »Mutter hatte immer etwas auszusetzen an meinen Freunden. Sie wird bestimmt etwas finden, und wenn sie erst Bernie trifft, Gott weiß, was sie dann alles sagen wird.«

»Oh«, ruft Avrils Mutter und taucht mit einer Schürze um die Hüfte aus dem Caravan auf. »Oh Avril, wir dachten, du kommst alleine, nicht wahr, Richard?«

»Das ist meine Mutter«, erklärt Avril mit brennenden Wangen und klammert sich an Eds Arm. »Und, Mutter, das ist mein Freund Ed.«

»Freund?« Das Gesicht ihrer Mutter wird ganz spitz.

»Wir sind zusammen«, kichert Avril und senkt verlegen den Blick zu Boden.

»Du hast ihn in deinen Briefen nie erwähnt. Und auch nicht am Telefon.«

»Ich wollte euch überraschen.«

»Das ist dir gelungen.« Mit einer ausladenden Geste wischt sich Avrils Mutter die Hand an der Schürze ab, bevor sie sie Ed entgegenstreckt. »Guten Abend, Ed. Ich muss mich wirklich entschuldigen, mein Blumenkohlauflauf wird nicht mehr für einen Vierten reichen.«

»Ich würde mich niemals aufdrängen wollen…«

»Ich will auch keinen Auflauf«, wirft Avril schnell ein. »Wir haben bereits gegessen. Und das hier ist meine Freundin Kirsty.«

»Das ist ja ein richtiges Empfangskomitee«, bemerkt Avrils Mutter schmallippig.

Avril versucht, die steife Stimmung aufzulockern. »Kirsty mietet einen der Caravans hier über den Winter.«

»Ach, wie furchtbar für Sie«, antwortet Avrils Mutter. »Was ist denn passiert? Sind Sie obdachlos? Kommen Sie und setzen Sie sich auf einen unserer Klappstühle. Sie sind wirklich sehr bequem. Richard, Richard! Ich habe dich doch gebeten, den anderen herauszustellen… möchten Sie etwas zu trinken? Wenn Sie nun mal schon hier sind, essen Sie einfach mit – es wird schon reichen.«

Die Lücke zwischen dem Caravan der Stotts und dem ihrer Nachbarn von knapp vier Metern hat Avrils Mutter schon mit ihren Dingen ausgefüllt. Eine Wäschespinne, behängt mit Geschirrtüchern, Handtüchern und gelben Staubtüchern, steht neben einem Schuhabstreifer in Form eines Igels, zwei blühenden Topfpflanzen, zwei Liegestühlen und zwei aufgespannten Sonnenschirmen mit Fransen.

»Zu einem Bier würde ich nicht Nein sagen«, erklärt Ed und setzt sich schnell, bevor er Avril einen Platz anbietet.

»Oh nein.« Mrs. Stott lacht schrill. »Keinen Alkohol, Edward, das tut mir Leid. Selbst gemachte Limonade. Avrils

Lieblingsgetränk, oder Brause, die trinkt Richard gerne. Und womit verdienen Sie Ihren Lebensunterhalt, wenn ich fragen darf?«

»Er ist der Golflehrer des Hotels, Mutter.«

»Oh? Das ist aber nett. Und Sie, Kirsty? Haben Sie einen interessanten Beruf?«

»Nein, ich bin nur Zimmermädchen.«

»Eine der Burleston-Mägde«, witzelt Ed und schenkt sich von der selbst gemachten Limonade ein.

»Nein, so ist es nicht…«

»Ich bin sicher«, kräht Avrils Mutter, »dass Kirsty nicht darauf angewiesen ist, dass du für sie das Wort ergreifst, Avril.«

»Avril ist leicht beeinflussbar, das ist mir bereits aufgefallen«, quasselt Ed weiter.

»Ist ja gut, dass Sie das bemerkt haben, Edward. Das war immer eine von Avrils Schwächen, nicht wahr, Avril?«

»Ach Mutter, hör bitte auf damit! Lass mich in Ruhe.«

»Deine Mutter sorgt sich um dich, Avril.«

»Und es besteht keine Notwendigkeit für dich, für sie Partei zu ergreifen, Ed.«

Nun rutschen sie alle unruhig auf den Klappstühlen herum.

»Avril«, Ed streckt die Hand nach ihr aus, »wann willst du deinen Eltern von Bernadettes Buch und dem ganzen Wirbel erzählen?«

Avril zieht ihre Hand weg. »Nun, ich wollte eigentlich warten…«

»Was war das? Was geht da vor, Avril? Was hast du uns nicht erzählt?«

»Das ist alles unglaublich«, mischt Ed sich ein. »Ich muss schon sagen, Mrs. Stott, Ihre Limonade ist wunderbar. Avrils kleine irische Freundin hat ein Buch geschrieben, mit der Hilfe von Avrils PC-Kenntnissen, und beide leben seit kurzem in Saus und Braus.«

Kirsty hätte Ed am liebsten eine Ohrfeige verpasst. Stattdessen wirft sie ihm einen wütenden Blick zu.

»Ich habe mein Bestes getan, damit sie ihre viele Freizeit nützlich verbringt und versucht, Avril in die Kunst des Golfspielens einzuführen, aber das war ganz schön schwer zwischen diesen vielen Interviews und Fototerminen. Ich bin ganz überrascht, Mrs. Stott, dass Sie das Bild Ihrer Tochter im *Guardian* noch nicht gesehen haben.«

»Sei still, Ed«, ruft Avril verzweifelt.

»Diese Art von Zeitung lesen wir nicht«, erwidert Avrils Mutter schnippisch, »wir ziehen vernünftige Nachrichten ohne viel Drumherum vor. Die *Daily Mail* tut es für uns, Musik und Kunst interessieren uns nicht, hab ich Recht, Richard?« Wütend wendet sich Mrs. Stott Avril zu. »Ich hoffe, Ed will damit nicht andeuten, dass du deinen Job aufgegeben hast, die gute Stelle, die du dank meiner Mithilfe bekommen hast. Die Ausbildung, für die du so schwer gearbeitet hast?«

»Avril ist noch so jung«, wirft Ed ein und stellt das Glas Limonade auf seinem Bauch ab. »Wenn man jung ist, fällt man schnell auf Versprechen von schnellem Ruhm und Reichtum herein, und einige der Leute, die Avril und ihre kleine Freundin Bernie umgeben, sind wahrlich nicht die Art von Menschen, mit denen Sie und Ihr Mann einverstanden wären.«

»Ich bin offensichtlich gerade noch rechtzeitig hierher gekommen«, entgegnet Avrils Mutter, den Blick fest auf ihre Tochter geheftet. »Die ganze Zeit über hatte ich kein gutes Gefühl, Richard kann das bestätigen. Gott sei Dank, dass Sie gekommen sind, Edward. Und welche Rolle spielen Sie in diesem Chaos?«, wendet sie sich an Kirsty.

»Kirsty hat nichts damit zu tun«, ruft Avril und holt, den Tränen nahe, tief Luft. »Und es ist vollkommen anders, als Ed erzählt hat. Hört mal!« Ihre Stimme überschlägt sich, als sie ihren ganzen Mut zusammennimmt. »Ich werde euch alles erklären …«

»Ach Avril, verschwende nicht deine Zeit«, platzt Kirsty heraus, die nicht länger zusehen möchte, wie ihre Freundin so gedemütigt wird – und das mit der Unterstützung des Menschen, von dem sie glaubte, dass er sie liebt. »Du hast es nicht nötig, dich noch länger fertig machen zu lassen. Denk an Magdalene! Hätte sie sich das etwa gefallen lassen? Ed ist ein Schleimer, der dich nur wegen deines Geldes will!«

»Wer glauben Sie eigentlich, dass Sie sind, junge Dame?«

»Seien Sie ruhig, Sie gottloses Wesen. Denken Sie an diesen Moment, wenn Sie alt und allein sind, und Avril es sich gut gehen lässt auf der anderen Seite der Welt. Die Feder ist mächtiger als das Schwert, und hätte ich jetzt eine Feder in meiner Hand, würde ich Ihnen damit Ihre gemeinen Augen ausstechen.«

Wie kam sie dazu, eine solche Rede zu halten? Woher kamen diese Worte? Auf ihrem Weg zur Rezeption, um Mrs. Gilcrest aufzusuchen, schüttelt sie fassungslos den Kopf über ihren Zorn, der so flüssig in Worte gefasst aus ihr herausbrach. Was für eine Wortgewalt und was für ein berauschendes Gefühl, als sie Mrs. Stotts schockiertes und Avrils bewunderndes Gesicht sah.

17

Prüfungen, Prüfungen
Sorgen noch dazu
Elend und Kummer ohne End'

Seit Graham Stott das letzte Mal mitgenommen wurde, bis zum Ende der A30, musste er die acht Meilen bis zu seinem Ziel zu Fuß zurücklegen. Zu diesem Zeitpunkt hätte er es unklug gefunden, ein Auto aufzubrechen. Nicht dass es hier viele Autos gegeben hätte, in denen sich Graham hätte blicken lassen wollen. Humpelnd, mit Blasen am rechten Fuß legte er Meile für Meile zurück. Jedes Mal, wenn er Scheinwerfer aufblitzen sah, sprang Graham hinter die nächste Hecke. Die wenigen Autos fuhren wie in Zeitlupe vorbei. Immer, wenn er einen Hund bellen hörte, machte er einen großen Bogen um die betreffende Farm. An die Geräusche um sich herum gewöhnte er sich schnell – das Kreischen einer Eule, aufflatternde Vögel –, doch eine Füchsin, die von einem liebestollen Fuchs verfolgt wurde und seltsame Laute ausstieß, machte ihm Angst. Er hielt es für die Schreie einer Verrückten. Das Geräusch hallte noch lange in seinen Ohren nach.

Beim Laufen geriet er rasch ins Schwitzen in dieser lauen Sommernacht und dennoch fröstelte es ihn, wenn er an die tote Frau dachte, die er auf dem Gewissen hatte. Wenigstens fühlte er sich hier, in der Dunkelheit, sicher vor den vielen Augen in der Stadt. Graham rieb sich den Nacken und zündete sich eine Zigarette an. Er wünschte, er wäre wieder im Gefängnis, in Sicherheit, sie hätten ihn nicht rauslassen sollen. Ob sie ihn schon suchten? Hatten die Gerichtsmediziner irgendetwas herausgefunden, das ihn unweigerlich mit dem Verbrechen in Verbindung brachte?

Hektisch betastete er die Stoppeln an seinem Kinn und blickte sich unruhig um. Er war nicht das Monster, für das ihn alle hielten. Er hatte die Frau nicht töten wollen, warum hassten sie ihn bloß alle so?

Bei Tagesanbruch hatte er ein gutes Stück Wegs geschafft, wie die Wegweiser mit der Aufschrift Burleston bewiesen. Avril würde ihm das Alibi geben können, das er benötigte. Sie konnte ihnen sagen, dass er bei ihr war. Er hatte sie immer manipulieren können, sie war wie Knetmasse in seinen Händen.

Die Straße führte in eine breite, von hohen Rhododendronsträuchern gesäumte Auffahrt. Das Gebäude selbst, das, bis auf ein paar wenige funkelnde Lichter, noch in der Dunkelheit lag, erhob sich zu seiner Linken, und Graham schlug den Sandweg hinunter zum Strand ein, wo er bis zum Morgen ausharren und sich ausruhen wollte.

Auf dem harten Klappbett im winzigen Ankleidezimmer wird Avril vom Piepen des Telefons auf dem Nachtkästchen aus dem Schlaf gerissen und hört nebenan Bernie und Dominic im Himmelbett quietschen und seufzen.

Sie hebt das Telefon ab. »Avril! Avril! Bist du das?«

Die Stimme ihrer Mutter brennt in ihrem Ohr.

Einen kurzen Augenblick lang hatte sie den entsetzlichen Streit vergessen, den sie gestern mit ihrer Mutter hatte; nicht nur mit ihrer Mutter, auch sie und Ed hatten am Schluss kein Wort mehr miteinander gesprochen. Avril war mit Kirsty heimgegangen.

Es zieht ihr das Herz zusammen, als ihr klar wird, was Ed ihr angetan hat. Und es zieht es ihr noch weiter zusammen, als ihre Mutter ihr mitteilt. »Fluffy ist verschwunden!«

»Oh nein!« Am schlimmsten ist das Schuldgefühl, das Avril sofort überfällt, weil sie in dem Durcheinander gestern Fluffy nicht einmal begrüßt hatte. Fluffy musste gemerkt haben, dass Avril da war, und hatte vielleicht versucht aus dem Bett zu krabbeln, hatte verzweifelt miaut.

»Dein Vater hat sie nach draußen gelassen, bevor wir uns zum Schlafengehen fertig gemacht haben, und Fluffy ist nicht zurückgekommen. Wir haben kein Auge zugemacht, sie überall gesucht und nach ihr gerufen. Das hier ist ja fremdes Gebiet für sie und wahrscheinlich hat sie sich verlaufen und Angst. Sie hat schon eine Menge Tabletten versäumt.«

»Ich komme gleich«, antwortet Avril und steigt aus ihrem Röschenpyjama.

Natürlich musste sie zu Fuß laufen, denn nichts auf der Welt konnte sie dazu bewegen, Ed darum zu bitten, sie hinüberzufahren. Und Candice Love, die einen schwarzen Saab-Kabrio fährt, steht nicht vor zehn Uhr auf.

Avril hat auch keine Lust, Bernie und Dominic zu stören. Sie fühlt sich jetzt meistens wie das fünfte Rad am Wagen. Dominic ist der ideale Mann an Bernies Seite, galant, locker und lässig in jeder Umgebung. Wie Candice Love gestern bemerkte: »Dominic ist der besondere Kick, der noch fehlte, um Bernies Image perfekt zu machen.«

An der Drehtür im Foyer wird Avril von einem Mann angesprochen. »Darf ich Sie fragen, wohin Sie gehen, Miss?«

»Ja«, antwortet Avril freundlich, aber ein wenig ängstlich, »meine Katze ist verschwunden, und ich will sie suchen.«

»Darf ich Sie um Ihren Namen bitten?« Und er holt eine Liste hervor und setzt einen Haken hinter ihren Namen.

»Bedeutet das, dass Sie heute Vormittag auf dem Burleston-Gelände bleiben?«

»Nein.« Avril fällt auf, dass sich mehr Menschen als sonst um diese frühe Stunde in der Hotellobby aufhalten, Menschen, die offensichtlich keine Hotelgäste sind. Als sie hinaussieht, fällt ihr Blick auf zwei Polizeiautos mit Polizisten in Uniform und Walkie-Talkies. Sie antwortet: »Ich gehe in den Happy-Stay-Caravanpark. Dort sind meine Eltern.«

»Oh, das tut mir Leid, Miss. Ich muss Sie nämlich bitten, Ihre Pläne zu ändern und sich den Rest des Tages in der Nähe aufzuhalten. Auf dem Golfplatz wurde ein Mann gefunden und unglücklicherweise sieht es so aus, als sei er keines natürlichen Todes gestorben.«

»Aber was ist mit der armen Fluffy?«, ruft Avril weinerlich. Die Erwähnung eines Toten auf dem Golfplatz bringt sie völlig aus der Fassung. Wer könnte das sein? Ein älterer, gebrechlicher Gast, der am frühen Morgen seine ersten Putts macht?

»Ich kann Ihnen nicht helfen, Miss, ich habe meine Anweisungen.«

»Was meinen Sie mit ›keines natürlichen Todes‹? Gab es einen Unfall?«

Der Mann in dem braunen Anzug zieht ruckartig die Augenbrauen zusammen. »Es sieht so aus, als hätte jemand nachgeholfen.«

»Wer?«

Der Polizist lächelt geduldig. »Würden Sie bitte in der Nähe bleiben, damit wir Sie befragen können, falls dies nötig wird, das wäre sehr nett, Miss Stott.«

»Avril, kann ich kurz mit Ihnen sprechen«, ruft Mr. Derek und winkt sie zu sich herein.

»Mit mir?«

»Nur für einen Augenblick. Kommen Sie bitte in mein Büro.«

Verwirrt tritt Avril ein.

»Setzen Sie sich, Avril.« Was für ein Unterschied zum

ersten Mal, als sie von Mr. Derek hier hereingerufen wurde. Zitternd hatte sie sich damals auf den Stuhl mit der harten Lehne gesetzt, um zu stenografieren. Jetzt sitzt sie wie betäubt in einem pinkfarbenen, mit Seide bezogenen Sessel. Sie kommt sich vor wie die Königin auf ihrem Thron und richtet die Augen fragend auf ihren früheren Arbeitgeber.

»Ich halte es für besser, Avril, wenn Sie die Nachricht von mir empfangen, denn ich weiß, Sie und Ed Board waren ziemlich eng befreundet.« An dieser Stelle räuspert sich Mr. Derek und nimmt einen Schluck Wasser. »Daher denke ich, ist es für Sie schmerzlich zu erfahren, dass die Leiche, die man heute Morgen um sieben Uhr dreißig fand, die von Ed Board war, unserem Golflehrer.«

Ihr stockt der Atem. Dass jemand, den sie so gut kannte, nun tot ist. »Oh nein …«

Mr. Derek fährt fort: »… und dass seine Frau, Margaret Board, sich bereits auf dem Weg hierher befindet.«

»Seine Frau?«, wiederholt Avril und reißt die Augen auf.

Mr. Derek nickt. »Ich denke, sie lässt die Kinder bei ihrer Mutter.«

»Aber ich wusste gar nicht, dass Ed verheiratet war und Kinder hatte.«

Mit gedämpfter Stimme fährt Mr. Derek fort. »Margaret Board lebt in Tintagel. Sie hat es vorgezogen, nicht im Hotel zu wohnen, hielt es wohl für zu abgelegen wegen der Kinder, denke ich. Ed hat sie natürlich regelmäßig besucht und den Großteil seiner freien Zeit bei seiner Familie verbracht.«

»Sie haben gesagt, Eds Leiche sei gefunden worden?« Avril zuckt hilflos die Schultern. Krampfhaft bemüht sie sich, sich nicht wie Eds Mörderin zu fühlen. Sie war es doch nicht, die Ed umgebracht hatte, oder? Sicher, ihr Hass hätte dafür ausgereicht. Aber sie hat ein Alibi, das muss sie der Polizei sagen.

»Offensichtlich ein heimtückischer Schlag auf den Kopf. Natürlich ein gefundenes Fressen für die Medien. Es ist alles ziemlich abscheulich und sicher nicht die Art Spektakel, die wir uns hier wünschen.« Mr. Dereks Nasenflügel beben. »Im Augenblick finden Gespräche mit dem Polizeipathologen statt. Die Polizei vermutet, Ed suchte einen verloren gegangenen Ball.«

»Aber ich war gestern Abend mit ihm zusammen. Wann hätte er da Golf spielen sollen?«

»Die Leiche war noch warm, das hat mir die Polizei mitgeteilt.« Er blickt sie ernst an. »Wir können also nur annehmen, dass Ed eine Morgenrunde gedreht hat. Er war schon immer ein Frühaufsteher.«

Avril registriert, dass sie Eds gewaltsames Ableben auf eigenartige Weise kalt lässt. Weitaus mehr Sorgen macht ihr Fluffy, die Katze.

Avril läuft die Treppe hinauf, um Bernie und Dominic die Neuigkeit zu erzählen. Erleichtert stellt sie fest, dass die beiden das Bett verlassen haben: Bernie schlendert in ihrem durchsichtigen Nachthemd durchs Zimmer und nippt an einer Kaffeetasse. Dominic belegt sich gerade einen Toast mit geräuchertem Lachs und Rührei.

Auf die dramatische Neuigkeit reagieren die beiden kaum, so versunken sind sie ineinander. Daran, dass Ed für Avril wichtig war, scheint sich Bernie gar nicht mehr erinnern zu können. Bernie weiß auch noch nichts von den Vorfällen im elterlichen Wohnwagen am vorangegangenen Abend.

»Er war immer eine Nervensäge«, bemerkt sie gleichgültig und tritt ans Fenster. Sie dreht sich wieder Avril zu, denn von dem Fenster aus kann man den Golfplatz nicht einsehen. »Er hatte es nur auf dein Geld abgesehen, das war alles. Es ist besser, dass er von der Bildfläche verschwunden ist. Avril, du wirst über ihn wegkommen.«

»Aber vielleicht wurde er ermordet! Verdammt noch mal!« Bernies herablassende Art macht Avril wütend. »Ein Mensch ist tot, da draußen läuft ein Mörder herum!«

»Wahrscheinlich irgendein Landstreicher...«

»Hast du schon einmal einen Landstreicher hier gesehen?«

»Ich weiß es doch auch nicht, Avril«, seufzt Bernie. »Hauptsache, diese Geschichte stiehlt uns nicht die Schau. Weiß Candice schon davon?«

»Ich habe keine Ahnung. Um ehrlich zu sein, der Gedanke ist mir noch gar nicht gekommen.«

»Vielleicht sollte ich sie anrufen. Möglicherweise ist sie der Meinung, wir sollten von hier verschwinden. Seit Tagen reden sie davon, woandershin zu gehen. Sie meint, London sei geeigneter.« Bernie sieht Avril durchdringend an. »Ich hoffe, du hast nichts mit dieser Sache zu tun«, sagt sie kühl. »Spiel jetzt bloß nicht das Opfer, das vor den Kameras den Geliebten betrauert, ich kann es richtig vor mir sehen.«

»Wie gemein du bist!« Avril ballt die Fäuste. »Ed ist verheiratet! Zwischen mir und Ed, das war nie etwas Ernstes. Und warum sollte ich dir die Schau stehlen wollen? Wir ziehen am selben Strang, hast du das vergessen?«

Ungefähr eine Stunde später treten erneut Polizisten auf Avril zu.

»Haben Sie einen Bruder, Miss Stott?«

Avril zögert, bevor sie antwortet. Sie hat Graham seit Jahren nicht mehr gesehen. »Ja, klar...«

»Und lebt er seit Mitte Juli hier unten bei Ihnen?«

Avril sieht den Beamten entgeistert an und schüttelt den Kopf. »Nein, natürlich lebt er nicht bei mir.«

Der Polizist mit dem kantigen Gesicht und sein jüngerer Kollege lächeln Avril freundlich an, und Avril wird ganz schlecht, weil sie nicht versteht, was die Fragen wegen Graham sollen.

Der eine Polizist räuspert sich. »Und ich muss Ihnen noch eine Frage stellen, Avril. Kurz nachdem Sie hier angekommen sind, haben zwei Hotelgäste, die Misses Peg und Vi Lewis, ein ziemlich wertvolles Armband verloren.«

Avril nickt und spürt, wie ihr der Schweiß in den Handflächen ausbricht. Sie weiß, was ein Verhör ist, wenn sie mitten in einem steckt. Verhöre waren ein fester Bestandteil ihrer Jugend.

Die Stimme des Polizisten wird etwas höher. »Man hat mir gesagt, Sie hatten zu der Zeit Zugriff auf die Schlüssel zum Zimmer der Misses Lewis?«

»Ich habe an der Rezeption gearbeitet. Ja, ich hatte Zugang zu den Schlüsseln.«

»Und als Mrs. Stokes das Personal zusammenrief, glaube ich, waren Sie es, die dem Management riet, das Zimmer der Misses Lewis noch einmal zu durchsuchen.«

Avril runzelt die Stirn. »Ja, das schien mir das Naheliegendste zu sein. Die beiden sind alt und vergesslich.«

»Und sieh an, als Mrs. Stokes nachsah, fand sie das Armband in der Schublade der Schminkkommode.«

Avril hält entsetzt die Luft an, als ihr klar wird, worum es hier geht. »Sie wollen damit sagen, ich sei es gewesen?«

»Wir stellen Ihnen nur Fragen, Avril. Mrs. Stokes erwähnte, dass Sie sehr unruhig wirkten, als sie das erste Mal von dem fehlenden Schmuckstück sprach. Und Sie hatten die Möglichkeit, das Armband zurückzulegen, Sie wussten, wann die Misses Lewis ihr Zimmer verließen, das ist doch richtig?«

»Das ist ja unglaublich!«, ruft Avril.

»Als die Misses Lewis aus dem Hotel abgereist sind, haben sie darauf bestanden, sich nicht geirrt zu haben. Sie sind sich ganz sicher, dass das Armband nicht da war.«

»Die beiden Miss Lewis sind arrogante, egoistische Snobs, die niemals einen Irrtum zugeben würden«, entgegnet Avril gereizt und darum bemüht, ruhig zu bleiben. »Und was hat das alles mit meinem Bruder zu tun?«

Der Polizist schlägt die Beine übereinander und lehnt sich in Mr. Dereks Drehstuhl zurück. »Könnte es sein, dass Sie das Armband mitgenommen haben, um es Ihrem Bruder zu zeigen, wäre das möglich, Avril?«

»Ich habe in meinem ganzen Leben noch nichts gestohlen.« Avril beißt sich auf ihre Unterlippe. »Nur weil mein Bruder ein Krimineller ist, muss ich noch lange keiner sein.«

»Noch eine letzte Frage«, bei diesen Worten mustert der Polizist Avril genau. »Ich glaube, Sie haben kürzlich ein paar Gegenstände aus Mr. Ed Boards Geschäft gekauft?«

»Ja, stimmt.«

»Haben Sie vielleicht noch die Quittung dafür?« Er lächelt sie seltsam an.

Die Gedanken in Avrils Kopf rasen. »Ich habe keine Quittungen, weil Ed meinte, ich könnte die Sachen nehmen und sie bezahlen, sobald ich das Geld dafür hätte.«

»Und wo sind die Sachen jetzt?«, erkundigt sich einer der Polizisten.

»Sie sind im Schrank, in meinem Zimmer.«

»Unten, auf dem Boden Ihres Schrankes, Avril? Wollen Sie sagen, sie sind unten auf dem Boden versteckt?«

Avril sinkt in sich zusammen. Noch immer steckt die innere Stimme aus ihrer Kindheit in ihr und ruft: »Gib es zu, Avril, gib es zu!« Nein, das wird sie nicht tun. Diesmal nicht! Die Zeiten sind ein für alle Mal vorbei. »Hören Sie auf, mich so zu behandeln. Die Sachen sind unten im Schrank, zusammengeknüllt in der Plastiktüte, weil ich Angst hatte, was Bernie dazu sagen würde, wenn sie sie sähe. Weil ich darin nämlich noch fetter aussehe.«

»Ich verstehe. Ich verstehe vollkommen«, antwortet der Inspektor etwas freundlicher und macht eine beschwichtigende Geste. »Bitte regen Sie sich nicht zu sehr auf. Wir müssen diese Fragen stellen bei einer Ermittlung wie dieser. Sie müssen verstehen, das Hauptproblem ist, dass wir gerade erst Ihren Bruder gefunden haben, der sich draußen auf dem Gelände versteckt hielt, und er schwor Stein und Bein, er hätte bei Ihnen gewohnt.«

»Dann lügt er!«

»Ja, es sieht so aus. Aber wir mussten einige der Versionen ausschließen, wie wir sie bei derartigen Ermittlungen immer zu hören bekommen. Unglücklicherweise werden immer alle möglichen Gerüchte in die Welt gesetzt.«

»Dahinter steckt diese fiese Ratte Stokes, stimmt's? Sie hat Ihnen von dem Armband erzählt. Aber die Golfausrüstung, wie haben Sie davon erfahren?«

»Ach, wir haben uns die Buchhaltung im Laden angesehen«, antwortet der erste Detektiv. »Die Zahlen stimmten nicht, daher mussten wir alles überprüfen. Und das, was wir bereits über Ihren Bruder wissen, verheißt nichts Gutes. Leider sind Sie da mit reingeschlittert. So etwas passiert.«

»Aber was macht Graham hier?«, will Avril wissen.

»Genau das möchten wir auch gerne wissen«, entgegnet ihr der Inspektor, als er sie zur Tür bringt. »Aber in der Zwischenzeit nehmen wir diesen jungen Mann in Polizeigewahrsam, nur um auf der sicheren Seite zu sein.«

18

Dominic Coates genießt sein neues Luxusleben in vollen Zügen. Er erzählte sogar seinen Eltern von der Neuauflage seiner alten Beziehung. Sie hatten natürlich bereits davon erfahren, schließlich lasen sie die richtigen Magazine. Und natürlich hat sich ihre Einstellung zu seinem irischen Mädchen verändert. Dominics größte Sorge bleibt, dass Kirsty Hoskins ihn doch noch auffliegen lässt und Bernie ihm den Laufpass gibt.

Dominic sieht Kirsty kaum, da sie lange arbeitet und noch immer im Angestelltentrakt wohnt. Er versucht immer wieder Bernie über ihre Freundin auszuhorchen.

Aber Bernies Antworten sind einsilbig: »Ach, sie wollte mit in unser Zimmer, als wir hier ankamen, das ist alles. Sicher, sie ist merkwürdig, aber sie hat ziemlich viel mitgemacht, wahrscheinlich verachtet sie Männer grundsätzlich nach all dem Stress, den sie hatte. Sie ist vor ihrem Mann geflohen und nächste Woche bekommt sie ihre Kinder zurück.«

Manchmal, wenn sie an Kirsty denkt, spürt Bernie Wut in sich aufsteigen, als ob sie die Gedanken an ihre Freundin, die so oft so traurig aussieht, plötzlich unerträglich fände. Traurig – allein das Wort macht sie schon wütend. »Aber sie ist eine Versagerin, eine geborene Versagerin, und es macht sie glücklich, eine Versagerin zu sein, es geht ihr die meiste Zeit schlecht, und sie lamentiert wie Avril.« Bernie schlingt ihm fest die Arme um den Hals, als sie das endlich ausspricht. Es ist richtig befreiend für sie, sich so kritisch über Kirsty zu äußern. Sie hatten einander nahe gestanden, waren wie eine Familie gewesen, eine verschworene Gruppe. Was war passiert, dass sie auf einmal solche negativen Gefühle gegenüber den beiden hatte? »Findest du es nicht eigenartig, Dom, dass manche Menschen auf die Welt kommen, um glücklich zu sein und andere nicht?«

»Sie sind nicht dafür gemacht oder hineingeboren«, entgegnet er, »es hat etwas mit der Einstellung der Menschen zu tun. Kirsty zum Beispiel hätte sich nie getraut, ein Buch zu schreiben, so wie du. Und Avril genauso wenig. Ihnen fehlt der nötige Ehrgeiz. Und die Eloquenz und die Energie. Ehrlich gesagt, sie sind einfach nur langweilig.«

»Aber du würdest mich genauso lieben, wenn ich keine Schriftstellerin wäre?« Bernie macht einen Schmollmund wie eine Dreijährige und kuschelt sich an ihn.

»Das weißt du doch.«

»Aber du hast mich verlassen…«

»Das haben wir doch schon alles durchdiskutiert. Ich hatte Angst, Bernie, Angst davor, mich auf eine feste Beziehung einzulassen, und auf Gefühle, die ich nicht kontrollieren kann.«

Bernie gibt ihm einen langen Kuss und seufzt.

Candice Love führte ein langes Gespräch mit Dominic unter vier Augen, nachdem Bernie ihn als ihren Freund vorgestellt hatte. Er war nervös, wusste nicht, worauf er sich da eingelassen hatte.

»Ich will keine Seitensprünge, keine gebrochenen Herzen oder solchen Käse wie ›ich brauche mehr Zeit für mich‹«, erklärte sie ihm. »Falls Sie hier einziehen wollen, sollte Ihnen das absolut klar sein.« Zur Untermalung ihres Vortrages klopfte Candice mit ihren Fingernägeln auf den Tisch. »Bernadette ist ein Genie. Das klingt vielleicht übertrieben dramatisch, aber sie brauchen nur Clementine Davaine zuhören, und Clementine ist die Beste in ihrem Metier. Ehrlich gesagt, wir sind entzückt, dass wir sie gewinnen konnten. Die Presse fährt voll auf Bernies Image ab, zum Teil, weil wir uns am Ende der Saueren-Gurken-Zeit befinden, das ist uns schon klar. Aber wir wollen nicht, dass uns jetzt irgendwer das madig macht. Und wenn Clementine sagt, Bernadette sei ein Wunder, dann wird ihr niemand widersprechen.«

Dominic räuspert sich geräuschvoll. »Als ich mit Bernie zusammen war, war nichts davon zu erkennen, dass sie ein Genie ist. Die meiste Zeit waren wir betrunken, und sie war genauso wie die anderen Mädchen, die in den Liverpooler Kneipen arbeiteten. Ich habe sie nie mit einem Buch gesehen – manchmal mit einer Illustrierten, aber die las sie nur wegen der Psychotests.«

»Nein, Genialität ist nie etwas, was einem auf Anhieb ins Auge sticht«, fuhr Candice Love fort. »Die Leute haben nicht in Riesenlettern GENIE auf der Stirn stehen. Und es muss auch nicht von Anfang an da sein. Vielleicht hat sich Bernies Talent durch die Krise, die sie durchlebte, entwickelt, als Sie sie verlassen hatten. Selbstmordversuche, Depression, Obsession, in der Art. Das könnte der Auslöser gewesen sein.«

Dominic dachte stirnrunzelnd an die wenigen Postkarten, die sie ihm geschrieben hatte, diesen unterwürfigen Brief, nachdem er Schluss gemacht hatte, und daran, wie sie Scrabble hasste, weil sie keine Chance hatte zu gewinnen – es sei nicht fair, pflegte sie zu sagen, nur weil sie keine so gute Schulbildung besaß.

»Wir warten jetzt alle auf den nächsten Roman«, referierte Candice weiter. Dominic war fasziniert von Candice' Erscheinung, ihrer direkten Art und auch davon, wie beiläufig sie Namen einstreute – die von Schriftstellern, Schauspielern, Regisseuren – das war die Welt, in der sie sich bewegte und zu der auch Dominic gehören wollte. Seiner

Zukunft im Pappkartongeschäft hatte er immer ohne Begeisterung entgegengesehen. Wie aufregend wäre es, wenn er in die Verlagsszene eindringen könnte – und diese Welt war plötzlich zum Greifen nahe, dank seiner kleinen Bernadette.

»Ein zweiter Roman. Darauf sind alle ganz scharf«, sagte Candice und nippte an ihrem blauen Curaçaococktail, nachdem sie den Papierschirm zerbrochen und in den Aschenbecher gesteckt hatte. »Heutzutage sind die Autoren nur dann noch wertvoll, wenn sie mindestens ein Buch pro Jahr veröffentlichen. Allerdings ist in Bernadettes Fall der Druck nicht so groß, schließlich ist *Magdalene* ein absoluter Klassiker.«

»Vielleicht steckt nicht mehr in ihr drin als ein Buch.« Dominic greift nach den Papierschirmteilen und spielt mit den zwei Enden.

»Mag sein. Aber ich hoffe es nicht. Und ich will keinesfalls, dass Sie Bernie Stress machen oder sie ablenken. Sie hat Ausstrahlung, ist dynamisch, hat das Zeug zum Superstar, und ich hoffe, wir haben uns verstanden.

»Hast du gehört, dass sie Avrils Bruder verdächtigen, diesen Golflehrer ermordet zu haben. Wir können es uns einfach nicht erlauben, sie weiter bei uns zu haben«, teilt Bernie Kirsty aufgebracht mit. Sie lässt sich auf ihr altes, leeres Bett fallen, das schon nach Mottenkugeln riecht. »Sie ist peinlich, passt nicht zu uns, und es ist an der Zeit, sie loszuwerden.«

Kirsty mustert Bernie wie eine Fremde. »Wie kannst du so etwas sagen? Das ist ja furchtbar. Was soll denn aus Avril werden, wenn sie ausziehen muss? Sie hat doch keinen Job mehr, seit sie ihre Arbeit aufgegeben hat, um dich zu unterstützen«, ruft sie.

»Du kommst doch auch klar.«

»Oh ja.« Kirsty sieht ihrer Freundin fest in die Augen. »Aber mir bleibt ja auch nichts anderes übrig.«

»Du musst mit Avril reden und ihr klarmachen, dass die Geschichte mit ihrem Bruder das ganze Projekt ruinieren könnte, versuche sie loszuwerden, bevor die Zeitungsleute wieder eine Verbindung zwischen uns herstellen und sich daraufstürzen wie die Schmeißfliegen. Was für ein Glück, dass sie sie von Anfang an nicht groß beachtet haben, sie bleibt einem ja wirklich nicht im Gedächtnis hängen.« Kirsty macht ein unglückliches Gesicht. Bernie fährt fort: »Während sich die Medien nicht mehr eingekriegt haben mit diesem irischen Aschenputtel, hat sich niemand um Avril gekümmert. Doch stell dir die Schlagzeilen vor, wenn sie sich daran erinnern, dass sie etwas mit mir zu tun hat.«

Kirsty schüttelt den Kopf, was Bernie nur noch wütender macht und entgegnet: »Avril ist im Augenblick ziemlich fertig...«

»Ich weiß. Und es tut mir auch Leid für sie. Ach, sie tut immer allen Leid. Aber Kirsty, wegen ihr darf nicht alles den Bach hinuntergehen! Nicht jetzt, wo wir schon so weit gekommen sind.«

Kirsty blinzelt, versucht nachzudenken, aber sie weiß, dass kein noch so schlagkräftiges Argument Bernie von ihrer Meinung abbringen könnte. Und in gewisser Weise hat ihre Freundin ja auch Recht. »Wo sollte sie denn wohnen? Wir haben noch kein Geld bekommen, und wir wissen noch nicht, wann der Vorschuss kommt.«

»Darüber habe ich schon nachgedacht. Wenn du in deinen Caravan ziehst, könntest du doch Avril mitnehmen?«

»Vielleicht will sie das nicht.«

»Natürlich will sie das. Sie ist am Ende. Wir sind ihre Zukunft. Sie hat zwei Freundinnen gefunden, vermutlich die ersten beiden in ihrem ganzen Leben. Und sie wird uns auf keinen Fall verlassen, um mit dieser Schreckschraube von Mutter nach Hause zu gehen.« Bernie sucht in Kirstys Gesicht nach Anzeichen dafür, dass sie ihre Freundin überzeugt hat. »Und sie könnte dir die Kinder abnehmen, wenn du hier arbeiten musst.«

Kirsty gefällt nicht, dass Bernie zwar logisch argumentiert, aber mit einer solch hasserfüllten Stimme von Avril spricht. »Hast du mit Candice schon darüber gesprochen? Sieht sie es auch so?«

Bernie zögert einen Moment mit der Antwort und wirft dann ihr Haar zurück. »Candice möchte, dass wir dieses Wochenende abreisen«, erwidert sie und lässt dabei Kirsty nicht aus den Augen. »Nach London gehen und in die Wohnung ihres Onkels ziehen, der eine Tour durch Australien macht. Er ist Pianist. Sie hat alles arrangiert. Wir können dort bleiben, bis *Magdalene* veröffentlicht wird, wahrscheinlich bis nach Weihnachten. Dom hat beschlossen, sein letztes Jahr an der Uni sausen zu lassen. Er will lieber bei mir bleiben und mich bei der ganzen Sache unterstützen.«

»Es klappt also mit euch?«, unterbricht Kirsty sie und zieht eine Augenbraue hoch.

Bernies grüne Augen blitzen triumphierend auf. »Ja! Und wie! Er ist so anders, Kirsty, ich kann es noch gar nicht glauben. Er bumst nicht mehr in der Gegend herum, säuft sich nicht mehr jeden Abend die Hucke voll, er ist nicht mehr so gemein wie früher, beinahe so, als ob er auf einmal erwachsen geworden wäre.«

Kirsty lächelt vor sich hin. »Aber wenn Avril nicht mit dir nach London geht, wie willst du dann die Korrekturen einarbeiten?«

»Die Korrekturen kannst du übernehmen, kein Problem. Das können wir am Telefon machen. Aber was ist mit diesem ganzen Ed-Board-Mist und Avrils Bruder? Was bringt es, wenn sie bei uns rumhängt und uns voll labert? Du musst doch einsehen, dass ich Recht habe.«

An der Stelle, an der Ed Boards Leiche gefunden wurde, befindet sich jetzt ein Zelt, und darum ist ein flatterndes Trassierband gespannt.

Man geht davon aus, er habe seinen Ball gesucht, und jemand habe sich von hinten angeschlichen.

Es ist ein beunruhigendes Gefühl, so nahe an einem Ort zu sein, an dem gerade ein Mord begangen wurde. Bernie merkt, wie sie anfängt, Leute misstrauisch anzustarren – *warst du es*? Und obwohl die meisten davon ausgehen, dass Graham Stott der Mörder sein muss, verursacht es große Aufregung, als er tatsächlich angeklagt wird – aber nicht wegen Ed, sondern wegen einer alten Frau aus Liverpool.

»Der Schweinekerl muss sie beide umgelegt haben.«

»Die sollten die Todesstrafe wieder einführen.«

»Der hat schon mal hinter Gittern gesessen, warum lässt man so einen überhaupt wieder raus?«

»Monster.«

Er hat die alte Frau wegen 1 Pfund 39 umgebracht, aber warum, grübelt man, hat er Ed getötet?

»Ed wird ihn beim Schlafen gestört haben, als er seinen Ball suchte. Als er sich im Gebüsch versteckt hatte.«

Niemand glaubt das, was die Polizei verkündet: »Zwar klagen wir Graham Stott des Mordes an Mrs. Annie Brenner an, doch wir sehen zu diesem Zeitpunkt keinen Anlass, ihn mit dem Tod von Mr. Ed Board aus Tintagel in Verbindung zu bringen.«

Es wäre eine große Hilfe, lässt die Polizei wissen, könnte man die Mordwaffe, ein Viererholz, ausfindig machen. Weshalb jeder im Burleston sich den örtlichen Polizeikräften anschließt, um den Golfplatz und die nähere Umgebung abzusuchen.

Avril klammert sich mit rot geweinten Augen an Bernie: »Ich kann nicht hier im Hotel bleiben, nicht wenn…«, und bricht erneut in Tränen aus.

Abwechselnd schluchzend und nach Luft ringend, fährt sie fort: »Kirsty sagt, ich kann bei ihr im Caravan wohnen, er ist im Moment leer, und Mutter und Vater sind in der Nähe und brauchen mich im Moment. Sie sind jetzt natürlich am Boden zerstört, nichts scheint mehr wichtig zu sein, das Buch nicht und auch nicht die arme Fluffy. Hoffentlich denkst du jetzt nicht, dass ich dich im Stich lasse.«

Bernie unterdrückt mühsam ein Grinsen. »Geh nur, Avril, wir schaffen das schon ohne dich, wirklich. Bitte mach dir unsretwegen keine Sorgen. Das Leben muss für dich im Moment die Hölle sein.«

»Kirsty sagt, ihr reist dieses Wochenende ab…«

»Ja, Dom und ich.« Bernie atmet tief durch und muss sich stark zusammenreißen, damit Avril nicht merkt, wie sehr sie ihr zuwider ist.

»Aber sobald…«

»Sicher.« Ein lauter Schluchzer von Avril unterbricht Bernie. »Sobald das Buch veröffentlicht wird, können wir alle wieder zusammen, wieder Freunde sein. Und bis dahin ist das Schlimmste vorbei.«

Beim Anblick von Avrils vom Heulen entstellten Gesicht muss Bernie den Mund zusammenkneifen, um sie nicht anzubrüllen, sie nicht in ihr Gesicht zu schlagen. Stattdessen sagt sie freundlich lächelnd: »Es ist nicht deine Schuld, Avril, das hat nichts mit dir zu tun.«

»Es ist nur so merkwürdig, verstehst du, wir kommen aus demselben Bauch, sind zusammen aufgewachsen, ich bin mit jemandem aufgewachsen, der in der Lage ist, einen anderen zu ermorden…«

»Ich weiß, Avril, ich weiß.« Bernie will sie gerade umarmen, als sie langsam begreift, dass Kirsty nicht Unrecht hatte – wie soll sie ohne Avril, die ein Examen bestanden hat und ordentliches Englisch schreiben kann, wie soll sie mit den unverständlichen Änderungen und Korrekturen zurechtkommen, von denen Clementine Davaine ständig sprach?

Die Wohnung liegt in Arundle Mews.

Bernies Abschied glich einer Inszenierung. Man hätte meinen können, Mr. Derek sei ein enger Verwandter, Mrs. Stokes die Lieblingsoma, und die Gäste gehörten allesamt zur einer großen sich nahe stehenden Familie, so wie sie sich aufspielten, um ihre berühmte Schriftstellerin zu verabschieden.

»Ja, ich schicke Ihnen eine signierte Ausgabe.«

»Ja, selbstverständlich bleiben wir in Verbindung.«

»Nein, der Erfolg wird mich nicht verändern.«

Und Dominic hielt ihre Hand und öffnete den Wagenschlag für sie – spielte den perfekten Begleiter. Wie anders hatte sich ihre Abreise im Vergleich zu ihrer Ankunft vor ein paar Monaten gestaltet, als sie nichts besessen hatte als ihre bestickte Tasche mit den paar Habseligkeiten darin. Damals war sie durch die Hintertür gekommen und hatte altes Brot und Käse zu essen bekommen.

Sie winkte wie früher Lady Di aus dem Auto und hielt Ausschau nach Avril und Kirsty, doch die beiden waren nicht zu sehen.

Candice war bereits eine Stunde zuvor in ihrem Saab abgefahren, sie wollte sich mit Freunden zum Lunch treffen. Dominic und Bernie wurden zum Flughafen chauffiert, und man hatte bereits einen Transfer von Heathrow zur Wohnung organisiert.

Bernie freute sich auf London. Einmal war sie schon in London gewesen, als ihre Eltern zur Weihnachtszeit Eintrittskarten für das Palladium gewonnen hatten. Sie hatte eine pantomimische Aufführung von *Cinderella* mit all den Leuten vom Fernsehen darin gesehen und beinahe vor Begeisterung geweint. Damals hatte Bernie den Entschluss gefasst, auch Schauspielerin zu werden. Sie sehnte sich danach, sie zitterte und bebte, Schauspielerin zu werden, doch am nächsten Tag waren sie zurück in ihr Reihenhaus neben der Reinigung gefahren, nachdem sie die Nacht in einem Trust House Hotel verbracht hatten, und sie war sofort die Treppe hinauf in ihr Schlafzimmer gestürmt, hatte die Tür hinter sich zugeworfen, sie verriegelt und die Vorhänge vor die schmutzigen Fenster gezogen, um eine Stunde lang zu weinen.

»Dom, sag mir, dass das wahr ist.«

An Dominics Hand betritt sie das Haus.

Davon hatte sie immer geträumt. So ein Haus will sie sich kaufen, sobald sie das Geld hat und sie und Dom verheiratet sind.

Die Mews-Wohnung ist geräumig und ruhig. Dicke chinesische Teppiche, Jadelampen, riesige Sessel mit Hockern für die Füße verbreiten Gemütlichkeit. Geschmackvolle Blumenarrangements und Bilder und ein weißer Flügel runden das Ambiente ab. James Tate, Candice' Onkel, ist die meiste Zeit unterwegs. Die kurzsichtige Frau, die ihnen die Tür geöffnet und sich als Joyce Parfait vorgestellt hat, teilt ihnen mit, dass das Abendessen um halb neun serviert wird.

»Läuten Sie einfach, wenn Sie mich brauchen. Ich wohne in der umgebauten Garage.«

»Was sollen wir hier bloß den ganzen Tag tun, Dom?«

»Na, du wirst vermutlich arbeiten müssen. Und ich werde mich in London kaum langweilen.«

Bernie reißt die Augen auf.

Arbeiten? Man erwartet von ihr zu arbeiten? Dass sie ihr Leben zur Zeit noch nicht in vollen Zügen genießen kann, ist ihr klar, aber heißt das wirklich, sich bis Weihnachten in eine Art Büro einzuschließen mit einem Computer, den sie nicht bedienen kann, und mit Notizen, die sie nicht versteht? Und was, zum Teufel, wird Dominic in der Zeit anstellen?

»Ich kenne Leute in London.« Er ist überrascht, dass sie fragt. »Freunde. Freunde der Familie. Schulfreunde. Ich möchte auch ein paar Kontakte knüpfen. Ich werde Mitglied in ein paar Sportclubs werden, Squash spielen, alte Plätze aufsuchen...«

»Aber du hast nie in London gelebt.«

»Nein, aber das heißt noch lange nicht, dass ich in der Stadt niemand kenne.«

»Hm?«

»Jetzt guck nicht so unglücklich! Du willst doch gar nicht, dass ich hier rumhänge, sobald du wieder an der Arbeit sitzt. Mach dir keine Sorgen, ich habe Candice mein Wort gegeben, dich nicht abzulenken. Wir sind jetzt alle von dir abhängig, Bernie.«

Bernie knetet ihre Unterlippe.

»Wieder an der Arbeit« bedeutet, sich mit Clementines Anmerkungen und ein paar Manuskriptseiten zum Briefkasten zu schleichen und die Lektorin anzuschwindeln, sie säße daran. »Wieder an der Arbeit« bedeutet, Kirsty voller Panik anzurufen – aber Kirsty sitzt nicht neben dem Telefon! Warum hatten sie das nicht bedacht? Vielleicht kann Candice für sie ein Handy organisieren? Wie einfach wäre alles gewesen, wenn Avril hätte mitkommen können. Zumindest hätte sie jemanden gehabt, der in das Geheimnis eingeweiht war. Sie hätten die Probleme gemeinsam lösen können, und Avril hätte die leichten Änderungen alleine machen können.

Aber Avril hat sich irgendwie verändert…

Und Kirsty ist nicht mehr voll auf Bernies Seite.

Plötzlich fühlt Bernie sich furchtbar alleine, sieht einen riesigen Berg vor sich, den sie besteigen soll, obwohl sie unter Höhenangst leidet.

19

Kirsty fürchtet den Verstand zu verlieren: Zweimal hat sie sich bereits eingebildet, Trevor gesehen zu haben – das erste Mal dachte sie, er habe sich bei den Himbeersträuchern versteckt. Als sie sah, dass es nur der alte Flagherty war, stieß sie einen Schrei der Erleichterung aus. Sie hatte ihn nur deshalb für Trev gehalten, weil er so herumgeschlichen war.

»Du Mistvieh, hab ich dich erwischt«, rief er und fuchtelte mit seinem Spaten herum.

Beim zweiten Mal half Kirsty beim Ausladen der frisch gelieferten Wäsche. Sie trug einen Stapel Leintücher, die sie blendeten, weil sie so weiß waren. Plötzlich tauchte etwas Dunkles, ein Schatten seitlich von ihr auf? Sie ließ den Stapel fallen und stand, gelähmt vor Schreck, da wie ein Kaninchen vor der Schlange. Als sie ihre Umgebung wieder klar sehen konnte, entdeckte sie die Silhouette eines Mannes, der hinter einen Ligusterstrauch sprang.

Ihre Beine gaben nach, und sie schwankte.

Genauso lautlos war Trevor manchmal vor ihr aufgetaucht, wenn er nach der Arbeit heimlich ins Haus lief, um sie mit einem Buch zu erwischen.

»Mädel«, es war wieder Flaghertys Stimme, die sie aus dem Trancezustand riss. Er schob einen vollen Schubkarren an dem Wäschewagen vorbei und reichte ihr seine lehmverschmierte Hand. »Schau, hast den Haufen fallen lassen. Schieb ihn drunter, damit Mrs. Stokes nichts mitkriegt.«

Und als Kirstys Augen erschrocken zurück zur Hecke glitten, war niemand mehr zu sehen.

Als Trevor Hoskins am Ziel seiner Reise ankam und seinen Blinker setzte, um in die Auffahrt zum Burleston Hotel einzubiegen, sah er ein enormes Polizeiaufgebot. Sie klopften die verwilderten Hecken mit Stöcken. Rasch schaltete er seinen Blinker wieder aus und fuhr geradeaus weiter.

Auf der kurvenreichen Küstenstraße gelangte Trevor zu dem Caravanpark Happy Stay. Er stellte seinen Mietwagen dort ab und betrat den kleinen Supermarkt, wo ein blasses junges Mädchen hinter der Theke stand. Er konnte nicht begreifen, wie man einen ganzen Sommer in Cornwall verbringen konnte, ohne braun zu werden. Trevor sonnt sich, so oft er kann. Seiner Ansicht nach machen die Leute immer zu viel Getue um diese Warnungen, wie gefährlich für die Gesundheit das sei.

»Ich habe gehört, es hat einen Mord gegeben!«, antwortete das Mädchen auf Trevors erste Frage. »Es heißt, der Golflehrer sei das Opfer, er sei gestern früh mit einem Golfschläger erschlagen worden, und sie haben noch immer nicht die Tatwaffe gefunden, und den Mörder haben sie auch noch nicht. Bei uns gibt es sonst meist nur Ertrunkene oder Selbstmörder, die sich vom Pengellis Felsen stürzen.« Sie verscheuchte eine Fliege von der Theke.

»Kann ich meinen Wagen hier stehen lassen und mich

erst umsehen, bevor ich hier buche? Ich nehme an, es sind noch Plätze frei. Ich will nur etwas Kleines.«

»Ja, klar«, erwiderte das Mädchen und spielte mit der Zunge an ihrem Kaugummi. »Aber sehen Sie zu, dass sie bis sechs wieder hier sind, wir machen Punkt sechs zu.« Klack, Klack, Klack machte der Kaugummi, sie streckte die Zunge durch die rosa Masse.

In Jeans, T-Shirt und Turnschuhen lief Trevor über die Betonwege. Der Campingplatz hatte Ähnlichkeit mit einem stillgelegten Flughafen, den man mit Wohncontainern und Sträuchern zugestellt hatte. Nach wenigen Minuten erreichte er den Pfad, der die Klippe hinunterführte. Ein paar Familien pflückten Heidelbeeren. Trev schnaubte verächtlich.

Er, Kirsty und die Kinder hatten nur einmal Urlaub gemacht, in Weston. Sie hatten ein Pärchen aus dem Caravan nebenan kennen gelernt. Mein Gott, dachte Trev, die Tussi war hinter jedem Schwanz her gewesen. Und der Typ, wie hatte der gleich wieder geheißen? Gavin, ja, genau, Gavin und sie Elaine. Sie waren kinderlos. In einer der lauen Sommernächte, wenn die Kinder im Bett waren und sie draußen vor dem Wohnwagen gesessen und Bier getrunken hatten, waren sie ins Gespräch gekommen. Er und Gavin hatten die Frauen manchmal allein gelassen und waren ins Pub gegangen. Kirsty hatte Elaine nicht gemocht, »Elaine ist ordinär«, hatte sie gesagt. Und Gavin musste ganz schön betrunken gewesen sein, als er mit diesem Kartenspiel angefangen hatte – er und Elaine hatten es ständig gespielt, in Harlow, ihrem Heimatort. »Saukomisch ist das«, hatte Gavin gesagt und Trev die Spielregeln erklärt.

»Glaubst du, deine Kirsty macht da mit?«

»Strippoker?«

»Ja.«

»Warum nicht?«

Sie waren in Gavins Caravan gegangen, und sogar das hatte Kirsty nicht gepasst, weil die Kinder alleine waren. »Und wenn ein Feuer ausbricht…«

»Halt den Mund! Wir sind nur nebenan, verdammt noch mal!«

Erst war der Alkohol in Strömen geflossen, dann hatte Gavin die Karten geholt. Sie waren so speckig und weich gewesen wie Karten, mit denen viel gespielt wird. Die Mädels hatten gekichert, und Elaine hatte ihr Haar in den Nacken geworfen und ein tief ausgeschnittenes Kleid angehabt. Als Kirsty an der Reihe war, hatte sie bereitwillig ihre Weste ausgezogen, dann ihre Sandalen. Zu dem Zeitpunkt hatte Elaine schon in ihrer Unterwäsche dagesessen. Trev hatte die Augen nicht von ihr lassen können.

Kirsty hatte ihm einen leidenden Blick zugeworfen. »Nein, ich will nicht weitermachen, Trev.«

»Komm schon, Schatz«, hatte er geschmeichelt, und Gavin hatte ihr zugezwinkert.

»Ich finde, wir sollten jetzt gehen.«

»Verflucht.« Trev wurde laut, ohne es zu wollen. »Du blödes Miststück. Du ziehst jetzt dein verfluchtes Hemd aus, oder ich komm rüber und reiß es dir vom Leib. Glaubst du, du bist etwas Besseres oder was? Anders als Elaine hier? Immer bist du die Zimperliese! Du wirst mich hier nicht blamieren und dich toll fühlen. Du tust, was ich dir sage, oder ich vergesse mich.«

Also hatten sie Strippoker gespielt. Und am nächsten Abend wieder. Und am übernächsten auch. Und am Tag darauf hatte sie sich mit den Kindern davongestohlen und war mit dem Zug nach Hause gefahren.

Trev holte tief Luft und blickte nach unten auf von der Brandung umspülte Felsklippen. Er passierte seltsame Kaminschächte, die aus dem Kliff ragten, von Efeu überwucherte Ruinen und Pfade, die früher Wege gewesen sein mussten. Muss was mit dem Bergbau zu tun haben, dachte er.

Sie alleine zu erwischen, das war am wichtigsten. Er wusste, dass Kirsty im Hotel wohnte, also brauchte Trev nur ihre Zimmernummer herauszufinden und abzuwarten, bis sie auftauchte. Nie wieder würde Kirsty sich seinem Willen widersetzen. Nie wieder würde sie sich seine Kinder schnappen, mit ihnen abhauen und ihn zurücklassen wie einen Idioten.

Kirsty versuchte sich zu beruhigen, sagte sich, dass sie Trev nicht gesehen haben konnte, weil er sie unmöglich ausfindig gemacht haben konnte. Aber nach diesen zwei Fehlalarmen blieben Kirstys Nerven den ganzen Tag über zum Zerreißen gespannt. Sie spürte, dass etwas nicht stimmte, und das nicht nur wegen Eds Ermordung oder Avrils Entsetzen darüber, die Schwester eines Mörders zu sein. Ihr ungutes Gefühl war wie ein Geruch aus der Kindheit, den sie nicht mehr zuordnen konnte. Sie schaffte es nicht, sich auf ihre Arbeit zu konzentrieren, und es hatte auch nichts zu tun mit Bernies Abreise, obwohl einiges daran ihr missfiel – wenigstens glaubte sie, die Sache mit Bernie im Griff zu haben. Ein Anruf bei Dominic, ein paar Drohungen, ihn auffliegen zu lassen, hatten beim ersten Mal bestens funktioniert, und es gab keinen Grund, warum ihre Macht über ihn geringer geworden sein sollte. Sie hatte ihn in der Hand.

Vor der Lektüre von *Magdalene* wäre ihr eine Erpressung nie in den Sinn gekommen. Nie hätte sie den Mut aufgebracht, irgendjemandem das Messer auf die Brust zu setzen. Und das Buch schien ihr zudem hellseherische Fähigkeiten verliehen zu haben, wie sonst hätte sie vorausahnen können, dass Bernie sich verändern würde, dass der Erfolg sie aus dem Gleichgewicht brächte und sie mit ihrer neuen Rolle angeben würde, als hätte sie das Recht dazu.

Beim Gedanken daran, wie schnell sich Bernie von Dominic hat einwickeln lassen, schnaubt Kirsty voller Verachtung. Wie blind und dumm muss jemand sein, um sich so leicht täuschen zu lassen.

Nein, die Sache mit Bernie hatte nichts mit Kirstys Unbehagen an diesem Tag zu tun. Vielleicht lag es an der unmittelbar bevorstehenden Ankunft der Kinder, und sie hatte Angst, irgendetwas könnte dazwischenkommen und alles verderben. Bisher hatte alles so reibungslos geklappt: der Job, die Wohnungssuche, und sie hatte so vielen Experten Sand in die Augen gestreut mit ihrer Neufassung von *Magdalene*. Alles hatte zu gut funktioniert. Sie fühlte, dass die Katastrophe kurz bevorstand.

Sie hat ihn gesehen.

Dieses Mal irrte sie sich nicht.

Das war es: Gegen ihn hatte sie keine Chance.

Sie war sich sicher, dass sie ihn zuerst gerochen hatte.

Auf einer der Bänke am Tennisplatz sah sie ihn sitzen.

Wie hatte er sie nur finden können?

Sie sah ihn von hinten, aber sie wusste, es gab keinen Zweifel daran, dass er es war.

Als sie noch einmal hinsah, war er verschwunden.

»Ja«, versicherte Kirsty dem Polizisten und zieht den Schlüssel zu dem Cottage hervor, das ihr Zuhause für den Winter hätte sein sollen. »Natürlich lasse ich Sie hinein.«

Sie geht ihm über die Auffahrt voraus und durch die Bäume hindurch zu dem Bungalow. Noch immer zittert sie am ganzen Körper, geschockt, Trevor hier gesehen zu haben. Dabei versucht sie verzweifelt, sich einzureden, dass sie sich getäuscht hat.

»Hier ist es«, erklärt sie den beiden Polizeibeamten. »Es ist ziemlich heruntergekommen.«

Kirsty, noch immer in ihrer Arbeitskleidung, einem weißen Kleid und einer schwarzen Schürze, schließt die Tür auf und folgt ihnen hinein. Der Erste rümpft die Nase: »Pfui! Stinkt ja, als ob hier eine Leiche vergraben ist.«

Kirsty läuft ein Schauder über den Rücken. »Das muss von der Feuchtigkeit kommen.«

»Und Sie sagten, zwei Studenten hätten hier gewohnt?«

»Sie sind vor kurzem ausgezogen. Ich sollte hier einziehen, aber wie Sie sehen...« Sie bricht ab und macht eine wegwerfende Handbewegung.

Überall liegen leere Dosen herum. Ein schwarzer Müllsack breitet sich auf dem Fußboden aus wie ein gewölbter Teppich. Der offene Kamin ist übersät von Zigarettenkippen und alten Streichholzschachteln.

Sie gehen in den ersten Stock.

»Das hier ist eher ein Stall«, meint der zweite Polizist, der hinter den mit Rost verschmierten Vorhängen nachsieht. »Und keine Spur von dem Golfschläger...«

»Pfui Teufel! Katzenscheiße!«, stöhnt der Erste und betrachtet seine Schuhsohle. Mit Zeitungspapier wischt er die Sohle ab.

»Und die haben sich nicht geschämt, Ihnen das hier anzubieten?«

»Ich glaube nicht, dass sie wussten, wie es hier aussieht.«

Als sie wieder unten in der Küche sind, kann sie die beiden gerade noch rechtzeitig warnen: »Passen Sie neben dem Kühlschrank auf, wo der Riss im Linoleum ist. Einer von denen, die hier gewohnt haben, hat mir gesagt, dass der Boden dort nachgibt.«

»Wer weiß, was hier alles versteckt ist, das Haus scheint zu leben«, bemerkt der Fülligere der beiden Beamten. »Wer weiß, was da in den Wänden ist und sich vermehrt. Du meine Güte. Was für ein Gestank.«

»Vielen Dank für Ihre Mühe, Mrs. Hoskins, wir halten Sie jetzt nicht länger von Ihrer Arbeit ab.«

»Was soll ich mit dem Schlüssel machen? Wollen Sie noch einmal hier hereinkommen?«

»Nein danke, am besten sperren Sie das Haus ab. Hier ist nichts, was uns interessiert. Sperren Sie es ab, damit keine Kinder hier reinkommen. In meinen Augen sieht sogar das Dach aus, als würde es jeden Moment einstürzen.«

Kirsty ist noch immer zu geschockt, um wieder zurück an ihre Arbeit gehen zu können. Unfähig, einen klaren Gedanken zu fassen, starrt sie nur vor sich hin. Konnte das vorhin wirklich Trev gewesen sein? Nein, das war unmöglich. Am besten bleibt sie hier, wo niemand sie sehen kann.

Sie hat keine Ahnung, wie viel Zeit vergangen ist, bis sie es wagt aufzublicken. Feist und grinsend steht er im Eingang. Sie will laut schreien, bringt aber nur ein leises Stöhnen hervor.

»Hi, Kirsty.«

Sie stiert ihn weiter an, unfähig sich zu bewegen. »Du hast mich beobachtet. Du hast gesehen, wie ich hier hereingegangen bin.«

»Genau. Ich habe gesehen, wie du den zwei netten Polizisten geholfen hast.« Er schüttelt lächelnd den Kopf. In seiner Stimme liegt etwas Drohendes, das sie nur zu gut kennt.

»Ich war neugierig, wollte wissen, wo du bist – schließlich bin ich dein Mann. Was ist das also? Wie ich sehe, hast du die Schlüssel dafür.« Trev legt seinen Autoschlüssel auf den Herd, um ihr zu demonstrieren, dass er hier so lange bleiben wird, wie er will. »Ist das das Zuhause, das du meinen Kindern bieten wolltest?«

»Natürlich nicht«, flüstert Kirsty heiser, »das siehst du doch.«

»Ich finde, es würde hervorragend zu dir passen, du Schlampe.« Er macht zwei Schritte auf sie zu und holt mit der rechten Hand aus.

Kalter Schweiß bricht ihr aus. Sie schließt die Augen und taumelt nach vorne. Trev fängt sie gekonnt auf und stellt sie wieder auf die Beine. »Bleib stehen, du Luder! Dieses Mal wirst du keine Vorstellung geben. Dieses Mal kommst du mit mir hier raus, wir suchen uns einen netten Arzt und erzählen ihm, wie krank du wirklich bist, wie krank im Kopf. Zu krank, um für zwei Kinder zu sorgen.«

»Aber mit mir ist alles in Ordnung, Trev«, fleht Kirsty.

»Entweder stimmt etwas nicht mit dir, oder ich bin ein brutaler Ehemann, der seine Frau verprügelt.« Er zieht amüsiert die Augenbrauen hoch. »Das hast du den Mistkerlen doch erzählt, stimmt's? Darüber hast du die ganze Zeit gelabert und jetzt wirst du sie davon überzeugen, dass du keine Ahnung davon hast, was du redest, dass du so durchgeknallt bist, dass du ihnen nur Lügen aufgetischt hast.«

Das also hat er vor. Er hat ihr bereits früher damit gedroht – falls er sie noch einmal mit einem Buch erwischt, oder dabei, dass sie wieder Geld ausgibt, falls er noch einen Krümel in der Spüle findet, falls sie seinen Senf vergisst – dann würde er sie für den Rest ihres Lebens einsperren lassen und dafür sorgen, dass sie nie mehr rauskäme.

Kirsty weiß, dass Trev sie tatsächlich für verrückt hält.

Und jetzt bewegt sich Trev langsam und unaufhaltsam auf sie zu.

Zitternd weicht sie zurück in die Küche, vom Spülbecken zum Herd, zum Kühlschrank. Dann rennt sie los.

Sie sieht, wie er taumelt, sich am Kühlschrank festzuhalten versucht und laut flucht, was ihr noch lange in den Ohren brennt. Es kracht dumpf, als der Kühlschrank umfällt, so als bräche ein Erdbeben aus, und es tut sich ein Loch auf, wo er bis vor kurzem stand, ein Loch, in dem Trev heftig mit den Armen rudert. Mit einem lauten Krach verschwindet er in einer Wolke aus Staub.

Kirsty steht wie hypnotisiert da. Wartet zitternd darauf, dass Trevs grinsender Kopf auftaucht, voller Freude über seinen – wie er das nennen würde – gelungenen Scherz. Sie würde sich gerne setzen, doch sie hat nicht den Mut dazu.

Während sie so dasteht, wie gelähmt, hört sie plötzlich Trevs körperlose Stimme aus der Tiefe. Ein Gedanke schießt ihr durch den Kopf – *ein Brunnen* – hatte nicht jemand einen Brunnen in der Ecke dieser furchtbaren Küche erwähnt, ein tiefes Loch, das nirgendwohin führte, und so feucht war, dass das ganze Haus danach roch?

Ein Brunnen? Langsam kann sie wieder klar denken, sich konzentrieren. Kein Brunnen, nein, sicher nicht, aber ein Minenschacht. Die ganze Küste ist mit alten Minen aus den Zeiten übersät, als hier Zinn abgebaut wurde, jahrhundertealte Schächte, die weit hinaus bis unter das Meer gehen. Sie gruben sich viele Meter hinab in ihrer Verzweiflung, diese verwegenen Kerle aus Cornwall, von denen man ihr viele Geschichten erzählt hatte. Doch sie hatte nur mit einem halben Ohr zugehört und bereut das jetzt.

Da ist es wieder, dieses Geräusch – ein hohler, hallender Ton von tief unten aus dieser eingebrochenen Ecke. Trev ist kräftig und gut in Form für sein Alter. Soll sie hier stehen bleiben und warten, bis er wieder herausklettert?

Wie tief mag er gestürzt sein?

Sie muss es herausfinden.

Kirsty tastet sich langsam vorwärts, kämpft sich im -

Bewusstsein voran, dass der Boden unter ihr möglicherweise jeden Augenblick nachgeben und sie auch in dieses schwarze Loch stürzen kann. Sie erreicht die Stelle, an der das Linoleum gerissen ist, kniet sich nieder, um zu lauschen, und fängt an zu schluchzen.

Kurze Zeit später robbt sie zurück und bricht in schallendes Gelächter aus.

Denn das Unfassbare, Verrückte, unglaublich Komische ist, dass Trevor noch am Leben ist.

20

Mauern aus Stein allein sind keine Kerker
Noch machen Gitter aus Eisen einen Käfig

Richard Lovelace

»Sie haben nichts gegen mich in der Hand«, sagte Graham zu seinem Anwalt.

»Nun, die Polizei hat jede Menge Indizienbeweise«, widersprach sein Anwalt, für den feststand, dass Graham schuldig war. »Zum Beispiel Ihre Zigarettenkippen. Man fand sie in einer leeren Milchflasche in dem Kellereingang neben dem Tatort, an dem Geländer fand man Fasern Ihrer Jacke und, was Sie am meisten belastet, Annies Tasche war über und über mit Ihren Fingerabdrücken bedeckt.« Mit diesen Worten lehnte er sich zurück und verschränkte seine Hände.

»Okay«, jammerte Graham, »ich war also in dem Kellereingang. Irgendwo musste ich ja schlafen. Zu Hause hatten sie mich rausgeworfen, ich hatte kein Geld, war hungrig und mir war kalt. Ich habe Ihnen schon erzählt, dass ich gesehen habe, wie Annie angegriffen wurde. Ich habe hinterher ihre Tasche aufgehoben und wollte sie ihr zurückgeben.«

»Und wie jeder Zeuge eines Gewaltverbrechens es tun würde, sind Sie so schnell wie möglich nach Cornwall gefahren und haben behauptet, Sie hätten schon seit einem Monat bei Ihrer Schwester gewohnt und von Gelegenheitsarbeiten für das Hotel gelebt?«

»Ich wusste, dass Sie es mir anhängen würden«, sprudelte es aus Graham heraus. »Was hätten Sie denn an meiner Stelle getan? Wären Sie da geblieben, bis man Sie festgenommen hätte? Mit so einem wie mir machen die doch, was sie wollen.« Er schluckte, und sein großer Adamsapfel hüpfte von seiner Kehle hoch bis zum Kinn. »Selbsterhaltung, darum geht's. Ich musste mich in Sicherheit bringen.«

Grahams Anwalt schloss müde die Augen. »Graham, bitte hören Sie mir zu. Wenn Sie die Tat gestehen und ich auf Totschlag plädiere – wir wissen, dass sie Mrs. Brenner nicht umbringen wollten –, dann wird die auf Mord lautende Anklage gegen Sie fallen gelassen.«

»Ich habe sie nicht berührt«, insistierte Graham und zündete eine Zigarette an. Er dachte daran, dass niemand aus seiner Familie im Gerichtssaal gesessen hatte. »Alle haben sich gegen mich verschworen. Selbst Sie und dabei müssten Sie auf meiner Seite stehen.« Graham zog hastig an seiner Zigarette und ließ seine Zukunft wie einen Film vor sich ablaufen: Wenn er aus dem Knast käme, wäre er ein alter Mann von dreißig oder vierzig Jahren. All die schönen Seiten des Lebens würden ihm verwehrt bleiben – Pubs, Sex, Clubs, Kino, Fernreisen, Heiraten, Kinder. Und er warf seinem Anwalt, der ihn eigentlich verteidigen sollte, einen finsteren Blick zu. Der würde sich bestimmt gleich aus dem

Staub machen, zum Essen oder ins Theater gehen oder sich mit einem Kumpel treffen.

Und am schlimmsten war, dass die Polizei versuchte, ihm auch noch den Mord an diesem Ed Board anzuhängen, den er doch überhaupt nicht gekannt hatte.

Nachdem Mrs. Stokes Kirsty zum ersten Mal, seit sie hier anfing zu arbeiten, einen wütenden Vortrag über Disziplin und Verlässlichkeit gehalten hatte, verkriecht Kirsty sich blass und rotäugig in ihren Caravan.

»Ich musste einfach mal allein sein«, vertraut sie Avril an. »Wenn ich daran denke, dass jetzt die Kinder kommen und was das für mich bedeutet... aber was bin ich für eine Egoistin, ich rede die ganze Zeit nur von mir, wo es dir doch selbst so schlecht geht.«

Avrils Stimme bebte. »Und noch immer keine Spur von Fluffy.«

»Ich dachte eigentlich an Graham und deine Mutter.«

»Oh ja, ja, sicher. Die Zeitungsleute haben ihren Wohnwagen ausfindig gemacht.«

»Oh nein. Warum fahren sie nicht heim? Was bringt das, wenn sie hier bleiben?«

»Es ist, weil sie ein schlechtes Gewissen haben. Sie glauben, sie müssen hier bleiben, bis das mit Graham vorbei ist. Sie wollen sich selbst damit bestrafen. Mutter sagt ständig: ›Aber ich bin noch immer seine Mutter, Richard, ganz egal, was er getan hat.‹ Dabei hasst sie ihn, Kirsty! Sie hat kein gutes Wort für ihn übrig. Ich wünschte, ich würde noch immer im Burleston wohnen und müsste nicht hier sitzen, zehn Türen weiter als sie. Der ganze Ärger wächst mir über den Kopf, Kirsty.«

Den Caravan für die Ankunft von Kirstys Kinder herzurichten, lenkt Avril nicht halb so viel ab, wie sie gehofft hatte. Der Wohncontainer ist ein karger, ungemütlicher Ort, man müsste ihn vollkommen neu einrichten, um ein Zuhause daraus zu machen. Doch mit ein paar bunten Teppichen und Lampen, die sie auf einem Flohmarkt erstanden hatten, wird die Atmosphäre etwas besser. Aber jede Sekunde, die Avril damit verbringt zu putzen, den Vorrat aufzufüllen und die Fensterritzen auszustopfen, genießt sie trotzdem, weil es immer noch besser ist, als bei ihrer Mutter zu sein.

»Du willst ihn also nicht besuchen?« In Avrils Stimme schwingt ein vorwurfsvoller Unterton mit.

Mrs. Stott erblasst. »An diesem Ort, Avril? Du musst verrückt sein.«

»Aber er muss doch inzwischen vollkommen am Ende mit seinen Nerven sein.«

»Das kann schon sein. Aber wer fragt nach mir? Kannst du dir vorstellen, Avril, wie mir das alles zusetzt? Dein Vater hat mich heute Vormittag zum hiesigen Arzt gebracht, von dem ich übrigens nicht viel halte. Er kann unserem guten Dr. Hunt, der mich seit Jahren kennt, nicht das Wasser reichen. Aber wie dem auch sei, er hat mir stärkere Tabletten verschrieben, nachdem er sich ein Bild von meinem Zustand gemacht hat.«

»Aber welchen Sinn hat es, hier zu bleiben, wenn ihr Graham gar nicht besuchen wollt?«

Mrs. Stott mustert ihre Tochter eindringlich. »Welchen Sinn hat es, dass du hier bleibst, das ist hier die Frage. Aber bitte, lassen wir das. Du hast einen wunderbaren Job aufgegeben, ohne die übliche Kündigungsfrist einzuhalten, womit du Referenzen sinnlos verschenkt hast. Du bist in diesen schrecklichen Wohnwagen gezogen und willst hier mit dieser Frau und ihren Kindern wohnen. Wovon denn, Avril? Ich frage dich, wovon willst du hier leben?« Mrs. Stotts Augenlider flattern. »Von der Stütze, nehme ich an. Und alles, weil du dich an dieser Putzfrau orientierst.«

»Du täuschst dich. Kirsty arbeitet noch.«

»Du willst in der Wildnis von Cornwall von der Hand in den Mund leben, von Arbeitslosengeld und setzt auf ein dummes Abenteuer, von dem jeder dir sagen könnte, dass der ganze Zauber in fünf Tagen vorbei ist.«

»Mutter, warum hörst du mir eigentlich nicht zu? Das ist kein Zauber, der in fünf Tagen vorbei ist! Es heißt, der Verleger aus Großbritannien habe einen Rekordvorschuss geboten, und in den Staaten hätten sie soeben einen Vertrag über eine Summe abgeschlossen, die nicht einmal Stephen King bekommt. Mutter, diese Verträge werden im Augenblick gerade unterzeichnet.«

»*Wer unterzeichnet sie?* Avril, nimm Vernunft an. Das ist die Art Blödsinn, über den ich ständig etwas in der Zeitung lese und mir vollkommen im Klaren darüber bin, dass alles nur ein ausgemachter Schwindel sein kann. Wie kommst du nur dazu, bei so etwas mitzumachen, wo ich dich doch so vernünftig und bescheiden erzogen habe?«

»Es ist wirklich sinnlos, mit dir noch weiter darüber zu reden.«

»Avril.« Die Mutter schwenkt den Teekessel über ihrer kleinen Caravanspüle und schüttet den Teesatz auf eine Zeitung. »Wenn du bald so reich bist, warum lebst du dann hier im letzten Loch und musst herumknapsen, um dir die paar Lebensmittel zu kaufen? Nein, Madam, beantworte mir du erst diese Frage.«

»Ich muss im Moment hier sein, Mutter, damit ich mit Kirsty zusammen sein kann. Wir müssen unsere Rollen spielen bei diesem Unternehmen. Ich habe dir doch schon erzählt, dass das Honorar durch drei geht.«

»Zusammen sein? Oh ja? Ihr lasst also einfach dieses kleine Luder Bernadette mit ihrem Playboyfreund nach London abhauen.«

»Du kennst sie doch gar nicht! Du hast sie nie gesehen!«

»Ich habe Fotos von ihr gesehen«, hält ihre Mutter unbeirrt dagegen, während sie die Armaturen mit einer Bürste schrubbt. »Und ich muss sie nicht persönlich kennen, um zu wissen, was diese Person im Schilde führt«, meint sie viel sagend. »Das Einzige, was mich wirklich wütend macht, ist deine Weigerung, mit uns nach Hause zu kommen. Und das zu einer Zeit, in der die Familie zusammenhalten sollte.«

Avrils Mutter ist sich durchaus des Stigmas bewusst, das jetzt wegen ihres Sohnes ihr und ihrem Caravan anhaftet. Passanten geben vor, zufällig an dem Wohnwagen vorbeizulaufen, um dann doch nur neugierige Blicke herüberzuwerfen, und die Mutter schnaubt vor Wut und würde sie am liebsten hereinbitten und ihnen versichern, dass sie keinen Deut weniger entsetzt über alles ist als diese Gaffer.

Doch die Gelegenheit dazu bleibt Mrs. Stott verwehrt. Niemand will mit ihr reden. Alle wollen nur über sie reden, den ganzen Tag. Sogar wenn sie den kleinen Supermarkt aufsucht, senkt das blasse Mädchen hinter der Theke den Blick.

Avril weiß ganz genau, warum ihre Mutter lieber in Cornwall bleibt. So schrecklich Mrs. Stotts traurige Berühmtheit hier ist, noch schrecklicher wäre sie in der Maple Terrace in Huyton zu ertragen, dem Ort, wo die schlimme Tat begangen wurde. Beleidigungen und Schlimmeres würden in ihrem Briefkasten landen, Steine durch ihre Fenster fliegen, und sie würden am Telefon unflätig beschimpft werden, so groß wird die Wut der Einwohner von Huyton sein, die die neunundsiebzigjährige Annie Brenner, nun da sie ermordet wurde, in ihr Herz geschlossen haben. Wenigstens kennt hier im Happy Stay niemand ihre Mutter näher und nach einem langen intensiven Blick von ihr verlieren die Menschen das Interesse.

»Die Hunde bellen, und die Karawane zieht weiter«, sagt Avrils Mutter.

Im Bus, auf dem Weg zum Gefängnis, wandern Avrils Gedanken zurück, wobei es ihr schwer fällt, sich Grahams Aussehen genau in Erinnerung zu rufen. Zu lange hat sie ihn schon nicht mehr gesehen. Ihre klarsten Erinnerungen stammen aus der Zeit, als sie etwa zehn Jahre alt war und Graham fünfzehn.

Eines Abends hatte er sich unter ihrem Bett versteckt, als sie sich in ihrem Zimmer auszog. Sie war bereits nackt, als sie ihn schnaufen hörte – er hatte ein ganz besonderes Schnaufen, voller Verachtung und Spott. Entsetzt zuckte sie zusammen und versuchte etwas zu fassen zu bekommen, ihr Nachthemd oder irgendetwas, um ihre Blöße zu bedecken.

»Du fette Sau«, rief Graham und wälzte sich unter dem Bett hervor. Er war bereits so groß wie ein Erwachsener. »Komm schon, Jumbo, lass dich mal anschauen.«

»*Verschwinde, Graham*«, schrie Avril, aber er trat näher zu ihr, riss ihr das Nachthemd aus der Hand und taxierte sie ausgiebig, während er sich die ganze Zeit über den Ansatz ihrer Brüste lustig machte. Ihre Brüste hatten gerade erst begonnen sich zu entwickeln, noch niemand in ihrer Klasse hatte welche oder Haare da unten, wie sie Avril plötzlich bekam und was sie zu verheimlichen versuchte. Hässliche, schreckliche Kraushaare – sie hatte entsetzliche Angst, die anderen könnten sie entdecken, wenn sie sich in der Umkleidekabine zum Schwimmen umzogen. Sie lachten schon oft genug über sie.

»*Verschwinde, Graham*«, brüllte sie so laut sie konnte und schubste ihn dann mit aller Kraft weg. Sie rannte aus dem Zimmer, hinaus auf den Gang und stürzte in Grahams Schlafzimmer, weil das die einzige offene Tür war.

»Mutter! *Mutter!*«, tobte Graham und beugte sich über das Geländer, während Avril, die sich ein Everton-Handtuch um die Hüfte geschlungen hatte, versuchte seine Schlafzimmertür zu verbarrikadieren. »Hol dieses Flittchen aus meinem Zimmer raus! Das ist jetzt das dritte Mal, dass sie sich da hineingestohlen hat, und ich habe keine Lust mehr, ihr zu sagen…«

»Was in aller Welt ist denn schon wieder los, Graham? Warum schafft ihr beiden es nicht, auch nur eine Sekunde miteinander auszukommen? Wir sind gerade in der Mitte von *Eastenders*.«

»Ich möchte sie nicht anfassen, Mutter, nicht wenn sie so drauf ist. Ich will nicht das Opfer ihrer gemeinen Lügen werden.«

»Mama, Mama!« Avrils weinerliche Stimme ertönte hinter Grahams Tür.

»Um Himmels willen…« Die Mutter erklomm leichtfüßig die Treppe.

»Das letzte Mal hat sie das getan, als Nick hier war.«

»Was getan, Graham?«, fragte Mutter gereizt.

»Kam einfach splitterfasernackt in mein Zimmer. Ich wusste gar nicht, was ich sagen sollte. Erklär ihr doch um Himmels willen, Mutter, dass sie das lassen soll. Die ist ja total männerverrückt.«

»Avril, Avril, was hat das bloß zu bedeuten?«

Avril drückte sich an die Tür und schluchzte heftig. Doch

ihre Mutter packte sie am Arm und hielt sie fest. »Avril, was machst du im Schlafzimmer deines Bruders?«

Das Mädchen schluckte. »Ich bin hineingerannt, ich musste weg…«

»Aber warum bist du nicht ins Badezimmer gelaufen, Avril?«

Mit großen Augen starrte Avril den Gang hinunter. Der Weg ins Badezimmer war ihr schrecklich weit vorgekommen, als sie so blindlings geflohen war, während die Tür zu Grahams Zimmer weit offen gestanden hatte.

Mit bohrendem Blick fragte ihre Mutter: »Stimmt das, was Graham sagt?«

Und auf Mutters Gesicht war derselbe angewiderte Ausdruck zu sehen, den Avril bei Graham gesehen hatte, als er ihren nackten Körper gemustert hatte.

»Graham hat sich unter meinem Bett versteckt«, antwortete Avril tonlos.

»Graham ist fünfzehn Jahre alt, Avril, also viel zu alt für solch kindische Streiche.«

»Aber er war…«

»Ist schon gut, Mutter, glaub nur Avril, das tust du ja immer.« Graham zuckte die Schultern.

»Aber warum, Avril? *Warum?*« Die Stimme ihrer Mutter klang frostig. »Und Graham sagt, das sei nicht das erste Mal! Warum musst du nackt herumspazieren, du, eine heranreifende Frau?«

Avril wird noch immer ganz schlecht, wenn sie an diese Worte denkt, so sehr hasste und hasst sie diesen Ausdruck. Heranreifen – genau das taten ihre schrecklich neuen Brüste. Und eine Frau, das wurde sie jetzt. Ein übel riechendes, blutiges, sich an allen möglichen und unmöglichen Stellen ausbeulendes Gefäß, in das Männer ihre Penisse rammten und aus dem unter Höllenqualen Babys kamen.

Avril nahm ihren ganzen Mut zusammen und rief: »Ihr beiden mit eurer schmutzigen Fantasie und euren schmutzigen Ausdrücken.«

Dann schlug ihre Mutter zu, und der Abdruck ihrer linken Hand war noch vier Tage danach auf Avrils Oberschenkel zu sehen.

Das war nur eins von unzähligen Beispielen, wie Graham ihr das Leben zur Hölle gemacht hatte.

Avrils Bus kommt am Gefängnis an, und sie steigt erst aus, als die Bustür schon offen ist. Sie will nicht als jemand erkannt werden, der einen Angehörigen im Gefängnis besucht.

Während sie sich zusammen mit den anderen Reisenden anstellt, um ihren Namen auf der Liste nachsehen zu lassen, ist Avril sich immer noch nicht sicher, was sie hier eigentlich will. Sie spürt nur eine Euphorie in sich aufsteigen, unter die sich Angst mischt. Je unfreundlicher die Gefängnisumgebung wird, desto wohler fühlt sie sich. Zugleich ist sie erfüllt von einem tiefen Hass.

Und doch ist da noch ein anderer Teil in ihr, ein weicherer, der sich danach sehnt, Graham noch einmal zu sehen – Graham, wie er wirklich ist, nicht die Erinnerung an ihn –, damit sie ihn ein für alle Mal vergessen kann. Er hat ihre ganze Kindheit auf dem Gewissen, so vieles zerstört: Geburtstagspartys, Familienausflüge, die harmlosesten Spiele im Garten. Er war verantwortlich für die stets sorgenvolle Miene ihre Mutter und ihre häufige schlechte Laune.

»Schön, dich zu sehen, Graham«, begrüßt sie ihn.

»Schön, mich hier drinnen zu sehen, meinst du wohl.« Seine Stimme ist so unangenehm wie seine Augen.

Linkisch setzt sich Avril hin und mustert verstohlen die anderen Besucher, die sich an ihren Tischen mindestens genauso unwohl zu fühlen scheinen wie sie.

»Du dumme Kuh«, knurrt Graham, der sich mit einem Ellbogen auf dem Tisch abstützt und die Faust ballt, als wolle er jeden Moment an einem Wettbewerb im Armdrücken teilnehmen. »Du hättest nichts anderes tun müssen, als diesen Ärschen zu sagen, dass ich bei dir war.«

Sie registriert zum ersten Mal, was für riesige Hände er hat, und bekommt eine Gänsehaut. »Ich war so überrascht, ich konnte nicht klar denken. Ich meine, ich wusste ja nicht einmal, dass du hier unten bist.«

»Du bist so was von bescheuert, Avril. Du hast mich auf dem Gewissen, du allein. Ohne dich hätte ich es schaffen können.« Und er öffnet ein Päckchen Zigaretten und steckt sich eine in den Mund, ohne sie anzuzünden. Avril erinnert sich, dass er schon rauchte, als er noch in der Grundschule war, um erwachsen zu wirken. Sie kann ihre Bemerkung nicht unterdrücken. »Du hast es getan, nicht wahr Graham? Du hast die alte Frau umgebracht.«

»Red keinen Scheiß«, zischt er wütend.

»Wahrscheinlich hast du auch Ed umgebracht Es heißt, dass du unter Verdacht stehst.« Avril redet und redet, so wie sie es immer machte, wenn sie sich ihrem Bruder gegenübersah. Es war ein Akt der Verzweiflung, die Angst, dass eine Pause in ihrem Redeschwall das Signal für seine nächste Schikane sei. »Ich war befreundet mit Ed Board, er hat mir das Golfspielen beigebracht.«

»Warum bist du hergekommen, Avril, aus Schadenfreude? Du kannst jetzt wieder wie ein braves Mädchen nach Hause gehen und Mami sagen, dass ihr lieber Sohn dieses Mal richtig Scheiße gebaut hat.«

»Ich glaube nicht, dass du Mutter damit noch treffen kannst«, entgegnet Avril. »Übrigens ist Fluffy seit einer ganzen Woche nicht mehr heimgekommen, und wir haben Angst, dass sie tot ist.«

Graham lacht gellend auf. Das Lachen kennt sie nur zu gut, es ist ein grausames, höhnisches Lachen. Einmal hat er einem Kätzchen mit einer Wunderkerze ein Auge ausgestoßen. Befriedigt sieht sie, dass er schwitzt und seine Augen etwas flackern, vielleicht bringt ihn ihr Besuch ja doch ein bisschen durcheinander.

»Es ist echt lustig«, plappert Avril munter weiter. »Du bist genauso, wie ich dich in Erinnerung hatte, aber du verstellst dich nicht, stimmt's? Versuchst nicht so zu tun, als wärst du ein erschrecktes Kind? Du hast deine Rolle als Unschuldsengel immer prima gespielt, hätte ich es nicht besser gewusst, hätte ich dir glatt geglaubt. Schließlich wird man nicht böse geboren.« Ihr schrilles Lachen kommt ihr merkwürdig vor, so als würde es nicht zu ihr gehören, aber sie hat nicht die Zeit, darüber nachzudenken. »Ich war schön blöd. Ich habe mir immer Entschuldigungen ausgedacht. Dachte, alles sei meine Schuld.« Unvermittelt ändert sich ihr Gesichtsausdruck. Sie blickt ihrem Bruder mit unverhohlenem Ekel ins Gesicht. »Aber du bist böse auf die Welt gekommen, stimmt's, Graham? Du bist nie tief verletzt worden, musstest nichts entbehren, warst nicht einsam oder vernachlässigt, du bist das, was sie in der Kirche einen Sünder nennen. Und bis heute war mir nicht klar, was sie damit meinten. Ich habe immer geglaubt, die Sünderin wäre ich.«

»Du redest nur Müll«, knurrt Graham. »Warum verpisst du dich nicht einfach? Sorgst dafür, dass ich in der Scheiße lande und kommst dann her und erzählst dieses kranke Zeug.«

»Genau das werde ich jetzt tun«, antwortet Avril und greift nach ihrer Handtasche. »Soll ich Mutter oder Vater etwas von dir bestellen?«

»Verzieh dich, Arsch.«

»Brauchst du etwas?«

»Hau endlich ab.« Endlich zündet sich Graham die Zigarette, die schon ganz feucht zwischen seinen Lippen geworden ist, an.

Avril ist überrascht, wie stark, wie ausgelassen sie sich fühlt. Sogar ihr Gang hat mehr Schwung, den Schwung einer federleichten, schlanken Frau. Sie hatte fest damit gerechnet, sich deprimiert zu fühlen, wenn sie ihren Bruder an diesem Ort besuchte und ihn so einsam sah.

Es ist halb fünf, sie hat noch Zeit, den letzten Bus zum Happy Stay zu erreichen, der nur in der Saison verkehrt. Sie betritt das erste Polizeirevier, an dem sie vorbeikommt und lächelt den Polizisten hinter dem Schreibtisch freundlich an. »Ich möchte gerne eine Aussage machen«, erklärt sie. »Ich weiß, ich hätte das gleich tun sollen, als mir der Verdacht kam, aber ich musste Rücksicht auf meine Familie nehmen, und dann war ich mir auch nicht hundertprozentig sicher…«

»Einen Moment, bitte, Miss. Ich hole jemanden, der Ihre Aussage zu Protokoll nimmt.«

So sitzt Avril in dem kargen Zimmer und geht im Geiste die Geschichte noch einmal durch. Sie darf keinen Fehler machen. In dieser Hinsicht war Magdalene professionell: Ihr unterlief nie ein Fehler, und sie ging nie unbedacht vor. Magdalene war eine Meisterin der Rache. Und nun ist es an der Zeit, dass Avril Stott sich an dem Teufel rächt, der ihr die Kindheit raubte.

21

Bernie ist davon überzeugt, dass die Sache bald auffliegt, auffliegen muss.

Ihr Kopf ist ganz heiß von all den Verträgen, die ihr vorgelegt werden, und von den Illustrierten, die sich um einen Fototermin bei ihr reißen.

Candice gefällt diese Art von Publicity nicht. »Dieses schreckliche Foto von dir im *Mirror* schadet deinem Image…«

»Ich weiß, was du sagen willst, aber du irrst dich. Es war ein schönes Foto von mir, unter der Weide, in einem Kahn auf dem Wasser…«

»Und der Busen hing halb raus, und du hattest einen Stift hinter dem Ohr. Du musst mit diesem Quatsch aufhören, sonst nimmt dich niemand mehr ernst. Du bist vielleicht der Liebling des Monats – das arme kleine Genie, der ganze literarische Wundermist –, aber diese Art Ruhm ist vergänglich, wohingegen das Buch Substanz hat, ein Stück wahre Kunst ist. Und dich da zu sehen, wie du die Beine um ein Ruder schlingst…«

»Ich habe Geld dafür bekommen!« Bernie wirbelt herum. »Wovon soll ich sonst bitte leben, während ich hier rumsitze und darauf warte, dass dieser ganze Vertragskram geregelt wird?«

»Bernie, Schatz«, seufzt Candice. »Ich verstehe dich ja, aber du musst dich noch eine Weile gedulden. Dir mangelt es einfach an Erfahrung mit diesem Medienrummel und deshalb kannst du die Konsequenzen nicht absehen. Aber wir machen uns alle Sorgen, wie sich deine ordinären Auftritte auf *Magdalene* auswirken könnten.«

Hinzu kommen Kirstys und Avrils ständige Anrufe wegen des Honorars. Lang und breit hat sie ihnen erklärt, wie hoch in London die Lebenskosten sind, wie wichtig Kleider und Accessoires sind, wenn man in der Öffentlichkeit steht. Kaum erscheint irgendwo eine neue Story über sie, fangen sie wieder an sie zu nerven, wegen der Fotos in *Woman's Day*, bei dem sie das Kleid hinterher zurückgeben musste, der Story über sie in *Young and Chic* und der Sammlung ihrer Lieblingsrezepte in *Valentine*.

Dominic lässt ihr auch keine Ruhe mit seinen Ratschlägen. »Du musst deine finanziellen Dinge regeln, sobald der Vorschuss da ist«, drängt er. »So einen Betrag kannst du nicht einfach auf dem Girokonto lassen. Alles muss legal sein, du brauchst einen Anwalt, und du musst dir einen guten Steuerberater nehmen. Außerdem muss dieser bescheuerte Partnerschaftsplan vom Tisch.«

Am Ende redet ihr Dominic ein, rücken sie nur deshalb nicht mit dem Geld raus, weil sie beunruhigt sind wegen des Partnerschaftsplans mit Avril und Kirsty.

Coburn and Watts, ihre Verleger, die amerikanischen Agenten und die Filmgesellschaft halten sie für verrückt, überhaupt zu erwägen, ihr Geld mit zwei Nonames zu teilen, die zufällig an Ort und Stelle waren, als sie das geniale Werk schrieb.

Darüber kann Dominic sich stundenlang auslassen. »Es ist völlig absurd, dass sie dich auf dieses Versprechen festlegen wollen. Du hast es in der ersten Euphorie gegeben, als nicht absehbar war, wie das Buch ankommen würde.« Dominic schreitet aufgebracht auf und ab. Er stellt sich vor Bernie hin. »Warum zum Teufel tust du nicht, was Candice und ich dir raten? Gib den beiden ein paar tausend Pfund und damit hat es sich. Niemand würde ernsthaft mehr erwarten.«

Bernie schweigt, weil Candice und Dominic sicher Recht

haben mit ihrem Unverständnis, aber sie kennen eben die Wahrheit nicht. Beim Anblick der Liste mit den »Änderungsvorschlägen« von Clementine Davaine bekam Bernie Kopfschmerzen. Sie hatte sie ihr zugeschickt, »weil ich eine Woche in den Staaten bin, doch wenn ich zurückkomme, setzen wir uns zusammen und diskutieren diese Ideen«. Bernie darf gar nicht daran denken.

Bei Candice Love, die ihr bisher immer den Rücken stärkte, stieß sie auf Granit, als sie sich bei ihr beklagte: »Es ist mein Buch, und mir gefällt es genauso, wie es ist. Warum muss ich das alles ändern?«

»Ich weiß, Bernie, ich weiß«, besänftigte Candice sie, als wäre sie ein verzogenes Kind. »Und du brauchst nichts tun, was dir absolut widerstrebt. Aber lass dir von mir gesagt sein: Clementine weiß genau, was sie tut, und diese Verbesserungsvorschläge sind letztlich bestimmt richtig.«

Also braucht Bernadette Kirsty, denn Kirsty ist die Einzige, die diese Änderungen beurteilen und vornehmen kann.

»Jedes einzelne Wort zählt«, sagte Candice.

»Aber ich kann nicht mit dem Computer umgehen, ich kann nicht einmal tippen«, lamentierte Bernie. »Ich hab mich da ganz auf Avril verlassen, das hat alles sie gemacht.«

»Dann müssen wir eine Sekretärin für dich finden«, meinte Candice Love leichthin. »Sie soll am Montag anfangen.«

Am meisten macht ihr die Quizshow Angst, die immer näher rückt, und bei der sie gegen den Rat Candice' ihre Teilnahme zusagte.

Bernie hat immer davon geträumt ins Fernsehen zu kommen.

»Aber hast du dir denn diese Show jemals angesehen?«

Candice wurde laut, als sie davon hörte. »Hast du die Bauerntrampel gesehen, die eingeladen werden? So genannte Berühmtheiten, die niemand kennt, die schon lange in der Versenkung verschwunden sind und andere hoffnungslose Gestalten, die sich vor einem hirnlosen Publikum zum Narren machen.«

»Ich bekomme Geld dafür.«

»Es bleibt ihnen ja auch nichts anderes übrig. Niemand würde umsonst dort auftreten.«

»Aber ich habe nachgesehen, die Quote ist hoch.«

»Das darf doch nicht wahr sein. Bernie, komm zu dir«, rief Candice.

Bernie ahnt, dass sie diesmal nicht mit ihrem irischen Lächeln davonkommt. Dieses Mal wird mehr von ihr verlangt – nicht viel mehr, aber doch ein bisschen.

»Du kannst da nicht einfach sitzen und nichts sagen.« Neuerdings glaubt Bernie einen fiesen Unterton in Dominics Stimme zu hören, den sie von früher nur allzu gut kennt. »Du bekommst dein Geld nicht dafür, einfach rumzusitzen.«

»Was du nicht sagst.«

»Du wirst dich blamieren.«

»Ach ja, vielen Dank.«

»Es ist eine Quizshow«, erklärt er ihr mit hochgezogener Augenbraue. »Da geht es um Fragen und Antworten. Sicher, das Niveau könnte nicht tiefer sein, aber hast du dir einmal Gedanken gemacht, wie du auch nur eine richtige Antwort geben willst?«

»Wenn es die anderen Dummköpfe schaffen, warum sollte ich es nicht können?«

»Weil, was Allgemeinwissen angeht – beziehungsweise Wissen an sich –, du absolut nichts zu melden hast.«

Bernie knetet ihre Unterlippe. »Wieso brauchen Schriftsteller Bildung? Sie benutzen ihre Fantasie! Zumindest ich tue das. Vielleicht gefällt es den Zuschauern, dass ein Schriftsteller strohdumm sein kann.«

»Aber in *Magdalene* kommst du nicht doof rüber. Du wirkst beinahe ...«

Er mustert sie eingehend. Bernie fragt sich, ob er Verdacht geschöpft hat? Denkt er darüber nach, dass sie keine Postkarte schreiben kann, ohne ein Dutzend Rechtschreibfehler zu machen? »Hör auf Candice, und sag einfach ab«, meint er, ohne diesen durchdringenden Blick von ihr zu wenden.

»Aber es ist das Fernsehen, und ich brauche das Geld. Und es ist mein Leben«, beharrt Bernie hingegen trotzig.

Kirsty ermutigt sie: »Mach es, zeig ihnen, was Sache ist.«

Bernie will es nicht wahrhaben, aber Dominic beginnt ihr auf die Nerven zu gehen. Da sie ihn so häufig sieht, beginnt sie ihn eher langweilig zu finden, wie alle Leute, die ständig nur dem Geld hinterherlaufen und überlegen, wie man sich am besten gegenüber wichtigen Persönlichkeiten verhält.

Sicher, sie findet ihn noch immer attraktiv und ist dankbar, dass er bei ihr ist, aber diese Ausschließlichkeit missfällt ihr. Was ist aus seiner Ankündigung geworden, sich während seiner Zeit in London bei seinen Freunden zu melden? Was machen die Kontakte, die er schließen wollte? Er lungert in der Wohnung herum, liest stundenlang die Zeitung, schaut sich die Nachmittagssendung im Fernsehen an und muss bei jeder Besprechung dabei sein, wo er dann mit seinem großtuerischen Gehabe ständig verkündet, er achte auf ihre Interessen.

Bernie geht aus dem Zimmer, wenn er mit seinem Vater telefoniert, dessen Vorstellung sie damals im Imperial Hotel nicht entsprach. Jetzt könnte man meinen, sie gehöre zur

Familie, wenn er Dominic ausführlich erläutert, wie sie ihr Geld investieren solle, welche Steuerberater sich auf Künstler spezialisiert haben und wie sie ihre Steuer drücken kann.

Und sie hält es kaum aus, wie Dominic den Leuten aus dem Literaturbetrieb, die sie manchmal treffen, zu Munde redet. Zweimal wurden sie bisher zu Dinnerpartys eingeladen von Leuten, die sie unbedingt kennen lernen wollten. Sogar die Intellektuellen, die Akademiker, sind fasziniert von ihr. Für diese Leute ist sie ein Kuriosum. Je lebhafter bei diesen Abendessen die Unterhaltung wird, desto schweigsamer wird Bernie. Sie blüht nur auf, wenn sie vorgestellt wird, wenn sie mit ihrer Erscheinung Aufsehen erregt – sie liebt es, ihre neuen Kleider vorzuführen.

Zusammen mit Candice Love dinieren sie bei Rory Coburn zu Hause, dem Direktor von Coburn and Watts. Rory lebt nach drei gescheiterten Ehen mit seinem Butler Bentley in einer Villa mit einem Garten, der sanft zur Themse abfällt. Candice kichert in seiner Gegenwart wie ein Teenager, und Bernie registriert das amüsiert.

Obwohl auch Bernie weiche Knie bekommt, als Rory sie am Arm nimmt und an sich zieht.

»Sie sind bezaubernd, Bernadette.«

Aus seinen Augen sprüht eine Sinnlichkeit, die auch Dominic ansatzweise zumindest hat und die sie willenlos macht. »Fall bloß nicht auf ihn rein«, warnt Candice sie in der Garderobe. »Er flirtet mit allen Autorinnen, aber ich vermute, der Mistkerl ist schwul.« Sie pudert sich die Nase und fährt fort: »Sieh dir nur mal seine Einrichtung an.«

Dicke orientalische Teppiche bedecken den Boden in dem riesigen Wohnraum. In dem offenen Kamin hätte bequem ein Doppelbett Platz. Offensichtlich mag Rory Farben: lila Samt, Kerzenleuchter, Lampen und Schnitzereien aus Jade und alles luxuriös, elegant und irgendwie überladen. Auf den Simsen über dem offenen Kamin stehen in Leder gebundene Bücher, und Bernie versetzt es einen Stich, weil *Magdalene* nicht dabeisteht und wahrscheinlich nie dabeistehen wird, weil das Buch bestimmt nicht in so einer aufwendigen Ausstattung erscheinen wird.

Sie fühlt während des Dinners dieselbe Sehnsucht wie damals, als sie zum ersten Mal Dominic getroffen hatte. Sie ahnt, dass auch Rory Coburn unerreichbar für sie ist.

Damals, als sie Dominic begegnete, war sie eine Kellnerin gewesen, die sich in Liverpool mit Gelegenheitsjobs ihren Lebensunterhalt verdiente, und er war Student. Er war der Prinz, sie das Aschenputtel, er war das Gold, sie der Sand. Vielleicht sind die Märchen, mit denen ihre Mutter sie als Kind fütterte, schuld an Bernies Hang zu solchen Träumen.

Ein Schauder läuft ihr über den Rücken, als spüre sie eine Katastrophe herannahen.

Sie will um keinen Preis noch einmal so ein Desaster erleben.

Beim letzten Mal wäre sie beinahe gestorben, und ihre Mutter hat ihr das nie verziehen.

Rory zieht sein Sakko und seine Krawatte aus und öffnet den obersten Knopf seines weißen Hemds. Mit leicht vorgebeugtem Kopf spricht er mit Candice und Dominic. Wenn er sich lächelnd Bernie zuwendet, kann sie seine perfekten weißen Zähne sehen. Sie rollt ein Stück Brot zu einer Kugel und wünscht sich, sie könnte zu so einem Brotbällchen schrumpfen und über den Tisch zwischen seine Finger rollen.

Nur aus einer inneren Unruhe heraus hat Bernie angefangen, *Magdalene* noch einmal zu lesen und dabei jedes Kapitel gründlich durchzuarbeiten. Im Englischunterricht nahmen sie *Fish & Chips* durch, und Bernie begriff nie richtig, worum es ging. Aber der Film *The Commitments* gefiel ihr – zumindest die Musik. Ob sie *Magdalene* verstanden hat, weiß sie nicht, aber das Buch hat Einfluss auf ihre Persönlichkeit genommen, das weiß sie. Und während sie an diesem Tisch sitzt, sich fremd fühlt zwischen all den Literaturagenten, kommt es ihr vor, als wäre Magdalene bei ihr.

Candice hat Bernie erzählt, dass Rory Coburn schon so viele Affären hinter sich haben muss, dass er die meisten Frauen schon wieder vergessen hat, mit denen er im Bett war. Wenn es Frauen waren… woran Bernie wegen der herausfordernden Blicke, die er ihr zuwirft, keinen Zweifel hat. Er ist nicht auffallend groß und hat sich für sein Alter ungewöhnlich gut gehalten. Sie fragt sich, ob er Männer-Make-up benutzt oder ins Solarium geht. Sein dunkles Haar ist von silbernen Strähnen durchzogen, sein kantiges Kinn wirkt energisch. Sie beobachtet seine schwere silberne Uhr, die leichten Bewegungen seines Handgelenks, wenn er Messer und Gabel benutzt. Sie stellt sich diese Hände an ihren Brüsten vor, seine Lippen, wie sie sich um ihre Brustwarzen legen, sie verwöhnen.

»Lass die Finger von ihm«, sagt Candice am Ende des Abends noch einmal zu Bernadette.

»Keine Sorge«, grinst Bernie verschmitzt, »das werde ich.«

Als sich am Montag die neue Sekretärin in dem kleinen Büro im hinteren Teil der Wohnung einrichtet, ist Bernie einem Nervenzusammenbruch nahe. Sie hat Clementines Anmerkungen bereits an Kirsty geschickt, die eine Kopie von *Magdalene* besitzt, und wartet nun darauf, dass die relevanten Seiten zurückkommen.

»Ich arbeite noch immer handschriftlich an dem Manuskript, es ist noch nicht zum Abtippen fertig«, erklärt Bernie Candice. »Warum machen mir alle so einen Druck, *warum ist es euch allen so eilig damit*?«

»Beruhige dich, Bernie, beruhige dich. Was wir rausgeschickt haben, waren Kopien von deinen Originalen. Und das ist äußerst ungewöhnlich, um es mal so auszudrücken. Wir sind gezwungen, auf das große Interesse zu reagieren. Jetzt brauchen wir die Kopien vom endgültigen Manuskript. Die Leute rennen uns die Tür ein. Aber lass dir Zeit, mach dir keine Gedanken. Wie lange wirst du brauchen? Noch eine Woche? Zwei?«

Clementines anstehender Besuch beschäftigt Bernie Tag und Nacht – sie hätte gerne etwas zum Vorweisen, aber warum lässt Kirsty sich so verdammt lange Zeit? Nicht weniger belastet sie die Quizshow, die bereits in der *Radio Times* angekündigt wird.

»Bernie, geh nicht hin, sag es ab.«

Sie funkelt Dominic an. »Ich werde mir diese Chance nicht entgehen lassen … wer weiß, wer mich dort sieht. Vielleicht tut sich nach der Sendung etwas ganz Neues für mich auf.«

»Manchmal frage ich mich, ob du mich überhaupt brauchst.«

»Wie meinst du das?«

»Du und Rory, ihr habt euch gestern Abend so gut verstanden.«

»Wir haben kaum miteinander geredet.«

»Das war auch nicht nötig. Und Candice hat mir erzählt, du hast ihn gebeten, dich am Freitag in die Studios zu begleiten.«

»Was soll das?« Bernie lacht schrill. »Bist du etwa eifersüchtig, Dominic? Wegen mir? Du liebe Zeit, das war ja noch nie da!« Sie umarmt Dominic und gibt ihm einen langen Kuss, der im Schlafzimmer endet. Als er danach neben ihr einschläft, mustert sie sein hübsches, leicht gerötetes Gesicht und fragt sich, ob Rory auch jedes Mal einschläft danach …

»Mach dir keine Sorgen, Candice«, beruhigt sie ihre Agentin, »ich weiß genau, was ich tue.«

»Dir ist wirklich nicht zu helfen«, faucht Candice, als Bernie auf Rorys Wagen wartet, der sie abholen soll, ein Oldtimer, eines der ersten Fordmodelle. Und obwohl Bernie weiß, dass Candice eifersüchtig ist, schwingt in deren Stimme etwas mit, was Bernie zögern lässt, was sie verunsichert. *Bist du dir dieses Mal wirklich so sicher?* Bist du dir an diesem entscheidenden Punkt in deinem Leben, an dem alles auf dem Spiel steht, tatsächlich sicher, dass du einen Menschen wie Rory, einen Literaturexperten und Don Juan, herausfordern und schlagen kannst?

Diese Fragen schwirren Bernie durch den Kopf und nicht die Stimme von Candice scheint sie zu flüstern, sondern eine andere sirrende, monotone Frauenstimme, die Bernie irgendwie vertraut vorkommt.

22

Als sich Kirsty nach Trevors Sturz in das Loch wieder gefangen hatte, rief sie vom Rand in den Abgrund hinunter: »Trev? Trev, kannst du mich hören?«

»Du blöde Kuh«, tönte es als Antwort herauf. »Du hast mich doch hier runtergestoßen.«

Kirsty dachte angestrengt über seine Worte nach. Konnte es sein, dass sie Trev in ihrer Panik wirklich über den Rand geschubst hatte, ohne dass es ihr bewusst war? Nein, sie schüttelte den Kopf, das war ausgeschlossen, sagte sie sich. Sie hatte ja gar nicht gewusst, wo genau sich die einsturzgefährdete Stelle befand, warum also sollte sie Trevor in diese Richtung gestoßen haben? Sie hatte nur gewusst, dass am Kühlschrank der Boden möglicherweise nachgab, aber dass aus dem Nachgeben eine Falle geworden war, hatte sie ebenso überrascht wie Trevor.

»Schau runter, du Irre«, hörte sie Trevs dumpfe Stimme, »schau runter, wie es hier aussieht. Komm nur! Komm nur, du weißt genau, was hier ist, aber ich will es dir zeigen.«

Widerwillig folgte sie seiner Anweisung aus alter Gewohnheit und krabbelte zu dem Loch. Es dauerte einige Zeit, bis sich ihre Augen an die undurchdringliche Dunkelheit unter ihr gewöhnt hatten. »Es tut mir Leid, Trev«, stieß sie zähneklappernd hervor, »aber ich kann nichts sehen.«

»Hier unten liegt eine tote Katze«, brüllte Trev, »und wir wissen beide, dass ein Golfschläger gesucht wird. Wann hast du den hier runtergeworfen, Kirsty? Hast du diesen Ed Board umgebracht? Bist du jetzt total durchgeknallt? Du hattest schließlich den Schlüssel zu diesem Saustall hier, denn du hast den Bullen die Tür aufgemacht. Dann hast du die Mordwaffe hier versteckt, das liegt ja auf der Hand. Verdammt, ich glaube, ich hab mir den Arm gebrochen.«

In Kirstys Kopf rasten die Gedanken durcheinander: Welche Katze? Welcher Golfschläger? Doch nicht etwa die Mordwaffe? Hatte Trev sich bei dem Sturz etwa auch den Kopf verletzt?

»Doch nicht Fluffy?«, rief Kirsty plötzlich.

»Was denn für eine Fluffy? Du dumme Nuss«, schrie Trev. »Hol mich hier raus. Lauf und hol schnell Hilfe. Ich halt es hier nicht mehr aus. So eine Scheiße hier, tote Katzen, schleimiger Morast, bis zu den Knien.«

Sie hoffte, dass er seine Hush Puppies anhatte. Die wären jetzt ruiniert. Zufällig fiel Kirstys Blick auf seine Autoschlüssel auf dem Herd. »Wo hast du dein Auto abgestellt, Trev…«

Ohne nachzudenken, antwortet er: »In irgendeinem Caravanpark an der Straße. Warum? Was hat mein Auto damit zu tun?«

Kirsty schluckte. »Nichts, gar nichts. Halte durch, ich hol schon mal Hilfe.«

»Und trödel nicht herum«, rief Trev ihr wütend hinterher, »sonst hast du einen zweiten Scheißmord am Hals.«

Sie griff nach dem kleinen Schlüsselbund und schloss sorgfältig die Tür hinter sich zu.

Mrs. Stokes würde sie bei der Arbeit vermissen, überlegte Kirsty, als sie auf dem Küstenweg zurück zum Happy Stay lief, wobei sie darauf bedacht war, möglichst wenigen Menschen zu begegnen und deshalb den felsigeren Weg nahm. Die Registriernummer von Trevs Mietwagen stand auf dem Plastikschlüsselanhänger. Nach nur kurzer Suche fand sie ihn neben dem Laden geparkt. Kirsty gab sich Mühe, möglichst locker zu wirken, sperrte den Wagen auf und stieg ein. Obwohl sie nie die Führerscheinprüfung abgelegt hatte und ihre einzige Erfahrung am Steuer die paar Stunden waren, die Trev ihr während ihrer Verlobungszeit gegeben hatte, gelang es ihr, ihn anzulassen, ohne den Motor abzuwürgen, und durch das Tor hinauszufahren, unter dem Banner durch mit der Aufschrift »Happy Stay«.

Sie fuhr bis zu dem Weg, der zu dem berühmt-berüchtigten Pengellis Felsen führte, dann über die erste Wiese, öffnete das Tor und war erleichtert, keine Kühe vorzufinden, fuhr weiter über die zweite Wiese bis zum Rand der Klippe. Der Felsen selbst ragte tiefschwarz aus dem Meer, war nur über einen schmalen Felsgrat mit dem Land verbunden.

Kirsty stellte den Motor ab. Wie viele hunderte verzweifelter Menschen mochten an diesem Ort schon gesessen haben, hatten sich mit Whiskey Mut angetrunken, die traurigste Musik, die sie kannten, gehört und ihr deprimierendes Leben Revue passieren lassen, bevor sie die kurze Reise zum ewigen Frieden angetreten hatten?

Auf dem Beifahrersitz neben ihr lagen eine Zeitung mit einem halb gelösten Kreuzworträtsel und zwei leere Zigarettenschachteln. Kirsty stieg aus, wischte das Lenkrad ab und öffnete den Kofferraum. Drinnen fand sie eine braune Tragetasche – sie hatte bei ihrer Flucht seine Adidastasche genommen. Darin befand sich nur sein Waschzeug. Kirsty schloss daraus, dass er nicht vorgehabt hatte, lange zu bleiben.

Sie ließ die Tasche im Wagen liegen und sperrte den Kofferraum wieder zu. Die Schlüssel nahm sie mit. Auf dem Weg zurück über die Klippen wählte sie einen Platz, wo das Wasser tosend gegen die Felsen knallte, als wollte es ihren Zorn widerspiegeln. Sie schleuderte die Schlüssel ins Wasser, das diese sofort gierig verschlang.

»Entschuldigen Sie bitte, Mrs. Stokes«, erklärte sie, als der Tee serviert wurde, »mein Mann ist einfach unangemeldet hier aufgetaucht, irgendwie hat er mich ausfindig gemacht. Er tauchte aus dem Nichts auf und wollte mit mir sprechen. Ich wollte Sie um Ihre Erlaubnis für eine kurze Arbeitsunterbrechung bitten, aber er hat mich nicht gehen lassen.«

»Ich muss schon sagen, das war sehr unkollegial von Ihnen. Die arme Marie musste alles alleine erledigen.«

»Es wird bestimmt nicht mehr vorkommen«, versprach Kirsty. »Er ist auch schon wieder weg. Ich habe ihm gesagt, ich würde niemals zu ihm zurückkehren, und am Schluss schien er es akzeptiert zu haben. Es hatte ihn tief getroffen, wahrscheinlich ist er ins nächst gelegene Pub gegangen, um seinen Frust zu ertränken.«

»Männer!«, schnaubte Mrs. Stokes verächtlich hervor und rollte die Augen. Und Kirsty fragte sich, ob es wohl einen Mr. Stokes gab und wie er war oder ob Mrs. Stokes geschieden war. Es gab das Gerücht, Mrs. Stokes habe einen Verwandten in Amerika – ein Kind, ein leibliches Kind –, doch das musste schon sehr lange zurückliegen.

»Stimmt es, dass Ihre Kinder heute Abend ankommen?« So wie Mrs. Stokes diese Frage stellte, ließ sie ihre Hoffnung durchklingen, diese möchten Kirstys Arbeit nicht noch weiter beeinträchtigen.

»Ja«, antwortete Kirsty und fuhr sich nervös durchs Haar.

»Ein richtiger Familientag, in gewisser Weise.«

»Ich bin froh, dass Trevor weg ist, da fällt mir ein Stein vom Herzen.«

Bevor sie ins Happy Stay aufbrach, meldete sich Kirsty bei Bernadette in London.

»Gott sei Dank, endlich rufst du an«, rief Bernadette aus. »Hier geht es drüber und drunter. Du musst die Anmerkungen letzte Woche bekommen haben. Wann schickst du endlich den ganzen Kram zurück?«

»Ich bin noch nicht dazu gekommen, sie durchzuarbeiten.«

»Oh nein! Morgen kommt die Lektorin, um die Veränderungen mit mir durchzugehen, was soll ich ihr denn sagen?«

»Du kannst sie doch bestimmt irgendwie hinhalten?«

»Das glaube ich kaum!«

»Sag ihr, du sitzt gerade drüber, bist aber noch nicht fertig.«

»Und ich bin am Freitag im Fernsehen, Kirsty. Ich werde

wie der letzte Depp rüberkommen, und Dominic ist mir keine große Hilfe.«

Kirsty hatte keine Lust, sie zu trösten. »Was ist mit unserem Geld?«, bohrte sie. »Avril und ich können nicht mehr lange warten.«

»Ich tue, was ich kann, glaub mir. Aber sie meckern ständig, weil ihr meine Partner seid. Sie halten es für keine gute Idee.«

»Dann sag ihnen einfach, sie sollen dich bezahlen, verlier kein Wort über uns, wir können dann hinterher teilen.«

»Kirsty, da hängen Steuern dran, Mehrwertsteuer, ich brauche Berater, ach, das ist alles total kompliziert. Ich kriege vorab sowieso erst die Hälfte, der Rest kommt, wenn das Ding veröffentlicht ist.«

Kirsty umklammerte den Telefonhörer fester. »Das glaube ich dir nicht, Bernie. Das klingt nach faulen Ausreden. Was ist los? Versuchst du mich zu verarschen?«

»Hör mir zu, Kirsty.« Bernies Stimme vibrierte, als würde die Freundin jeden Augenblick in Tränen ausbrechen. »Du hast mich in die Sache reingeritten. Es ist die Hölle. Ich versuche so zu tun, als sei ich so eine Art Intellektuelle, versuche allen hier etwas vorzumachen. Niemand unterstützt mich, ich muss alles ganz alleine durchziehen, und jetzt wirfst du mir auch noch vor, ich würde euch bescheißen.«

»Hier ist es auch nicht gerade einfach«, fuhr Kirsty sie an. »Da ist zum einen die Sache mit Avrils Bruder, und ich hatte einen schrecklichen Besuch von Trev ...«

»Echt? Was ist denn passiert?«

»Ich habe es geschafft, ihn davon zu überzeugen, uns in Ruhe zu lassen.« Kirsty fragte sich, ob das glaubhaft klang, nach allem, was sie Bernie von ihrem Mann erzählt hatte.

»Wirklich? Das ist ja fantastisch. Es sei denn, er hat nur so getan und plant etwas im stillen Kämmerlein.«

Kirsty ging nicht darauf ein. »Vielleicht tut er das, aber wir stehen alle unter Druck, Bernie. Und Avril und ich brauchen das Geld dringend. Die Kinder kommen heute Abend, und ich weiß immer noch nicht, wie ich sie durchbringen soll.«

»Ich werde es noch einmal versuchen, vielleicht weiß Rory Rat.«

»Rory?«

»Der Chef von Candice. Er kennt sich aus, und er müsste es irgendwie auf die Reihe bekommen.«

»Dann beeil dich, um Himmels willen.«

»Und schicke das Manuskript zurück«, bat Bernie. »Beeil dich. Wenn du mich jetzt im Stich lässt, steck ich bis zum Hals in der Scheiße.«

Kirsty bricht herzklopfend in den Caravan Park auf. Ihre paar Habseligkeiten befinden sich schon in ihrem neuen Zuhause. Ihr Zimmer im Hotel war schnell ausgeräumt, und Colonel Parker hatte sie freundlicherweise gestern Abend in seinem Minibus hinübergefahren.

Soviel Kirsty hatte sehen können, war Trev einen Kiesberg hinunter in den alten Minenschacht gefallen und etwa vier Meter weiter unten auf wahrscheinlich festem Boden gelandet. Es scheint sich um einen blinden Schacht zu handeln. Das Cottage muss ohne Berücksichtigung der alten Bergwerke errichtet worden sein, in einer Zeit, als Baugenehmigungen noch nicht erforderlich waren. Damals hatte man sich wohl auch nicht um ein Fundament gekümmert.

Er konnte so laut brüllen, wie er wollte, niemand würde ihn hören; sogar Kirsty musste sich anstrengen, um ihn zu verstehen, obwohl sie im Haus gewesen war. Sicher hatte er genügend Luft da unten und konnte sich ausruhen, wenn er die Feuchtigkeit und den Schlamm ertrug. Kirsty warf einen

Blick auf ihre Uhr. Er war schon seit acht Stunden unten. Inzwischen war er bestimmt hungrig, durstig und durchgefroren. Und außer sich vor Wut und Angst, weil er sich fragte, was seine verrückte Frau vorhatte. Bald würden ihm die Zigaretten ausgehen, wenn sie ihm nicht schon ausgegangen waren. Er konnte sich unmöglich ohne fremde Hilfe befreien – die Wände waren zu glatt, ein nasser Felsschacht umgab ihn, der jedoch zu breit war, um hinaufzuklettern. Und dazu kam der bestialische Verwesungsgeruch, der das Atmen zur Qual machte.

Jake und Gemma laufen nicht auf sie zu, wie sie sich das ausgemalt hatte. Stattdessen bleiben sie dicht bei Maddy stehen und klammern sich an ihre Hände. Avril versucht die Situation aufzulockern. »Da ist eure Mami! Wir haben euch doch gesagt, dass sie bald wieder da ist! Mami musste noch arbeiten.«

Kirsty kniet sich neben sie. Mit einem Blick zu Maddy sagt sie: »Endlich, endlich. Ich dachte schon, dieser Tag würde nie mehr kommen.« Und langsam löst sich Jake und setzt sich auf das Knie seiner Mutter. Sein vertrautes Gesicht, der Blick auf sein Köpfchen, seine dünnen Ärmchen, die aus dem T-Shirt herausschauen, machen sie glücklich und gerührt.

»Gemma?«, flüstert Kirsty und streckt ihre andere Hand aus. Und das kleine Mädchen fällt ihr stumm in den Arm, und Kirsty drückt beide fest an sich. »Ach, ihr habt mir beide so gefehlt.« Kirsty küsst sie auf die glänzenden Scheitel und bekommt feuchte Augen.

»Es geht ihnen gut«, verkündet Maddy. Ihre grauen Haare stehen in alle Richtungen. »Sie haben sich schon den Caravan angesehen, ihre Betten getestet, gelernt, wie man Wasser kocht und wie man die Treppe an der Tür hochzieht.«

»Ihr ahnt ja nicht…«, murmelt Kirsty in das Haar ihrer Kinder und seufzt tief. Maddy und Avril schauen lächelnd auf die drei herab.

»Gemma musste sich auf der Fahrt übergeben, gell, kleine Maus?«, berichtet Maddy.

»Ach Gemma!« Kirsty drückt ihr einen Kuss auf die Wange.

»Ja, in ihre Gummistiefel. Und sie haben eine Menge Dinge mitgebracht, die sie dir zeigen wollen. Was sie so alles erlebt haben, Bilder, die zeigen, wo sie diesen Sommer waren. Und Jake kann jetzt schwimmen, erst ein paar Züge, aber nächsten Sommer spielt er bestimmt schon mit den Delfinen.«

»Ich habe uns Tee gemacht«, strahlt Avril. »Dazu gibt's Pasteten und Bohnen und gebackene Kartoffeln mit Quark.«

»Die Hunde sind bei Maddys Freundin untergebracht, die machen Urlaub, solange Maddy weg ist«, ruft Jake aufgeregt. Es sprudelt nur so heraus aus ihm und Kirsty kann nicht genug davon kriegen. Fünf lange Monate hat sie darauf verzichten müssen und das alles nur wegen dieses Mistkerls, der nun in der leeren Mine dahinvegetiert.

Sie kann ihr Zittern nicht unterdrücken.

Damit alle an den Tisch passen, müssen sie eng zusammenrücken. Es ist beinahe, denkt Kirsty, als hätten sie schon immer so zusammen am Tisch gesessen, Maddy, Avril, Jake, Gemma und sie, wie eine nette, kleine Familie.

»Ich glaube nicht, dass du dir wegen meiner Abreise den Kopf zerbrechen musst«, sagt Maddy. Sie trägt noch immer die abgetragenen Tweedsachen, die sie auch das letzte Mal anhatte, als Kirsty sie sah. »Ich übernachte im Hotel und komme gleich morgen früh zu euch herüber. Ich bleibe noch eine zweite Nacht hier, falls es Probleme geben sollte. Aber die zwei sind so ausgeglichen, Kirsty, trotz allem, was sie durchgemacht haben. Das ist dein Verdienst. Du hast diese Situation einfach hervorragend gemeistert.«

»Ich glaube, wir haben es gerade noch rechtzeitig geschafft. Jake zeigte schon Symptome…«

Maddy nickt. »Aber das ist jetzt alles vorüber, meine Liebe. Wenn du den Laden weiter so gut schmeißt wie bisher.«

Kirsty lässt den Blick durch den Caravan schweifen und dankt Avril insgeheim für das, was sie geleistet hat. Er ist wohnlich und hell und mit den Spielsachen der Kinder am Boden wirkt er beinahe gemütlich. »Hoffentlich«, seufzt sie, »müssen wir hier nicht lange bleiben.«

»Es spielt keine Rolle, wo ihr seid, wenn die beiden nur bei dir sein können«, meint Maddy lächelnd. »Das ist das Einzige, was sie wollen. Und es ist höchste Zeit, wenn du mich fragst. Und wenn dein schrecklicher Mann dir nicht mehr dazwischenfunkt, wirst du die Sache bald gerichtlich regeln können. Sieh zu, dass du diesen Schuft ein für alle Mal los wirst.«

Obwohl die Kinder längst eingeschlafen sind, kann Kirsty sich kaum vom Bett der Kleinen losreißen. Avril kocht heiße Schokolade, und sie rücken zusammen. Ein Lichtkegel fällt auf den Tisch zwischen ihnen, das laufende Fernsehgerät taucht den Caravan in ein bläulich flackerndes Licht, doch der Ton ist aus.

In diesem Licht wirkt Avrils Gesicht außergewöhnlich jung, ihre Haut so glatt wie die eines Babys. Sie redet mit gedämpfter Stimme.

»Aber du hast mir nie davon erzählt, dass du Graham besucht hast.« Kirsty öffnet ihre Haarspange und fährt sich durch ihr langes, offenes Haar.

»Ich habe niemandem davon erzählt. Wahrscheinlich, weil ich am allerliebsten verdrängen würde, dass ich einen Bruder habe.«

»Aber jetzt hast du eine Aussage gemacht?«

»Ja, die Sache ging mir einfach nicht mehr aus dem Kopf. Ich konnte nicht mehr schlafen, ich konnte nicht essen. Aber, Kirsty, ich komme mir so illoyal vor. *Er ist doch mein Bruder.*«

»Und du hast ihn auf dem Golfplatz gesehen? Kurz vor Eds Tod?«

»Wir wollten uns treffen, Ed und ich«, lügt Avril. »So früh, ich weiß, das klingt komisch. Aber es war schwierig für uns, überhaupt zusammen zu sein, wegen der Arbeit … außerdem sind wir beide Frühaufsteher. Ich meine, waren …«

»Und du hast Graham gesehen? Bist du dir ganz sicher?«

Avril nickt mit ernstem Blick. Die Blumen, die Maddy netterweise mitgebracht hat, ragen aus der Nescafédose zwischen ihnen auf dem Tisch. »Ich habe Graham von weitem gesehen, auf dem Golfplatz. Er ist zum Rough gelaufen, wo Ed gefunden wurde. Ich konnte mir erst nicht vorstellen, dass er das wirklich war – wieso sollte Graham denn hier unten sein? Ich dachte, ich hätte mich geirrt, es sei vielleicht ein Hotelgast, der einen Morgenspaziergang machte. Wie auch immer«, Avril, der jede Farbe aus ihrem Gesicht gewichen ist, wärmt sich die Hände über ihrer dampfenden Tasse, »ich hatte keine Lust mich mit Ed zu treffen, wenn noch jemand in der Nähe war. Die Person hätte uns stören oder beobachten können. Und weil ich nicht viel Zeit hatte und wir kein Aufsehen erregen wollten, habe ich mich in die Suite zurückgeschlichen, um Dom oder Bernie nicht aufzuwecken.«

Kirsty spürt, dass Avril lügt. Sie sieht es ihr an. »Das ist ja schrecklich, Avril«, sagt sie, ohne sich etwas anmerken zu lassen.

Seufzend fährt Avril fort. »Mutter ist natürlich außer sich. Sie findet, ich hätte der Familie zuliebe schweigen sollen. ›Als ob ein Mord nicht reicht.‹ Sie scheint mir die Schuld zu geben, als ob ich es getan hätte, aber auf alle Fälle ist sie überzeugt davon, ich hätte mich mit dem Rest der Welt gegen sie verbündet, um ihr das Leben schwer zu machen.«

»Und wie hat dein Vater reagiert? Er muss doch am Boden zerstört sein.«

Avrils Mund beginnt zu zucken. »Ich mag gar nicht daran denken, wie Papa sich fühlt.« Flehend schaut sie Kirsty an. »Kirsty, sag mir, dass das, was ich getan habe, richtig war.«

Kirsty muss Maddys Blumen zur Seite rücken, um Avril besser sehen zu können. Sie ist beeindruckt, wie cool Avril die Story vorträgt, auch wenn Kirsty kein Wort davon glaubt, weil sie ihre Freundin so gut kennt. Außerdem erinnert sie sich noch genau daran, wie Ed sich am Tag vor seinem Tod vor Avrils Eltern über seine Freundin lustig gemacht hatte und wie verletzt Avril darauf reagiert hatte. Ein Schäferstündchen mit Ed am frühen Morgen schien da eher unwahrscheinlich. »Avril, du hast getan, was du tun musstest. Wenn du wirklich davon überzeugt bist, Graham gesehen zu haben, musstest du das der Polizei sagen. Ich meine…« Kirsty sucht nach den richtigen Worten. »Ich nehme an, da er bereits wegen eines Mordes angeklagt ist, wird es keinen so großen Unterschied machen.«

»Aber dann ist er ein Serienmörder. Sie werden ihn lebenslänglich einsperren.«

23

»Ihr Bruder streitet ab, sich an diesem Morgen auch nur in der Nähe des Golfplatzes aufgehalten zu haben.« Der Polizist schaut Avril prüfend an.

»Das war ja klar«, entgegnet Avril.

»Er sagt, er habe keinen Grund gehabt, Ed Board zu töten. Anders als bei Annie Brenner, die er ausrauben wollte.«

»Was er aber auch abstreitet.«

»Aber hinsichtlich dieses Anklagepunktes haben wir Indizien, die ihn belasten. Wogegen wir nichts haben, was ihn mit Ed Boards Tod in Verbindung bringt.«

»Außer dass ich ihn gesehen habe.«

»Aber Sie haben Ihren Bruder seit über fünf Jahren nicht gesehen.«

»Man vergisst nicht, wie der eigene Bruder aussieht.«

Sie schreiben alles, was sie sagt, in ein Notizbuch und nehmen es zusätzlich auf Band auf.

»Er erzählt, Sie hätten sich gestritten, als Sie ihn gestern besuchten. Er sagt, Sie wollten sich auf diese Weise an ihm rächen. Er habe Sie als Kind schikaniert und sei gemein zu Ihnen gewesen. Können Sie uns mehr darüber erzählen, Avril?«

»Ich bin sicher, so etwas kommt in vielen Familien vor, in denen Mädchen Brüder haben, vor allem bei diesem Altersunterschied. Unser Verhältnis wird nichts Besonderes gewesen sein.«

Und immer folgt noch eine neue Frage. Anfangs hatte sie Angst vor der nächsten Frage, doch inzwischen, da sich die Fragen zu wiederholen beginnen, findet Avril es unterhaltsam. Es ist wie Schach spielen, wenn man die Regeln gelernt hat. »Graham war anders als die meisten anderen Jungs in seinem Alter, denke ich. Graham war ein harter Brocken, ein Brutalo, hinterhältig, nicht die Art von Bruder, mit der man gut auskommt. Das muss sich doch irgendwie auf Sie ausgewirkt haben, Avril, Folgen für Ihre Entwicklung gehabt haben. Das Verhalten Ihrer Eltern Ihnen gegenüber muss zum Beispiel auch durch Grahams Benehmen geprägt worden sein. Vielleicht war es das, worunter Sie litten?«

»Ich konnte Graham nicht leiden. Überhaupt nicht.«

»Er hat Sie verletzt?«

»Manchmal.«

»Können Sie uns das genauer erklären.«

»Er hat mir den Arm verdreht, mich an den Haaren gezogen und mich gekniffen. Mit Begeisterung hat er mich geärgert, wenn seine Freunde dabei waren, mir ständig vorgehalten, wie fett und hässlich ich sei.«

»Und Sie haben ihn nie in Liverpool besucht?«

»Nein, meine Eltern wollten das nicht. Aber ich wäre ohnehin nicht gefahren.«

»Graham hat also Recht. Sie sind böse auf ihn.«

»Natürlich bin ich das. Wären Sie das nicht? Einmal hat er meine Lieblingspuppe genommen und ihr die Haare weggeätzt. Der Skalp ist abgefallen und es sind nur Plastikblasen zurückgeblieben. Ich war noch so klein damals, dass ich dachte, sie könne es spüren.«

Avril bemerkt, wie die Polizisten einander immer wieder ansahen als seien sie auf etwas Bedeutsames gestoßen.

»Warum haben Sie Graham gestern besucht?«

»Weil ich ein schlechtes Gewissen hatte. Mir tat Graham Leid, ich dachte, ich müsste ihn irgendwie unterstützen.«

»Ein ziemlicher Sinneswandel?«

»Finde ich nicht. Wegen Mordes war er noch nie angeklagt gewesen.«

»Manche Leute würden jemanden wie ihn dann vielleicht erst recht fallen lassen.«

»Aus allem, was ich bis jetzt gehört habe, schließe ich, dass er es nicht vorsätzlich getan hat.«

»Aber Sie glauben schon, dass er die Absicht hatte zu töten?«

»Woher soll ich denn das wissen? Ich kann schließlich nicht Grahams Gedanken lesen. Ich weiß nur, dass er da war und dass ich ihn erkannt habe.«

»Aber Sie haben ihm nichts zugerufen oder sich sonst wie zu erkennen gegeben. Dabei hatten Sie Ihren Bruder seit Jahren nicht gesehen. Finden Sie das nicht merkwürdig?«

»Ich war durcheinander. Graham, hier in Cornwall? Ich dachte, ich hätte eine Halluzination.«

»Aha. Aber jetzt, im Nachhinein?«

»Jetzt, da ich weiß, dass mein Bruder in der Gegend war, passt es, dass ich ihn an diesem Morgen gesehen habe.«

»Ich habe gehört, zwischen Ihnen und Ed Board lief etwas?«

»Wir waren befreundet.«

»Nicht mehr?«

»Wir waren enge Freunde.«

»Hatten Sie je Geschlechtsverkehr mit Edward Board?«

»Nein, ich bin Jungfrau.«

Und wieder tauschten die Männer viel sagende Blicke.

»Wie konntest du mir das nur antun, Avril?«, schluchzt ihre Mutter und rutscht auf der obersten Stufe des Caravans hin und her. »Wie konntest du nur?«

Avril empfindet kein bisschen Reue, kein Mitleid für ihre Mutter, und schämt sich nicht wegen der ungeheuren Konsequenzen ihrer Lügen. Vielmehr genießt sie die Situation in vollen Zügen und fragt sich, warum sie so lange gebraucht hat, um zu entdecken, wie frei das Böse machen kann.

Magdalene vertritt die Theorie, dass Gott und der Satan ein und dasselbe sind. Gott erfand die Hölle und das konnte sich nur jemand ausdenken, der zugleich ein Teufel ist.

Magdalene nahm den Schleier, um Schutz vor den Gräueltaten der Menschen zu suchen.

Magdalene wählte einen geistlichen Orden, um sich auf die Reinheit ihres Denkens konzentrieren zu können.

Magdalene schlüpfte nachts durch die Türen der Klosterküchen hinaus und zog weltliche Kleider an, die sie in einer Metallkiste am Tor versteckt hatte.

»Ich mach dir ein Gurkensandwich, Mutter.«

Avrils Mutter hat sich auf Zehenspitzen zwischen den Autos und Caravans hindurch zu Kirstys und Avrils großem Wohncontainer geschlichen, in der Hoffnung auf ein paar Minuten ohne Kameraklicken und geifernde Blicke.

Die Liegen und Klappstühle sind aus ihrem Caravangarten verschwunden. Die Topfpflanzen stehen nun auf dem Fensterbrett, wo sie die Fenster blickdicht machen.

Sie trifft Avril allein im Wohnwagen an, denn Kirsty arbeitet, und die Kinder sind in der Schule.

Kirsty geht weiterhin ihrem Job im Burleston nach, läuft jeden Morgen zu Fuß hin und am Abend zurück, obwohl Avril sie zu überreden versuchte den Job aufzugeben. »Jeden Augenblick muss dieser Vorschuss kommen. Dann sind wir reich! Nur das gibt mir Hoffnung. Wir werden uns ein Haus kaufen können. Warum bist du bloß so wild darauf, weiter in diesem Loch zu schuften?«

»Weil ich wohl nicht glauben kann, dass Wunder tatsächlich wahr werden können«, entgegnete Kirsty.

»Vielleicht nehm ich das Gurkensandwich doch«, jammert Mutter. »Ich muss ja etwas essen.«

»Was wohl Graham jetzt isst?«, fragt Avril spitz.

»Ich möchte nicht über ihn sprechen.«

»Oder Vater. Hast du ihm etwas zubereitet?«

»Ich kann mich nicht um die Wehwehchen deines Vaters kümmern, wenn um mich herum der Teufel los ist. Soll er sich doch selbst ein Sandwich machen. Der Kühlschrank ist voll.«

Manchmal kommt es ihr so vor, als seien ihr Vater und Graham Erfindungen, Kreationen ihrer Mutter, wie die Papiermenschen, die Avril als Kind aus Katalogen ausschnitt, um sie, je nach Laune, zum Leben zu erwecken oder zu zerknüllen, ihnen Namen zu geben, einen Platz, sie zur Welt kommen, heiraten und begraben zu lassen, ohne dass sie je ein eigenes Leben gehabt hätten.

Avril schnappt sich eine Gurkenscheibe, streut Salz darauf und lutscht daran.

»Ich hab es dir bisher nie erzählt«, beginnt sie und reicht ihrer Mutter das Sandwich mit den Gurkenscheiben, »aber als ich klein war, ist Vater nachts oft in mein Zimmer gekommen.«

Ihre Mutter, noch immer auf ihrem Platz auf den Stufen, schaut sich unruhig um, ob Teleobjektive in der Nähe sind.

»Meistens, wenn du unten im Wohnzimmer warst und dir diese Serien angesehen hast. Vater haben diese Geschichten nie besonders interessiert, also hat er mich besucht. Ich glaube, dir hat er gesagt, er nehme ein Bad.«

»Was, Avril? Ich hoffe, dein Vater hält sein Wort und redet endlich mit den Reportern. Er bräuchte nur einmal laut zu werden, und wenigstens ein paar von ihnen würden verschwinden. Aber du weißt ja, wie lange er zu allem braucht.«

Unbeirrt fährt Avril fort. »Er hat mich im Gesicht geküsst und auf die Haare und dann die Decke weggezogen.«

»Das hat dein Vater getan?«

»Ja, und dann hat er mein Nachthemd hochgeschoben und mich gestreichelt.«

Mutters Kopf fährt herum. Ein kleines Sandwichdreieck fällt von ihrem Schoß auf das vertrocknete Gras.

»Avril! *Hör auf damit!* Du weißt ja nicht, was du sagst! Hast du denn den Verstand verloren?«

»Ach, das hat mich nicht gestört«, redet Avril weiter und fährt mit dem Finger durch das Abspülwasser, formt aus dem Schaum Fantasiegestalten. »Ganz im Gegenteil, es hat mir sogar gefallen. Erst wenn er seinen Penis herausgeholt hat, habe ich Angst bekommen. Er war so groß und steif. Ich fand ihn furchtbar. Und er hat nach nasser Haut gerochen.«

Avrils Mutter springt von ihrer Stufe auf, läuft in den Caravan und schlägt die Tür von innen zu. Dann packt sie Avril von hinten am Arm, zieht sie zu sich herum und blickt ihr ins Gesicht. Avril entdeckt in den Augen ihrer Mutter weder Kummer noch Mitleid, sondern nur Angst, nackte, unverhohlene Angst.

»Das hast du mir nie erzählt.«

»Ich wusste, dass es dich nicht interessieren würde.«

Der Griff ihrer Mutter wird fester, Avrils Arm beginnt zu schmerzen. »Nicht interessieren würde?«

»Du hättest nur gesagt, ich sei schmutzig und verdorben, wie damals, als du in das Badezimmer gekommen bist und ich gerade in die Wanne gemacht habe. Du hast mir eine solche Ohrfeige verpasst, dass ich untergegangen bin. Ich dachte, ich müsste ertrinken, ich hatte so viel Wasser geschluckt, dass ich nicht mehr aufhören konnte zu husten. Aber du bist einfach gegangen. Du hast immer gedacht, ich wäre schlecht. Erinnerst du dich an den Tag, als du geglaubt hast, ich wäre nackt in Grahams Zimmer gelaufen?«

»Du hast niemandem von der Sache mit deinem Vater erzählt?«

»Nein, Mutter, warum sollte ich?«

»Du hast dir schließlich auch nichts dabei gedacht, der Polizei zu erzählen, dass du Graham auf dem Golfplatz gesehen hast. Du scheinst es richtig genossen zu haben, ihn zu beschuldigen!«

»Das ist etwas ganz anderes.«

»Nein, das ist es nicht. Avril, du bist ekelhaft. Du bist falsch und böse. Mir scheint, du hast es darauf abgesehen, diese Familie zu zerstören. Du scheinst dir richtig Mühe zu geben, uns kaputtzumachen. Es würde mich nicht überraschen, wenn du zu irgendwelchen Sozialarbeitern laufen würdest, um ihnen brühwarm diese Lügen über deinen Vater aufzutischen.«

Doch Avril strafft die Schultern und macht ein gleichmütiges Gesicht.

»Dein Vater war nie an Sex interessiert.« Die schrille Stimme ihrer Mutter verrät, wie nervös sie ist. »Warum sollte er also mit dir solche Sachen machen – oder mit sonst jemandem, kannst du mir das erklären?« Sie lässt Avril los. »Und warum erzählst du mir das jetzt, Avril? Was willst du? Willst du mich in den Wahnsinn treiben?«

»Wäre es dir lieber gewesen, ich hätte es für mich behalten?«, fragt Avril zurück und setzt sich an den Tisch.

»Natürlich wäre es mir lieber gewesen«, erwidert ihre Mutter und setzt sich zu ihr, wobei sie darauf achtet, Avril nicht zu berühren. »Ich meine, warum hast du bis jetzt gewartet? Und was soll ich deiner Meinung nach jetzt tun?«

»Aber du glaubst mir doch, Mutter?«

Die Mutter schüttelt den Kopf. »Nein, Avril, ich glaube

dir nicht. Und ich kann es mir nur so erklären, dass du genauso verdorben bist wie dein Bruder – raffinierter, hinterhältiger, berechnender, das sicher, du warst immer berechnend. Wenn ich nur an all die Lügen denke.«

»Welche Lügen denn?«

»Was bringt das, jetzt darüber zu reden?«

»Sag es mir, Mutter. Welche Lügen meinst du?«

Ihr ungeschminktes Gesicht ist von Äderchen durchzogen, und Avril denkt, dass ihre Mutter auf einmal aussieht wie eine alte Frau. »Kleine Lügen, wenn du mir zum Beispiel erzählt hast, du hättest dir die Zähne geputzt, was nicht stimmte, oder geschworen hast, du hättest meine Briefe zur Post gebracht, dabei haben sie noch in deiner Manteltasche gesteckt. Dein schlechtes Benehmen in der Schule und wenn du heimkamst, hast du getan, als ob du kein Wässerchen trüben könntest. Na ja, mir war immer klar, was du für eine bist.«

Avril fragt, den Ton ihrer Mutter nachäffend: »Was bin ich denn für eine?«

»Eine, die alles kaputtmacht«, schnaubt ihre Mutter.

»Hast du deshalb versucht mich zu verstecken, mich gezwungen, unvorteilhafte Sachen zu tragen, mir die Haare immer so schneiden zu lassen, dass ich wie eine Witzfigur aussah, und mir verboten, mich zu schminken?«

Ihre Mutter hebt die Stimme um eine Oktave. »Wenn ich dir deinen Willen gelassen hätte, mein Mädchen, wer weiß, was dann aus dir geworden wäre.« Sie seufzt laut. »Eine Schlampe. Eine Hure. Und jetzt diese … diese …«, sie ringt danach, das schlimmste Wort zu finden, das sie kennt. »… diese gemeine Anschuldigung, diese obszönen Verdächtigungen gegen einen Mann, der keiner Fliege etwas zu Leide tun könnte.« Ihre Augen treten aus den Höhlen. »Dein armer Vater, wenn er je herausfindet, was du über ihn erzählst, bräche es ihm das Herz. Ich werde das nicht zulassen, schreib dir das hinter die Ohren, ich werde das nicht zulassen.«

Nie zuvor hat Avril gehört, dass ihre Mutter ihren Ehemann verteidigt.

Aber auch das kann Avril nicht mehr bremsen. Sie redet wie im Rausch weiter. »Willst du nicht wissen, ob Vater mich jemals penetriert hat? Ob wir Sex miteinander hatten, während du dir einen Film angesehen hast?«

»Ich bleibe keine Sekunde länger und höre mir diese infamen Lügen weiter an!« Abrupt steht ihre Mutter auf. »Ich habe keine Tochter«, erklärt sie Avril. »Ich habe keinen Sohn. Ich bin kinderlos.«

»Ohne Kinder wärst du sowieso besser dran gewesen«, murmelt Avril ins Leere.

24

»Sie haben mich nicht mehr in der Hand«, verkündet Dominic Kirsty, als sie ihn am nächsten Tag anruft. »Sie können mich nicht mehr benutzen. Ich bin weg, Schnee von gestern. Also stecken Sie sich Ihre Drohung sonst wohin. Morgen bin ich raus aus der Sache hier.«

Kirsty fragt nach dem Geld.

»Woher zum Teufel soll ich wissen, was mit dem Geld ist?« Dominic hat keine Lust, Kirsty den Stand der Dinge zu erklären. Schließlich hat sie ihm die ganze Sache mit Bernie eingebrockt. Das Geld soll dank Rorys Einflussnahme auf die Verleger bald angewiesen werden.

»Was glauben Sie denn, wie ich mich fühle?«, antwortet er verärgert auf eine weitere von Kirstys Fragen. »Ich komme mir benutzt vor und nicht nur von Ihnen.«

Nach dem Telefonat mit Kirsty öffnet Dominic eine Flasche Wein und denkt an Bernies Auftritt im Fernsehen am letzten Freitag.

Er selbst war alleine zu Hause geblieben und hatte sich mit einer Flasche Brandy vor den Fernseher gesetzt.

Nicht er, sondern Rory hatte Bernie zur Show begleitet. Schon allein deshalb hatte er das erste Brandyglas hinuntergestürzt, als wäre es Wasser.

»Hier kommt die junge Dame aus Irland, die das literarische Establishment verblüfft hat. Neunzehn Jahre jung, meine Damen und Herren, kein vertrockneter Bücherwurm, kein mausgraues Mauerblümchen, sondern eine von uns, eine aus Liverpool: BERNADETTE KAVANAGH!«

Bei der Nennung ihres Namens hatte es Dominic einen Stich in der Herzgegend versetzt. Wie hatte er bloß zulassen können, dass Bernie, seine Bernie, sich dort zum Hohn und Spott der Leute machte? Leute, die aussahen, als könnten sie nicht bis drei zählen, als seien sie aus sämtlichen Altersheimen der Stadt eingesammelt worden. Warum hatte sie nicht auf ihn, sondern diesen Rory, der sie bestimmt nicht so liebte wie er, Dominic, gehört? Im Laufe der letzten gemeinsamen Wochen hatte er sie nämlich wirklich zu lieben begonnen…

Die ganze Sendung über blickte sie leicht dämlich in die Kamera, und nichts von ihrer Schönheit kam herüber. Ihre langweiligen drei Mitbewerber hätte sie, wäre sie natürlich gewesen wie sonst, problemlos in den Schatten stellen können. Als der Showmaster mit den Fragen begonnen hatte, hatte Dominic die Augen geschlossen und den Kopf in die Hände gestützt. Die Fragen waren allesamt zweideutig und gingen unter die Gürtellinie – damit war Bernie noch nie klargekommen. Sie hatte die Fragen wörtlich genommen und sich bemüht sie zu beantworten. Das Publikum hatte begeistert geschrien, und der Showmaster hatte eine spöttische Bemerkung nach der anderen fallen lassen.

Jeder außer Bernie hatte klar erkennen können, dass auf dem unscharfen Foto der Hintern eines Elefanten zu sehen war. Genau das war das Niveau dieser Sendung: Man musste erraten, was auf einem verschwommenen Bild zu sehen war. Es war so unglaublich einfach, dass Dominic wegsehen musste. Und selbst als das scharfe Bild gezeigt wurde, hatte Bernie es nicht erraten können. Sie hatte ständig wiederholt, es seien zwei Schornsteine auf einem Schiff. Die Zuschauer waren vor Lachen beinahe von den Stühlen gekippt.

Dominic war jedes Mal zusammengezuckt, wenn sie mit ihren Haaren gespielt, an ihren Nägeln gekaut, an den falschen Stellen gelacht und den Namen des Showmasters immer wieder verkehrt gesagt hatte.

Gegen Ende der Show wurde Bernie schlecht, als sie daran dachte, Rory ihren peinlichen Auftritt erklären zu müssen. Ausgerechnet in dem Moment, als sie sicher war, ihn an der Angel zu haben. Er hatte bereits dafür gesorgt, dass ein kleiner Vorschuss auf ihr Konto überwiesen wurde. Und sie wollten heute zusammen essen gehen, in einem schwimmenden Restaurant auf der Themse.

Bernie dachte auch an das Versprechen, das sie ihren Freundinnen gegeben hatte.

Warum musste sie sich öffentlich demütigen lassen, während Kirsty und Avril sich entspannt zurücklehnten und auf ihren Anteil warteten? Vielleicht hatten ihre Finanzberater gar nicht so Unrecht. Warum sollte sie ihren Vorschuss durch drei teilen, wenn sie vor Millionen lächerlich gemacht wurde?

Und dann war da noch die einzig ernsthafte Frage gewesen, die jeder Gast gestellt bekam, individuell auf den Beruf bezogen.

»Welche Schriftsteller haben Sie in Ihrem Leben am meisten beeindruckt?« Bernie hatte diese für sie unbeantwortbare Frage nur wiederholen können. Außer Shakespeare fiel ihr kein Autor ein, und den zu nennen wäre ihr langweilig vorgekommen. In den Augen der anderen hatte sie ablesen können, dass das hier eine kinderleichte Frage war, und dennoch hatte sie nur dagesessen und darauf gehofft, dass ihr ein halbwegs vernünftiger Name einfiele.

»Ich bin keine große Leserin«, hatte sie schließlich erklärt.

Worauf sich alle schiefe Blicke zugeworfen hatten.

»Ich hatte einfach nicht die Zeit dazu«, war sie fortgefahren. »Ich musste arbeiten, verstehen Sie?«

Inständig hatte sie gehofft, die Kameras würden nicht ihrer Hand folgen, die sich am Knie kratzte.

»Du warst schrecklich«, begrüßt Rory sie, als sie außer Atem und erschöpft in der Gästesuite ankommt. »Was war bloß los mit dir? War das das Lampenfieber?«

»Es waren die Nerven, ich hatte Panik«, antwortet sie hastig und hofft, ihn versöhnlicher zu stimmen, wenn sie seinen Beschützerinstinkt weckt.

»Noch mehr Auftritte dieser Art, und wir müssen dich als Einsiedlerin ausgeben«, antwortet Rory, ohne zu lächeln. »Und Clementine hat heute Abend schon wieder angerufen und gefragt, wie weit du gekommen bist.«

»Ich halte diesen Druck nicht mehr aus.« Bernie wischt sich über die Stirn und stöhnt leise.

»Vielleicht sollte ich dich nach Hause bringen und dich in Ruhe lassen. Die Ablenkung durch mich scheint dir eher zu schaden.«

»Ich dachte, du wolltest mich ausführen! Das war doch deine Idee.« Bernie sucht in Rorys Augen nach der Bewunderung für sie. Sie ahnt, dass Rory nicht so einfach zu manipulieren ist wie Dominic, der morgen ausziehen will. Vielleicht hat sie sich ja in Rory getäuscht. Nur weil er mit ihr geflirtet hat, nur weil er von *Magdalene* begeistert ist, nur weil er sie für die viel versprechendste Bestsellerautorin hält, die er je gehabt hat, heißt das noch lange nicht, dass er sie meint und nicht das Buch.

Sie hat die Warnungen von Candice Love nicht vergessen. »Er macht allen Autorinnen schöne Augen.« Und: »Ich vermute, er ist schwul.«

Bei ihrer Ankunft im Restaurant, einem beliebten Treffpunkt für Stars und Sternchen, muss Bernie erkennen, dass Rory alle Frauen auf dieselbe Art umgarnt. »Liebste, wie wunderbar, Sie zu sehen.«

Plötzlich wird Bernie bewusst, wie naiv sie war, auf den Gedanken zu verfallen, Rory Coburn könnte sich etwas aus ihr machen, er habe es auf ihren Körper abgesehen.

Er spult ein Programm ab, das zu seinem Job gehört, und die Frauen fliegen auf seinen Stil.

Wie bei anderen Literatentreffen auch, sitzt Bernie schweigend da, während die anderen Frauen den Tisch unterhalten. Am Schluss sitzen sie mit einer Gruppe von Rorys Freunden am Tisch, und sie schließt daraus, dass sie nicht in der Lage ist, diesen Mann den ganzen Abend lang bei Laune zu halten.

Nachdem er sie zu Hause abgesetzt hat, wird sie den Verdacht nicht los, dass er mit seinen Freunden noch woanders einkehrt, ohne sie dabeihaben zu wollen.

Am nächsten Morgen kommt Clementine zu ihr in die Wohnung.

»Aber meine Liebe, das kann doch nicht Ihr Ernst sein.«

Bernie hat das Treffen mit Clementine bis heute hinausgeschoben. Clementine, mit ihrer frisch gewaschenen und daher etwas zerzausten Perücke, bestand auf diesem Termin und sitzt nun in dem kleinen Arbeitszimmer im hinteren Teil der Wohnung, wo Bernies Sekretärin gerade Kirstys Korrekturen einzuarbeiten versucht.

»Sie haben ja überhaupt nicht verstanden, worum es mir geht.« Sie lehnt sich zurück und mustert Bernie, als sehe sie sie zum ersten Mal. »So können wir das nicht lassen. Und was ist mit Ihrem Stil passiert, mein Kind? Wo ist Ihre herrliche Sprache geblieben?«

»Ich verstehe gar nicht, wovon Sie reden.«

»Seien Sie nicht albern. Natürlich verstehen Sie das.« Clementine hebt ein korrigiertes Schreibmaschinenblatt hoch. »Soll das ein Witz sein? Sehen Sie sich das an! Sehen Sie es sich einfach nur an! Das ergibt kaum noch einen Sinn.«

»Ich werde es noch einmal versuchen«, erwidert Bernie leise. Was zum Teufel denkt sich Kirsty eigentlich dabei, sie derart auflaufen zu lassen? Macht sie das mit Absicht?

Clementine nimmt ihre Brille ab, wobei ihre Perücke verrutscht. Ihre knochigen Hände liegen gefaltet im Schoß. »Nein, Bernadette. Lassen Sie mich kurz überlegen. Leider gehören Sie offenbar zu der Sorte von Autoren, die die Anregungen eines Lektors nicht umsetzen können. Sie haben sich bemüht, das kann ich sehen, aber Sie würden wahrscheinlich dieses Meisterwerk nur verunstalten. Vielleicht war es ein Fehler von mir, Änderungen, selbst wenn es nur minimale sind, anbringen zu wollen. Aber ich werde das hier mitnehmen und einem alten Freund zeigen, dem womöglich gelingt, was Ihnen nicht glückte.«

Bernadette unterdrückt einen Seufzer. »Und ich muss nichts mehr daran machen?«

»Nein. In Zukunft, meine Liebe, wäre es mir ehrlich gesagt lieber, Sie würden die Hände von diesem Buch lassen.« Mit diesen Worten stopft sie das Manuskript in eine alte Ledertasche, in der sich bereits ein Paar Männerpantoffel und eine Doppelpackung rosafarbener Papiertaschentücher befinden. »Je schneller wir die korrigierten Fahnen an die Rezensenten hinausschicken können, umso besser«, sagt Clementine, legt ein riesiges Vorhängeschloss um die Griffe der alten Reisetasche und sperrt es ab. »Wir haben bereits zu viel Zeit verloren. Ein Vermögen haben wir für diesen Roman bezahlt und jetzt muss die Maschine endlich in Gang kommen.«

Als Bernie wieder allein ist, stampft sie wütend durch die Wohnung. Sie hat die Nase voll von diesen Parasiten, die von den Autoren und Künstlern leben und sie aussaugen wie Blutegel. Und je länger sie über die Bemerkungen der Lektorin nachdenkt, desto wütender wird sie.

Plötzlich bedauert sie es, Dom hinausgeworfen zu haben. Auch wenn er sie am Schluss langweilte, so leistete er ihr wenigstens Gesellschaft. Alles wird sich ändern, wenn sie erst ihr eigenes Geld hat. Dann kann sie zurück nach Liverpool gehen. Ihre Eltern und Fran, die sie am Telefon anders behandeln, seit sie berühmt ist, fehlen ihr. Und ihre vielen anderen Freunde. Aber wird sie noch eine von ihnen sein, wenn sie erst reich ist?

Bernie geht nach oben, duscht sich und wirft sich nackt auf ihr Bett. Dann greift sie nach ihrer Kopie von *Magdalene*. Ganze Absätze hat sie auswendig gelernt, dieses Buch studiert, sich die unbedeutendsten Randfiguren eingeprägt. Alles für den Fall, dass sie jemand danach fragen könnte. Was hätte sie sonst noch tun können? Niemand kann es wagen abzustreiten, dass sie die Autorin von *Magdalene* sei, nicht einmal Clementine mit ihrem misstrauischen Blick.

Aber was wird ihr der Erfolg mit Magdalene letztendlich bringen? Sie wird vermögend sein und respektiert von denen, die sie nicht kennen gelernt haben, aber sie wird nie zum inneren, wirklich wichtigen Kreis gehören.

Und genau das wollte Bernie, seit sie denken kann: interessant sein.

Sie fragt sich, was Rory Coburn gerade macht?

Lächelnd fährt Bernie mit den Fingern ihren Körper entlang, streichelt ihre Brüste, ihre Beine, ihren straffen Bauch. Selbst ihre Füße sehen genauso aus, wie Füße aussehen sollten. Was ist los mit Rory Coburn und warum vor allem flirtete er mit ihr, wenn er sie so schrecklich fand? Er hatte kein Recht, sie so zu behandeln, wenn er annahm, dass sie klug und scharfsinnig war. Stieß ihn ihre mangelnde Bildung ab? Störte ihn ihr irischer Akzent? Oder ihre Manieren? Fand er sie ordinär?

Wie konnte er es wagen? *Wie konnte er es wagen?*

Genauso unglücklich hatte sie sich damals gefühlt, als Dominic sie so verletzt hatte. Und sie fürchtet, dass sie auch von Rory schon abhängig geworden ist, dass das der Grund ist für ihr Gefühlschaos.

Wie kann sie ihm heimzahlen, was er ihr an Schmerz zugefügt hat?

Sie springt plötzlich vom Bett, läuft zum Spiegel, weil sie dort etwas gesehen hat, eine verschwommene Gestalt, einen Schein. War das nur Einbildung?

Übelkeit überkommt sie, und sie streckt die Hand aus nach dem Wasserglas, das die Haushälterin ihr auf das Nachtkästchen gestellt hat. Lieber hätte sie jetzt ein Glas Gin getrunken. Stattdessen zündet sie sich eine Zigarette an, während sie eine Hand, ohne sich dessen bewusst zu sein, auf das Buch legt. Die Hand fängt an unkontrolliert zu zittern, und Bernie bricht der Schweiß aus.

Das Haus Coburn and Watts schmückt sich damit, den Coup mit *Magdalene* gelandet zu haben. Wenn alle Rechte ausgeschöpft sind, wird die Agentur um Millionen reicher sein. Und am meisten wird Rory Coburn profitieren.

Schweißgebadet beugt Bernie sich über das Bett, sucht seine Nummer heraus und wählt.

In einer Minute wird Rory Coburn die schlimmste Nachricht seines Lebens vernehmen.

25

Der Herbst ist sanft in die Burleston-Bucht eingefallen und taucht die Landschaft in ein Meer von warmen Farben.

Überall steigen von den herbstlichen Laubfeuern Rauchfahnen in den Himmel, das Laub in den Wäldern wechselt unablässig die Farbtöne und scheint bei Sonnenuntergang zu glühen. Das Meer rollt in grau-grünen Wellen heran, und die weiße Gischt heftet sich an den aufstäubenden Nebel.

Als die erste Rate auf ihrem Konto eintraf – Bernie hatte den Betrag mit ihren Freundinnen geteilt –, kündigte Kirsty sofort. So viel Geld hätte sie mit ihrem Job im Burleston nicht verdient, wenn sie ihr Leben lang arbeiten gegangen wäre.

»Es ist so weit! *Es geht los!*«, jubelte Avril. »Das ist der Beweis dafür, dass es Wunder gibt, du hast es geschafft, Kirsty! *Du hast es geschafft!*«

Eher gleichgültig erkundigte sich Mrs. Stokes nach dem Buch. »Denn ich möchte nicht, dass Sie so dumm sind und alle Brücken hinter sich abbauen. Denken Sie an Ihre Kinder!«

»Die Verleger haben schon einen Vorschuss auf Bernadettes Konto überwiesen, und sie hat ihn mit uns geteilt. Bald werden sie den Rest ausbezahlen, und meine Kinder haben für immer ausgesorgt.«

Kirsty fiel es selbst schwer, das alles zu glauben.

Sie verschränkte ihre Hände so fest, dass es schmerzte.

»Am sechsten Februar. Aber die Korrekturfahnen sind bis Weihnachten fertig. Bis dahin müssten wir eine Kopie haben.« Kirsty sehnt diesen Moment herbei: dieses wundervolle Werk gebunden in Händen zu halten. Für sie ist das wie eine Geburt, denn schließlich hat sie das Buch überarbeitet und hatte die Idee zu diesem Coup. Und sie, die angeblich so verrückt ist, so dumm und langweilig, hat nicht nur Trev überlistet, sondern die Verlage, Agenten, Journalisten und wichtigsten Film- und Fernsehleute.

»Ich würde mich sehr über ein Exemplar freuen«, sagt Mrs. Stokes, ohne eine Miene zu verziehen.

»Wirklich? Wir werden bestimmt eines für Sie haben«, antwortet Kirsty, die plötzlich einen Anflug von Sympathie und auch Mitleid für diese Frau verspürt. Mitleid, weil Mrs. Stokes trotz ihres Alters nichts erreicht hat, worauf sie stolz sein könnte und ihr Lebensinhalt aus dem Zählen von Betttüchern besteht.

Wogegen sie, Kirsty, nun noch mal von vorne anfangen kann, dank des Geldes – ihren Schulabschluss nachholen, dann auf die Universität und schließlich einen gut bezahlten Beruf ausüben, die Kinder in erstklassige Schulen schicken, in eine gehobene Wohngegend ziehen kann und keinen Mann mehr ins Haus lassen muss.

Und gleich nachdem sie ihre Kündigung abgegeben hatte, ging Kirsty mit Avril ein Auto kaufen, einen knallroten Corsa. Kirsty ist fest entschlossen, keinen Blick mehr in ihr früheres Leben zurückzuwerfen.

»Hast du schon Durst, Trev?«

Ein Schauer der Erregung überkommt sie, denn er ist nicht nur durstig, er wird sie um Wasser anflehen. Vier Tage ist es her, seit er in das Loch gestürzt ist, und seither wartet er auf Rettung. Wahrscheinlich hat er versucht, die stinkende, ölige Brühe zu trinken, die um seine Füße schwappt. Inzwischen müsste die Katze bereits in Verwesung übergegangen sein, denkt Kirsty weiter, und zusammen mit seinen Ausscheidungen das bisschen Flüssigkeit verseucht haben, das vorhanden ist. Ob er wohl geschlafen hat, fragt sie sich.

»Gib mir Wasser.«

»Gib du mir deine Klamotten. Das hier ist Strippoker, Trevor, kennst du noch die Regeln? Wir haben es in Weston-Super-Mare gespielt, damals schien es dir zu gefallen.« Ihre Augen sind glasig, sie ist wie in Trance. Nackt will sie ihn haben, nackt ist man viel verletzlicher.

»Ich geb dir meine Klamotten.«

Sein heiseres Flüstern erklingt aus der Tiefe.

»Ich lasse dir jetzt das Seil hinunter. Binde deine Sachen einfach an das Seilende, auch deine Schuhe und Socken, ich zieh sie dann rauf. Anschließend binde ich eine Flasche Wasser an das Seil und lasse sie zu dir hinunter.« Sie kniet sich an den Rand des Loches und ruft: »Falls du versuchst am Seil zu ziehen, Trevor, falls du auch nur ein bisschen ziehst, lasse ich es sofort los.« Und sie fügt hinzu. »Es ist das einzige Seil, das ich habe.«

Es herrscht Stille, während Kirsty die schemenhaften Bewegungen der Gestalt da unten beobachtet. Von der Feuchtigkeit und der Kälte, dem plötzlichen Bewegungsmangel, muss ihm inzwischen alles wehtun, überlegt sie.

»Das wär's«, hört sie Trevors gedämpfte Stimme.

»Vergiss dein Kruzifix nicht, Trevor.« Vor dem Kruzifix an seiner Halskette hat sie sich immer ein bisschen gefürchtet.

Kirsty zieht das Seil herauf, und der Gestank, der von dem Bündel ausgeht, bringt sie zum Würgen. Es ist eine Mischung aus Fäkalien, Schlamm und Verwesung.

Sie lässt die Flasche Mineralwasser hinunter, scharrende Geräusche folgen, als sei dort unten ein kleines Tier gefangen. Dann hört sie ihn trinken, hört, wie er das Wasser hinunterschüttet, erst hastig, dann immer langsamer. Und dann tut es plötzlich einen Knall, und sie hört ein Klirren. Dann sein Schluchzen.

»Bring mich nicht um, Kirsty«, fleht er nun lauter.

Kirsty lächelt vor sich hin.

Als ob ich dir verrate, was ich mit dir vorhabe, denkt sie und rollt das Seil zusammen.

»Morgen bringe ich vielleicht ein paar Kekse mit«, ruft sie ihm zu, als sie sich vom Loch entfernt. Sie steckt seine Kleider in ein Regal, bevor sie das Cottage verlässt, und schließt die Tür hinter sich ab.

Wieder einmal fährt Kirsty in ihrem neuen Auto zum Pengellis Felsen. Dieses Mal stellt sie ihren Wagen am Parkstreifen ab – sie hat nicht vor, sich die Reifen schmutzig zu machen –, steigt zum Tor hinauf und springt darüber auf die Wiese. Ein einsames Schaf blickt auf und beobachtet sie, wie sie vorbeigeht und geduckt die graue Steinmauer entlangschleicht. Trevs Auto ist verschwunden, das heißt, dass sie schon nach ihm suchen. Als sie am Rand des steil abfallenden Felsens ankommt, krabbelt sie vorsichtig über den schmalen Grat, der die Felsnadel mit dem Ufer verbindet.

Ein unheimliches Schauspiel tut sich vor ihr auf: Der Wind peitscht ihr so heftig ins Gesicht, dass sie ihre Hände schützend auf ihre Wangen legt. Der brüchige, von Moos und Flechten überwucherte Felsvorsprung, auf dem sie steht, fällt steil hinab in einen dunklen Schlund. Die gellenden Schreie der Möwen, die hinuntertauchen und über die brodelnde See hinwegfliegen, klingen wie die Klagelaute von Sterbenden.

Wie einfach wäre es, sich hinunterzustürzen. Was für eine Magie geht von diesem Ort aus. Kirsty holt Trevors Kruzifix aus ihrer Jackentasche und schleudert es hinab, dieses verhasste Kreuz, das während jedes einzelnen Augenblickes ihres Martyriums da war und ihre Leiden zuließ. Sie spürt die Stelle ihrer Hand, in der das Kreuz gerade noch lag und sich in die Haut bohrte.

Wenn sie die Brandwunde an ihrem Arm sieht, die zu tief ist, um zu heilen, dann weiß sie, dass sie das, was sie tut, tun muss. Trev pflegte zu behaupten, sie verletze sich selbst, füge sich mit Glasscherben Schnittwunden zu, stürze sich die Treppe hinunter, um Blutergüsse vorweisen zu können, und verbrenne sich am Gasherd, nur um Aufmerksamkeit auf sich zu ziehen. Wehrte sie sich während dieser Übergriffe, bestrafte Trev sie und wurde umso brutaler. Sie musste also stillhalten und sich dazu zwingen, ihren Schmerz nicht laut hinauszuschreien, um ihn nicht zu verlängern. Als sie seiner Brutalität durch ihre Flucht entronnen war, war sie zunächst verblüfft über ihr Verhalten – in manchen Nächten fügte sie sich absichtlich Schmerzen zu, wie eine Nonne, die versuchte sich ihre Unkeuschheit auszutreiben. Ihre ganze Identität schien irgendwie auf Schmerz gebaut zu sein, Schmerz nahm einen großen Platz in ihrem Leben ein. Sie schrubbte an ihren Händen, bis sie bluteten, hielt sich fröstelnd wach, indem sie sich nicht zudeckte. Mrs. Stokes Art, mit harter Hand durchzugreifen und alles zu kontrollieren, gab Kirsty das Gefühl von Sicherheit, und sie hatte Angst, ohne diese Disziplin, von anderen oder selbst auferlegt, würde sie ausgelöscht wie menschlicher Abfall.

Kirsty ist erleichtert, dass sie diese masochistische Phase nun offenbar überwunden und abgeschlossen hat. Allein Magdalene, da ist sie sicher, verdankte sie ihre Genesung. Als sie am meisten unter der Gewalt gegen sich litt, hörte sie die besänftigende Stimme ihrer Heldin, dieser Heiligen. Denn diese Nonne, die dieses immense Potenzial an Rache in ihrem Herzen trug, fand die richtigen Worte, um Kirsty von ihrer Krankheit zu befreien. In ihrem ganzen Körper konnte Kirsty Magdalenes Einfluss fühlen: Sie war ein Krüppel, doch nun konnte sie tanzen.

»Die Sünde ist der dunkelste und kälteste Schatten, der auf einen Menschen fallen kann«, sprach Magdalene zu dem Betrunkenen, nachdem sie ihm die Zunge herausgerissen hatte. *»Die Sünde folgte dem Römer auf seinen Eroberungen, dem Propheten von Mekka in seine Religion, den Aposteln Judäas bei ihrer Verkündigung der Lehre Christi. Sie fand ihren Weg in die jungfräulichen Zellen meines Konvents, wirft einen kühlen Nebelschleier über das Totenbett der Heiligen und berührt das Haupt des geliebten Säuglings in der Wiege.*

Es ist unsere heilige Pflicht, die Sünde zu feiern …«

Kirsty hat nicht nur ihr seelisches Gleichgewicht wieder gefunden, sie sieht auch um Jahre jünger aus und bewegt sich so beschwingt, als ob sie frisch verliebt sei. Ihr Teint ist reiner, ihre Augen strahlender, sogar ihre Zähnen wirken weißer, und ihre Haare haben einen neuen, schimmernden Glanz, den sie zuletzt in ihrer Kindheit sah.

Daher konnte sie gut verstehen, wie Avril sich fühlte, als sie in die Stadt aufbrach, um ihre ersten 5000 Pfund für ein vollständig neues Image auszugeben. Avril ist keineswegs mehr das dicke Mauerblümchen, das Anfang Juni in jenem Minibus im Burleston Hotel ankam. In diesen letzten Wochen hat auch sie sich vollkommen verändert. Es begann an dem Tag, als Ed ihr sein wahres Gesicht zeigte, als er ihre Mutter im Caravanpark kennen lernte, sich mit ihr gegen sie verbündete. Seitdem ist sie nicht mehr bereit, für alles als Sündenbock herzuhalten und brav und wohlerzogen zu sein. Mit dem Medienrummel wegen der zweiten Mordanklage gegen ihren Bruder geht sie deshalb auch ganz gleichmütig um. Gerne gibt sie Interviews. »Ich bin die Schwester des Killers from Hell.«

Vielleicht hat Avril auch deswegen gut sechs Kilo abgenommen oder weil sie angefangen hat zu rauchen.

Als Avril von ihrem Ausflug in die Stadt zurückkehrt, fragt sie Kirsty dennoch nach ihrer Meinung.

Ihr stachelig frisiertes Haar ist hell blondiert. Auf Zehenspitzen tanzt sie durch den Caravan, befühlt es und wirft jedes Mal einen Blick in die zwei kleinen Spiegel, wenn sie an ihnen vorbeikommt. Die Augenbrauen hat sie sich zupfen und durch zwei schmale braune Linien ersetzen lassen. Ihre Lippen leuchten in einem ordinären Rot und verleihen ihr einen Schmollmund.

»Na, gefalle ich dir?«

»Wow, Avril! Du hast ja einen ganz neuen Typ aus dir gemacht. Du siehst irgendwie dramatisch aus, nach Künstlerszene. So gehst du jederzeit als Theaterwissenschaftsstudent durch.«

»Und aus der Wirtschaftsschule würden sie mich im hohen Bogen rauswerfen.«

Als Erstes führt Avril ihr ein schwarzes Lederoutfit vor – eine Jacke mit Ketten, einen Rock, schwarze Strumpfhosen und kniehohe Stiefel. Sie sieht darin aus wie eine Domina, es fehlen nur noch die Peitsche und die Handschellen.

»Es wirkt irgendwie aggressiv«, sagt Kirsty und fügt zögernd hinzu: »Aber selbstbewusst.«

»Ich bin ja auch aggressiv und selbstbewusst«, erklärt

Avril, während sie im Caravan auf und ab stakst. »Genau das bin ich.«

Kirsty beißt sich auf die Unterlippe, um nicht zu lachen, als Avril die Leggings mit dem Leopardenmuster aus glänzendem Stretch anzieht, vor allem wegen der Kombination mit dem bauchfreien Spagettiträgertop, das ihre Figur noch unförmiger macht, als sie schon ist. Wie eine Nutte, denkt Kirsty und sagt: »Damit ziehst du alle Blicke auf dich.«

»Aber es steht mir doch, oder?«

»Auf eine originelle Art, ja«, behauptet Kirsty.

»Ich schäme mich nicht mehr wegen meines Körpers«, verkündet Avril. »Ab nun werde ich ihn zeigen.«

»Warum auch nicht? Aber deiner Mutter zeigst du die Sachen besser nicht«, entgegnet Kirsty und fragt sich, was ihre Freundin noch alles gekauft hat.

»Das habe ich nicht vor. Aber wenn sie sie sieht, ist es auch nicht schlimm. Das ist mein Leben, soll sie blind werden, wenn sie mich so sieht, ist doch mir egal.«

Avrils Modenschau nimmt kein Ende, und Kirsty fragt sich, in welchem Geschäft Avril die Dessous aufgetrieben hat.

Kirsty fängt an sich Sorgen zu machen, denn ihre Freundin sieht in jedem einzelnen Modell, das sie vorführt, ordinär und billig aus. Und die Vorstellung, dass diese Person ein Haus in ihrer Nähe zu kaufen gedenkt, lässt es ihr kalt über den Rücken laufen.

Avrils Nähe wird den Kindern schaden.

Vielleicht war es gut, dass sie von ihrer Mutter all die Jahre so streng beaufsichtigt wurde. Vielleicht ahnte Mrs. Stott schon immer, was für ein Potenzial in Avril schlummerte.

Immerhin hat sich Bernies Stimmung stark gebessert. Sie sei mit ihrem Agenten verlobt – *sagt sie*. Ihr Agent werde ihr bei den Drehbüchern helfen. Kirsty brauche sich nicht länger wegen der Korrekturen den Kopf zu zerbrechen. Clementine sei zufrieden mit *Magdalene*, und die Druckfahnen seien unterwegs.

Kirsty fragt, wie der neue Traummann ist.

Ob Bernie sich sicher ist?

»Wartet nur, bis ihr ihn seht!«

»Das klingt ja fantastisch.«

»Mehr noch, er ist nicht von dieser Welt. Und sein Haus, Kirsty, und sein Oldtimer. Er hat einen Butler und einen begehbaren Kühlschrank.«

»Vielleicht solltest du auf deinen Anteil verzichten...«

»Niemals. Ich will unabhängig sein. Du etwa nicht?«

Was kann so ein Mann nur von Bernie wollen?, fragt sich Kirsty. Sicher, sie sieht hinreißend aus, und reiche Männer fliegen oft auf Schönheit, aber Bernie ist nichts als eine leere Hülle. Möglicherweise hat ihr literarisches Talent ihn beeindruckt, anders kann Kirsty sich sein Interesse nicht erklären.

»Jemand hat dir also bei *Magdalene* geholfen?«

»Das hätten sie von Anfang an tun sollen. Deine Arbeit war die reinste Zeitverschwendung. Da habe ich mir mehr erwartet. Aber das Tollste ist, sie wollen mehr.«

»Das versteht sich doch von selbst, oder?«

Bernie plappert aufgeregt weiter: »Mehr Kohle ist unterwegs. Sehr viel mehr. Nur noch ein paar Wochen, und ich überweise es direkt auf eure Konten. Mit Rory ist das alles viel einfacher. Und für den Frühling ist eine Welttournee geplant. Rory und ich fahren zusammen zu den Signierstunden, den Gesprächen und Promotionsinterviews.«

Als Kirsty das Wort »Promotionsinterview« hört, denkt sie: Wie naiv Bernie doch ist. Kirsty und Avril hatten die Quizshow gesehen und sich dabei ausgeschüttet vor Lachen. Offensichtlich hatte Bernie nichts dazugelernt. Am Schluss hatten sie ausschalten müssen, so laut hatten sie gelacht. Fast hätten sie die Kinder damit aufgeweckt. »Wie läuft es so?«

»Ach, jetzt flutscht alles wie von selbst. Rory hilft mir, er hat alles im Griff.«

»Dann halt ihn dir gut warm. Es klingt, als könnten wir ihn brauchen.«

Zum ersten Mal hört sich Bernie wirklich glücklich an.

»Denkt an mich.«

26

Neidisch sieht Avril zu, wenn Kirsty abends mit ihren Kindern spielt. Jake und Gemma bekommen ihr Lieblingsessen gekocht, müssen nicht nachmittags zum Tee zu Hause sein und kalten Braten, Sago, gekochten Fisch, Pflaumen und klumpige Soße hinunterwürgen. Gemma hat sich Modeschmuck umgehängt, Schmetterlingtattoos ins Gesicht geklebt und Silberspray ins Haar gesprüht, ihre Lieblingssandalen sind aus Plastik und glitzern. Sie besitzt schon einen eigenen Walkman und mehrere Kassetten von den Spice Girls, trägt einen modischen Kurzhaarschnitt und keine aus der Stirn gekämmten dicken Zöpfe.

Die Kinder dürfen sich im Fernsehen endlos Zeichentrickfilme ansehen.

Sie bekommen Marsriegel zu ihrem Pausenbrot dazu.

Kirsty steckt kleine Zettel zu ihren Sandwichs, auf denen steht, wie gern sie sie hat.

Avril zündet sich wütend eine Zigarette an und fragt sich, warum ihre Kindheit so grau war? Warum wurde sie von ihrer Mutter ständig überwacht und schikaniert und verlor ihr Rückgrat, ihren eigenen Willen?

Und was ist mit ihrem Vater, der zuließ, dass man sein kleines Mädchen so behandelte?

Avrils Wut wächst, sie findet, ihr Vater hat sie wirklich missbraucht, auf seine ganz eigene Art.

Avrils Mutter verkündet, dass sie sich entschlossen hat, zurück nach Huyton zu gehen. Avril vermutet, dass Mrs. Gilcrest, die Besitzerin des Caravanparks, den Medienrummel satt hatte und ihre Eltern hinausgeworfen hat. Seit Avril ihren Vater beschuldigte, sie sexuell missbraucht zu haben, schneidet ihre Mutter sie, und ihr Vater tut es ihr nach. Avril glaubt nicht, dass ihre Mutter dem Vater die Wahrheit gesagt hat, da sexuelle Dinge für sie schon immer tabu waren, und so etwas Unaussprechliches und Schreckliches wie Inzest allemal. Wahrscheinlich hatte ihre Mutter ihn davon überzeugt, dass es unverzeihlich von Avril war, Graham denunziert zu haben.

Der war inzwischen offiziell des Mordes an Ed Board angeklagt, und die Polizei suchte immer noch nach dem Tatwerkzeug.

Es ist eine ruhige Nacht, in der Mr. und Mrs. Stott zum letzten Mal in den kleinen Schlafkojen in ihrem Bluebird-Caravan schlafen.

An diesem Tag hatten die Stotts gründlich sauber gemacht. Volle Kisten stehen im Kofferraum des grünen Ford Sierra übereinander gestapelt. Die Gartenmöbel, die auf Grund der Umstände kaum benutzt worden waren, sind verschnürt und sicher unter dem Caravantisch verstaut. Avrils Mutter hatte sich mit Lockenwicklern schlafen gelegt.

Die Topfpflanzen stehen, von Bambusstäben aufrecht gehalten, auf dem Rücksitz des Wagens.

Daneben liegen Fluffys noch immer von Haaren übersäte Decken.

Sie haben die Hoffnung nicht aufgegeben, sie wieder zu finden, hatten die Polizei über das Verschwinden informiert und Anzeigen in der Lokalzeitung geschaltet. Fluffy ist für sie noch wichtiger geworden, seit sie Sohn und Tochter verloren haben.

Auf dem Caravantisch neben dem Bett liegen die Straßenkarte des Automobilclubs, die Autoschlüssel, die Caravanschlüssel, ein Wegwerffeuerzeug, falls Mrs. Stott aufwacht und ihren gasbetriebenen Luftbefeuchter anzünden möchte, eine leere, ausgewaschene Flasche, die morgens nur noch gefüllt werden muss, in Butterbrotpapier gewickelte Truthahnsandwichs, zwei fleckige Bananen und die Endrechnung von Mrs. Gilcrest.

»Tu es, Avril, jetzt.«

Die Stimme, die diese Worte flüstert, kommt Avril bekannt vor.

Sie versucht das Raunen zu ignorieren, liest weiter, aber der Drang wird immer stärker, wird überwältigend. Die roten Vorhänge sind zugezogen, hinter ihnen liegt völlige Finsternis. Avril liest *Magdalene* im Schein der kleinen Plastiklampe über ihrem Bett. Sie hat ein eigenes Zimmer in dem Container, das eher einer Abstellkammer gleicht, aber es genügt ihren momentanen Bedürfnissen. Kirstys Zimmer ist nicht viel größer, und die Kinder teilen sich ein Doppelbett im – wie Mrs. Gilcrest es beschönigend bezeichnete – großen Elternschlafzimmer!

Die kühle Nachtluft dringt durch die Ritzen und scheint Avril Energie zuzuführen. Avril ist unfähig, sich auf das Buch zu konzentrieren, das sie normalerweise so fesselt. Die Wut nagt an ihr, spaltet ihr geradezu den Kopf.

»Du kennst, oh Herr, die Geheimnisse unseres Herzens«, ist der letzte Satz, den sie liest, bevor sie aufsteht und in die Nacht hinausstarrt. Ab und zu flackert ein schwacher Lichtschein zwischen den Vorhängen, obwohl nur noch die wenigen Dauercamper da sind.

Avril beginnt zu sich selbst zu murmeln: »Wende dich der Zukunft zu, nicht der Vergangenheit. Du bist frei, du bist reich, du bist in Sicherheit, alle Zweifel und Ängste sind weggewischt. Graham wird sein ganzes Leben im Gefängnis sitzen – eine gerechte Strafe für das, was er dir angetan hat. In ihrem Kopf nimmt ein Muster Gestalt an, das sie mit heiterer Gelassenheit erfüllt.

Avril fühlt sich genau wie damals, als sie Graham im Gefängnis besuchte. Mit klopfendem Herzen öffnet sie die Tür und schleicht zur Küche. Sie verharrt auf der obersten Stufe des Wohnwagens und schaut in die bleierne Finsternis. Dann blickt sie sich um, ob auch niemand in der Nähe ist.

Erneut hört sie ein Raunen.

»Tu es, und deine Zukunft wird fantastisch.

Sie müssen bestraft werden, so wie du bestraft wurdest.

Sie müssen für ihre Sünden büßen.«

In geduckter Haltung hastet Avril in ihrem Seidennachthemd über die Wiese zu dem Bluebird. Das eiskalte Gras sticht ihr in die Füße, ihr Atem bildet Wolken in der Nacht. Sie weiß, dass ein Fenster offen stehen wird. Ihre Mutter bildet sich ein zu ersticken, wenn sie mit geschlossenen Fenstern schläft. Da entdeckt Avril das geöffnete Fenster. Sie tritt auf die Stufe und beugt sich hinein.

»Jaaahhh. Tu es, Avril, jetzzzt!« Das leise Zischen zerteilt die Nacht. Avril zuckt zusammen und hält sich die Hand vor den Mund. Lieber Gott, Kirsty weck mich auf, wenn ich noch einmal diesen schrecklichen Drang verspüre, denkt sie entsetzt.

Als würde sie verfolgt, rennt Avril zurück zu ihrem eigenen Caravan, wo Kirsty, einen seltsamen Ausdruck auf dem Gesicht, in der Tür auf sie wartet. Ihre Stirn glänzt vor Schweiß, und sie atmet stoßweise.

»Avril. Geh zurück. Tu es. Das ist vielleicht deine letzte Chance. Sie müssen für ihre Sünden im Höllenfeuer büßen. Nur im Tod ist Trost.«

Avrils Füße sind nass und vor Kälte gerötet. Sie begreift, dass das Flüstern von Kirsty gekommen war. Aber wie hatte sie Avrils Absicht erraten können?

»Ich kann es nicht tun«, stammelt Avril, »nicht jetzt.« Ihre Stimme klingt unnatürlich tief, gar nicht nach ihr.

»Du musst, es gibt kein Zurück mehr.« Kirstys Gesicht ist fahl, von Furchen durchzogen, aber ihre Stimme klingt klar und hell, und sie zitiert aus *Magdalene. »Sei vorsichtig oder du wirst in deinen Sünden umkommen. Wie willst du errettet werden, wenn du eine solche Gelegenheit nicht wahrnimmst?«*

Und Avril spürt die Kraft, die von Kirsty ausgeht, wie sie mit ihr eins zu werden scheint, ihre eigene Willenskraft immer mehr schwindet, wie alles verschwimmt.

Schaum tritt aus Kirstys Mundwinkeln, und ihre Pupillen glänzen groß und schwarz. Avril weicht plötzlich zurück und starrt Kirsty entsetzt an.

Noch immer am ganzen Körper zitternd, kramt sie eine Zigarette hervor und zündet sie sich mit der typischen Unbeholfenheit eines Nichtrauchers an. Kirsty wendet sie dabei den Rücken zu. Wer ist sie, dass sie sich als Richterin über andere aufspielt? War sie, Avril, auch in einen Dämon verwandelt, als sie über die Wiese schlich? War auch ihr Gesicht eine Maske des personifizierten Hasses, aus dem der Wahnsinn blickte? Etwas Fremdes hat die Bühne betreten und versucht Regie zu führen.

Noch bringt sie nicht den Mut auf, sich zu Kirsty umzudrehen. Doch sie kann hören, wie sich allmählich Kirstys Atem beruhigt, sie erst leise stöhnt und dann vor sich hinschluchzt.

Doch was wäre gewesen, wenn sie, Avril, die Hand durch das halb geöffnete Fenster gestreckt und das Gas im Wohnwagen ihrer Eltern angedreht hätte?

Die Explosion reißt sie aus dem Tiefschlaf, und Kirsty schreit: »Hol die Kinder raus … schnell! Eine Bombe muss explodiert sein!«

Silhouetten huschen durch die Nacht, laufen orientierungslos und hektisch umher, Taschenlampen zerschneiden die Dunkelheit. Teile des Bluebird fliegen durch die Luft, wie Lavabrocken schießen sie über die Wiese.

Kirsty hält inne und starrt das Feuer an:

Man musste es also nur wollen.

»Mein Gott, ist da jemand drin?«

»Hat schon wer die Feuerwehr benachrichtigt?«

»Man kann nicht ran, es ist zu heiß.«

Die Leute schlagen wild mit den Armen um sich, obwohl sie einige Meter vom Feuer entfernt stehen, ihre Gesichter sind schwarz vom Ruß.

»Gleich explodiert das Auto, geht zurück!«

Kirsty packt ihre Kinder und rennt mit ihnen zum Bürogebäude, das sich an den Bungalow der Gilcrests anschließt. Avril bemerkt, dass Kirsty sich gar nicht um sie kümmert, sie in diesem Moment nicht für die Freundin zu existieren scheint.

Die Flammen greifen auf den grünen Ford Sierra über, den ganzen Stolz von Mr. Stott. All diese Sonntagvormittage, an denen er sein Auto wusch, während Avril von der Sonntagsschule zurückkam – sie war das einzige Mädchen in der Straße, das gehen musste, sogar im Sommer, wenn der Strand und Grillpartys im Garten lockten. Dann lächelte er ihr über seinen mit schaumigem Putzwasser gefüllten Eimer hinweg zu, trat einen Schritt zurück und bewunderte stolz sein Werk, während das Wasser auf die Straße tropfte.

Der Sierra verabschiedet sich mit einem lauten Knall und ein paar nachhallenden Krachern. Der Kofferraumdeckel fliegt auf und kurz kann Avril sehen, wie ordentlich ihre Mutter gepackt hat. Die zwei hinteren Seitentüren fallen scheppernd zu Boden, und ihr Blick fällt auf Fluffys leeres Bett. Dann breitet das Feuer sich rasant aus und droht auf den ganzen Platz überzugreifen.

»Ich glaube kaum, dass wir je die Ursache herausfinden werden«, sagt der Feuerwehrmann zu Avril später im Café. »Manche dieser Wohnwagen sind so zugig, die brennen wie Zunder, da bleibt nur Asche übrig. Ich habe so was schon mal gesehen, das Gas läuft aus, da muss man nur vergessen…«

»Aber meine Mutter hat nie etwas vergessen«, wirft Avril ein.

Der rußbeschmutzte Feuerwehrmann schüttelt den Kopf. Avril rutscht unruhig auf dem Stuhl hin und her: Schon immer hatte sie eine Schwäche für Männer in Uniform. »Wie auch immer, irgendwer hat es letzten Abend vergessen. Vielleicht war es Ihr Vater. War er manchmal etwas zerstreut?«

»Ja, ein bisschen.« Avrils Stimme klingt tonlos. »Aber Mutter hat ihm nicht viel Gelegenheit dazu gegeben. Könnte es jemand gewesen sein, der Graham kannte? Solche Menschen gibt es, im Gericht habe ich sie rumhängen sehen. Sie schicken anonyme Briefe, belästigen einen am

Telefon, werfen Müll in den Briefkasten – Mutter hatte davor Angst. Vielleicht war es so ein Wahnsinniger, der auf Rache aus war.«

Der Feuerwehrmann presst die Lippen aufeinander. »Das ist nicht sehr wahrscheinlich …«

»Ja, aber …«

»Die letzten Wochen müssen schlimm für Sie gewesen sein, Sie haben so viel durchmachen müssen.« Er legt seinen Arm um ihre Schultern. »Mrs. Gilcrest hat es uns erzählt. Der ganze Kummer mit Ihrem Bruder und jetzt das. Sie Ärmste. Wie sollen Sie das bloß alles verkraften?«

Avril sinkt wie ein Stein gegen seine Brust.

»Sie wollten morgen nach Hause fahren«, schluchzt sie. »Das war ihre letzte Nacht hier. Ach wären sie doch nur gestern gefahren oder vor einem Monat, wie sie es ursprünglich vorhatten.«

»Das war wohl Schicksal«, bemerkt der Feuerwehrmann.

»Ich habe den Caravan nicht angerührt, Kirsty, das weißt du, du hast mich gesehen.«

»Ich weiß, ich weiß. Was ist schon wirklich? Und ich kann mir nicht vorstellen … beide Eltern auf diese Art und Weise zu verlieren und dann die Sache mit Ed und das mit Graham.«

»Und Fluffy ist noch immer verschwunden.«

»Ja.« Kirsty knöpft ihre Strickjacke zu. »Es ist furchtbar. Was du alles durchstehen musst.«

Eine seltsame Anspannung liegt in der Luft, eine Art Warnung, bloß kein heikles Thema anzuschneiden.

»Vielleicht hätten wir nie hierher kommen sollen«, meint Avril, »vielleicht ist dieser Ort verflucht.«

»Möglicherweise.« Kirsty deckt ihre Kinder zu und küsst sie auf ihr Haar.

Gegen Morgen sitzen sie noch immer am Tisch, darauf bedacht, die Rauchsäulen, die vom Boden aufsteigen, nicht zu beachten, und die schwarze, verkohlte Lücke zehn Türen weiter. Die Überreste des Bluebird waren noch in der Nacht entfernt worden. Das ganze Areal sieht aus wie ein Kriegsschauplatz nach einer Bombardierung.

»Ich konnte mich nicht mehr mit ihr versöhnen«, seufzt Avril den Tränen nahe.

»Sie war kein friedliebender Mensch«, erinnert Kirsty ihre Freundin sanft.

»Und mein Vater. Er war so hilflos.« Erschrocken hält Avril sich die Hand vor den Mund. »Ob Fluffy das geahnt hat? Mit so einer Art siebten Sinn?«

»Das gibt es häufig bei Tieren.«

»Ob wir sie je wieder finden werden?«

»Sie ist jetzt schon so lange weg«, antwortet Kirsty.

Avril und Kirsty beschließen, dass sie es nicht mehr nötig haben, in einem schäbigen engen Container zu hausen. Es ist auch eine große Belastung für Avril, ständig an die Ereignisse zehn Türen weiter erinnert zu werden. Und die Kinder stellen bohrende Fragen, wollen genau wissen, was passiert ist, und können dann nicht einschlafen.

Aber sie haben sich wunderbar in der kleinen Schule am Ort eingewöhnt und deswegen würde Kirsty die Gegend nur ungern verlassen. Dass sie einmal nach London ziehen möchte, wie Bernie, glaubt sie nicht. Ganz gleich, wie erfolgreich *Magdalene* sein wird, wie viel Geld sie noch damit machen werden.

»Aber ich will dir nichts vorschreiben, Avril. Du kannst tun, was du willst, gerade jetzt. Du hast nichts mehr, was man als Familie bezeichnen könnte, keine Wurzeln, aber auch keine Verpflichtungen.«

»Nach Huyton wäre ich ohnehin niemals zurückgegangen.«

Avril schämt sich, dass sie nicht weiß, wohin sie gehen soll. Sie hat auch keine Pläne geschmiedet wie Kirsty. Sie könnte sich vielleicht, wenn die letzte Zahlung eingetroffen ist und sie genau weiß, wie viel sie bekommt, mit einem kleinen Geschäft selbstständig machen: mit einer Boutique oder einer Reiseagentur, einer mobilen Disco. Mit etwas, das zu ihrem neuen Image passt. Aber bis es so weit ist, möchte sie lieber nicht alleine wohnen.

»Du kannst bei mir wohnen, bis du dir klar über deine Zukunft geworden bist. Allerdings möchte ich anfangs erst mieten, bis ich mir sicher bin, wo ich bleiben will«, erklärt ihr Kirsty. »Um diese Jahreszeit ist alles so billig hier. Ich seh es schon vor mir.« Kirsty lacht auf. »Ein großes Bauernhaus mit offenem Kamin und einem Bach, der durch den Garten fließt.«

»Ich könnte dir mit den Kindern helfen«, schlägt Avril vor, die Angst hat, sie könne Kirsty lästig werden. »Und sollte Trevor auftauchen, ist es besser, wir sind zu zweit. Zusammen können wir ihn fertig machen.«

»Wenn wir nur bis Weihnachten was gefunden hätten.«

»Ein richtiges Weihnachten«, schwärmt Avril. »Ein riesiger Christbaum, richtig kitschig geschmückt. Den ganzen Tag im Bett liegen bleiben, wenn uns danach ist, und nur Schokolade essen.«

»Weihnachten wird die Hölle für dich.«

»Bestimmt.«

Avril muss auf einmal daran denken, wie unwichtig sie Kirsty in der Brandnacht war.

Vielleicht wäre es am besten, sie verbrächte Weihnachten irgendwo allein, nähme sich ein Beispiel an Magdalene: eine Kleinigkeit essen, besinnlich feiern, seinen Gedanken nachhängen und vor ein paar schlichten weißen Kerzen seine Sünden bereuen. Und nach Einbruch der Dunkelheit würde sie losziehen … genau wie Magdalene.

27

Rory Coburn hat sehr hart gearbeitet, um dahin zu kommen, wo er heute ist. Und er braucht seinen herausragenden Erfolg für den Unterhalt seiner drei Exfrauen. Er hat nicht die Absicht noch einmal zu heiraten. Sein Junggesellenleben mit Bentley tut ihm und seiner Karriere gut. Die Größten und Besten zu kennen, an wichtigen gesellschaftlichen Ereignissen teilzunehmen, gesehen zu werden, wenn man sich im Kreise der Mächtigen bewegt – all dies ermöglichte kaum ein geregeltes Privatleben und zerstörte seine Ehen. Trotzdem war er seit Jahren nicht so glücklich wie jetzt.

Zumindest war er das bis zu jenem Telefonanruf.

Diesem unerhörten Telefonanruf, nach dem er auf sein Bett sank und sich in die Decke rollte wie ein Embryo.

Schließlich krabbelt er, noch immer zitternd, aus dem Bett und rast in seinem Oldtimer hinüber zu Bernies Wohnung. Bernie geht ihm Wohnzimmer auf und ab. Sie trägt ein blaues Nachthemd, das lose bis zum Boden reicht, und zieht an einer Zigarette.

»Du hast es nicht geschrieben«, stößt Rory hervor, der Bernies Worte noch immer nicht fassen kann. »Du hättest es nie schreiben können, stimmt's?« Er schlägt sich auf die Stirn. »Jesus Christus, ich hab's geahnt, ich hab's geahnt!«

»Nimm einen Drink, Rory«, entgegnet Bernie. »Das ist kein Weltuntergang.«

»Aber fast«, entgegnet Rory, der an die öffentliche Reaktion denkt, die Schande und den Skandal, seine ganze Reputation, die sich in einer Sekunde ins Nichts auflöst. Wie viele Autoren wird ihn das kosten? Wahrscheinlich alle. Niemand will mit so einem Trottel von Agenten in Verbindung gebracht werden. Und wie sie sie gepuscht haben, er darf gar nicht daran denken, wie sie dieses Mädchen promoted haben, vor allem ihre Jugend und Schönheit. Die Werbekampagne nahm immer mehr überhand, war beinahe wichtiger als das Buch. Wäre sie alt und unansehnlich gewesen, hätte das Buch für sich gestanden, und es hätte einen reißenden Absatz gefunden. *Magdalene* hätte den ganzen Trubel nie gebraucht, den Coburn and Watts anstrengten, um mehr Geld zu machen, die Medien darauf aufmerksam zu machen und die Verlage, sowohl in Großbritannien als auch in Übersee.

Mit fahrigen Händen schenkt Rory sich einen Brandy ein.

»Sag mir, dass du das nur getan hast, um dich wichtig zu machen.«

»Warum sollte ich mich wichtig machen wollen, Rory. Um dich zu beeindrucken?«

»Wenn du *Magdalene* nicht geschrieben hast, wer war es dann?«

»Weiß Gott, wer das war. Kirsty hat es nur umgeschrieben.«

»Kirsty?« Seine Wangen brennen. Er setzt sich in einen großen Ledersessel und blinzelt Bernadette an. »Kirsty? Deine Freundin, das Zimmermädchen im Hotel? Du willst mir sagen, dass dieses Mädchen einen Roman umgeschrieben hat, den es bereits gab?«

Bernadette hört auf, im Zimmer auf und ab zu gehen, und bleibt vor dem künstlichen Kaminfeuer stehen. Was immer sie gerade trinkt, hat eine belebende Wirkung auf sie. Ihre grünen Augen, die immer strahlen, funkeln heute wie Smaragde.

»Ja, Kirsten Hoskins. Sie hat das alte Buch in der Hotelbibliothek gefunden. Sie hat zwei Kinder, und ihr Mann hat sie geprügelt. Sie kam am selben Tag nach Cornwall, um in dem Hotel zu arbeiten, wie ich. Sie ist noch immer dort, hockt in irgendeinem Caravanpark.«

»Kirsty und Avril – die Namen kenne ich doch – das sind deine ›Partner‹. Die Frauen, mit denen du das Geld teilst.«

»Jetzt kennst du auch den Grund dafür.«

»Und was hat diese Avril damit zu tun? Welche Rolle spielt sie bei der Sache?«

»Avril hat das Manuskript getippt und die Rechtschreibfehler korrigiert.«

»Aha, offensichtlich eine Intellektuelle. Und wo arbeitet Avril, wenn ich fragen darf? Als Klofrau oder als Büglerin?«

»Avril arbeitet im Büro.«

Rory stellt sein leeres Glas auf der Lehne seines Sessels ab. Bentley war nicht da gewesen, als er vorhin hinauf ins Bett gegangen war. Rory hatte am Telefon die Wiederholtaste gedrückt, nur um am anderen Ende die vertraute Ansage der Boys'-Own-Agentur zu hören. Er verschränkt die Arme, spreizt die Finger, um sie zu entspannen. »Und warum hast du dich so plötzlich dazu durchgerungen, mit der Wahrheit rauszurücken?«

»Weil ich es nicht ohne dich durchziehen kann.« Zum ersten Mal klingt ihre Stimme unsicher. »Der Druck, das Fernsehen und dann diese Tour. Und Clementine vermutet etwas, sie ist ja nicht blöd. Und ich habe hier ja niemanden, mit dem ich darüber sprechen kann. Ich fühle mich so hilflos und alleine.«

»Ach ja? Wirklich?«, erkundigt sich Rory in ironischem Tonfall.

»Ich habe gehofft, du würdest mich unterstützen.«

»Ich habe dich zur BBC begleitet«, entgegnet er kalt. »Was peinlich genug war. Hinterher sind wir essen gegangen.«

Da platzt Bernadette plötzlich heraus. »Aber es hat dir mit mir nicht gefallen, stimmt's? Du hast dir keine besondere Mühe gegeben, das zu verbergen.«

Sie sieht ihn an mit dem Gesichtsausdruck eines Kindes, das ein Spielzeug nicht bekommen hat.

»Was hätte ich deiner Ansicht nach tun sollen?«

Bernie schließt die Augen, auf deren Augenlidern noch das verschmierte lilafarbene Make-up von gestern Abend zu sehen ist. »Du bist doch mit deinen Freunden noch woandershin gegangen – erzähl mir jetzt bloß nicht, ich hätte nicht Recht zu fragen – ihr seid alle noch zu jemandem nach Hause gegangen, ohne mich zu fragen, ob ich mitkommen möchte. Sag, dass es stimmt.«

»Bernie, du hättest dich zu Tode gelangweilt.«

»Aber du wolltest mich gar nicht dabei haben.«

Rory gibt einen unwilligen Laut von sich. Sein Gesicht verrät nichts von seiner Stimmung. »Du wolltest dich also an mir rächen und hast mir deshalb euren Betrug gestanden. Hättest du dich nicht wegen gestern Abend so über mich geärgert und verletzt gefühlt, hättest du fröhlich mit dieser unglaublichen Täuschung weitergemacht.«

Bernadette beginnt heftig zu schluchzen und hält die Hände vor ihr Gesicht. »Ich dachte, ich würde dir etwas bedeuten.«

»Verdammt! *Zum Teufel mit dir!* Habe ich je etwas gesagt oder getan, was dir Anlass dazu hätte geben können?«

»Du hast gesagt, ich sei schön. Du hast gesagt, ich hätte ein wunderbares Talent. Dass ich ein Star werde und dass *Magdalene* das bewegendste Buch sei, das du je gelesen hättest.«

»Aber es ist mein Job, so etwas zu sagen…«

»Ich kam mir wichtig vor…« Sie schnappt nach Luft, zwingt sich weiterzureden.

»Du einfältiges Ding.«

»Neben dir wirkte Dominic unbedeutend.«

»Aha, ich verstehe. Dann bin ich wohl für seinen Auszug verantwortlich.« Rory räuspert sich. »Bist du dir darüber im Klaren, was deine Aussage bedeutet? Ist dir je in den Sinn gekommen, dass das unser Ende bedeuten kann, und das unseres Geschäftes?«

»Unser Ende?«

»Das von Coburn and Watts. Ganz abgesehen von den Auswirkungen auf alle die Verlage, Fernseh- und Filmgesellschaften, die dir so viel Geld bezahlt haben.«

»Aber die müssen das doch nicht erfahren.« Sie schluchzt weniger heftig. »Das kann doch unser Geheimnis bleiben.«

»Natürlich müssen sie das alle erfahren.« Rory sieht sie entsetzt an. »Wir können jetzt, wo ich Bescheid weiß, nicht einfach so weitermachen. Mein Ruf steht auf dem Spiel. Die Wahrheit kann jeden Augenblick herauskommen. Wer immer dieses verdammte Ding geschrieben hat, wird sich eines Tages melden, glaub mir das.«

»Es war Kirstys Idee, nicht meine, ich schwöre es.«

»Okay, okay.« Er sieht keinen Sinn darin, weiterzureden, solange sie in diesem Zustand ist. Vielleicht ist Bentley zurück, wenn er nach Hause kommt. Rory denkt an den schrecklichen Streit, den es dann geben wird, und zuckt zurück. »Warum wollte Kirsty, dass du dich für die Autorin ausgibst?«

»Sie hatte Angst vor der Publicity. Ihr unberechenbarer Ehemann war hinter ihr her, und sie wollte nur ihre Ruhe und ein paar tausend Pfund, um über die Runden zu kommen. Wir hätten es nicht für möglich gehalten, dass *Magda-*

lene so einen Wirbel verursachen würde. Ich war die nahe liegendste Lösung.«

»Weil du schon immer im Rampenlicht stehen wolltest?«

Bernie schnieft, und ihr Schluchzen verebbt allmählich. Zögernd antwortet sie: »Ja, das stimmt. Aber jetzt ist das anders.«

»Du sagst, dass es anders ist.« Ihm ist klar, dass sie nicht mit *Magdalene* weitermachen können, dass es vorbei ist. Die Plagiatsvorwürfe, denen sie sich ausgesetzt sehen würden, würden nicht nur ihn selbst, sondern jede Person in den Bankrott treiben, die *Magdalene* angefasst hatte. Die Unkosten und Schadenersatzforderungen wären wahrscheinlich reif für einen Eintrag ins Guinness-Buch der Rekorde.

»Und was tun wir jetzt?« Rory reibt sich seine brennenden Wangen.

»Ich nehme an, ich muss verschwinden. Vielleicht kannst du die echte Autorin auftreiben.«

Die literarische Welt würde sich darauf stürzen. Er kann sie schon hören. »Was ist das denn, Rory? Ein neues Quiz? Such dir eine Autorin?« Und Bentley ist auch nicht gerade bekannt für seine Loyalität gegenüber Verlierern. Erfolg turnt ihn an – Erfolg und Macht.

»Schafft es die neue Autorin, einen Brief ohne Thesaurus zu schreiben?«

»Rauf, rein, raus, runter, danke schön.«

»Ich habe gehört, unten auf der Straße steht ein Pferd und schwört, es habe ein Buch geschrieben.«

Rory seufzt laut und legt den Kopf zurück, um seine Nackenmuskeln zu lockern. »Das kommt überhaupt nicht in Frage.«

»Natürlich könnte ich weiter so tun, als ob ich es geschrieben hätte, wenn ich deine Hilfe hätte«, schlägt Bernie vor.

Rory hebt schwerfällig den Kopf und blickt Bernie in die Augen.

»Wie meinst du das?«, fragt er müde.

»Ich könnte weitermachen und es vielleicht durchziehen, wenn du mir helfen würdest. Das Buch ist schon sehr alt, die Autorin ist bestimmt vor langer Zeit gestorben …«

»Genauer, Bernie, wie meinst du das?«, fordert er sie noch einmal auf.

»Ich müsste immer in deiner Nähe sein«, fährt Bernadette fort und senkt kokett den Blick. »Du müsstest immer bei mir sein.«

»Oh ja, ja sicher. Ich verstehe. Falls du in ein Fettnäpfchen trittst oder am Telefon auf dem falschen Fuß erwischt wirst oder dich plötzlich eine Anwandlung überkommt, mich zu vernichten.« Er erhebt sich ruckartig aus seinem Sessel, geht zu ihr und beugt sich wütend über sie. »Du hirnloses kleines Arschloch«, brüllt er. »Und wieso zum Teufel glaubst du, ich könnte dir auch nur eine Sekunde vertrauen? Eine falsche Bemerkung von dir, und ich sitze in der Scheiße.«

»Nein, nein«, ruft Bernie, »das würde ich nie tun. Ich könnte dich nie im Stich lassen. Ich schwöre es.«

»Ich nehme an, das hast du Dominic auch erzählt. Und wer weiß, wie vielen anderen. Was willst du, Bernie? Männer an der Leine, wie Hunde? Und kannst du dir vorstellen, wie ich mich dabei fühlte? Glaubst du nicht, dass ich dich dann noch mehr verachten würde, als ich es bereits tue?«

»Du verachtest mich nicht, Rory.«

Rory lacht höhnisch. »Du verachtest mich nicht, das ist das Problem. Du bist krank, besessen, eine Verrückte, die sich weigert, erwachsen zu werden. Versuche nicht es zu leugnen, denn jeder Blinde kann es in deinen Augen sehen. Mir wird übel bei dieser Schleimernummer, bei der Art, wie du wie ein Hund zu mir aufschaust. Und du hast keine Sekunde aufgehört mich anzumachen, seit ich zur Tür hereinkam.«

»Für wen verdammt noch mal hältst du dich eigentlich?« Heftig schubst Bernadette ihn weg. »Wie kannst du es wagen, so mit mir zu reden, du aufgeblasener Mistkerl! Du eingebildeter Arsch mit deinem affektierten Gehabe.«

Rory steht ruhig lächelnd am Kamin. »Ich kann mir nicht vorstellen, dass ein Arrangement zwischen uns beiden lange halten würde, Bernadette, du etwa?«

»Dann tu, was du für richtig hältst«, ruft sie mit hochrotem Gesicht. Sie ärgert sich, ihr Geheimnis aus gekränkter Eitelkeit heraus preisgegeben zu haben. »Dann geh doch an die Öffentlichkeit. Erzähl es allen. Gib zu, dass du dich von einer irischen Barkeeperin über den Tisch hast ziehen lassen.«

»Ehrlich gesagt weiß ich noch nicht, was ich mache. Aber was du vorschlägst, ist einfach indiskutabel.«

»Ich würde dich nie enttäuschen, ich schwöre es.« Sie starrt ihn flehend an. »Ich fühle so stark für dich, Rory. Zum ersten Mal in meinem Leben bin ich verliebt. Mach dich nicht über mich lustig, bloß weil du intelligent bist.«

»Aber Bernadette, denk doch mal nach. Ich empfinde nichts für dich, nicht das Geringste. Ich habe nie etwas für dich empfunden, und ich werde nie etwas für dich empfinden. Ich spüre nur abgrundtiefe Verachtung.«

»Aber das kann sich ändern.«

»Um Himmels willen, was für Bücher liest du denn?«

»Ich lese keine Bücher, nur Magazine.« Sie wirft ihr Haar zurück.

»Was? Du hast allen Ernstes noch nie in deinem Leben ein Buch gelesen?«

»Nur Roddy Doyle in der Schule.«

Er mustert Bernadette nachdenklich. Schließlich erklärt er: »Mir reicht's. Ich geh nach Hause.«

»Kann ich mit dir kommen?«

»Lieber nicht.«

Sie lächelt und fragt leise: »Rufst du mich morgen an?«

»Das werde ich wohl müssen.«

»Lässt du dir noch einmal durch den Kopf gehen, was ich zu dir gesagt habe?«

»Ich werde über alles nachdenken müssen.«

»Folge deinen Träumen und Wünschen, verleugne nie deine Gefühle«, hatte Kirsty gesagt, als sie und Bernie zuletzt miteinander gesprochen hatten.

Aber sie kann nicht Kirsty die Schuld für ihr eigenes Verhalten geben. Bernadette lässt sich auf das Bett fallen und vergräbt das Gesicht im Kissen. Wie sie sich danach sehnt, ihm nachzugehen, ihn zu bitten, sie doch anzusehen, zu berühren und zu küssen. Sie wünscht sich nur eins: Rory auf jede nur mögliche Art zu gefallen und seine Anerkennung zu bekommen. Der Ton seiner Stimme allein gibt ihr das Gefühl, er liebkose ihren Nacken, ihre Brüste, ihre Schenkel, sodass sie glaubt, vor Wonne wegzufließen. Auch wenn sie nicht versteht, was er sagt, wünscht sie sich, er möge endlos weitersprechen. Wenn sie sich ihm ganz hingibt, zu allem bereit ist, glaubt sie, wird sie von ihm bekommen, was sie sich so verzweifelt wünscht. Bernie steht auf und läuft im Zimmer umher.

Sie fragt sich, was sie dazu bewogen hat, sich so vor ihm zu erniedrigen und ihm die Wahrheit zu gestehen? Hatte sie wirklich allen Ernstes angenommen, sie könne Rory erpressen, ihn dazu zwingen, sie so nötig zu brauchen, wie sie ihn brauchte? Magdalene würde ohne Skrupel ihren Willen durchsetzen. Aber was wird jetzt mit dem Buch geschehen, wenn Rory beschließt auszusteigen? Das darf er nicht tun – auf keinen Fall! Er muss doch etwas für sie empfinden. Es kann doch nicht möglich sein, jemanden so sehr zu lieben, ohne dass diese Gefühle erwidert werden! Sie wird Kirsty und Avril nie mehr in die Augen sehen können. Und auch sie hat sie belogen und ihnen erzählt, sie sei verlobt, hatte sich eingeredet, sie und Rory würden sich wirklich verloben. Hatte sie sich so sehr in ihm getäuscht? Und was wird aus dem Geld, das sie schon so eifrig ausgibt, und warum hatte sie so unüberlegt gehandelt und alles aufs Spiel gesetzt?

Hat er nicht gesagt, er wolle sie morgen anrufen?

Er wird wiederkommen, versucht sie sich aufzubauen, und wenn er sich für sie entschieden hat, wird sie da sein und auf ihn warten.

Bentley ist noch nicht zurück, als Rory seine Wohnung betritt.

Es ist zu spät, um noch schlafen zu gehen, in seiner Stimmung kann er ohnehin nicht einschlafen, das weiß er.

Wie gelähmt verbringt er die Zeit bis zu den Morgenstunden grübelnd in seinem Arbeitszimmer.

Mit Grauen denkt er an das Leben, das ihm bevorsteht: Manche werden ihm mit Mitleid begegnen, aber die meisten voller Schadenfreude. Einen Ruf wieder zurückzugewinnen, für den er ein ganzes Leben lang schuftete, wird knallharte Arbeit bedeuten. Wahrscheinlich wird er nie mehr die Höhen erlangen, die er gewohnt ist, den Respekt, den er jetzt für selbstverständlich hält, oder die Erfolge, die er bislang erreichte und die für ihn das Lebenselixier waren. Und Bentley wird ihn für einen Versager halten. Und das alles nur wegen einem dahergelaufenen Mädchen, das offenbar wegen jedes Typen durchdreht, den sie kennen lernt.

Warum kann er nicht einfach die Achseln zucken und sich gleichmütig und trotzig der Herausforderung stellen?

Gäbe es Bentley nicht und seine magische Ausstrahlung, wäre Rory wahrscheinlich dazu in der Lage.

Aber eine düstere Stimmung umhüllt Rory, und er öffnet seine Schreibtischschublade, um ein Glas mit Schlaftabletten herauszuholen, die er erst vor ein paar Wochen einem selbstmordgefährdeten Autoren abgenommen hatte. Langsam bewegt er sich durch das Zimmer und greift nach einer vollen Flasche Brandy. Auf seinem Schreibtisch liegt die erste richtige Druckfahne von *Magdalene*. Er sitzt davor, vornüber gebeugt, beide Arme ausgestreckt, die Fäuste geballt, wie in einem Krampf. Manchmal läuft ein Schauer durch seinen Körper. Bald wird er mit dieser wahnsinnigen Welt für immer fertig sein.

28

Candice Love ist am Boden zerstört.

Rory Coburn hat letzte Woche versucht, sich das Leben zu nehmen.

Allerdings besaß er noch die Geistesgegenwart, ihnen vorher eine Nachricht zu hinterlassen. Candice hätte die Nachricht allerdings im Nachhinein lieber nicht gelesen. Bald wird sie sich um einen neuen Job umsehen müssen. Und wenn sie sich vorstellt und erzählt, wo sie vorher gearbeitet hat, wird man schallend lachen. Vielleicht könnte sie als Bibliothekarin arbeiten oder als Lehrerin.

Candice sitzt meistens in ihrem von hohen Plastikwänden umgebenen klimatisierten Büroabteil und arbeitet sich durch einen riesigen Manuskriptstapel. Sie hat vor, so lange zu arbeiten, bis die Bombe explodiert. Einige Manuskripte, voller Eselsohren und in Mitleidenschaft gezogen von ihrem Versand, sind Texte, die sie schon einmal abgelehnt hat.

Sobald sie nach Hause kommt, schaltet sie den Fernseher an, schaut sich stundenlang Soaps an, mit Vorliebe etwas Sozialkritisches wie *Brookside*. Gerade, als sie es sich an diesem Abend in ihrem Sessel bequem gemacht hat, klingelt es an der Tür. Ein Nachbar hat ein Paket für sie angenommen und läutet nun, nachdem er es vorher auf ihre Fußmatte gelegt hat. Candice bückt sich und greift nach dem Päckchen. Irgendein Klient muss es gewagt haben, es direkt an sie nach Hause zu schicken, in der Hoffnung, bevorzugt behandelt zu werden. Sie nimmt sich vor, es ganz nach unten in den Stapel zu schieben. Und warum müssen diese Autoren immer derart viel Klebeband verwenden?

Sie schneidet das Bündel auf, und aus dem halb geöffneten Päckchen schlägt ihr ein modriger Geruch entgegen. Candice zieht ein rostbraunes Buch heraus, dessen Titel schlicht auf den Buchdeckel gedruckt ist. »*Magdalene* von Ellen Kirkwood.« Sie kneift die Augen zusammen und schlägt das Buch mit zitternden Fingern auf. Es ist im Jahr 1913 erschienen bei Bryant, einem Verlagshaus, an das sie sich dunkel erinnert. Es existiert seit Jahrzehnten nicht mehr.

Dann untersucht sie den Poststempel. Das Päckchen wurde gestern in Plymouth aufgegeben, per Express, aber warum hierher, warum an sie? Sie hat noch nie von Ellen Kirkwood gehört und in dem Buch ist nichts über die Autorin zu finden. Zögernd schlägt sie die erste Seite auf. Ist dies das Buch, das Coburn and Watts zur Zielscheibe des Spottes in der literarischen Welt machen wird? Frustriert denkt sie an die Schlagzeilen, mit denen die Zeitungen das Erscheinen des Buches anpriesen: »Meisterwerk für das neue

Millennium«, »Der beste Bestseller aller Zeiten«, »Lesen Sie es im nächsten Februar und es wird Ihr Leben verändern«.

Aber es *ist* dasselbe Buch. In dem gefälschten Manuskript waren viele der langatmigen Beschreibungen gekürzt, doch davon abgesehen ist es dasselbe Buch. Candice blättert zu den letzten Seiten und überfliegt sie. Die Charaktere sind dieselben. Die Handlung, der wunderbare Stil sind identisch. Also entsprachen Rorys Enthüllungen der Wahrheit, und sie hält das Original in Händen. Sie wundert sich, dass die Literaturkritik nie davon Notiz genommen hat, schließlich ist es ein echtes literarisches Meisterwerk, ein Roman, der den angesehensten Klassikern in nichts nachsteht.

1913. Ein ungewöhnliches Buch für diese Zeit. Ob das Publikum ein so düsteres und kompliziertes Werk wie *Magdalene* damals angenommen hätte? Wäre ein Buch wie dieses überhaupt durch die Zensur gegangen? Das war eine Zeit, in der dem jungen Bertrand Russell zufolge »der barbarische Unterbau der menschlichen Natur erschlossen wurde«. Die Menschen standen unter Schock, ihr Weltbild war erschüttert. Die *Titanic* war ein Jahr zuvor gesunken, Suffragetten schlugen Schaufenster ein und wurden umgebracht, der deutsche Kaiser drohte mit dem Schwert, Kitchener war bereit von den Litfaßsäulen mit dem Finger zu zeigen, um Freiwillige in die Armee zu holen – mit anderen Worten, das Land steckte wie üblich in einer Krise.

Eigentlich gerade reif für ein Buch wie *Magdalene.*

Möglicherweise kann sie jetzt, da sie den Namen der Autorin kennt, die Sache doch noch retten. Das Copyright muss abgelaufen sein. Vielleicht kann sie Kirkwoods Nachkommen ausfindig machen und mehr über sie herausfinden, die Verleger besänftigen, die Publicity zu Geld machen. Candice ist nicht gewillt, mit Coburn and Watts unterzugehen. Besonders gut bezahlt für ihr Engagement wurde sie ohnehin nie. Alles ist besser, als die Hände in den Schoß zu legen und zu warten, bis die schreckliche Wahrheit ans Licht kommt.

Wer war Ellen Kirkwood? Welches Leben führte dieses Genie? Und warum kennt niemand ihren Namen?

Kirsty überlegt, wie sie von hier verschwinden kann.

Sie ist noch nicht fertig mit Trevor.

Nein, noch lange nicht.

Eine Polizistin, die ihre Mütze abgenommen und ein trauriges Gesicht aufgesetzt hatte, klopfte an Kirstys Wohnwagentür.

»Es tut mir Leid, Ihnen das mitteilen zu müssen, Mrs. Hoskins, aber das Mietauto Ihres Mannes wurde bei den Klippen vor dem Pengellis-Felsen gefunden. Wir haben gerade erst herausgefunden, dass Ihr Mann den Wagen gefahren hat.«

»Oh nein!«, stieß Kirsty hervor. »Das kann nicht sein!«

»Wir sind uns natürlich nicht sicher, aber wir haben nach seiner Leiche gesucht und es sieht ehrlich gesagt nicht gut aus, falls Sie beide, wie Sie sagten, eine Auseinandersetzung hatten an dem Tag, als er Sie besuchte.«

»Armer Trevor.« Kirsty wischte sich über die Augen. »Er war nicht immer ein guter Mann, aber so war er nun mal. Armer Trevor.«

Nachdem sie heute die Kinder zur Schule gebracht und Avril mit einer Einkaufsliste am Supermarkt abgesetzt hatte, nähert sie sich mit einer Packung Kekse, einer Flasche Mineralwasser und einer Schneiderschere aus Avrils Strickkörbchen dem Cottage.

Hastig schaut sie sich um, obwohl dieser Teil des Parks

selten benutzt wird, und sperrt die Tür zu dem Cottage auf, das einmal ihr Zuhause hätte werden sollen. Sie und Avril haben morgen einen Besichtigungstermin bei einem kleinen Cottage mit drei Schlafzimmern. Den Kindern haben sie davon noch nichts erzählt, sonst hätten sie keine Ruhe mehr gegeben, aber Jake und Gemma sind auch von ihrem neuen Zuhause im Caravan begeistert.

Von ihrem Vater sprechen sie nicht mehr.

»Trevor«, ruft Kirsty, »ich bin's.«

Unten im Loch ist ein leises Scharren zu hören, sonst nichts.

»Ich habe noch mal Wasser gebracht und etwas zu essen. Ich nehme an, du kannst etwas brauchen, schließlich hast du schon vier Tage nichts mehr zu essen gehabt.«

Kirsty kniet sich dort nieder, wo das Linoleum in das schwarze Nichts abfällt.

»Doch bevor ich es dir runterlasse, Trev, möchte ich, dass du etwas für mich tust.« Ihre Erregung ist ihrer Stimme nicht anzumerken. »Kannst du mich hören, Trev? Tust du, was ich von dir verlange?«

Ein kehliges Röcheln bleibt die einzige Antwort.

Sie bindet die Schere an das Seil und lässt sie langsam hinunter. »Erinnerst du dich an den Strippoker, Trev, und daran, dass es immer ein Pfand gab? Das war das Lustige daran, dieses Pfand abzugeben, stimmt's? Nun, du darfst jetzt auch wieder ein Pfand abgeben, es soll ja Spaß machen. Ich bin nicht die humorlose Zicke, als die du mich immer hingestellt hast. Und das werde ich dir jetzt beweisen.«

Trevor antwortet nicht.

»Gleich ist die Schere bei dir. Wenn du den Knoten löst, möchte ich, dass du dir das linke Ohrläppchen abschneidest, nur das kleine dicke Stück unten – das ist in Ordnung, das meiste ist Knorpel, da sind nicht viele Nerven – und es in den Mull wickelst, der am Seil hängt. Und es mir wieder hochschickst.«

Ein lautes Stöhnen ist aus der Grube zu vernehmen. Kirsty beugt sich nach vorne, um Trevor besser sehen zu können. Er scheint, mit dem Rücken an die Mauer gelehnt, im Schlamm zu kauern. Auch der Golfschläger ist gegen die Mauer gelehnt. Trevor sieht aus wie ein Gartenzwerg mit einer Angel, und sie muss an sich halten, nicht hysterisch loszuprusten. Aber der Gestank ist so bestialisch, dass sie sich die Nase und den Mund mit einem Tuch zuhalten muss.

»Kirsty«, Trev spricht ihren Namen behutsam aus, wie jemand, der gerade aufgewacht ist.

»Mach dir nicht die Mühe zu reden, Trev, ich weiß, wie schwer das für dich sein muss. Tu einfach, was ich dir sage, und du bekommst gleich darauf das Wasser, ich verspreche es.«

Eine Weile hängt das Seil schlaff, bis am anderen Ende herumgefummelt wird und sie weiß, dass Trevor die Schere ablöst.

»Gut so, Trevor. Ich glaube, es fällt dir leichter, wenn du es schnell machst. Versuche nicht zu viel darüber nachzudenken. Denk lieber an etwas ganz anderes, das hilft manchmal. Ich habe es immer so gemacht. Ich habe mir immer alles Mögliche vorgestellt, während du mich gequält hast. Ich habe so getan, als sei ich jemand anders: Allis oder Melody aus dem Roman, den ich gerade gelesen habe, stellte mir vor, ich würde fein zum Essen ausgeführt oder ich läge mit einem Cocktail an einer Lagune, über mir flögen Papageien und an meiner Seite wäre ein gut aussehender Mann, dessen Augen mich liebevoll anschauten.«

Noch immer reagiert Trevor nicht.

»Ich will dich nicht drängen, wirklich nicht, aber ich muss bis um elf Uhr wieder beim Supermarkt sein. Ich bin mit meiner Freundin Avril in der Stadt zum Mittagessen verabredet, und ich möchte nicht zu spät kommen.«

Sie hört ein Rascheln. Ein gutes Zeichen, denkt sie. Wenn er die Kraft besitzt, aufzustehen, kann er sich auch das Ohrläppchen abschneiden.

»Ich helfe dir dabei«, ruft Kirsty hinunter, »es ist ganz leicht, als ob man einem Kind ein Pflaster vom Knie zieht – eins, zwei, drei – zusammen geht es besser. Komm schon, Trev, los – eins, zwei … drei.«

Kirsty beugt sich wieder vor und lauscht.

»Jetzt sei kein solcher Feigling. Denk daran, wie dir dein Wasser und deine Kekse schmecken werden, da wirst du von deiner Wunde gar nichts merken.«

Ein dumpfes Stöhnen dringt herauf. Kirsty schließt die Augen, bis es verstummt und wieder Ruhe eintritt. Dann beginnt das dünne Seil ganz langsam zu schwanken, und sie weiß, Trevor bindet etwas fest.

Mühsam unterdrückt sie ein Lachen und presst die Lippen zusammen. Sie wartet ein paar Minuten, bevor sie das Seil heraufzuziehen beginnt. Das Stück Fleisch ist in den Mull eingewickelt, der schon blutgetränkt ist. Sie kann den Klumpen kaum anschauen, geschweige denn berühren. Daher knüpft sie die Schere ab und schneidet das Ende des Seils und damit das blutige Knäuel ab. Sie steckt es mit spitzen Fingern in eine kleine Plastiktüte.

Wieder hat sie Mühe, das Lachen zu unterdrücken. Sie bindet das saubere Seilende um die Wasserflasche und die Kekse und lässt sie vorsichtig hinunter. Soll er doch glauben, sie lenke ein. Wie oft hat er das mit ihr gemacht – gerade wenn sie glaubte, das Schlimmste überstanden zu haben, legte er den Türvorleger auf den Küchenboden und drückte ihren Kopf in den Abfalleimer. »Miststück. Jetzt weißt du, wo du hingehörst. Du isst nicht mit mir am Tisch.«

Und noch immer wird sie die schreckliche Angst nicht los, selbst jetzt nicht, dass Trev, so geschwächt, wie er ist, es schaffen könnte, sich zu befreien.

Das Loch ist unregelmäßig, an der breitesten Stelle misst es etwa einen Meter. Um es abzudecken, braucht Kirsty ein großes Brett. Ihr Blick fällt auf den wurmstichigen Küchentisch.

Zuerst wirft sie seine Kleider hinunter. In ein paar Minuten wird es für ihn keine Rolle mehr spielen, ob er nackt ist oder nicht. Vielleicht denkt er sogar, sie wolle ihn befreien. Dann tritt sie mit den Füßen die am Boden herumliegenden Sachen in das Loch. Befriedigt registriert sie, um wie viel ordentlicher die Küche zu wirken beginnt. Aus dem Loch dringt schwaches Stöhnen herauf. Kirsty lächelt; Magdalene ist bei ihr, ihre Heldin begleitet jede Bewegung wie ein Schatten. Als Nächstes wirft Kirsty wie im Rausch sämtliche Geräte – Töpfe, Pfannen, ein Bügeleisen, einen Eimer, Aschenbecher und zwei Elektroöfen – hinunter. All das Gerümpel, das zu einem Hausfrauendasein gehört und das sie acht lange Jahre zu Trevs Gefangener machte. Sie reißt die Vorhänge ab und holt die Decken aus den modrigen Betten. Alles, was ihr zwischen die Finger kommt, wirft sie in das Loch im Boden und benutzt den Schrubber dazu, alles möglichst fest hineinzudrücken, weiter hinunter, tiefer in Trevs Grab.

»STIRB. STIRB. STIRB.«

»Gott bewirkt seine Wunder auf geheimnisvolle Weise.«

Als sie glaubt, wirklich nichts mehr in das Loch hineinstopfen zu können, schleppt sie den Tisch zu dem Schacht, dreht ihn um, sodass die Tischplatte auf dem Boden liegt, und schiebt ihn vorsichtig so hin, dass er den Anschein erweckt, schon seit Jahren an diesem Platz verkehrt herum zu liegen.

Als die Fahnen vom Verlag ankamen, wäre Kirsty fast vor Stolz geplatzt. Zärtlich drückte sie *Magdalene* an sich und sog gierig den Duft der neu gedruckten Seiten ein – wie viel schöner war diese neue Ausgabe, verglichen mit den vergilbten Blättern des Originals. Das Paket enthielt nur zwei Kopien, eine für sie und eine für Avril, daher konnte sie nicht wie versprochen Mrs. Stokes ein Exemplar schenken. Doch als sie ihr das Buch zeigte, wirkte Mrs. Stokes zum ersten Mal überhaupt beeindruckt.

»Ich hätte nie gedacht, dass daraus tatsächlich etwas würde. Ich dachte, das sei alles nur heiße Luft.«

»Mir ging es genauso«, entgegnete Kirsty. »Aber das Buch soll am 6. Februar erscheinen.«

Candice Love sitzt in der neu gebauten British Library und recherchiert.

Wo immer sie auch sucht, auf den Computerschirmen oder im Handapparat, nirgends findet sie einen Hinweis auf eine Autorin namens Ellen Kirkwood. Was sie angesichts der Genialität dieser Schriftstellerin mehr als merkwürdig findet. Hat jemand aus irgendeinem Grund alle Hinweise auf sie vernichtet? Candice kann sich das nicht vorstellen.

Weder in den biographischen Nachschlagewerken wird eine Ellen Kirkwood erwähnt, noch in den alten Jahrbüchern für Autoren, die viele Jahrhunderte zurückreichen.

Weil der wattierte Umschlag in Plymouth aufgegeben worden war, beginnt Candice die Archive der dortigen Lokalblätter zu durchforsten. Möglicherweise war das Buch nur lokal erhältlich, obwohl ihr kein Grund einfällt, warum ein Roman von derartigem Format so behandelt werden sollte.

Sie ist erschöpft und durcheinander, doch absolut entschlossen, die Identität dieser Person zu klären. Schließlich geht sie dazu über, die Geburten, Eheschließungen und Todesmeldungen durchzusehen. Die Tatsache, dass Kirkwood nur ein Buch geschrieben hat, bedeutet noch gar nichts. Manche Autoren haben nur das kreative Potenzial für ein Buch und damals, als man von ihnen noch nicht diesen serienmäßigen Output erwartete, spielte das auch keine große Rolle.

Candice hat als Anhaltspunkt nur eine Jahreszahl: 1913 – das Jahr, in dem *Magdalene* offenbar publiziert wurde. Auf einmal stutzt sie, als sie die folgenden Zeilen liest:

»Ellen Kirkwood… gestorben 1913. Plymouth.«

Erregt springt sie auf. Könnte das hier die Ellen Kirkwood sein, die sie sucht? Falls ja, dann war sie in dem Jahr gestorben, in dem das Buch erschien.

Candice wendet sich den ganzen Nachmittag lang wieder den Lokalzeitungen zu, legt nur gegen drei Uhr eine kurze Pause ein, um einen Apfel zu essen. Am Bildschirm klickt sie sich durch die Namen regionaler Persönlichkeiten, fast ausnahmslos Reformer und Gründerpersönlichkeiten: Die Schlagzeilen in den alten Zeitungen handeln von immer denselben Themen: Kriegsgefahr, Politik, Kriminalität – und die *Western Morning News*, der *Evening Herald*…

Plötzlich wird es in diesem Saal der British Library ganz still.

Dann knallt eine Tür, und Candice zuckt zusammen.

»Kirkwood wegen schändlichen Mordes verhaftet.«

»Sensation, weitere Leichen im Kirkwoodfall gefunden.«

»Kirkwood zeigt keine Gefühle vor Gericht.«

»Kirkwood zum Tod durch den Strang verurteilt.«

Die Polizei wurde schnell gewahr, dass sie es nicht mit der einfachen Kammerzofe zu tun hatte, wie sie ursprünglich annahm, sondern mit einer hochgebildeten und raffinierten Frau…

Ellen Kirkwood wuchs privilegiert in einer christlichen Bürgerfamilie auf. Sie besuchte die St. Jude's Roman Catholic Academy for Girls, bis sie im Alter von fünfzehn Jahren wegen Diebstahls der Schule verwiesen und von ihrer Familie enterbt wurde. Miss Kirkwoods gesellschaftlicher Abstieg war unaufhaltsam, schließlich landete sie in der Gosse, als eine gefallene Frau. Dort griff die Heilsarmee sie auf. Dank ihrer vorzüglichen Umgangsformen fand Miss Kirkwood eine Anstellung im Hause des bedeutenden Politikers Sir Michael Geary. Und vom Hause dieses nichts ahnenden Gentleman aus begann sie ein Leben in Lug und Trug zu führen und sich nachts in den Straßen herumzutreiben. Dieses Doppelleben führte dann zu jenem grausamen, vorsätzlichen Gemetzel, dessen Einzelheiten vor Gericht für jedermann hörbar ausgebreitet wurden. Noch immer ist offen, wie viele junge Männer durch die Hand dieser Mörderin den Tod fanden.

Während des ganzen Prozesses stellte Miss Kirkwood eine eiserne Ruhe zur Schau, eine erstaunliche Selbstbeherrschung, verstand es ihre Gefühle zu verbergen. Ellen Kirkwoods gerechte Strafe für ihre grässlichen und gemeinen Verbrechen wurde für zwei Monate hinausgeschoben, um die Geburt ihres unehelichen Kindes zu ermöglichen. Sie wurde auf dem Gelände des Gefängnisses beerdigt, in dem sie zuletzt arretiert war.

Candice Love fährt sich mit der Hand durch ihr Haar, das in unordentlichen Strähnen herabhängt. Also wurde *Magdalene* möglicherweise nie veröffentlicht. Die Ausgabe, die sie in Händen hielt, ist wahrscheinlich eine von sehr wenigen Exemplaren. Unter diesen heiklen Umständen muss Bryant, der Verleger, den Druck sofort eingestellt haben, nachdem die schrecklichen Verbrechen seiner Autorin ans Licht kamen. Das würde erklären, warum in der British Library weder der Roman noch ein Hinweis darauf zu finden sind.

Heute würde ein Buch einer Serienmörderin von der Öffentlichkeit ganz anders aufgenommen werden. Die Medien würden sich wie die Geier auf die Autorin und ihre Biografie stürzen, und am Ende wäre die Mörderin ein Popstar und das Buch ein Bestseller.

Candice jubelt innerlich, denn das Copyright für *Magdalene* müsste längst abgelaufen sein und das Buch könnte noch immer veröffentlicht werden. Was gäbe das für eine neue Story!

Doch was wurde aus Kirkwoods Kind?

Candice Love muss noch mehr herausfinden, damit nicht dieses Kind plötzlich auftaucht und alles kaputtmacht. Aber mit der Suche muss sie im Burleston Hotel beginnen, dem Ort, in dem dieses Meisterwerk neu entdeckt wurde, dem Ort seiner Wiedergeburt.

29

Avril kaut wütend an ihrem Daumennagel. Sie hatte den ganzen Abend in einem Pub in Plymouth verbracht und niemanden schien ihr kurzer Rock beeindruckt zu haben, die Netzstrumpfhose, die getuschten Wimpern, der leuchtend rote Lippenstift und ihr Augenaufschlag, den sie bis zur Perfektion vor dem Spiegel geübt hatte.

Als ihr Blick zufällig in einen Spiegel der Kneipe fiel, war sie schockiert. Wie sie liefen die Tunten bei der Gay-Parade in London herum. Jetzt sah sie genauso wie die Sorte

Frauen aus, bei der sie früher vorsichtshalber die Straßenseite gewechselt hätte. Die Sorte, vor der ihre Mutter sie zeit ihres Lebens gewarnt hatte: ordinär und billig. Nur ein Mann zeigte Interesse an ihr, und der war über fünfzig, unrasiert und stank zudem nach Urin.

Als sie ins Bett fiel, drehte sich ihr Caravanzimmer um sie und dann fing Kirsty an rumzunölen, über Avrils schlechten Einfluss auf die Kinder.

Und später rief auch noch Bernadette an und erzählte stundenlang vom »Unfall«, wie sie es nannte, ihres Verlobten. Er liege auf der Intensivstation und schwebe zwischen Leben und Tod. Sie selbst habe beschlossen, nach Cornwall zurückzukehren, weil sie den Stress nicht länger aushalte.

»Gerade als ich so glücklich war«, schluchzte Bernie ins Telefon. »Und ich muss euch noch etwas erzählen. Etwas noch viel Schlimmeres…«

Kirsty hat Mitleid mit Bernie und schlägt ihr vor, ein paar Tage mit ihr und Avril im Caravan Park zu verbringen. Bernie sagt sofort zu.

Avril hat sich innerhalb kurzer Zeit so gravierend verändert, dass ihr Körper dagegen zu rebellieren scheint. Manchmal hat sie Schweißausbrüche, und sie muss sich häufig übergeben. Die Farbe des Erbrochenen macht ihr Angst. Sie fragt sich, ob sie irgendeine schreckliche Krankheit hat. Denn außer ihrem Morgeninhalt erbricht sie noch undefinierbare Brocken, die wie Wucherungen aussehen.

Sie schaut nicht genau hin und drückt schnell die Toilettenspülung. Und ab und zu fängt sie im Traum an zu schreien und weckt Kirsty damit auf.

Die Kinder, die Avril anfangs so süß fand, machen sie allmählich aggressiv. In ihren Augen sind Jake und Gemma kleine Fratzen, denen man die Köpfe zusammenschlagen sollte. Kirsty lässt ihnen alles durchgehen, versucht sie offenbar für die negativen Erfahrungen der letzten Jahre zu entschädigen. Avril ist der Meinung, dass sie eine festere Hand brauchen, dass sie gefälligst lernen sollten aufzuessen, sich an feste Bettzeiten zu halten, sich zu waschen und ihre Sachen aufzuräumen. Und sie hält es für überflüssig, dass Kirsty ihnen jeden Abend eine Geschichte vorliest, egal wie sie sich betragen haben.

Manchmal ballt Avril die Fäuste so fest, dass die Adern auf ihren Gelenken hervortreten. Wenn das ihre Kinder wären, würde sie ihnen beibringen, was Respekt ist, was man unter Umgangsformen, Dankbarkeit und Unterordnung versteht.

»Du siehst aus wie ein Weihnachtsbaum, Avril«, sagte Gemma, als Avril ein paar Abende zuvor ins Taxi stieg, um sich ins Nachtleben zu stürzen.

»Du hast einen dicken, fetten Hintern«, rief Jake ihr hinterher. »Wenn ich so einen Hintern hätte, würde ich ihn verstecken und nicht in dieser gestreiften Leggings rumlaufen.«

»Kümmer du dich doch um deinen eigenen Kram«, fauchte Avril zurück und rückte ihren riesigen Glasohrring zurecht.

Und Kirsty zuckte nur entschuldigend die Achseln und machte eine dumme Bemerkung wie: »Kinder, was soll man da machen?«

Man kann allerhand machen, findet Avril. Und im Nachhinein heißt sie die Einstellung ihrer Mutter Kindern gegenüber auf einmal gut.

Kirsty schlug sogar vor, die Kinder einen Tag aus der Schule zu nehmen und ihnen zu erlauben, sich das Cottage mit ihnen anzusehen. Avril meinte, dass Jake und Gemma sich vielleicht zu sehr auf das Haus fixieren könnten und dann nur enttäuscht wären, wenn Kirsty es nicht nehmen würde. Das Argument überzeugte Kirsty.

Avril malte sich aus, was für ein Chaos diese Kinder bei der Besichtigung verursachen würden: Wie sie im Cottage herumtoben, auf den Betten herumhüpfen und sich auf den Sofas und Stühlen herumwälzen würden.

Wenn sie nicht bald etwas Disziplin lernen, denkt Avril, werden sie schnell auf die schiefe Bahn geraten und wirkliche Probleme bekommen, genau wie Graham.

»Räume deine Spielsachen weg«, forderte Avril eines Abends Gemma auf, als Kirsty weg war. Bilde dir bloß nicht ein, dass ich das für dich tun werde. Ich bin nicht so dumm wie deine Mutter.«

»Okay«, gab Gemma nach.

»Und du, häng nicht so rum und versuch bloß nicht, dich vor deinem Anteil zu drücken. In der Spüle steht genug Geschirr«, erklärte Avril Jake.

»Ich koch uns eine Tasse Tee, wenn ich fertig bin«, antwortete er und strahlte Avril an.

Am liebsten hätte sie ihn gegen das Schienbein getreten.

In das Cottage verlieben sie sich auf den ersten Blick. Es steht allein, etwas abseits vom Dorf. Innen duftet es nach Holzrauch. Auf den gefliesten Böden liegen Teppiche, die Möbel sind zwar nicht nagelneu, aber bequem und gemütlich.

Bernie sieht in ihrer rosa Wildlederjacke, den hohen schwarzen Stiefeln und ihrem breitkrempigen Hut aus wie eine russische Ballerina, und die Dorfbewohner starren sie an.

Kirsty und Avril werfen sich deswegen Blicke zu und Avril flüstert Kirsty zu. »Wir hätten sie nicht mitnehmen sollen.«

»Was war das denn für ein Unfall?«, erkundigt sich Kirsty, während sie die schmale Wendeltreppe hinaufgehen.

»Das muss schlimm gewesen sein, als Rory auf die Intensivstation kam.«

»Er hat etwas genommen.«

»Was? *Absichtlich?*«

»Aus Versehen. Er hat zu viele Schlaftabletten geschluckt. A-Aber das ist noch nicht alles. Ich muss euch sagen …«

»Du meinst, er wollte sich umbringen?«, hakt Avril nach.

»Warum sollte er sich umbringen wollen?«, fragt Bernie mit Kleinmädchenblick. »Er hat mich angebetet, wir wollten heiraten und dann wäre die ganze Sache auch nicht passiert.«

»Könnt ihr doch immer noch, oder?« Kirsty tat so, als schenke sie Bernies Version Glauben. »Und was meinst du mit ›dann wäre die Sache nicht passiert‹?«

Bernie scheint diese Frage nicht beantworten zu können. Stattdessen fängt sie an zu weinen, während sie sich die Zimmer im ersten Stock ansehen. »Bentley hat ihn gefunden.« Avril hofft, dass kein Zimmer für Bernie da ist. »Rory war bewusstlos. Sie sagen, er war schon fast über den Jordan.«

»Schöner Unfall«, wirft Avril spitz ein.

»Und dann wäre da noch der Dachboden«, erklärt Mr. Pratt, der Hausbesitzer.

»Was für ein herrliches Spielzimmer«, ruft Kirsty aus. »Ist das nicht wunderhübsch, Avril? Das wäre perfekt!«

»Ich hätte dieses Zimmer gern als Arbeitszimmer«, entgegnet Avril.

»Ein Arbeitszimmer? Wozu brauchst du ein Arbeitszimmer?«

»Für die Arbeit, für die ich mich entscheiden werde«, entgegnet Avril grimmig. »Und vielleicht hätte ich auch gern ein eigenes Wohnzimmer, in dem ich mit meinen

Freunden sitzen kann. Ich will nicht alles mit deiner Familie teilen«, erklärt sie Kirsty. »Ich brauche auch ein bisschen Platz für mich.«

Kirsty zögert mit ihrer Antwort. »Na ja, wenn du das so siehst, Avril.«

»Ja, das sehe ich so«, beharrt Avril.

»Ich hoffe, ihr könnt euch das hier leisten«, redet Bernie dazwischen.

Wie vom Blitz getroffen, drehen sich Kirsty und Avril um, und Bernie fährt fort, bevor sie eine Frage stellen können: »Es kann sein, dass wir alles zurückgeben müssen.«

»Wovon redest du?«, ruft Kirsty.

»Was zurückgeben? Das Geld?«, kreischt Avril.

»Nein, nein, das war nur ein Scherz, vergesst es«, jammert Bernie mit kreidebleichem Gesicht. »Aber jetzt, wo Rory im Krankenhaus ist, habe ich keine Ahnung, was aus mir wird. Ich hab mich so auf ihn verlassen.«

»Das ist eins deiner Grundprobleme«, bemerkt Avril und klingt dabei so sehr wie ihre Mutter, dass sie erschrocken zusammenzuckt. »Du verlässt dich immer auf jemanden.«

Abends lädt Bernie die anderen zum Essen ein, bei dem sie ihnen den Stand der Dinge beichten will. Aus Angst vor Kirstys Reaktion zittert sie und kann keinen klaren Gedanken fassen.

»Aber Jake und Gemma sind doch wohl nicht miteingeladen?«, erkundigte sich Avril stirnrunzelnd.

»Ach Avril, sie würden sich so freuen«, wirft Kirsty ein. »Sie waren noch nie zuvor in so einem feinen Kasten.«

»Kirsty«, platzt Avril entsetzt heraus, »sie hätten keine Ahnung, wie sie sich benehmen sollen! Sie würden im Speisesaal herumtoben, die ganze Zeit brüllen und streiten und uns blamieren.«

»Wie kommst du nur darauf? Das würden sie nie tun«, antwortet Kirsty, feuerrot im Gesicht. »Wie kannst du so schlecht über meine Kinder sprechen?«

»Wenn sie mitkommen, bleibe ich zu Hause«, erklärt Avril. »Das ist mein letztes Wort.«

»Wenn dir tatsächlich so viel daran liegt.« Kirsty schüttelt irritiert den Kopf. »Ich hatte ja keine Ahnung, dass du so denkst. Gemma und Jake mögen dich, Avril. Für sie gehörst du zur Familie. Und ich kann nicht glauben, dass du sie nicht ausstehen kannst.«

»Die Balls können auf sie aufpassen«, entgegnet Avril. »Jake und Gemma können bei ihnen bleiben, bis wir nach Hause kommen.«

»Okay«, gibt Kirsty nach. »Wenn du meinst, Avril.«

»Irgendetwas stimmt nicht mit Bernie.«

»Kein Wunder, wenn ihr Verlobter auf der Intensivstation liegt.«

Aber Kirsty schüttelt den Kopf. »Nein, das ist es nicht, es ist etwas anderes. Sie ist vollkommen am Ende mit ihren Nerven, irgendetwas macht ihr schreckliche Angst.«

»Mir ist nichts aufgefallen«, meint Avril.

Kirsty kleidet sich, wie immer, zurückhaltend, ein schlichtes Sommerkleid und dazu eine Strickjacke. Avril dagegen schlüpft in ein schwarzes, rückenfreies Kleid und trägt Stöckelschuhe mit hohen Pfennigabsätzen.

»Damit kannst du nicht laufen«, kreischt Jake, »du siehst ja wie eine Ente aus.«

»Jake, Jake, sei nicht so garstig zu Avril«, bremst ihn Kirsty.

»Ich kann deinen Schlüpfer sehen«, singt Gemma, während sie auf dem Boden des Caravans herumkugelt.

Avril tritt mit dem Fuß nach ihr und trifft sie am Kinn.

Sofort schreit das Kind wie am Spieß los. Es kann ihr nicht so wehgetan haben, aber Gemma blutet im Gesicht, und Kirsty hüpft um sie herum, tupft an dem Kratzer und streichelt sie.

»War das nötig, Avril?«, fährt Kirsty sie an.

»Ich wollte sie nicht verletzen«, lügt Avril. Am liebsten würde sie noch einmal nachtreten, damit dieses Kind einen Grund hat, so zu heulen. »Ich wollte nur den Anstand wahren.«

»Na, darauf wäre ich nicht gekommen«, gibt Kirsty zurück, »wenn du wirklich vorhast, in dem Aufzug unter die Leute zu gehen.«

»Mit mir ist alles in Ordnung«, erklärt Avril mit einem abschätzigen Blick auf Kirsty. »Und überhaupt, sieh nur, es ist nur ein Kratzer, man sieht fast gar nichts. Es hat schon zu bluten aufgehört. Mach ein Pflaster drauf und fertig.«

Candice Love, die gerade im Burleston angekommen ist, sieht sich plötzlich Bernie gegenüberstehen. »Ich hätte nie gedacht, dass ich dich hier treffen würde.« Ihre Stimme klingt kühl.

Bernie weicht dem Blick ihrer Agentin aus. »Ich konnte ja schlecht für immer in der Wohnung bleiben, oder?«

»Nein.« Candice schüttelt den Kopf und fährt sich durch ihr Haar. »Nein, wohl kaum.«

»Wie geht's Rory?« Bernie flüstert fast.

»Unverändert, soweit ich weiß.« Sie sieht Bernie so streng sie kann an. »Sag ihnen kein Wort. Ich kann es nicht glauben. Du hast es ihnen tatsächlich noch immer nicht erzählt?«

»Es ist wirklich nicht alles meine Schuld. Es war auch gar nicht meine Idee. Ich kann nichts dafür. Sie haben mich in die Arena gestoßen, also ist es eher ihre Schuld als …«

»Hör auf mit dem Unsinn«, unterbricht Candice sie und lässt sie stehen.

Candice und die drei Freundinnen sitzen an der Bar und nippen an ihren Cocktails.

»Ich musste herkommen.« Von Candice' fröhlichem temperamentvollen Wesen, das sie bei ihrem ersten Treffen kennen lernten, ist nichts mehr zu spüren. »Wenn ihr heute Abend nicht hier gewesen wärt, hätte ich euch suchen lassen.«

»Was ist denn los?«, wirft Kirsty ein. »Was ist passiert?«

»Ich glaube«, beginnt Candice und lehnt sich in demselben alten braunen Ledersessel zurück, in dem Clementine Davaine einst fast verschwunden war, »das müssen eher Sie mir erzählen.« Worauf alle in Schweigen verfallen und Candice' Blick ausweichen.

»Das Problem löst sich nicht in Luft auf«, warnt Candice sie. »Und ich mich genauso wenig. Hier ist irgendein Täuschungsmanöver gelaufen, das mir gar nicht gefällt. Und ich werde dieser Sache auf den Grund gehen.«

Bernie streicht ein paar dicke Haarsträhnen vor ihr Gesicht wie einen Vorhang. Sie denkt an den Betrug mit dem Buch, aber auch daran, dass sie Rory damit in den Selbstmord getrieben hat. Kirsty glaubt plötzlich Trevors Stöhnen zu hören und bekommt einen Schweißausbruch. Und Avril erinnert sich mit Schrecken an die Nacht, in der ihre Eltern verbrannten und dass sie sie fast umgebracht hätte.

Als sie schließlich alle drei Frauen lange genug schweigend gemustert hat, greift Candice in ihre Gucci-Handtasche und zieht die Ausgabe von *Magdalene* heraus, die ihr zugeschickt wurde. Sie legt sie neben die Oliven und Erdnüsse auf den Tisch, neben Bernies Blue Ocean Wave, Avrils Tequila Sea Mist und Kirstys Brandy Alexander.

Kirsty wechselt die Gesichtsfarbe, und Avril flüstert: »Wo haben Sie das her?« Bernie zieht an ihrer Zigarette.

»Es kam gestern mit der Post«, erklärt Candice. »Aber zu dem Zeitpunkt wussten wir bereits von der Existenz des Buches. Es ist nicht wichtig, wie wir es erfahren haben, aber Rory und ich haben die Wahrheit herausgefunden. Das Geheimnis ist gelüftet und jetzt hätte ich gern ein paar klare Antworten.«

»Aber wer hat Ihnen das geschickt? Es gab nur eine Ausgabe, wir dachten …«

»Ich weiß nicht, wer es mir geschickt hat. Aber ich werde es herausfinden. Ich habe den ganzen gestrigen Nachmittag in der British Library verbracht und ein paar interessante Dinge entdeckt. Ich würde gerne wissen, ob Sie die schon kennen?« Dabei wendet sich Candice an Kirsty. »Wo genau haben Sie Ihre Ausgabe gefunden?«

Kirsty antwortet reflexartig, so verblüfft ist sie: »Im Lesesaal hier im Hotel. Es war Teil von Colonel Parkers Sammlung, eine Bibliothek für die Gäste.«

»Und Sie haben sofort erkannt, um was für ein Meisterwerk es sich handelt?«

»Ich konnte es nicht mehr aus der Hand legen, ich war süchtig danach.«

»Mir ging es genauso, als ich es gelesen habe«, gibt Avril zu.

»Ich hatte mir gedacht, wir könnten etwas Geld damit verdienen«, fährt Kirsty leise fort. »Ich hatte den Eindruck, niemand könne *Magdalene* lesen und das Buch nicht wunderbar finden.«

»Und zusammen ist es euch gelungen, mich und meine Kollegen hinters Licht zu führen. Und nicht nur sie, sondern erstaunlicherweise auch eine der respektiertesten Lektorinnen des Landes.«

»So einfach war das auch wieder nicht.« Bernie schluchzt bei dem Gedanken an Rory und an das wunderbare Leben, das sie mit ihm hätte führen können.

»Als ich Sie zum ersten Mal versucht habe anzurufen, Kirsty, hatten Sie mir Ihren richtigen Namen gegeben. Ich rief im Hotel an und fragte nach Ihnen. Am Telefon war eine Frau. Unser Gespräch war ziemlich merkwürdig.«

»Das war Mrs. Stokes.«

»Ich weiß, das liegt eine Weile zurück, aber können Sie sich daran erinnern, ob Mrs. Stokes meine Nachricht weitergegeben hat?«

»Nein, hat sie nicht«, ruft Avril.

»Sie hat Ihnen also nie meine private Adresse und Telefonnummer gegeben?«

»Nein.«

»Aber sie hatte sie. Sie hat sie sich notiert. Unwillig, weil ich sie gestört hatte. Daran erinnere ich mich noch.«

»Das ist typisch für sie«, nickt Avril.

»Dann muss sie mir das Buch geschickt haben. Was haben Sie mit Ihrer Ausgabe gemacht?«, wendet Candice sich an Kirsty.

»Ich habe sie verbrannt«, erzählt Kirsty, »im Heizraum des Hotels. Ich habe zugesehen, wie sie verbrannt ist.«

»Und Sie haben darauf gehofft, es gäbe keine weiteren Ausgaben?«

»So weit habe ich gar nicht gedacht. Ich hatte einfach die Idee und habe sie gleich verwirklicht. Über andere Ausgaben oder Autorenrechte habe ich mir keine Gedanken gemacht. Ich hatte Angst, jemand könnte sich an das Buch erinnern, aber ich habe ja nicht einmal den Titel geändert. Ich wollte nur eines: dieses Buch auf den Markt bringen, egal wie.«

»Und das wollen Sie immer noch?«, fragt Candice leise.

In der nächsten halben Stunde lauschen sie gespannt Candice Loves Bericht über die Biografie Ellen Kirkwoods, der Autorin.

»Jesus, Jesus, deshalb bin ich halb durchgedreht, als ich es gelesen habe.«

»Dann ist es echt wahr. Es ist autobiografisch?«

»Es sieht so aus, als hätte man nie genau herausgefunden, wie viele Morde Kirkwood begangen hat. Und damals richtete sich die Aufmerksamkeit der Nation voll und ganz auf den bevorstehenden Krieg. Die Verantwortlichen im Staat hielten es für besser, die Nation nicht mit der Geschichte von einem schrecklichen Massenmord zu verunsichern. Die Kriegspropagandamaschinerie der Regierung war gut geölt und lief auf vollen Touren, als Kirkwood vor Gericht kam. Die Wochenschauen in den Kinos und die Zeitungen waren voll mit Berichten über die Gräueltaten der Deutschen, und das Selbstbewusstsein der Nation durfte nicht erschüttert werden, trotz der massiven wirtschaftlichen Probleme – Gott ist auf unserer Seite und der ganze Kram. Aber der eigentliche Grund, warum das Buch nicht erscheinen sollte, lag in der Person der Autorin begründet. Sie wurde als Mörderin überführt. Das Buch einer Massenmörderin zu veröffentlichen wäre damals undenkbar gewesen.«

»Das Buch ist also nicht erschienen?«

»Nein, doch zunächst sind eine Hand voll Exemplare irgendwie in Umlauf geraten.«

»Und zufällig befand sich eines in der Bibliothek von Colonel Parker?«

»Und jemand in seiner Umgebung besaß ein weiteres Exemplar.« Candice bietet allen ihre französischen Zigaretten an.

»Aber wer könnte noch ein Exemplar gehabt haben?«, wundert sich Avril laut.

»Das ist die Frage«, antwortet Candice und ruft den Ober, um noch eine Runde Drinks zu bestellen.

»Verwandte?«, fragt Kirsty.

»Es scheint keine Verwandten gegeben zu haben, bis auf dieses uneheliche Kind.«

»So ein Buch ist genau das, was man sich wohl aufheben und in Ehren halten würde.« Kirstys Blick wird starr. »Wenn die Mutter gehängt wird und man als Waise aufwächst und sich für seine Herkunft schämt, gibt einem das vielleicht Halt.« Ihre Stimme verliert sich, als ihre Gedanken zu Gemma und Jake schweifen.

»Wenn es 1913 geboren wurde, muss dieses Kind inzwischen ziemlich alt sein. Fällt Ihnen außer Colonel Parker, der mir ein sehr unwahrscheinlicher Kandidat zu sein scheint, noch jemand aus dieser Altersgruppe ein, der hier im Hotel lebt?«

»Scheiße, mit sechsundachtzig?«

»Sie könnte es sein, oder?«

»Wer?«

»Die alte Stokes?«

»Sechsundsiebzig vielleicht, aber... Ellen Kirkwoods Tochter?«

Die drei Freundinnen denken über die Haushälterin nach: aufrecht, dürr, faltig und doch flink und energisch. Ihr Job verlangt keine körperliche Arbeit – die meiste Zeit sitzt sie im Büro und organisiert von dort alles – oder sie schleicht durch das Haus und spioniert den Angestellten hinterher.

»Sechsundachtzig, du meine Güte.«

»Sie könnte es wirklich sein.«

»Möglich wäre es.«

»Aber warum sollte Mrs. Stokes ein Exemplar von dem Buch ihrer Mutter in Colonel Parkers Bibliothek stellen?«

»Vielleicht hatte sie das Gefühl, es sollte gelesen werden«, meint Candice. »Vielleicht dachte sie, ihrer Mutter sei der Erfolg verweigert worden, der ihr rechtmäßig zugestanden hätte, das einzige Positive, das sie, abgesehen von ihrem Kind natürlich, hinterlassen hatte.«

»In dem Fall«, grübelt Kirsty laut, »hätte sie sich doch darüber freuen müssen, dass der Roman endlich veröffentlicht und als das Meisterwerk anerkannt wird, das er ist? Warum sollte sie dann Sand ins Getriebe werfen, indem sie Ihnen dieses Exemplar zuschickt?«

»Sie wollte, dass der Roman veröffentlicht wird, aber möglicherweise nicht unter Ihrem Namen«, entgegnet Candice. »Sie wollte sichergehen, dass die Wahrheit herauskommt. Als sie erfuhr, dass es gedruckt wird, musste sie schnell handeln, damit auf dem Cover an Stelle von Bernies Namen der Name ihrer Mutter tritt. Aber sie wollte nicht selbst hineingezogen werden. Selbst mit sechsundachtzig Jahren schämt Mrs. Stokes sich bestimmt immer noch für ihre Mutter.«

Wie gut ich dieses Gefühl kenne, denkt Avril leise seufzend.

30

Mr. Derek lockert mit fahrigen Bewegungen seine Krawatte.

»Mrs. Stokes«, fleht er heiser seine Wirtschafterin an, »glauben Sie nicht, dass ich heute Vormittag nicht schon genug am Hals habe? Flagherty wurde tot in seinem Schuppen aufgefunden.« Gequält wirft er den Kopf zurück und am Hals wird eine kleine Wunde vom Rasieren sichtbar. »Sie behaupten zwar, es sehe aus wie eine normale Herzattacke, aber so wie die Dinge hier im Augenblick stehen, werden wir wahrscheinlich bald zu hören kriegen, dass er erwürgt wurde.«

Mrs. Stokes' pergamentartige Haut ist feuerrot an diesem Morgen. Ihre Stimme hebt sich. »Ich fürchte, die Ungeheuerlichkeit dessen, womit ich soeben konfrontiert wurde, ist Ihnen nicht klar.« Sie holt tief Luft. »Man hat mich nicht nur beschuldigt, die Tochter einer Serienmörderin, sondern auch sechsundachtzig Jahre alt zu sein.«

Mrs. Stokes Gedanken schweifen zu ihrem Mann, Alf, von dem sie nie geliebt wurde – er hatte eine Jugendliebe nie vergessen können. Alf war einige Jahre älter als sie, er hatte sie und das Burleston ein Jahr nach ihrer Hochzeit verlassen. Sie hatte nie wieder etwas von ihm gehört, aber das Gerücht gestreut, es gäbe irgendwo ein Kind, so als würde ihr dieses Kind etwas bedeuten, obwohl eine verwandtschaftliche Beziehung – es war das Ergebnis eines Seitensprungs ihres Mannes – nicht vorhanden war. Mr. Derek holt geräuschvoll Luft: »Nun, wie alt sind Sie, Mrs. Stokes?«

»Das geht niemanden etwas an außer mir, aber, um Himmels willen, sechsundachtzig bin ich sicher nicht.« Mit diesen Worten richtet sie sich energisch zu voller Größe auf.

»Der arme alte Flagherty«, seufzt Mr. Derek und kratzt sich am Kopf, sodass ein Büschel Haare hochsteht. »Ich kann Ihnen gar nicht sagen, wir lange er schon bei uns war.«

»Ein Faulenzer und Halunke war er«, entgegnet die Wirtschafterin schnippisch.

Nachdem Flaghertys Leiche, auf deren Gesicht sich das Label des Herstellers von einem Knochenmehlsack abgedrückt hatte, weggebracht worden ist, beginnt die Polizei mit der Routineuntersuchung des zirka zehn Quadratmeter großen Schuppens, in dem Flagherty den Großteil seines

Lebens zugebracht hatte. Zwischen den Seiten einer ausgeblichenen Gärtnerzeitung, die unter einem Berg von Kondensmilchdosen und Samenpackungen verborgen ist, lugt ein handgeschriebenes fleckiges Blatt mit einer Nachricht hervor.

Ich ließ zu, dass der Bursche wegen der Sache eingesperrt wurde, weil er eh schon einen umgebracht hat. Aber ich habe Mr. Board auf den Kopf gehaut und dann war er weg. Es war ein Versehen! Er hat mir freundlicherweise angeboten, mir beizubringen wie man abschlägt, aber ich habe es nie kapiert! Den Schläger habe ich in dem alten Cottage versteckt, im Loch unten! Unterzeichnet Patrick Flagherty, Obergärtner.

»Verdammt noch mal, das wirft ja ein ganz anderes Licht auf die Sache«, ruft Polizeisergeant Mallet aus.

»Nun, wir werden diese Miss Stott noch mal vernehmen müssen wegen ihrer verdammten Aussage«, erklärt er seinem Vorgesetzten. »Der Mann, den sie morgens am Golfplatz gesehen hat, kann nicht ihr Bruder gewesen sein. Sie muss sich geirrt haben, wenn Mr. Flaghertys Nachricht echt ist, wovon ich ausgehe. Und Mrs. Hoskins und Miss Kavanagh wollten Miss Stott unbedingt begleiten, Sir.« Mit gesenkter Stimme fügt er hinzu. »Mrs. Hoskins wirkt ziemlich hysterisch. Ich hielt es für das Beste, sie nicht zurückzulassen.«

Die kleine Gruppe versammelt sich vor der verwitterten Tür. Mallets Vorgesetzter schließt die Tür auf, und sie folgen ihm in das Cottage. Entsetzlicher Gestank schlägt ihnen entgegen.

»Wo ist dieses Loch, von dem Flagherty geschrieben hat?«,

überlegt der Inspektor laut, während er sich ein Taschentuch vor die Nase presst. Vorsichtig bewegt er sich in dem Raum und überprüft die Stabilität des Bodens mit einer abgebrochenen Vorhangstange. Er bleibt bei dem umgeworfenen Tisch stehen und rüttelt an einem der Tischbeine. »Könnte es nicht hier sein?«, fragt er die Gruppe hinter sich und macht eine ungeduldige Handbewegung, worauf zwei Polizisten den Tisch wegziehen und sie zu dritt hinuntersehen.

»Guter Gott, Mallet, *was für ein Saustall.* Auf geht's, an die Arbeit! Wenn die Tatwaffe da unten liegt, müssen wir sie finden. Da hat der alte Kerl aber keine Mühe gescheut, seine Spuren zu verwischen.« Er drückt das Taschentuch noch fester gegen die Nase. »Mit dem Gerümpel da unten kann man ja eine Wohnung ausstatten.«

Die Polizisten holen einen Gegenstand nach dem anderen aus dem Loch und stapeln die Dinge in der Küche. Schließlich klettert ein Polizist in das Loch und wirft die Gegenstände heraus, während der zweite sie zur Seite räumt.

»Moment!«, ruft Mallet. »Warte mal.«

»Was ist denn los?«

»Weiß nicht, aber irgendwas stimmt hier nicht.«

»Schau nach.«

Als Mallets Kopf wieder auftaucht, ist er ganz grün im Gesicht. »Am besten schauen Sie sich das selbst einmal an, Inspektor.« Und er drückt die Sachen mit einem Pfannenstiel zur Seite. »Da unten, unter dem Gerümpel, da liegt ein Toter, Sir.«

Mit aufgerissenen Augen starrt der Inspektor hinunter. »Mein Gott, ich kann es nicht glauben. Wie lange der wohl schon da unten steckt?«

»Wer kann das sein?«, fragt Bernie mit seltsam glänzenden Augen.

»Wie furchtbar«, schluchzt Avril.

Kirsty ist wie gelähmt und schaut geistesabwesend in die Ferne.

»Holt eine Leiter. Von hier kriegen wir ihn nicht zu packen.« Als Mallet fünf Minuten später mit einem Seil, einer Leiter und ein paar Kellnern aus dem Hotel wiederkommt, knüpft der Inspektor in das eine Seilende eine große Schlinge und schickt Mallet die Leiter hinunter. Plötzlich fallen ihm die drei Frauen ein, die noch im Raum sind. Ein hysterischer Anfall würde ihm jetzt gerade noch fehlen. »Und räumt das Cottage.«

»Menschenskind!«, ruft Bernie, als sie in einiger Entfernung vor dem Cottage stehen und wieder durchatmen können. »Das gibt's doch nicht. Da unten ist ein Toter.«

Im Cottage entscheidet der Inspektor: »Bringen wir es hinter uns und ziehen wir ihn herauf, wer immer er ist.« Er wendet sich an die anderen und raunt ihnen zu. »Hoffen wir nur, der arme Teufel steckt nicht fest.«

Nachdem Mallet auf der Leiter einige Zeit braucht, um dem Toten die Schlinge um den rechten Arm und den Nacken zu legen, bilden die Männer eine Kette, die bis zur Tür reicht, und ziehen mit aller Kraft an dem Seil. Steine stürzen in die Grube und landen mit einem dumpfen Geräusch auf dem Grund.

»Weiterziehen«, ruft der Inspektor.

»Zieht! *Zieht!*«

Langsam tauchen Kopf und Schulter von Trevor Hoskins aus dem Loch auf, seine von getrocknetem Blut überzogenen Haare, sein gelb verfärbtes Gesicht.

»Zieht weiter«, brüllt der Inspektor. »Lasst ihn jetzt bloß nicht wieder runterrutschen.«

Der nackte Rumpf, der früher sonnengebräunt und durchtrainiert war, ist jetzt mit einem hektischen Muster aus verschiedenen Rot- und Lilatönen und dunklen Flecken bedeckt. Der Tote trägt weder Schuhe noch Socken.

»Menschenskind«, stößt Polizeisergeant Mallet hervor, als er hilft, die schwere Leiche über den Rand zu hieven und flach auf den Boden zu legen.

»Wer ist das bloß?« ruft der Inspektor. »Und wie zum Teufel ist er da runtergekommen?«

Als er sich über die Leiche beugt, entdeckt er plötzlich das verstümmelte Ohr. »Ja, ist es denn zu fassen, der Kerl hat versucht, sich etwas zu essen zu besorgen, indem er sich etwas vom Ohr abschneidet.«

»Der Krankenwagen ist gleich hier«, sagt einer der Kellner.

Dann wird das Viererholz heraufbefördert. Mallet steckt es in einen Plastikbeutel und beschriftet es als Beweisstück.

Als der Kadaver Fluffys an den Beinen herausgetragen wird, erleidet Avril draußen einen Schwächeanfall. Ihre Freundinnen müssen ihr frische Luft zufächern.

Alles über die Herkunft des toten Flagherty erfährt die Polizei von Colonel Parker:

Nachdem die Mutter des jungen Kirkwood gehängt worden war, nahm ihn ihr Dienstherr, Sir Michael Geary auf und suchte auf seinem Besitz ein neues Zuhause für ihn. Die Flaghertys waren kinderlos und daher überglücklich, das Waisenkind zu adoptieren und wie ihr eigenes aufzuziehen. Colonel Parker schnäuzt sich geräuschvoll. »Die Flaghertys begannen vor, ach fünfzig Jahren, für mich zu arbeiten, und der junge Flagherty arbeitete im Park, daran hat sich über die Jahre nichts geändert. Natürlich hat niemals jemand ein Wort über die unglücklichen Umstände seiner Geburt verloren. Ich bezweifle, dass Flagherty selbst davon wusste.«

»Es tut mir so Leid, ich war sicher, dass ich ihn gesehen habe, ich hätte schwören können, dass es Graham gewesen ist«, ruft Avril, bis über beide Ohren rot, als der Inspektor sie eine Stunde später in gereiztem Tonfall befragt. »Ehrlich, ich dachte, ich hätte gesehen, wie er an dem Morgen auf dem Golfplatz mit Ed sprach.«

Trevor Hoskins wird an Hand seines Führerscheins identifiziert, der in der Gesäßtasche seiner Hose gefunden wird.

»Haben Sie eine Ahnung, was Ihr Ehemann hier drinnen wollte?«

Heftig schluchzend schafft Kirsty es, aufzublicken und hervorzustoßen: »Nein. Wir haben uns getroffen und gestritten. Er muss beschlossen haben, noch zu warten, bis ich mit der Arbeit fertig bin.«

»Wie hätte er denn in das Cottage kommen können, wenn Sie die Schlüssel hatten?«

»Flagherty hatte auch einen Schlüssel«, erinnert Mallet den Inspektor.

»Das muss ein entsetzlicher Schock für Sie sein«, sagt der Inspektor sanft. »Wir dachten, Ihr Mann wäre ins Wasser gegangen. Das wäre ein angenehmerer Tod gewesen. Es wird einem ganz schlecht bei der Vorstellung, was dieser Mann gelitten haben muss.«

Am selben Tag, ein paar Stunden später …

»Todesursache: Unfall«, verkündet der Coroner bei der Ermittlung, vor der sich Avril so gefürchtet hatte.

Während der Gerichtsmediziner seine Feststellungen vorträgt, sitzt Avril wie in Trance auf der Zuschauerbank.

»Ja, es besteht kein Zweifel«, erklärt der Coroner feierlich. »Mrs. Stott, die sehr sparsam war, achtete darauf, dass der Gasbehälter unter dem Caravan leer war, als ihr Aufenthalt sich seinem Ende näherte. Sie wollte nicht für Gas Geld ausgeben, das sie vielleicht nicht mehr benötigte. Statt den großen Tank auszuwechseln, mieteten sie und ihr Mann eine kleinere, tragbare Flasche in dem Geschäft auf dem Campingplatz. Das reichte für eine Kochstelle, mehr brauchten die Stotts nicht. Und diese Flasche war, wie die Untersuchung zeigte, schadhaft. Aus einem Leck trat Gas aus, das den tödlichen Unfall verursachte, als Mrs. Stott in der Nacht aufwachte und das Bedürfnis hatte, ihren Luftbefeuchter anzumachen.«

Er richtet seinen Blick auf Avril.

»Und ich möchte den Hinterbliebenen mein herzliches Beileid aussprechen«, schließt er.

»Da die Biografie der echten Autorin derart spektakulär ist«, verkündet Candice beim Abendessen, »und außerdem das Copyright abgelaufen ist, muss das Buch natürlich im Original erscheinen. Ihr werdet vielleicht einen Teil des Geldes zurückgeben müssen, aber das müsst ihr mit den Verlegern klären.« Sie spießt eine Garnele aus ihrer Paella auf. »Aber«, fährt sie fort, »da ihr das Buch sozusagen entdeckt habt, sind sie vielleicht einverstanden, quasi als Anerkennung eurer Verdienste, direkt mit euch zu verhandeln.«

Candice' Augen funkeln vor Begeisterung, als sie mit der Hand über die Originalausgabe von *Magdalene* streicht, die sie ständig bei sich trägt.

»Kopf hoch!«, versucht sie die drei Freundinnen, die irgendwie bedrückt wirken, aufzumuntern. »Wisst ihr was? Während ich auf die Toilette gehe, bestellt ihr schon mal Champagner! Alles auf meine Rechnung, macht euch keine Gedanken.«

Avril, Bernie und Kirsty vermeiden es, einander in die Augen zu blicken.

Nachdem Candice den Tisch verlassen hat, stochern sie schweigend in ihrem Essen herum.

Dann steht Avril auf und geht um den Tisch herum zu Candice Loves Stuhl. Sie öffnet die Aktentasche der Agentin, zieht das letzte Exemplar von *Magdalene* heraus und steckt es in ihre eigene Handtasche. Die anderen starren sie stumm an.

Bernie fragt: »Was machen wir damit?«

»Wir verbrennen es. Ist jemand dagegen?«

Bevor Candice Love wiederkommt, haben die drei schon ordentlich ihre Servietten und Bestecke auf ihre Teller gelegt, ihre Jacken von der Garderobe geholt und sind hinausgelaufen in die Nacht, allen voran Kirsty.

Bernie folgt Kirsty auf dem Weg zur Bucht hinunter, die Augen fest auf den Boden geheftet. Wäre Rory auf ihr Angebot eingegangen, hätte sie ihn so lange weitererpresst, bis sie ihren Willen bekommen hätte. Lieber hätte sie ihn tot gesehen, als dass er ohne sie weitergelebt hätte.

Und Avril, die es immer allen recht machen wollte, war auf einmal bereit, ihren Vater und ihre Mutter zu verbrennen und ihren Bruder lebenslang ins Gefängnis zu bringen, alles aus Rache.

Ihr läuft ein kalter Schauer über den Rücken, als sie in ihren unbequemen Stöckelschuhen langsam den Weg hinunterstakst.

Über Kirstys Teilhabe an Trevors Tod haben sie schon viel nachgedacht. Sie vermuten einiges und wagen es kaum, ihre Freundin anzusehen.

Als sie den Strand erreichen, schwärmen sie wie ferngesteuert in verschiedene Richtungen aus und sammeln Arme voll Zweige und Äste, die die Flut herangeschwemmt hat.

Die Klippen, die hinter ihnen in die Höhe ragen, heben sich wie eine hohe, graue Mauer vor dem Nachthimmel ab. Sie errichten das Feuer in der Mitte des Strandes. Ehrfürchtig, doch so ungeschickt, dass sie selbst Angst bekommt, legt Kirsty das Buch auf den Scheiterhaufen. Es vergeht einige Zeit, bis das Buch Feuer fängt. Zuerst knistert nur das Holz rundherum, brennt weiß, rot und silbern, doch dann greift das Feuer über, und die Flammen werden dunkler, nehmen tiefere Schattierungen an.

Avril legt Kirsty eine Hand auf die Schulter.

Bernie starrt auf das Feuer. »Bitte für uns«, flüstert sie.

Von dem Feuer scheint keine Wärme auszugehen.

Fröstelnd stehen sie um das Feuer herum und sehen zu, wie *Magdalene* verbrennt.

Epilog

Candice Love verfasste aus dem von ihr recherchierten Material ein Porträt von Ellen Kirkwood, das als Vorwort zum Roman gedruckt wurde:

> *Nach dem gegenwärtigen Kenntnisstand der Psychologie handelt es sich bei der Autorin von* Magdalene *um eine bösartige Psychopatin. Eine Frau, die die Straßen von Plymouth unsicher machte, indem sie Männern ihren Körper anbot, um ihnen mit ihrem Käsedraht die Kehle aufzuschlitzen, wenn sie am verwundbarsten waren. Anschließend beugte sie sich über den noch warmen Leichnam und trennte Körperteile ab: Finger, Zehen, Ohren, Nase, Brustwarzen, Hoden und Penis. Da diese Körperteile nie gefunden wurden, geht man heute davon aus, dass Ellen Kirkwood sie in einer Art Ritual roh aufaß.*
> *Im Roman stößt der Leser auf unzählige Beispiele für Kirkwoods Wahnsinn. Niemand, der geistig und psychisch gesund ist, wäre in der Lage, ein Buch mit derartig verstörenden Anschauungen und Andeutungen zu verfassen wie* Magdalene …

Mrs. Stokes wusste, dass sie nie geliebt worden war.

Alfred Stokes brach Moira das Herz, als er sie nach einem Jahr Ehe verließ. Er war dreißig Jahre älter als sie und hatte nie die große Liebe seines Lebens vergessen können, eine Amerikanerin, die zu Gast im Burleston war, als er noch ein unerfahrener junger Mann von zwanzig Jahren gewesen war. Ihr hatte er auch ein Kind gemacht, das Kind, das Moira nie bekommen sollte.

Über das Kind wusste Moira von Anfang an Bescheid, wegen der Luftpostbriefe, außerdem gab Alf sich nicht die geringste Mühe, es vor ihr geheim zu halten. Die Briefe kamen auch später noch, als Alf das Burleston längst verlassen hatte – Moira weigerte sich, sie ihm nachzusenden – Briefe, die von der großen, weiten Welt und von Ereignissen erzählten, mit denen sie nichts anfangen konnte.

»Ellen hat sich geweigert, ihren Lebensstil für mich aufzugeben«, lamentierte Alf, in der Erwartung, Moiras Mitgefühl zu wecken, »und wer hätte ihr das zum Vorwurf machen können? Sie war eine Schönheit, sie hatte Stil, war bezaubernd und hatte *Verstand.*« Bei diesen Worten pflegte er sich mit dem Zeigefinger gegen die Stirn zu klopfen und anzudeuten, dass Moira keinen habe.

»Mhm«, entgegnete dann die junge Moira in ihrer Zimmermädchenuniform. »Es ist höchste Zeit, dass du über sie hinwegkommst. Jetzt bist du mit mir verheiratet, Alf Stokes.« Und sie versuchte ihm zuzublinzeln.

Doch alle ihre Anstrengungen blieben vergeblich. Nach zwanzig Jahren war Alf noch immer von dieser Ellen infiziert. Als er verschwand, ließ er Ellens Bücher zurück. Eines davon stellte Moira in die Hotelbibliothek, doch das andere behielt sie als Erinnerungsstück.

Sie machte sich nie die Mühe, es zu lesen, und sie bezweifelte, dass Alf dies getan hat, denn er mochte generell keine Bücher.

Chuck Stokes Kirkwood Korda war der Sohn, den sie hätte haben sollen. Ihr war, als sei er ihr zwanzig Jahre zu früh weggerissen worden.

Dass das Buch von Chucks Mutter unter falschem Namen

veröffentlicht wurde, hätte Moira niemals zulassen können. Schließlich hasste sie die amerikanische Schriftstellerin nicht. Die Zeit hatte ihre Bitterkeit schwinden lassen, obwohl sie Ellen noch immer um ihren Sohn beneidete.

Daher schickte Mrs. Stokes, nachdem sie gründlich darüber nachgedacht hatte, *Magdalene* an Candice Love, um die Täuschung zu verhindern. Schon die Vorstellung, dass diese Kavanagh und ihre Komplizinnen die Urheberschaft für das Werk von Chucks Mutter beanspruchten, fand Moira Stokes unerhört.

Denn irgendwie fühlte sie sich doch mit Chuck verwandt.

Auf keinen Fall wollte sie, dass alle Welt davon erfuhr, dass ihr Mann ein Kind mit einer anderen Frau hatte.

Und dann war man auch noch so unverschämt zu behaupten, sie sei die Tochter einer Mörderin und sechsundachtzig Jahre alt.

Sie hätte den Betrug ganz einfach entlarven können, indem sie erklärte, *Magdalene* sei von einem Hotelgast zurückgelassen worden. Doch sie fürchtete, die unangenehme Wahrheit über ihre Vergangenheit könne ans Licht kommen, wenn jemand begänne, Fragen zu stellen. Als sie sah, wie der Name von Ellen Kirkwood, Chucks Mutter, in den Dreck gezogen wurde – Psychopathin, Mörderin, was um Himmels willen hatte das zu bedeuten? –, blieb ihr keine andere Wahl, als eine Ausgabe direkt an die Familie Kirkwood in South Carolina zu schicken.

Sollten sie sich doch darum kümmern.

Hauptsache, sie wäre aus der Sache heraus.

Richter Homer Kirkwood Korda, der Rex gerufen wurde, betrachtet ungläubig das Buch in dem Paket, bevor er nach einem der etwa einer Hand voll Exemplare auf dem obersten Brett in seinem Arbeitszimmerregal greift. Der ganze

Stolz seiner Großmutter: zehn Exemplare ihres Romans *Magdalene*, den sie unter ihrem Mädchennamen privat hatte drucken lassen. (Es waren zwölf gewesen, bevor Ellen aus England heimkehrte, zwei hatte sie einem jungen Bewunderer geschenkt, den sie im Burleston Hotel kennen gelernt hatte.)

Stirnrunzelnd blättert der Richter in den Büchern, und sein quadratischer Kopf wird feuerrot.

Was für eine unglaubliche Frechheit.

Niemand hatte das Buch seiner Großmutter für besonders literarisch gehalten.

Homer hatte es nie gelesen, und er bezweifelt, dass sein Vater es gelesen hatte.

Seine Großmutter – eine religiöse Frau und außerdem herzensgut – war bei allen beliebt, die sie kannten. Sie verstarb in den frühen Sechzigern, und alle, die sie kannten, betrauerten den Verlust. Mit achtunddreißig Jahren hatte sie den Roman geschrieben und ihn bei Bryant drucken lassen. Zehn Exemplare brachte sie in ihrer Reisetasche von einer Englandreise nach Hause. Ein Jahr danach schenkte sie ihrem einzigen Sohn das Leben, Homers Vater, Chuck Stokes Kirkwood Korda, und ihr Roman geriet in Vergessenheit, weil sie sich von da an nur noch der Erziehung ihres Sohnes widmete.

Homer Kirkwood Korda liest das Vorwort in *Magdalene* und läuft erregt in seinem Arbeitszimmer umher.

Wie kann diese Candice Love es wagen, solche infamen Lügen über seine Großmutter zu verbreiten?

Wutentbrannt schlägt er das frisch gedruckte Exemplar von *Magdalene* auf seinen Schreibtisch und flucht laut: »Das wirst du mir büßen, Candice Love!«